世界诗艺

郑广瑾 著

中原出版传媒集团
中原传媒股份公司
河南人民出版社

图书在版编目（CIP）数据

世界诗艺 / 郑广瑾著. —— 郑州：河南人民出版社，2012.7(2019.1 重印)
ISBN 978-7-215-07846-8

Ⅰ. ①世… Ⅱ. ①郑… Ⅲ. ①诗歌研究-世界 Ⅳ. ①I106.2

中国版本图书馆 CIP 数据核字(2011)第 221212 号

河南人民出版社出版发行
（地址：郑州市经五路 66 号　邮政编码：450002　电话：65788028）
新华书店经销　　河南新华印刷集团有限公司印刷
开本　890 毫米×1240 毫米　1/32　印张　13.75
字数　340 千字
2012 年 7 月第 1 版　　2019 年 1 月第 2 次印刷

定价：32.00 元

目　录

前　言 …………………………………………………… 1

一　古代诗歌的兴起 …………………………………… 3

　　(一)古埃及诗歌 …………………………………… 3
　　(二)古巴比伦诗歌 ………………………………… 6
　　(三)古印度诗歌 …………………………………… 8
　　(四)古中国诗歌 ………………………………… 15
　　(五)古希伯来诗歌 ……………………………… 22
　　(六)古希腊、罗马诗歌 ………………………… 28

二　古代的诗学 ……………………………………… 40

　　(一)孔子的诗学 ………………………………… 40
　　(二)柏拉图和亚里士多德的诗学 ……………… 47
　　(三)古印度的诗学 ……………………………… 57

三 中外诗歌在交流中发展 64

（一）与朝鲜 64
（二）与日本 69
（三）与越南 76
（四）与印度 80
（五）与波斯 85
（六）与阿拉伯世界 89
（七）与西方 93

四 多种多样的诗体 106

（一）中国的诗体 106
（二）印度的诗体 138
（三）日本的诗体 150
（四）波斯的诗体 165
（五）希伯来的诗体 172
（六）阿拉伯的诗体 179
（七）西方的诗体 189
（八）关于诗律 209

五 诗言志与诗缘情 212

（一）言志缘情是世界诗学的共同命题 212
（二）言志抒情的方式 220

六 诗　　教 …… **234**

(一)中国的诗教理论 …… *234*
(二)西方的诗教理论 …… *251*

七 诗的修辞 …… **257**

(一)中国诗歌的修辞理论 …… *257*
(二)印度诗歌的修辞理论 …… *286*
(三)西方诗歌的修辞理论 …… *291*

八 形象思维 …… **302**

(一)什么是形象思维 …… *302*
(二)形象思维的形态 …… *318*

九 赋比兴 …… **335**

(一)诗学之正源,法度之准则 …… *335*
(二)赋 …… *338*
(三)比 …… *342*
(四)兴 …… *351*

十 浪漫主义和现实主义 …… **361**

(一)浪漫主义 …… *361*
(二)现实主义 …… *365*

(三) 革命浪漫主义和革命现实主义相结合 *371*

十一 诗人和诗才 *384*

    (一) 中国诗学论诗人与诗才 *384*
    (二) 西方诗学论诗人与诗才 *392*
    (三) 中国几个大诗人的诗才 *398*
    (四) 外国几个大诗人的诗才 *411*

结 束 语 *426*
后 　 记 *429*

前　言

　　语言使人类区别于禽兽，文字使人类走向文明，诗歌传达人类的情感。

　　我是一个诗歌爱好者，中国的诗、外国的诗，都读了一些。读得不多，但偶有体会，便记了下来。这部书，是我的读书心得笔记。

　　本书取名《世界诗艺》，是因为世界上的人类本来是一个整体，全人类的诗歌本来也是一个整体。全世界的诗歌，"东海西海，心理攸同，南学北学，道术未裂"（钱钟书语）。正像钱学森讲的"世界就是大大小小系统的集合"，系统思想是辩证唯物主义的基本内容。钱学森把文学艺术列入现代科学技术系统六大部类（后发展为十一大部类）之一，又把文学艺术分为六个大部：小说杂文，诗词歌赋，建筑艺术，书画造型艺术，音乐，综合性艺术。在文学艺术中又分为几个台阶：第一个台阶是民间的，是"下里巴人"；第二个台阶是在第一个台阶的基础上提高，是"阳春白雪"。最高一级台阶是表达哲理的，陈述世界观的，如李白《下途归石门旧居》，"这类最高台阶文艺作品给人的冲击是深刻的、持久的，所以我想，应该把它们放在顶峰位置"[①]。钱学森关于诗词歌赋的独到见解，对于研究诗歌艺术是很有启发的。

　　"诗艺"，就是诗歌创作的艺术，它研究诗学理论，探讨如何按照

[①] 《钱学森讲谈录》，第 61 页，九州出版社 2009 年版。

美的规律来进行诗歌创作。亚里士多德的《诗学》、贺拉斯的《诗艺》、布瓦洛的《诗的艺术》,都是探索诗歌艺术规律的专著。本书取名《世界诗艺》,企图在于探索中国和外国诗歌、亦即世界诗歌的共同艺术规律及其不同特点。写作此书,是想实践鲁迅和季羡林的主张。季羡林说:"对西方的文化,鲁迅先生曾主张'拿来主义'。这个主义至今也没有过时。过去我们拿来,今天我们仍然拿来,只要拿得不过头,不把西方文化的糟粕和垃圾一并拿来,就是好事,就会对我们国家的建设有利。但是……我觉得,今天,在'拿来主义'的同时,我们应该提倡'送去主义',而且应该定为重点。为了全体人类的福利,为了全体人类的未来,我们有义务要送去的,但我们决不会把糟粕和垃圾送给西方。"①

现在,我们需要把西方优秀的诗艺"拿过来",促进中华诗词的繁荣,促进中华文明的发展;同时把中华优秀的诗艺"送过去",促进人类大同世界诗歌的繁荣,促进人类文明的发展,促进人类的和谐与和平。

---

① 黄宝生译:《梵语诗学论著汇编》,上册,第9页,昆仑出版社2008年版。

一　古代诗歌的兴起

古代的诗歌,首先在地球的东方兴起,不久,在地球的西边也产生了最古的诗篇。东方有古埃及诗歌、古巴比伦诗歌、古印度诗歌、古中国诗歌、古希伯来诗歌,西方有古希腊、罗马诗歌。

(一) 古埃及诗歌

古代埃及的诗歌是世界上最古老的诗歌之一。其最早的诗歌至今已有5000多年的历史。古埃及的史前时期和古王国时期(公元前3200~前2280),就已经产生了歌谣这种诗歌体裁。

古埃及诗歌中最重要的是《亡灵书》。这是一部古老而宏大的诗歌总集,共27篇,包括歌谣、祷文、颂歌和咒语,用彩墨抄写在纸草卷上,保存在帝王和富贵人家的墓中。因原文是象形文字,早已失传。19世纪初发现象形文字与科普特文(一种以希腊文字为主的文字)对照的碑文,才破译成功。《亡灵书》每篇长短不一,内容繁杂,广泛描写了当时人们崇拜神灵,热爱生命的思想风貌和社会风貌。

古埃及人的世界观是"万物有灵论",这是一种原始宗教。古埃及人认为,人死亡后,灵魂不灭,灵魂经由瀑布进入下界,在下界经历种种磨难,渡过重重难关,才能复归上界,回到原来的遗体之中,获得再生。因此,古埃及人极其重视保护遗体。为了帮助亡灵渡过重重难关,在下界一切顺利,他们精心准备了亡灵书,供亡灵在下界使用。兹录其中一首:

亡灵起身,歌颂太阳

向你顶礼,喇神,当你赫然上升!
你上升!你放光!令星空退隐!
你是众神之王,你包容万象,
我们自你而生,因你而成神圣。

你的祭司黎明出迎,以欢笑洗心,
神风用音乐吹拂你的金弦。
日落时他们拥抱你,当你的羽翼
用霞光点燃起每一根云橼。

你驶过天顶,你的心中欢愉,
你的晨舟和晚舟都与好风相遇;
你面前,玛特女神举起命运之羽,
迎着你的火,阿努宫一片喧语。

啊,你唯一完美而永恒的神!
与太阳比翼齐飞的伟大的鹰!
你的容光在绿榕树间上升,
映在明亮的天河里永远年轻。

奥秘莫测的你,光照万人面。

世世代代更新着你生命之源。
时间卷走了它的尘埃,而你不变,
你创造时间,你又超越时间。

你通过大门,而把夜关在门外,
使沉沦的灵魂们笑逐颜开。
诚实者,心静者,起来饮你的光,
你是过去和现在,你是未来!

向你顶礼,喇神,你唤醒了生命!
你上升!你放光!现出辉煌容颜!
千年万代已逝去,不可计算;
千年万代将来到,你光照万年!

(飞 白 译)

喇神是埃及神话中的太阳神。只有在喇神保护之下,亡灵才能得到复生。这是一首以死亡为主题的诗篇,反映了当时人们对人生、世界的看法。

再看一首古埃及的民间歌谣:

搬谷人的歌谣

难道我们应该整天
搬运大麦和小麦吗?
仓库已经装得满满,
一把把谷子流出了边沿;
大船上也已经装得满满,

谷子也都滚到了外面，
但还是逼着我们搬运，
好像他们的心是用青铜铸成。

（戈宝权　译）

这首诗以象形文字写成，画在墓壁上，并配有绘画。这首歌谣唱出了劳动人民的心声，反映了奴隶对奴隶主的愤懑。

（二）古巴比伦诗歌

位于幼发拉底河和底格里斯河两河流域的巴比伦，也是人类文明的发源地之一。早在公元前3000多年，苏美尔人和阿卡德人就定居于此。到了公元前2371年，阿卡德的统治者统一了苏美尔等城邦，建立了中央集权制的阿卡德王国。公元前1894年，在幼发拉底河东岸建立了古巴比伦王国。公元前18世纪，古巴比伦消灭了阿卡德王国，统一了两河流域。在苏美尔—阿卡德年代，就创建了原始的亚述语楔形文字，巴比伦继承了苏美尔文化传统，形成了古老的苏美尔—巴比伦文化。

古巴比伦的诗歌有箴言诗、格言和史诗。史诗中最重要的是《吉尔伽美什》，这是迄今为止已发现的世界诗歌史上最早的史诗。这部史诗有3000多行，用楔形文字分别记在12块泥板上，主要内容是反映当时人与自然的关系，人与人之间的关系以及对人生奥秘的探索。

吉尔伽美什
（片断之一）

"听吧，老人们，[而且倾耳聆听]我来奉告！

我朝着我的朋友恩启都哭吊,
像个悲啼的妇女那样激烈地哀号。
斧在身边放,[弓(?)]在手中操,
眼前摆[盾牌(?)]腰间佩短刀。
我的华贵衣服,我的丰富[的   ]
恶鬼下了手,从我这抢跑。
[我的朋友哟,你]曾猎过山上的骡马,原野的豹,
恩[启都,我的朋友]哟,你曾猎过山上的骡马,原野的豹,
我们曾经踏遍[群山],把一切[征服],
夺取了都城,[把'天牛'杀掉],
曾经使'杉林'中的芬巴巴把罪遭。
但是现在,降在你身上的这长眠究属何物?
昏暗包围了你,[我说的话]你已经听不到。"
他的[眼睛]抬也不抬,
摸摸他的心脏,已经不跳。
于是,他把他的朋友,像新娘似的用薄布蒙罩。
[他]就像狮子一样高声吼叫,
就像被夺走子狮的母狮不差分毫。

(赵乐甡 译)

诗中人物吉尔伽美什是乌鲁克的国王,恩启都是半人半兽、浑身长毛、与兽类为伍的英雄。这两位英雄,先是仇敌,后成好友。史诗主要描写这两位英雄化敌为友,联手为民除害的故事。上引一段诗叙述了两位英雄剪杉妖,杀天牛,征伐芬巴巴,联手为民除害的故事,富于哲理意义。

（三）古印度诗歌

　　古印度历史，包括从氏族公社解体到公元六、七世纪奴隶制崩溃为止。公元前15世纪到公元前4世纪为"吠陀"时期，有诗歌总集《吠陀》，这是人类最古老的诗集之一。"吠陀"是音译，含有"知识"之意，也有译为《智慧书》的。

　　《吠陀》分为本集和文献集，是印度的圣书。本集指《梨俱吠陀》、《婆摩吠陀》、《夜柔吠陀》和《阿闼婆吠陀》。文献集包括《梵书》(净行书)、《阿兰若书》(森林书)和优波尼沙士《奥义书》。

　　在《吠陀》中具有较高文学和文献价值的是《梨俱吠陀》和《阿闼婆吠陀》。《梨俱吠陀》是一部抒情诗集，有1028首诗，共10552个诗节，每一节称为一个"梨俱"，共10卷，内容包括：神话传说，描写自然的抒情诗，反映现实的诗作，以及有关祭祀巫术的作品。《阿闼婆吠陀》有诗730首，20卷，多为巫术咒语诗。

　　"吠陀"时期之后，公元前4世纪到公元4世纪称为"史诗"时期，主要是出了《摩诃婆罗多》和《罗摩衍那》两大史诗。

　　"史诗"时期之后，从公元4世纪到12世纪，是梵语古典文学时期，著名诗人有伐致呵利和迦利陀娑等。

　　伐致呵利是公元前4世纪到5世纪期间的著名诗人，代表作是《三百咏》，分"世道"、"艳情"、"离欲"三组百咏，每百咏由主题一致或相近的百首短诗组成。

　　迦利陀娑(约公元350～472年)，是古印度文学中有世界声誉的著名诗人。代表作有抒情长诗《云使》、抒情诗集《时令之环》以及诗体剧本《沙恭达罗》。

　　我们来看几首诗。

梨俱吠陀·阿耆尼(火)
(第一卷 第一首)

我歌颂阿耆尼(火),司祭者,
在祭祀中,是天神,是祭司,
颂赞者,最高的赐予财宝者。

阿耆尼(火)一向为古仙人
和新近的仙人所歌颂,
愿他引送天神到这里。

愿能由阿耆尼(火)得到财富,
每天每天得到富裕,
名声显赫,英雄辈出。

阿耆尼(火)呀!那祭祀
四面由你围绕,
它才走到天神中间。

颂赞者阿耆尼(火)有智者慧力,
真实不虚,最具有华美的声誉,
愿尊敬的天神们一同降临。

凡是你对崇拜者,
所要给的好处,阿耆尼(火)啊!
你的那件事就会实现,安吉罗(火神)啊!

阿耆尼(火)啊！每天每天对着你，
照明黑暗者啊！我们思想上
充满敬意接近你。

你主宰着各种祭祀，
是秩序的光辉的保卫者，
在自己宅内不断增长。

愿你对我们，如父对子，
阿耆尼(火)啊！容易亲近，
愿你与我们同居，为我们造福。

（金克木 译）

阿耆尼是古印度诸神中的火神，传说在祭祀中，诸神通过他的舌头来享用祭品，因此阿耆尼在印度各类颂神诗中都存在。这首诗是古印度一首典型的颂诗。《梨俱吠陀》主要反映了雅利安人进入印度河流域时期的部落思想和生活风貌。

《罗摩衍那》第十三章
（节选）

她面如满月眉毛美，
乳房娇嫩又丰满；
这个王后用自己的美貌，
驱散了四面八方的黑暗。

她黑发,嘴唇像相思果,
腰肢纤细,周身匀称;
她就像爱神的情妇罗底,
悉多这个女郎莲花眼睛。

她像满月的清光一样,
全世界人民都对她向往;
像一个虔诚的苦行女,
这美妙女郎坐在地上。

她频频地曼声叹息,
羞怯像龙王的老婆;
她陷入巨大的愁网中,
她不能再光辉闪烁。

她好像是烈火的火焰,
周围绕着一股浓烟;
又像是被亵渎的传承,
或像渐渐减少的财产。

她好像被损伤的信仰,
又像是破灭了的希望;
她好像遭到灾难的幸福,
又像是受到污染的智量。

她好像是堕落了的声誉,
遭到了无根的诬蔑;

离开罗摩使她痛苦,
被罗刹所俘使她瘦削。

眼睛像鹿眼的女郎,
目光向四下里张望;
眼睛里充满了泪珠,
脸色黝黑睫毛黑长;
嘴边流露出不满,
一再哀叹,神情凄惶。

她身上很脏,憔悴不堪,
她摒弃了高贵的首饰;
她好像那月亮的光辉,
被黑色的云层遮窒。

(季羡林　译)

《罗摩衍那》是古印度著名史诗,它主要记述了罗摩王子和妻子悉多悲欢离合的爱情故事。上引这段诗主要是写神猴哈努曼跨海到达楞伽岛帮助罗摩寻找被劫掠的悉多和悉多遭受磨难的情景。面对十首魔王的威胁利诱,悉多坚贞不屈,勇敢异常。诗中运用了大量生动的比喻,这是《罗摩衍那》全诗的特色。

三　百　咏
伐致呵利
(一一〇)

春天来到,杜鹃鸟的歌声悦耳,

南来的摩罗耶山的香风轻拂,
却都能伤害离别情人的游子,
唉！患难中仙露也会成为剧毒。

（金克木　译）

离愁别绪是古今中外诗人吟咏的重要对象。这首诗思乡伤春,构思巧妙。

《三百咏》是四行格律诗,站在劳动人民立场,抨击社会不公,揭露丑恶现象,言简意深,它是印度历来学习梵语的范本。

云使·后云（节选）
迦利陀娑

我在藤蔓中看出你的腰身,在惊鹿的眼中
看出你的秋波,在明月中我见到你的面容,
孔雀翎中见你头发,河水涟漪中你秀眉挑动,
唉,好娇嗔的人啊！还是找不出一处和你相同。

我用红垩在岩石上画出你由爱生嗔,
又想把我自己画在你脚下匍匐求情,
顿时汹涌的泪水模糊了我的眼睛,
在画图中残忍的命运也不让你我亲近。

我有时向空中伸出两臂去紧紧拥抱,
只为我好不容易在梦中看见了你;
当地的神仙们看到了我这样情形,
也不禁向枝头洒下了珍珠似的泪滴。

南来的风曾使松树上的芽蕾突然绽开,
它沾上了其中的津液因而芳香扑鼻;
贤德的妻啊!我拥抱这从雪山吹来的好风,
因为我想它大概曾经接触过你的身体。

如何能够使漫漫长夜缩短成一瞬?
如何能够使白昼任何时候都化热为凉?
俊眼佳人啊!我的心怀着这样的空想,
已因与你分离的难堪痛苦而陷于绝望。

可是我虽辗转苦思却还能自己支撑自己,
因此,贤妻啊!你千万不要为我担心过分,
什么人会单单享福?什么人会仅仅受苦?
人的情况是忽升忽降,恰如旋转的车轮。

到毗湿奴从蛇床起身时,我的谪期就满,
请你闭起两眼去度余下的四个月时间;
以后你我就实现分离时积累的种种心愿,
在秋天的满月光辉照耀下的夜晚。

(金克木 译)

　　古代由于交通不便,远离千山万水的亲朋好友往往寄托于"青鸟"、"鸿雁"去传达思念之情。而让"云"做信使去传达思念之情,别有一种情趣,与李白的"我寄愁心与明月,随风直到夜郎西"(李白《闻王昌龄左迁龙标遥有此寄》)有异曲同工之妙。在这首诗中,男主人公小药叉托雨云寄达相思之情,极富感染力,开始连用五个生动的比喻,真妙。

(四)古中国诗歌

鲁迅在《门外文谈》中写道:"我们的祖先是原始人,原是连话也不会说的,为了共同劳作,必需发表意见,才渐渐的练出复杂的声音来,假如那时大家抬木头,都觉得吃力了,却想不到发表,其中有一个叫道'杭育杭育',那么,这就是创作;大家也要佩服,应用的,这就等于出版;倘若用什么记号留存了下来,这就是文学;他当然就是作家,也是文学家,是'杭育杭育派'。"①

鲁迅这里讲的是文学起源于劳动,这也是人类诗歌产生的共同规律。

我国诗歌的起源很早,《汉语大字典》载:《风雅逸篇·弹歌》:"断竹,续竹;飞土,逐宍。""宍",古肉字,代指野兽,这是反映古代狩猎生活的一首歌谣。"断竹",是砍下竹子;"续竹",指制成弓箭;"飞土",是用弓箭射出用土做成的弹丸;"逐宍",是用弹丸来逐击鸟兽。这首歌谣相传是4000多年前黄帝时代的歌谣,可能是我国现存最古的歌谣,内容虽然简单,但已有起承转合,有节奏,有韵律。

《易经》是我国古代一本筮书,约成于殷末周初。其中的卦辞和爻辞里保存了不少古代的民间歌谣,内容有反映战争的,也有反映劳动和婚姻风俗的,刘大杰在《中国文学发展史》中说:《周易》虽是一本迷信的卜筮书,但"在中国文学史上,是要作为卜辞与《诗经》的过渡时代的重要文献来考察的"②。

《诗经》是中国古代第一部诗歌总集。全书分风、雅、颂三部分,

---

① 《鲁迅全集》,第6卷,第95页,人民文学出版社1981年版。
② 刘大杰:《中国文学发展史》,上卷,第14页,百花文艺出版社2000年版。

共305篇,通称诗三百篇,最早的产生于西周初期(公元前11世纪),最晚的产生于春秋中期(公元前6世纪),前后500多年。其产地分布很广,有河南、湖北、河北、山西、陕西、安徽、山东等。《诗经》的诗篇以四言为主,在此基础上句式略有变化;有韵;运用了赋、比、兴手法。

关于《诗经》的收集、整理,司马迁在《史记·孔子世家》中说:"古者诗三千余篇,及至孔子,去其重,取可施于礼仪。"今人对此说有质疑,认为孔子在诗的乐曲整理和编排上大概做过一些工作,但编集、整理者最大的可能是朝廷里的乐官太师。应该说司马迁的话可信度是较高的。

《诗经》在中国诗歌发展史上具有重大意义,它生动地反映了当时的社会现实和劳动人民的思想感情,开创了中国诗歌的现实主义传统。

《诗经》内容丰富,有古史诗,有爱情诗,有描写劳动生活的诗篇,有反映反抗压迫剥削的诗篇。描写劳动生活的诗篇,如:

芣　苢

采采芣苢,薄言采之。
采采芣苢,薄言有之。

采采芣苢,薄言掇之。
采采芣苢,薄言捋之。

采采芣苢,薄言袺之。
采采芣苢,薄言襭之。

这首诗反映了妇女们采摘芣苢时的情景和欢乐心情。芣苢是一种植物,可以入药。此诗采用重叠复沓的形式,在叙述动作时饱含着欢悦之情。周先慎说:"芣苢,余冠英先生据《毛诗》注为:'植物名,就是车前,古人相信它的种子可以治妇人不孕。'那就是说,妇女采摘芣苢,是跟生子有关的。闻一多先生有更深入的申发和联想:'芣苢是一种植物,也是一种品性。'他据古代夏禹的母亲吞食薏苡(即芣苢)而生禹的传说,以及古籍中有关于芣苢有'宜子'功能的记载,将妇女采摘芣苢和妇女生子的欲望联系起来,说:这是'何等惊心动魄的原始女性的呼声'。"①

《诗经》中描写爱情的诗篇,如:

静　女

静女其姝,俟我于城隅。
爱而不见,搔首踟蹰。

静女其娈,贻我彤管(红色有管的茅草)。
彤管有炜,说(通"悦")怿女美。

自牧归(通"馈")荑,洵美且异。
匪(通"非")女(通"汝")之为美,美人之贻。

爱情诗篇在《国风》中占有相当大的比重,内容丰富多彩,表现生动活泼,两三千年来一直引起广大读者的共鸣。1955年夏,毛泽东乘火车专列从北京出发去北戴河开会,随车工作人员姚淑贤未及与自己有约会的男友告别,毛泽东得悉这一情况后,随即写了这首诗

---

① 周先慎:《中国文学十五讲》,第15页,北京大学出版社2004年版。

的第一节给她。任务完成后,当小姚与男友见面时,她把这首毛体四句诗给他看,他大为感动,一直珍藏着这张毛体手迹。

《诗经》中反映阶级压迫剥削的诗篇,如:

硕　鼠

　　硕鼠硕鼠,无食我黍。三岁贯(即宦之假借)女(通"汝"),莫我肯顾。逝(通"誓")将去女,适彼乐土。乐土乐土,爰得我所。

　　硕鼠硕鼠,无食我麦。三岁贯女,莫我肯德,逝将去女,适彼乐国。乐国乐国,爰得我直。

　　硕鼠硕鼠,无食我苗。三岁贯女,莫我肯劳。逝将去女,适彼乐郊。乐郊乐郊,谁之永号!

　　这首诗描写了劳动者对统治者、剥削者的痛恨,把他们比之为贪得无厌的硕鼠。又表达了劳动者对理想社会的向往,决心脱离剥削压迫者的统治,前往"乐土"、"乐国"、"乐郊"。

　　在《诗经》中,还有史诗,如《大雅》中的《大明》、《绵》、《皇矣》、《生民》、《公刘》等篇,属于较长的叙事诗,真实地记载了周民创业发展的历史,是中华民族古老的史诗。

　　在中华民族大家庭中,除《诗经》中的史诗外,还有一部巨型史诗,这就是《格萨尔》。它是中国藏族一部伟大的英雄史诗,历史悠久,流传广泛。诞生于公元前后至公元五、六世纪。这部史诗世代相传,至今在藏族群众尤其是农牧民中仍广泛流传,是一部鲜活形态的英雄史诗。这部史诗很长,有120多部,100多万诗行,2000多万字,堪称世界上最长的英雄史诗。与希腊的《荷马史诗》和印度的《摩诃婆罗多》、《罗摩衍那》史诗并列而无愧。

中国古代诗歌历来以"诗"、"骚"并称,这里的"诗"就是《诗经》,"骚"就是《楚辞》,就是《楚辞》中最杰出的诗篇《离骚》。《诗经》是我国最早的诗歌总集,楚辞则是战国时期在我国南方楚地出现的一种新诗体。楚辞的作者有屈原、宋玉、景差等人,而以屈原的成就最高。屈原(约公元前340~前278)名平,是中国文学史上出现的第一个伟大诗人。《楚辞》则是中国诗歌史上有作者姓名的第一部文人创作的诗歌总集。鲁迅对《楚辞》和《离骚》评价很高,他在《汉文学史纲要》中说:"楚虽蛮夷,久为大国,春秋之世,已能赋诗,风雅之教,宁所未习,幸其固有文化,尚未沦亡,交错为文,遂生壮采。"关于《离骚》,他说:"逸响伟辞,卓绝一世。……较之于《诗》,则其言甚长,其思甚幻,其文甚丽,其旨甚明,凭心而论,不遵矩度。"[①]这里的"壮采",概括了楚辞的特点,甚为精当。"长",指篇幅宏伟;"幻",指想象奇瑰;"丽",指文采绚丽;"明",指主题鲜明。《楚辞》,特别是其中的《离骚》,在思想和艺术上取得了突出的成就,是中国诗歌浪漫主义的源头,对中国诗歌的繁荣发展影响深远,被称为"骚体"。

屈原的诗歌作品,据《汉书·艺文志》记载有25篇。东汉王逸编注的《楚辞章句》也是25篇,篇目是:《离骚》、《九歌》(11篇)、《天问》、《九章》(9篇)、《远游》、《卜居》、《渔父》等。其中,《卜居》、《渔父》、《远游》和《九章》中的一些篇,有人怀疑非屈原所作。

在屈原的诗歌中,《离骚》是他最重要的代表作。不仅如此,《离骚》还是《楚辞》中最重要的代表作。这篇长篇诗歌不仅具有崇高的思想内容,而且具有高度的艺术技巧。如:

---

① 《鲁迅全集》,第9卷,第372、370页,人民文学出版社1981年版。

> 謇吾法夫前修兮，非世俗之所服；
> 虽不周于今之人兮，愿依彭咸之遗则。

诗中的"前修"指"前贤"；"彭咸"，是殷代的贤大夫，谏其君不听，自投水而死。这几句诗的大意是，屈原以古代杰出贤人为榜样，但他的理想追求与当时的黑暗现实格格不入，受到小人佞臣的猜忌诽谤，在这种情况下，他不愿与小人同流合污，而要以前贤彭咸为榜样，坚持自己的理想追求。"虽九死其犹未悔"，"虽体解吾犹未变"。他的理想信念十分坚定。

在《离骚》中，屈原的忠君爱国思想也很鲜明：

> 惟夫党人之偷乐兮，路幽昧而险隘。
> 岂余身之惮殃兮，恐皇舆之败绩！

"皇舆"，代指国君，在屈原的心目中，也就是国家，在他那里，既忠君又爱国，而爱国的思想是主要的。"长太息以掩涕兮，哀民生之多艰。"屈原的可贵之处，还在于他的爱国思想是与爱民思想联系在一起的。在党人诽谤打击，楚怀王、楚顷襄王不听忠言，加以贬谪，理想不能实现的情况下，屈原遂不能不走上悲剧的道路：

> 已矣哉！
> 国无人莫我知兮，
> 又何怀乎故都？
> 既莫足与为美政兮，
> 吾将从彭咸之所居！

"美政",即美好的政治举措,国家清明,人民幸福,是屈原的政治理想,这几句诗是《离骚》全诗的总结,而"美政",可以说是《离骚》的诗眼,点明了全诗的主旨。

《离骚》不仅思想高尚,而且艺术成就很高。首先,《离骚》最突出的艺术特色是浪漫主义,是带有民主色彩的积极浪漫主义。对腐败的统治者投以批判的匕首。在这一流派中,屈原高居上游,宋玉、景差、贾谊、枚乘略逊一筹,亦有可喜的佳作。

其次,运用了赋比兴的表现方法。在《诗经》中已成功地运用了这一方法,在《离骚》中这一方法得到了很大的发展。王逸在《楚辞章句·离骚序》中对此作了精辟的概括:"《离骚》之文,依《诗》取兴,引类譬喻。故善鸟、香草以配忠贞,恶禽、臭物以比谗佞;灵修、美人以媲于君;宓妃、佚女以譬贤臣;虬龙、鸾凤以托君子,飘风、云霓以为小人。"[①]《离骚》中的比兴、象征、隐喻丰富多彩,灵活多变,对现实生活中的矛盾揭露形象深刻,对自己内心抒情表达生动细致,与世界其他优秀诗歌一道构成了一个光辉灿烂的诗歌世界。

语言丰富、文采绚丽,是《离骚》的又一特色。屈原被贬谪放逐后,深入民间,熟识了民间语言,吸取了楚地的大量口语入诗。"兮"字的大量运用,有力地加强了诗的生动性,突破了《诗经》以四字句为主的形式,短章、复沓的结构,使每句的字数参差不一,长短不齐,发展成为近 2500 字的长篇巨制。把整齐均衡的诗句与散文式的句法结合运用,造成了新颖的美感。大量使用对偶句,奇偶相间,富于创造性,增强了诗歌的音乐美。

《离骚》思想崇高,意象鲜活,意境高远,文采灿然,为后世诗歌创作树立了一个卓越的典范。

---

① 转引自周先慎:《中国文学十五讲》,第 37 页,北京大学出版社 2004 年版。

（五）古希伯来诗歌

中东地区是人类文化摇篮之一。巴比伦、埃及、腓尼基、希伯来等民族文化发展较早，对西方民族文化的影响极为深远。希伯来民族在文学上是古代中东地区文学的集大成者。流传至今的有希伯来《圣经》、《次经》、《伪经》，以及1947年以后的10年间在死海西北岸山洞中新发现的《死海古卷》，组成了一大文学宝库，与中国、印度、希腊古文库并列，被称为世界古代影响最大的四大文学宝库。闻一多在谈到世界文学时有一段极有名的文字：

> 人类在进化的途程中蹒跚了多少万年，忽然这对近世文明影响最大最深的四个古老民族——中国、印度、以色列（即希伯来）和希腊——都差不多同时猛抬头，迈开大步。约当纪元前一千年左右，在这四个国度里，人们都歌唱起来，并将他们的歌记录在文字里，给流传到后代。在中国，《三百篇》里最古部分——《周颂》和《大雅》，印度的《黎俱吠陀》，《旧约》里最早的《希伯来诗篇》，希腊的《伊利亚特》和《奥特赛》——都约略同时产生。再过几百年，在四处思想都觉醒了，跟着是比较可靠的历史记载的出现。从此，四个文化，在悠久的年代里，起先是沿着各自的路线，分途发展，不相闻问，然后，慢慢地随着文化势力的扩张，一个个的胳膊碰上了胳臂，于是吃惊，点头，招手，交谈，日子久了，也就交换了观念思想与习惯。最后，四个文化慢慢地都起着变化，互相吸收、融合，以至总有那么一天，四个的个别性渐渐消失，于是文化只有一个世界的文化。这是人类历史发展

的必然路线,谁都不能改变,也不必改变。①

公元前3000年至2000年,希伯来人征服了迦南(即后来的巴勒斯坦地区)。公元前17世纪,希伯来人因饥寒交迫逃往埃及,被埃及人奴役。公元前13世纪中叶,又从埃及逃出,后逐渐在迦南地区定居下来。公元前11世纪,传说中的扫罗在这一地区建立了以色列王国。公元前10世纪,大卫和他的儿子所罗门相继为王,建立了以色列——犹太王国,定都于耶路撒冷,从此进入了鼎盛时期。此后逐渐衰落,直到公元2世纪,犹太人流落世界各地。

《圣经》是希伯来民族的一部文献汇编,包括了公元前12世纪至前2世纪的神话、传说、历史、箴言、诗歌等,很早就传入西方,与古希腊的史诗、戏剧一道,并称为整个西方文学的两大源头。

关于《圣经》,有希伯来《圣经》和基督教《圣经》两个不同的概念。前者只是《旧约》,后者包括《旧约》和《新约》。我们这里是谈古希伯来诗歌,是指希伯来《圣经》,即《旧约》。

《圣经》诗歌是古希伯来诗篇的汇集,主要收集在《诗篇》、《箴言》、《雅歌》、《约伯记》、《耶利米哀歌》、《传道书》等部分中。内容有抒情诗、哲理诗、爱情诗、劳动歌谣、颂歌、哀歌等。《诗篇》收诗150首,内容有对上帝的敬拜和赞颂,祈求神明护佑、拯救,对上帝赐福的感恩,要求惩处敌人,渴求免灾等。《雅歌》收录爱情诗篇,主要表达婚恋生活的各种体验,本质上是当时的世俗诗篇。《耶利米哀歌》是一部哀歌集,相传是先知耶利米所作,共5章,记述耶路撒冷被毁的凄凉情景,反映国破家亡之痛,表达忧国忧民之情,抒发复兴故国再现昔日荣光的强烈愿望。

---

① 朱维之:《圣经文学十二讲》,第13页,人民文学出版社2008年版。

雅　歌
（篇四歌）

男：
你是多么美丽，我的爱！
你的眼睛在面纱里流露爱的光辉。
你的秀发飞舞，如一群山羊
跳跃着奔下基列的山冈。
你的牙洁白如同绵羊
　　刚剪过毛，刚洗干净。
整群羊一只也不少；
只只都无比匀称。
你的嘴唇像朱红缎带，
　　当你启齿时更加秀美。
你的面颊在面纱后燃烧。
　　你的颈像大卫王的塔
　　那样又圆又润，
一串项链像一千面盾牌挂在周围。
你的双乳像一对羚羊，
一对双生的小鹿在百合花间吃草
我要在没药山上留下，
　　在乳香山上留下，
　　直到晨风吹拂，
　　直到黑暗消散。
你是多么美丽，我的爱，
　　你是多么完美无瑕！

跟我来吧,我的新娘,从黎巴嫩,
　　从黎巴嫩的群山。
从亚玛拿山顶下来,
　　从狮子和豹子住的
　　示尼珥山和黑门山来。
我的爱人我的新娘,
　　你的眼神,你戴的项链,
偷走了我的心,
你的爱使我欢喜,
　　我的爱侣我的新娘,
你的爱胜过美酒,
　　任何香料都比不上你芬芳。
你的唇上有蜜的甜味,我亲爱的;
你的舌头对于我就是奶与蜜。
你的衣服啊,有整个黎巴嫩的芳香。
我爱侣我新娘是一座秘密的园,
　　高墙围住的花园,隐秘的泉;
　　里面有花草繁茂。
仿佛是一座石榴园
　　结出了最美好的果实。
这里有的是指甲花、甘松香,
　　番红花、菖蒲、玉桂。
　　还有冬种乳香木。
这里长着没药和沉香,
　　又有各种最迷人的香料。
泉水滋润着这座花园,
　　活水潺潺流动,

溪水喷涌,流下黎巴嫩的群山。

女:
醒来吧!北风啊。
南风啊,吹拂我的花园;
　使空气充满香气。
让我的爱人来到属于他的园里,
　享用最好的果实。

(飞　白　译)[1]

在《圣经》诗歌中,《雅歌》有很强的世俗性,最少宗教性。这首诗具有一定的情节,语言清新自然,朴实无华,巧用比喻,代表了《雅歌》的主要艺术特色,反映了古希伯来人爱情生活的风貌。

耶利米哀歌
(第四首节选)

何黄金之变色兮,纯金黯淡,
彼神阙之圣石兮,弃诸路畔!

叹锡安之众子兮,贵比精金,
今贱于陶工手兮,所制瓦瓶。

顾猛犬能哺幼兮,厥性柔和,
何民女而犷悍兮,沙漠之鸵。

---

[1] 吴笛:《世界名诗欣赏》,第18~20页,浙江大学出版社2008年版。并参照《圣经》中文和合本。

彼婴儿之失乳兮,舌舔胸膛,
儿求饼而嗷嗷兮,孰与干粮?

享珍馐之王孙兮,伏路孤寒,
曾衣锦而褥朱兮,偃卧粪壤。

所多玛之骤亡兮,非为人力,
今我民之罪愆兮,更为可耻!

昔贵胄白于乳兮,皎皎白雪,
丰润胜于珊瑚兮,冰清玉洁。

今尘容之黧黑兮,莫识于途,
形憔悴而销铄兮,枯如槁木。

与其死于饥荒兮,宁蹈白刃,
不得田园蔬果兮,衰竭昏晕。

哀吾民遭屠戮兮,民女不仁,
亲烹儿婴而食兮,腹饥难忍!

(朱维之 译)

公元前586年,新巴比伦军队围攻耶路撒冷18个月,圣城被毁,生灵涂炭,在希伯来历史上留下了惨痛的一页。这首诗反映了这段悲惨的痛史。此诗采用对比手法,极形象地描绘了这段历史。

郝岚在评论此诗的原诗和译诗时说:"本诗运用了希伯来诗歌

独有的'气纳体'句法,每句分前后两段,前段三韵步,后段二韵步,中间有短暂的间隙。而朱维之先生用中国的'骚体'对译,每行两段,前段六字,后段四字,中间用'兮'字隔开并用以表达哀泣之意,极其精彩而传神地表达出悲怆气塞、难以卒读之状。"①

(六)古希腊、罗马诗歌

古希腊的历史,一般是从公元前二三千年起,到公元前146年被罗马帝国灭亡时为止。古希腊文学辉煌灿烂,是西方文学的一大宝库。而古罗马文学则是古希腊文学的继承和发展。在古希腊罗马文学中,主要成就是诗歌。古希腊罗马文学是西方文学的源头。

1. 古希腊诗歌

古希腊诗歌在公元前10世纪至前8世纪已经出现形式比较完整的史诗,开始只是一些关于英雄事迹的民间短歌,由民间歌人口头传授,代代相传。大约公元前9世纪至公元前8世纪,有一位盲诗人荷马以短歌为基础,予以收集加工整理,从而形成具有完整情节和统一风格的《荷马史诗》:《伊利昂记》(一译《伊利亚特》)和《奥德修记》(一译《奥德赛》)。然而当时仍属口头传承。直到公元前6世纪中叶,在雅典执政者庇士特拉妥的领导下,史诗才形成了文字记录。公元前3世纪至前2世纪,经亚历山大城几位学者的认真校订之后荷马史诗才有了最后定本,一直流传至今。

荷马史诗产生的时代,是希腊氏族制度处于瓦解、并向奴隶社会

---

① 孟昭毅、郝岚主编:《东方古典诗歌精选评析》,第22~23页,河南大学出版社2006年版。

过渡的时期,史诗反映了当时广泛而又丰富的社会生活、社会斗争、政治、军事的斗争,思想道德风貌等,具有很高的认识价值和文学价值。

两部史诗都很长,各分 24 卷,都是用六音步长短短格的英雄诗体构成的,每行约有 12 个轻重音,不用尾韵,但诗的节奏感很强。《伊利昂记》共有 15693 行,《奥德修记》有 12110 行。在公元前 13 至前 12 世纪,发生了一场历时 10 年之久的特洛伊战争。这两部史诗都以特洛伊战争为题材,主要记载了古希腊人在与异族和大自然的斗争中所创造的英雄业绩。《伊利昂记》记叙了古希腊人征服特洛伊人的经过,在十年战争中只详细描写了战争最后 51 天内发生的事情。《奥德修记》重点描写了参加特洛伊战争的奥德修斯在班师途中辗转曲折的回乡道路,及回乡后同求婚者的斗争,着重表现了一场争夺和维护私有财产的斗争。这两部史诗规模宏大,结构严谨,塑造了一系列个性鲜明、英勇善战的英雄人物,歌颂了古希腊民族的光荣历史及勇敢、正直、勤劳等优良品质。古希腊的亚里士多德在《诗学》中对荷马史诗的技艺给予了高度赞扬,认为"惟有荷马在这方面及其他方面最为高明"①。朱维之等主编的《外国文学史》对荷马史诗中的比喻作了一个非常精彩的概括:"史诗用自然、质朴的口语写成。诗中比喻丰富多彩,贴切生动,新鲜而又奇特。在描述人物和事件时,使用了约八百个从日常生活和自然现象中选取来的比喻,构成'荷马式的比喻'。"②

公元前 8 世纪末至前 7 世纪初,希腊出现了另一个诗人赫西俄德(另译赫西奥德),他是与荷马齐名的著名诗人。他写了教诲诗

---

① [古希腊]亚里士多德著,罗念生译:《诗学》,第 37 页,上海人民出版社 2006 年版。

② 朱维之、赵澧、崔宝衡主编:《外国文学史》欧美卷,第 23 页,南开大学出版社 2007 年版。

《工作与时日》,这是西方流传下来的以现实生活为内容的最早的一首长诗,共 800 多行。诗人在这首长诗中劝导弟弟不要走巧取豪夺的邪路。诗人亲身参加过劳动,以亲身体验为基础而描绘的农村景色的画面,读来使人产生一种亲切感,相传赫西俄德还写了另一首叙事长诗《神谱》,全诗 1000 多行,诗中收集了许多希腊古代神话,并将其组成了一个体系。在西方,《神谱》是关于宇宙起源和诸神谱系的最早的系统的叙述。

公元前 8 世纪至公元前 6 世纪时,希腊氏族社会进一步解体,奴隶制逐步形成,适合于抒发个人感情的抒情诗逐步发展起来,出现了一批抒情诗人。

萨福(公元前 612? ~前 580?),是古希腊著名的女抒情诗人。萨福 17 岁即有诗名,一生创作了 9 卷诗集,善用各种体裁,使用过 50 多种韵律写作。由于其中有很多是抒发爱情之作,中世纪基督教认为有伤风化,公然予以烧毁,现仅存两首完整的诗,其余仅留残篇。柏拉图称她是"第十个文艺女神",有人称她是"女荷马"。她的诗名显赫,与中国婉约词宗、著名女词人李清照的名字东西辉照。

相　　思

妈呀,亲爱的妈呀!
　我哪里有心织布,
我心里已经充满了
　对那个人的爱慕。

(周煦良　译)

这首诗是写一个织布女子对母亲袒露胸怀,语言滚烫,风格豪爽。

一个少女

好比苹果蜜甜的、高高的转红在树梢,
向了天转红——奇怪摘果的拿她忘掉——
不,是没有摘,到今天才有人去拾到。

好比野生的风信子茂盛在山岭上,
在牧人们往来的脚下她受损受伤,
一直到紫色的花儿在泥土里灭亡。

(周煦良 译)

　　这首诗描写一个少女被人冷落遗忘的悲哀,为受人漠视的悲惨少女的命运鸣不平,是一曲抒发哀怨的悲歌。前一首感情炽热,这一首充满哀怨,意象鲜明,笔力非凡。

　　古希腊另一位著名的抒情诗人是阿那克里翁(约公元前570~?),他的作品有琴歌、抑扬格体诗、哀歌等,亚历山大城的学者曾把他的作品编辑6卷,但后来大部遗失,流传至今的只有残篇断章。

饮 酒 歌

饮我的杯吧,爱人!活我的生命,
因我的青春而年轻!共有一颗心,
同戴一个花冠,共享一片爱情,
和我一同疯狂,和我一起聪明。

(飞白 译)

这首《饮酒歌》豪迈奔放,充满激情,乐观自信,语言凝练,充满着现实主义精神。

与抒情诗同时存在的是教谕诗。梭伦(公元前635～前560),是古代雅典的政治家,也是教谕诗的杰出代表。他的诗文著作甚丰,但多已散失,仅有300多行诗在他人的著作引文中留存。

两人一样富足

这两人一样富足,一个拥有大量白银
　　和黄金,盛产麦子的田地
及骡马,另一个只拥有这样一些东西:
　　健壮的胃口,腰背和脚腿,
这些才是世人的财富。尽管有比这些
　　更多的钱财也带不进冥土,
没有任何赎金能让人逃避死亡和重病,
　　逃过那越来越近的老年之苦。

许多坏人有钱

许多坏人有钱,许多好人贫寒,
　　然而我们决不以品德
去和财富交换,因为品德永久,
　　而钱财他时又归他人。①

---

① 孙鑫亭主编:《古今中外哲理诗鉴赏辞典》,第711、712页,中州古籍出版社1997年版。

从这两首诗看,希腊当时氏族社会已经解体,奴隶制社会已经出现,贫富分化已很明显,梭伦这两首诗直面社会生活,以劝人为善的真诚,运用对比的手法,对人们崇尚物质财富还是崇尚精神品德这一人生价值取向问题给出了正确的回答。两首诗语言凝练朴素,蕴含着深刻的人生哲理。

2. 古罗马诗歌

从公元前4世纪开始,罗马先后统一了意大利本土,并征服了希腊和西部地中海的广大地区。罗马人开始接触并吸收先进的希腊文化,在公元前3世纪中叶,罗马文学开始形成。

在罗马文学中,诗歌取得了很大的成就,出现了卡图卢斯、维吉尔、贺拉斯、奥维德等重要诗人。

卡图卢斯(约公元前84~约前54),是古罗马著名的抒情诗人,生于今意大利北部的维罗纳,家境富有。他继承和发扬希腊女诗人萨福的个人化抒情传统,主张突破拉丁语诗劝世说教的传统,并力图把希腊诗艺移植到拉丁语诗中。其诗歌代表作是《歌集》,共有诗116首(其中第18首、19首、20首学术界认定非卡图卢斯作品)。这些诗可分为三部分:第1~60首是一些短诗,第61~68首是8首较长的诗,第69~116首主要是爱情诗和讽刺诗。

生活吧,我的蕾丝比亚

生活吧,我的蕾丝比亚,爱吧,
那些古板的指责一文不值,
对那些闲话我们一笑置之。
太阳一次次沉没又复升起,

而我们短促的光明一旦熄灭，
就将沉入永恒的漫漫长夜！
给我一千个吻吧，再给一百，
然后再添上一千，再添一百，
然后再接着一千，再接一百。
让我们把它凑个千千万万，
就连我们自己也算不清楚，
免得胸怀狭窄的奸邪之徒
知道了吻的数目而心生嫉妒。

（飞　白　译）

　　卡图卢斯年仅 30 岁，便英年早逝，然而他留下的《歌集》却光辉长存。卡图卢斯曾经爱恋过年轻姑娘克洛狄亚，虽然爱情以失败告终，但对他的诗歌却产生了特殊的影响，他的《歌集》就是赠给克洛狄亚的爱情组诗，但未用真名，而是用了一个象征性的名字"蕾丝比亚"。为什么取这个名字？是从希腊女诗人萨福居住的雷斯博斯岛诗化而来，从这个象征性名字中，也可以看出萨福的诗对他产生的深刻影响。这首以爱情为主题的诗在古罗马时期就已赢得盛誉，欧洲文艺复兴时期及其以后有大批模仿者，仅在英国就有诗人赫里克、马洛、马维尔、多恩、琼森等模仿过这首诗，这首诗艺术上的一个重要特征，就是数词"千"、"百"、"万"的重复运用，产生了特殊而强烈的效果。

　　维吉尔是古代罗马另一个伟大诗人，全名叫蒲布里乌斯·维吉尔乌斯·马洛（公元前 70～前 19），生于意大利的安得斯村，平民出身，从事过农业生产，受过良好教育。诗作有《牧歌》、《农事诗》、史诗《埃涅阿斯记》等。下面摘选《牧歌》第八首：

达蒙的迈那鲁悲歌

当那凉夜的阴影刚刚要从天空消亡,
当柔软的草上的朝露最为牲口所欣赏,
达蒙就倚在平滑的橄榄枝上开始歌唱:
　　启明星啊,请你升起,并带来吉日良辰;
　　我爱上了妮莎,但她欺骗我,对我不贞,
　　我将作悲歌,天神虽不为我的盟誓作主,
　　我这将死的人却要最后一刻向你们申诉。
　　开始吧,我的笛子,和我作迈那鲁的歌。
　　迈那鲁山经常有萧萧幽薮和密语的森林,
　　它也经常听到牧人们在相思中的怨吟,
　　和山神的歌,它首先不愿意叫芦管无声。
　　开始吧,我的笛子,和我作迈那鲁的歌。
　　妮莎嫁了莫勃苏,世上有各样古怪的婚配,
　　只要时间长了就连狻猊也会和母马成对,
　　胆小的鹿也会跑去跟猎犬在一处喝水。
　　开始吧,我的笛子,和我作迈那鲁的歌。
　　莫勃苏呀,你要结婚了,你去砍些新柴,
　　新郎撒些果子吧,黄昏星为你已出了山外。
　　开始吧,我的笛子,和我作迈那鲁的歌。
　　啊,好一双配偶呀,你看不起旁人,
　　我的笛子和羊群都叫你看了不高兴,
　　你讨厌我的粗眉毛和我的连腮胡子,
　　你也不相信天神会管世上女人的事。
　　开始吧,我的笛子,和我作迈那鲁的歌。
　　我初见你时,你年纪还小,正同着你母亲

在我园里采带露的苹果(我是你们的带路人),
那时我的年龄比十二岁还差一点,
刚刚能够从地上攀到那柔软的枝干;
一看到你,我就完了,我就陷入了苦难。
开始吧,我的笛子,和我作迈那鲁的歌。
现在我认识了爱神,他在坚实的岩石间长成,
在特马洛山或洛多贝山或靠近远方
　加拉蛮人(均指边鄙荒凉地带),
他不是我们族类,也不是血肉所生。
开始吧,我的笛子,和我作迈那鲁的歌。
残酷的爱神曾使一位母亲的手沾染
自己女儿的血;这位母亲是很凶残,
但母亲的残忍是否超过造化小儿的狡猾?
小儿是狡猾,你这位母亲也是太可怕。
开始吧,我的笛子,和我作迈那鲁的歌。
让狼自动从羊群逃开,让坚实的榉树生长
金色的苹果,让水仙花在青藿上开放,
让那柽柳的皮上也流下来浓厚的松脂,
让枭鸟比得上鸣雁,让提屠鲁(一牧人名字)
　和奥尔菲(希腊神话中的歌手)相比,
成为山林间的奥尔菲,或阿里翁(传说中的古希腊歌手)在
　海豚里。
开始吧,我的笛子,和我作迈那鲁的歌。
让大海淹没一切吧,山林呀,永别了。①

---

① [古罗马]维吉尔著,杨宪益译:《牧歌》,第61～65页,上海人民出版社2009年版。

这是一首描写一个失恋牧人的痛苦的悲歌。牧人爱上了牧女妮莎,但妮莎却嫁给了另一个牧人莫勒苏。

贺拉斯(公元前65~前8),古罗马杰出的抒情诗人、讽刺诗人兼诗歌批评家,生于获释的奴隶家庭,先后在罗马、雅典求学。代表作为4卷抒情诗集《歌集》和书简《诗艺》。

致墨克那斯

我的庇护,我的快乐和无上荣耀,
亲爱的墨克那斯啊,光辉的贵胄,
有的人满足于赛场上的滚滚尘烟,
急驶的车轮敏捷地绕过拐弯标记,

胜利的荣冠使他的声名远扬千里,
直传至主宰世间一切的神州天际。
有的人感到欣喜,倘若无恒的罗马人
推选他荣登三种高级官职的宝座。①

有的人感到欣喜,如果他们能把
从北非原野得到的收获贮进谷仓。
有的人感到欣喜,只要能安心耕种
祖传的土地,甚至阿塔洛斯的财富(小亚细亚帕加马国王阿塔洛斯三世,非常富有)

---

① 三种高级官职指高级市政官、行政长官和执政官。

也无法诱惑他驾着塞浦路斯巨舶
　　去弥尔托乌姆海(即爱琴海南半部,那里风急浪高,多旋流)
　　　　惊惶地冒险航行。
北非的狂风同伊卡洛斯海凶猛搏斗,
掀起层层巨澜使贾人一见心惊胆寒,

他不禁赞叹平安的生活和家乡田园,
可他又把货船检修,穷困使他难忍。
也有人喜欢手执斟满马苏库斯酒的
杯盏慢悠悠地消磨一天的部分时光。

或是闲适地靠在杨梅树的浓荫下,
或是舒坦地卧在圣泉的涓涓源头。
军营和齐鸣的号角使许多人心潮激荡,
把他们召上受母亲们痛心诅咒的战场。

猎人不顾尤皮特遣来的袭人寒气,
家中孤独地撇下温柔贤慧的娇妻,
凝神地期待忠心的猎狗发现牝鹿,
或机巧的陷阱逮住马尔苏斯(该地林密兽
　　多是狩猎的好场所)野猪。

只有智慧的标记——常春藤花冠
能使我高兴,它可使我接近神明,
凉爽的圣林和神女们同萨提洛斯的
轻歌曼舞会把我同普通人相区分。

只要欧特尔帕能把悠扬的长笛交给我,
波吕许谟尼亚为我调好勒斯博斯竖琴。
如果你也把我划入抒情诗人之列,
那会使我骄傲得昂起头直抵穹宇。

(王焕生　译)①

　　古希腊罗马人认为诗人是智慧的传导者,享有崇高的地位。"只有智慧的标记——常春藤花冠",隐喻,喻指诗、诗人、诗人的桂冠。"欧特尔帕",是缪斯九女神之一,司抒情诗,手执双管长笛。"波吕许谟尼亚",也是缪斯九女神之一,司舞蹈。"勒斯博斯竖琴",喻指古希腊抒情诗。这首诗描述诗人喜爱抒情诗,称许自己诗才出众,不同于"普通人"。诗人既自视甚高,也希望得到别人尤其是权威的肯定。此诗善于铺陈,精于用典,语言精练,修辞精巧,是一篇佳作。

　　古希腊、罗马诗歌文学是西方诗歌文学的第一渊源,对欧洲诗歌文学的发展产生了深远影响。

　　随着东西方诗歌的产生和发展,不论在中国或是外国,东方或西方,古代诗学也发展起来了。

---

① 聂珍钊主编:《外国文学作品选》(1),第156~158页,华中师范大学出版社2006年版。

二　古代的诗学

世界诗学最早产生于中国、希腊和印度。中国诗学之祖是孔子（公元前551～前479）。希腊诗学由柏拉图（公元前427～前347）发其端，亚里士多德（公元前389～前322）集其成。印度诗学的开拓者则是婆罗多（公元前？～公元？），其《舞论》中的第15、16、17章是论述诗歌的，可以说是梵语诗学的雏形。这三个文明古国的诗学各具特色，自成体系，其诗学原理既有共同性，也有相异性。

（一）孔子的诗学

孔子，春秋时鲁国人，名丘，字仲尼，是中国古代的圣人，伟大的思想家、政治家、教育家、诗学家，儒家学说的创始人。孔子生活在春秋时代。这一时代，中国的学术思想非常活跃，老子出现了，孔子出现了，管子、墨子也出现了。孔子学说的诞生在中国文化思想史上具有十分重大的意义，对中国诗学也具有开创性的意义。蔡先金等说："孔子对诗有着自己独到的见解与认识，也形成了一个完整的诗学体系，可谓是中国诗史上第一位具有完整的、自觉的诗学思想的人物；其诗学思想深邃、缜密、凝练，可谓领亚里士多德（公元前389～前322）保存下来的《诗学》之先，而贺拉斯（公元前65～前8）流传下来的《诗艺》则只能望其项背,不可与之相媲美。"①

孔子,堪称世界诗学的鼻祖。

孔子对诗有特殊的爱好,有独到的见解,对编审、订正中国的第一部诗歌总集《诗经》,并使其广泛流传作出了特殊的贡献,对中华泱泱诗国的形成和发展作出了特殊的贡献。司马迁在《史记·孔子世家》中说:"古者《诗》三千余篇,及至孔子,去其重,取可施于礼义,上采契后稷,中述殷周之盛,至幽厉之缺,始于衽席,故曰'《关雎》之乱以为《风》始,《鹿鸣》为《小雅》始,《文王》为《大雅》始,《清庙》为《颂》始'。三百五篇孔子皆弦歌之,以求合韶武雅颂之音。礼乐自此可得而述,以备王道,成六艺。"对于这段论述,后人有所质疑,认为孔子未曾"删诗",三百篇是原来就有的,但孔子对《诗》是整理过的。孔子在《论语·子罕第九》中说:"吾自卫反鲁,然后乐正,《雅》《颂》各得其所。"孔子自己的话和司马迁的论述至少说明一点,孔子是编辑、整理过《诗》的,经过孔子的辛勤劳作,《诗经》得以广泛久远流传,成为人们学习的经典,至今仍然闪耀着灿烂的光辉。《诗经》涉及的社会生活面很广,可以说是中国古代的一部百科全书。古希腊的《荷马史诗》被称为西方古代百科全书,东方西方双峰并峙,堪称佳话。

孔子的诗学理论散见于各处,首先见之于《论语》。《论语》在中国流传极广,在世界也广泛流传。《论语》中记载孔子诗论20处。

《论语·学而第一》1处:"子贡曰:'贫而无谄,富而无骄,何如?'子曰:'可也,未若贫而乐,富而好礼者也。'子贡曰:'《诗》云,如切如磋,如琢如磨,其斯之谓与?'子曰:'赐也,始可与言《诗》已矣,告诸往而知来者。'"

《论语·为政第二》中1处:"子曰:诗三百,一言以蔽之,曰:思

---

① 蔡先金等:《孔子诗学研究》,第2页,齐鲁书社2006年版。

无邪。"

《论语·八佾第三》中2处："子夏问曰：'巧笑倩兮，美目盼兮，素以为绚兮。何谓也？'子曰：'绘事后素。'曰：'礼后乎？'子曰：'起予者商也，始可与言诗已矣。'"另1处："子曰：《关雎》乐而不淫，哀而不伤。"

《论语·述而第七》3处："子曰：志于道，据于德，依于仁，游于艺。""艺"中有《诗》。另1处："子所雅言，《诗》、《书》、执礼，皆雅言也。"又1处："子以四教：文，行，忠，信。""文"中有《诗》。

《论语·泰伯第八》有3处："曾子有疾，召门弟子曰：启予足，启予手。诗云：战战兢兢，如临深渊，如履薄冰，而今而后，吾知免夫小子。"另1处："子曰：兴于《诗》，立于礼，成于乐。"又1处："子曰：师挚之始，《关雎》之乱，洋洋乎，盈耳哉。"

《论语·子罕第九》有2处："子曰：吾自卫反（同'返'）鲁，然后乐正，《雅》、《颂》各得其所。"另1处："唐棣之华，偏（翩）其反（意同翻）而。岂不尔思，室是远尔。子曰：未之思也，夫何远之有。"

《论语·先进第十一》有2处："子曰：从我于陈蔡者，皆不及门也。德行，颜渊、闵子骞、冉伯牛、仲弓；言语，宰我、子贡；政事，冉有、季路；文学，子游、子夏。"孔子教育学生有四科，其中文学一科包括《诗》。另1处："南容三复白圭，孔子以其兄之子妻之。"句中的"白圭"，指《诗经·大雅·抑》中的诗句"慎尔出话，敬尔威仪，无不柔嘉。白圭之玷，尚可磨也；斯言之玷，不可为也。""圭"，一种玉制礼器。"玷"，玉上的瑕点。这诗句的意思是谨言慎行。南容一日三次重复这段诗，表示要谨言慎行，孔子遂把他哥的女儿嫁给了他。

《论语·子路第十三》有1处："子曰：诵诗三百，授之以政，不达，使于四方，不能专对，虽多，亦奚以为。"

《论语·卫灵公第十五》有1处："颜渊问为邦，子曰：'行夏之时，乘殷之辂，服周之冕，乐则韶舞，放郑声，远佞人，郑声淫，佞人殆。'"

《论语·季氏第十六》有 1 处:"(孔子)尝独立,鲤(孔子的儿子)趋而过庭。曰:'学诗乎?'对曰:'未也。''不学《诗》无以言。'鲤退而学《诗》。"

《论语·阳货第十七》有 3 处。其一:"子曰:'小子,何莫学夫诗,诗可以兴,可以观,可以群,可以怨,迩之事父,远之事君,多识于鸟兽草木之名'。"其二:"子谓伯鱼曰:'女(通'汝')为《周南》《召南》矣乎?人而不为《周南》《召南》,其犹正墙面而立也与。"其三:"子曰:'恶紫之夺朱也,恶郑声之乱雅乐也,恶利口之覆邦家者。"

此外,《孟子》、《荀子》、《孔子家语》、《礼记》等史籍也记载了一些孔子论诗的话。2001 年,上海博物馆藏楚简《孔子诗论》公之于世,对研究孔子诗学甚有意义。这批楚简虽然只有 29 枚,有的是残简,但价值很大,它们有助于对《诗经》的研究,有助于对孔子诗学理论的研究。

《孔子诗论》第一简载:"孔子曰:'诗亡隐志,乐亡隐情,文亡隐言。"这几句话,对于理解孔子诗学非常重要,然而亦颇费解。蔡先金等指出,"上博"简《孔子诗论》问世以来,很多学者予以笺注考释,其中对"诗亡隐志"的"亡"、"隐"等字多有解释。对"亡"字的解释,主要有以下两种:

其一,解作"无",当"没有"讲。

其二,解作"毋",当"不要"讲。

"隐"字有四种解释:

其一,解作隐藏、藏匿、不可知之义。

其二,把竹简上"隐"字所对应的那个字隶定为"离",解作离别、分离、离开、隔离之义。

其三,认为竹简上"隐"字所对应的那个字当为"吝"之古字,是吝啬、吝惜之义。

其四,以"隐"为"私","隐志"即为"私志"。

蔡先生等认为:"由于对'亡'、'隐'等字的解释不尽相同,所以,'诗亡隐志'就有好几个版本的解读,例如:诗歌没有不可以知其志的,诗歌不要隐藏其志,赋诗不要吝啬心志的发抒,诗歌无法隐匿或矫饰其志。这几种解释都是可以说得通的,旨意相近,其中以第二种解释最为妥当。"①

陈桐生对这段文字的解读是:"'隐'字从庞朴、李学勤、裘锡圭说。'诗亡隐志'三句的意思是说,诗不要隐藏情志,乐不要隐藏性情,文不要隐藏言意。"②

其实,这句话还可以有另一种解读。

关于"亡",《汉语大字典》云:"《说文》:'亡,逃也。从入,从𠃊。'段玉裁注:'会意,谓入于迂曲隐蔽之处也。'朱骏声通训定声:'会意。𠃊者,隐也。'"据此,"诗亡隐志"中的"亡",似解作隐藏、蕴寓更确切。

关于"隐",刘勰的《文心雕龙》第40章专门谈"隐秀":"夫心术之动远矣,文情之变深矣,源奥而派生,根盛而颖峻,是以文之英蕤,有秀有隐。隐也者,文外之重旨者也;秀也者,篇中之独拔者也。隐以复意为工,秀以卓绝为巧,斯乃旧章之懿绩,才情之嘉会也。夫隐之为体,义生文外,秘响傍通,伏采潜发,譬爻象之变互体,川渎之韫珠玉也。故互体变爻,而化成四象;珠玉潜水,而澜表方圆,始正而末奇,内明而外润,使玩之者无穷,味之者不厌矣。"③因此,"诗亡隐志"也可以理解为诗蕴寓着文外之意,文外重旨,亦即文外之情志。这段话中包含着志、情、言三大主题。蔡先金认为"这三大命题浑然相

---

① 蔡先金等:《孔子诗学研究》,第197~198页,齐鲁书社2006年版。
② 陈桐生:《〈孔子诗论〉研究》,第257页,中华书局2004年版。
③ 刘勰:《文心雕龙》,第373~374页,中州古籍出版社2008年版。

连,不可分离,是孔子诗学的又一大纲领"①。

"上博"简评析《诗经》中的诗较多,评论中有其审美标准:志,情,德,文,声,喻。

关于志。孔子是主张诗言志的。除"诗亡隐志"外,第二十六简云:"《蓼莪》有孝志。"这是对《诗经·小雅·蓼莪》的评论,该诗有句:"哀哀父母,生我劬劳。""欲报之德,昊天罔极。"这是一首苦于征役不能终养父母者的哀怨之诗。第八简云:"《小旻》多疑,疑言不中志者也。"《诗经·小雅·小旻》,是一首讥刺周幽王任用小人,导致国家濒于危亡的诗篇。诗中有句"谋夫孔多"、"发言盈庭",但言不由衷,即"不中志"也。言志,"隐志",是孔子诗学的一个基本命题。

关于情。孔子论诗亦重情。除"乐亡隐情"外,第十简曰:"《燕燕》之情,盖曰终而皆贤于其初者也。"这是对《诗经·邶风·燕燕》篇的评论。这是描写一位国君送别远嫁妹妹的诗篇,诗中有句:"燕燕于飞,差池其羽。之子于归,远送于野。瞻望弗及,泣涕如雨。"饱含着兄妹的真情。第十一简有个残句:"……情,爱也。"前面不完整,但留下了一个"情"字,"爱也"是"情"引起的结果,可见情的深浅是孔子审美的一个重要标准。第十七简云:"《扬之水》其爱妇烈。《采葛》之爱妇……"这两首诗均是《诗经·王风》中的诗。《扬之水》是一首戍卒思妇的诗,共三章,每章都重复"怀哉怀哉,曷月予还归哉",评为"爱妇烈"是贴切的。另一篇《采葛》,也是一首思妇诗,其中有"一日不见,如三月兮","一日不见,如三秋兮","一日不见,如三岁兮"。可见其情感的热度。

关于德。德,是孔子诗学的又一重要理论基石,《孔子诗论》竹简中,"德"字出现了9次。第二简:"文王受命矣。《讼》,坪德也……《大夏》,盛德也。""讼",即"颂",《诗经》中的《颂》,按马承源

---

① 蔡先金等:《孔子诗学研究》,第59页,齐鲁出版社2006年版。

先生说,"坪德",即平成天下之德。《大厦》即《诗经》中的《大雅》;"盛德",意指《大雅》中歌颂的是文王及王公们的盛德。第五简:"《清庙》,王德也,至矣。敬宗庙之礼,以为基本;秉文之德,以为其蘖。"《清庙》,是《诗经·周颂》的第一篇,是一首祭祀周文王的乐歌。诗中有句:"济济多士,秉文之德。"就是秉持周文王的王德,周文王的德是王德的最高典范。第六简:"'……多士,秉文之德',吾敬之。《烈文》曰:'乍竞唯人'(今本作'无意唯人')'不(通'丕')显维德','於乎,前王不忘。'吾悦之。'昊天有成命,二后(指文王、武王)受之'贵且显矣。"此简引述《周颂》中《清庙》、《烈文》、《昊天有成命》篇中的诗句,来表达对礼贤、重德、崇孝、尊重天意等的赞美。可见,"德"在孔子诗学评价体系中占有非常重要的地位。

　　文采和音乐性在诗中是非常重要的元素,孔子诗论中很重视这一点。第三简云:"《邦风》,其纳物也,溥观人俗焉,大敛材焉,其言文,其声善。"《邦风》,是指《诗经·国风》,从中可以博览民风和景物("纳物"),可以普观民情风俗("溥观人俗"),可以考察聚结贤才("大敛材")。孔子对《国风》的评价是:"其言文",即语言富有文采;"其声善",即富于音乐性和节奏感,动听悦耳。

　　诗,必重修辞,用比喻。第二十简:"其隐志必有以谕也。"谕,其中的一个解释是譬喻。《汉语大字典》云:"谕:⑤譬喻,比拟。《玉篇·言部》:'谕,譬也。'……清钱谦益《徐元叹诗序》:'宣己谕物,言志之方也。'"此简的意思是要把蕴寓在诗中的情志表达出来必须采用比喻的方法。第十四简:"……两矣。其四章则喻矣:以琴瑟之悦,凝好色之愿;以钟鼓之乐……"这是一片残简,但残留的字句意思比较明确。"……两矣",陈桐生指出:"这两个残字似指《关雎》。"《诗经》开篇《关雎》的第四章是:"参差荇菜,左右采之;窈窕淑女,琴瑟友之。"其第五章是:"参差荇菜,左右芼之;窈窕淑女,钟鼓乐之。"《关雎》是一首爱情诗,表达一个青年男子对一个妙龄女郎的爱慕之情,《简》文说:"以琴瑟之悦,凝好色之愿。"这就是"喻",是一个极好的隐喻。

孔子的诗学理论内容比较丰富,其要点在于:关于诗的根本思想,或叫总论,是"《诗》三百,一言以蔽之,曰思无邪"。这是一。二是"诗亡隐志,乐亡隐情,文亡隐言",志、情、言三者浑然一体,是孔子诗学的一大纲领。三是诗的功用。指出《诗》可以兴,可以观,可以群,可以怨,迩之事父,远之事君,多识于鸟兽草木之名。四是温柔敦厚,诗教也。并把《诗》列为他的讲学内容之一,而非常重要的一点是,他编集了我国第一部诗歌总集《诗经》。

孔子诗学是儒学诗学的源头,对形成中国诗学体系影响极为深远。可以说,孔子诗学雄踞中国诗坛两千多年,直至五四运动呼出"打倒孔家店"的口号,才动摇了其霸主地位。然而我们对于孔子诗学应该采取辩证的、具体问题具体分析的态度,吸取其精华,摒弃其糟粕。孔子诗学中的一些基本原理有其朴素的客观真理性,因而仍然充满活力,继续发挥着重要作用。

(二)柏拉图和亚里士多德的诗学

柏拉图(公元前427~前347),出身于雅典贵族,早年受过良好教育。师从苏格拉底学习8年,精通哲学、文学、数学、天文学,游历过希腊的一些城邦以及埃及和意大利等地,40岁时回到雅典,建立了他的学园,开门讲学。他的学园很著名。不仅雅典人而且其他许多城邦的人也来他的学园学习,其中最著名的是亚里士多德。柏拉图追求心灵沟通,精神恋爱,排斥肉欲,终身不娶,这种恋爱方式被后人称之为"柏拉图式的恋爱"。终年81岁。

柏拉图是古希腊著名的哲学家,也是诗人,写过一些著名的诗

篇:

星(二首)

我的星你在望着群星。我愿意变作
天空,好得千万只眼睛来望着你。

从前你是晨星在人世间发光,
如今死后如晚星在逝者中显耀。①

乡间的音乐

你来坐在这棵童童的松树下,
西风吹动那密叶会簌簌作响,
就在这潺潺的小溪旁,我的七弦琴
会催你合上眼皮,进入睡乡。

(水建馥 译)②

  柏拉图的主要著作是对话,全部约 40 篇,主要内容是政治、哲学、伦理教育等问题,对诗也提出了一些精辟的见解,其中也有错误的观点。朱光潜辑译的《柏拉图文艺对话集》,包括了柏拉图谈文艺的主要著作:《伊安篇》、《理想国(卷二至卷三、卷一〇)》、《斐德若篇》、《大希庇阿篇》、《会饮篇》、《斐利布斯篇》、《法律篇》。

  古希腊是一个诗歌发达很早的民族,诗歌底蕴深厚,诗歌以荷马为最杰出的代表,诗学则以柏拉图奠其基,亚里士多德集其成。柏拉

---

① 引自陈太胜:《西方文论研究专题》,第 25 页,北京大学出版社 2008 年版。
② 耿占春主编:《外国精美诗歌》,第 24 页,山东友谊出版社 2009 年版。

图是荷马的崇拜者,他是在认真研究荷马等人诗歌作品的基础上,在批评荷马作品的过程中,形成自己的诗学观点的。他的诗学观要点在于:

1. 摹仿论

柏拉图的诗学思想与他的哲学思想密切相关。柏拉图哲学思想的基本概念是"理式"。在他看来,万事万物有一个本原,即"理式",这个理式最初是起源于神的。在柏拉图时代,古希腊人都笃信神,渎神者为当时统治者所不容,柏拉图的老师、大名鼎鼎的苏格拉底,就因为他宣传无神论,不信当时统治者尊奉的神而被处死。在柏拉图那里,神,创造了各类事物的理式,现实世界万事万物是理式的摹本,而诗歌作品又是现实世界的摹本。他认为从荷马起一切诗人都只是摹仿者,无论是摹仿德行,或是摹仿他们所写的一切题材,都只得到影像,并不曾抓住真理。

柏拉图的摹仿论存在着深刻的矛盾。一方面,他把客观现实世界看做诗歌的蓝本,诗歌是摹仿现实世界的,这是合理的。另一方面,他理解的现实世界并不是真实的世界,只有先验的理式世界才是真实世界,现实世界只是理式世界的摹本,这就陷入了唯心主义的泥坑。但是柏拉图的摹仿论还是具有一些辩证法因素的。他的摹仿论,是诗歌艺术中的再现论,虽有其片面性,也有其积极意义。他把人分成九流:

第一流:"爱智慧者,爱美者,或是诗神和爱神的顶礼者。"

第二流:"守法的君主,战士或是长于发号施令者。"

第三流:"政治家,或者至少是一个经济家或财政家。"

第四流:"爱好体育的或是以治疗身体为业的。"

第五流:"预言家或是掌宗教典礼的。"

第六流:"诗人或是其他摹仿的艺术家。"

第七流:"工人或农人。"

第八流:"诡辩家或煽惑群众者。"

第九流:"僭主。"①

柏拉图把诗人分成两种,第一流的是大诗人,是靠神灵凭附得到的灵感把永恒的理式表现出来,这种摹仿是柏拉图所赞同的。至于其他诗人则地位较低,仅属于第六流的人物。

2. 灵感论

灵感论是柏拉图诗学的又一个主要观点。他认为写好诗必须要有灵感。什么是灵感?他打了一个比喻:灵感就像磁石。他借苏格拉底之口说:"磁石不仅能吸引铁环本身,而且把吸引力传给那些铁环,使它们也像磁石一样,能吸引其他铁环。有时你看到许多个铁环互相吸引着,挂成一条长锁链,这些全从一块磁石得到悬在一起的力量。诗神就像这块磁石,她首先给人灵感,得到这灵感的人们又把它传递给旁人,让旁人接上他们,悬成一条锁链。凡是高明的诗人,无论在史诗或抒情诗方面,都不是凭技艺来做成他们的优美的诗歌,而是因为他们得到灵感,有神力凭附着。"②

柏拉图认为,由于诗神的凭附,诗人心灵得到了感发,就会进入迷狂状态。就会写出伟大的诗篇来。他认为,诗人的"迷狂",是由诗神凭附而来的。诗神凭附到诗人心灵后,感发他,引他到兴高采烈、眉飞色舞的境界,写出各种各样精彩的诗篇。若没有这种诗神凭附着的迷狂,无论谁去敲诗歌的大门,他和他的作品都永远站在诗歌的门外。

柏拉图的灵感说,来源于希腊神话,与宗教信仰密切联系,是唯

---

① 朱光潜译:《柏拉图文艺对话集》,第99页,人民文学出版社2008年版。

② 朱光潜译:《柏拉图文艺对话集》,第6页,人民文学出版社2008年版。

心的、先验的、错误的。实际上，灵感是存在的，人们在诗歌创作中，由于有关事物的启发而突然产生的富有创造性的思路就是灵感，它的获得是以实践经验为基础，以知识积累为前提的。但是柏拉图的灵感论也有可取之处，他强调诗歌的艺术感染力，磁石的比喻生动而深刻。

3. 功用论

柏拉图对诗歌的功用有亲身的体会和深刻的认识。对荷马的评论是一个很好的例子。一方面他从小就对荷马养成了一种敬爱，认为"荷马真是一位最伟大最神圣的诗人"；另一方面他对荷马史诗中揭露诸神贪婪、傲慢、残忍、淫荡等故事情节大为不满，认为是"毒素"。为此，他对诗人进入他的"理想国"作了严格的规定，下达了"逐客令"。他关于诗人的罪状说了很多话，他怕诗人的作品深刻地影响人们特别是青年人的思想，从维护贵族统治的立场出发，定出了评判诗歌的标准：凡是对统治阶级有利的就是好，就允许它存在；凡对贵族统治不利的，就不允许它进入他的"理想国"，即使是他尊敬的伟大诗人荷马的史诗，也要坚决清洗掉。朱光潜对柏拉图关于文艺的社会功用的基本态度作了概括："文艺必须对人类社会有用，必须服务于政治，文艺的好坏必须首先从政治标准来衡量；如果从政治标准看，一件文艺作品的影响是坏的，那么，无论它的艺术性多么高，对人的引诱力多么大，哪怕它的作者是古今崇敬的荷马，也须毫不留情地把它清洗掉。柏拉图在西方是第一个明确地把政治教育效果定作文艺的评价标准的人，对卢梭和托尔斯泰的艺术观点都起了一些影响。近代许多资产阶级文艺理论家往往特别攻击柏拉图的这个政治第一的观点，其实一切统治阶级都是运用这个标准，不过不常明说而已。"①

4. 修辞术

柏拉图诗学另一重要内容就是重视修辞术。修辞,就是修饰词句,使语言表达得准确、鲜明、生动。柏拉图认为,"修辞术是用文辞来影响人心的"。"每篇文章的结构应该像一个有生命的东西,有它所特有的那种身体,有头尾,有中段,有四肢,部分和部分,部分和全体,都要各得其所,完全调和。"他认为,修辞术也是一种艺术。"在修辞方面若想能做到完美,也就像在其他方面要做到完美一样,或许——毋宁说,必然——要有三个条件:第一是天生来就有语文的天才;其次是知识;第三是练习,你才可以成为出色的修辞家。这三个条件如果缺一个,你就不能做到完美。"②

柏拉图的诗学理论是古希腊诗歌创作经验的开创性的初步总结,虽有唯心的片面观点,但仍有许多真知灼见。他打开了西方诗学的大门,对后世产生了深远的影响,特别是培养了他最杰出的学生、他的诗学继承人和批判者亚里士多德。

亚里士多德(前384~前322),古希腊哲学家、诗学家、修辞学家。他是柏拉图的弟子,他对柏拉图的思想既有继承也有批判,他的格言是:"我爱我师,我更爱真理。"柏拉图则说:"亚里士多德像小马驹生下来对它母亲那样踢我。"如果说柏拉图是古希腊诗学思想的开端者,那么亚里士多德则是古希腊诗学思想的集大成者、主要奠基人。朱光潜在《西方美学史》中说:"在《论亚理斯多德的〈诗学〉》里,车尔尼雪夫斯基说,'《诗学》是第一篇最重要的美学论文,也是

---

① 朱光潜译:《柏拉图文艺对话集》,第283页,人民文学出版社2008年版。
② 朱光潜译:《柏拉图文艺对话集》,第115、120、127页,人民文学出版社2008年版。

迄至前世纪末叶一切美学概念的根据',又说,'亚里士多德是第一个以独立体系阐明美学概念的人,他的概念竟雄霸了二千余年'。研究一下从希腊到十九世纪的欧洲文艺思想发展史,我们就会明白车尔尼雪夫斯基的评价是毫不夸张的。"①

亚里士多德的《诗学》,内容较广,较系统地总结了古希腊诗歌创作的经验,探讨了诗学的若干范畴。

首先,他在哲学上抛弃了他老师柏拉图的"理式",承认了现实世界的真实性,开始了从唯心主义向唯物主义的转变(虽然不彻底),开始提出了现实主义的诗歌创作基本原则,这是亚里士多德对诗学的重要贡献。在《诗学》第九章中,亚里士多德指出:"诗人的职责不在于描述已发生的事,而在于描述可能发生的事,即按照或然率或必然律可能发生的事。历史学家与诗人的差别不在于一用散文,一用'韵文';希罗多德的著作可以改写为'韵文',但仍是一种历史,有没有韵律都是一样;两者的差别在于一叙述已发生的事,一描述可能发生的事。因此,写诗这种活动比写历史更富于哲学意味,更被严肃地对待;因为诗所描述的事带有普遍性,历史则叙述个别的事。"②

上述这段话中的"或然律"有的译为"可然律",指在假定的前提和条件下可能发生某种结果;"必然律"是指在已定的前提或条件下必然发生某种结果。在这段话里,亚里士多德不仅肯定诗歌艺术的真实性,而且肯定诗歌艺术比现实世界更为真实,它所揭示的不是偶然性,而是现实世界所具有的必然性和普遍性,亦即现实世界的内在本质和规律。

其次,摹仿说是亚里士多德关于诗艺的首要的和基本的观点。

---

① 朱光潜:《西文美学史》,第65页,人民文学出版社2003年版。
② [古希腊]亚里士多德著,罗念生译:《诗学》,第39页,上海人民出版社2006年版。

古希腊是一个诗的国度,到亚里士多德时代诗歌已呈繁荣景象,史诗、抒情诗、悲剧、喜剧,百花竞放,争奇斗艳。亚里士多德总结了诗歌创作的经验,写出了《诗学》这部经典著作。在这部著作中,对诗的艺术,它的种类,各种诗的功能,诗的各种成分及其性质,进行了精到的分析。

亚里士多德把摹仿看做诗学的首要原理,因此他的《诗学》从讨论摹仿开篇。他认为史诗、悲剧、喜剧和酒神颂等诗体的创作过程"实际上都是摹仿,只是有三点差别,即摹仿所用的媒介不同,所取的对象不同,所采用的方式不同"①。也就是有的用颜色和姿态来制造形象,摹仿许多事物;有的用节奏、语言、音调来摹仿。诗人是摹仿者,他们采用某种格律来摹仿。

亚里士多德的摹仿与柏拉图的摹仿有很大的不同。柏拉图把摹仿看成是人在迷狂状态下对先验的理式的一种回忆,是人在后天养成的第二天性。而亚里士多德的说法有所不同,他认为:"一般说来,诗的起源仿佛有两个原因,都是出于人的天性。人从孩提时候起就有摹仿的本能(人和禽兽的分别之一,就在于人最善于摹仿,他们最初的知识就是从摹仿得来的),人对于摹仿的作品总是感到快感。……摹仿出于我们的天性,而音调感和节奏感也是出于我们的天性,起初那些天生最富于这种资质的人,使它一步步发展,后来就由临时口占而作出了诗歌。"又说:"……诗的艺术与其说是疯狂的人的事业,毋宁说是有天才的人的事业;因为前者不正常,后者很灵敏。"②这里,亚里士多德把摹仿看做人的天性本能,看做艺术天才,而与柏拉图的非理性的迷狂严格地区别了开来。

---

① [古希腊]亚里士多德著,罗念生译:《诗学》,第17页,上海人民出版社2006年版。
② [古希腊]亚里士多德著,罗念生译:《诗学》,第24、62页,上海人民出版社2006年版。

关于摹仿的对象,亚里士多德作了具体的分析。他认为,诗人与画家及其他造型艺术家一样,都是摹仿者,他必须摹仿下列三种对象之一:过去有的或现在有的事,传说中的或人们相信的事,应有的事。在这几种摹仿中,亚里士多德最赞赏的,是按照事物或人物应该有的样子去描写,这是亚里士多德理想的创作方法。

总之,亚里士多德的摹仿理论是西方诗学理论的一大纲领,对西方后来诗学理论的发展产生了深远的影响。

亚里士多德《诗学》的另一重要理论是"净化"说,或叫"陶冶"说。在《诗学》中有个词 katharsis,音译为卡塔西斯。在《诗学》第六章中有段话:"悲剧……借引起怜悯与恐惧来使这种情感得到陶冶。"(罗念生译文)朱光潜在《西方美学史》中把"陶冶"译成"净化",并说:"'净化'的真正的解释要在《政治学》(亚里士多德)卷八里去找,在这里亚里士多德讨论音乐的功用也提到'净化',但不是单提'净化'。"原文是这样:

> 音乐应该学习,并不只是为着某一个目的,而是同时为着几个目的,那就是(1)教育,(2)净化(关于'净化'这一词的意义,我们在这里只约略提及,将来在《诗学》里还要详细说明)①,(3)精神享受,也就是紧张劳动后的安静和休息。从此可知,各种和谐的乐调虽然各有用处,但是特殊的目的,宜用特殊的乐调。要达到教育的目的,就应选用伦理的乐调;但是在集会中听旁人演奏时,我们就宜听行动的乐调和激昂的乐调。因为像哀怜和恐惧或是狂热之类情绪虽然只在一部分人心里是很强烈

---

① 朱光潜按:"《诗学》已残绝,现存的《诗学》没有关于'净化'的详细解释。'净化'有译作'陶冶'的,不妥,因为'陶冶'就是'教育',亚里士多德明明把'教育'放在'净化'之上。"

的,一般人也多少有一些。有些人受宗教狂热支配时,一听到宗教的乐调,就卷入迷狂状态,随后就安静下来,仿佛受到了一种治疗和净化。这种情形当然也适用于受哀怜恐惧以及其它类似情绪影响的人。某些人特别容易受某种情绪的影响,他们也可以在不同程度上受到音乐的激励,受到净化,因而心里感到一种轻松舒畅的快感。因此,具有净化作用的歌曲可以产生一种无害的快感。

从此可知,这里所说的"净化"和《诗学》里所说的"净化"原是一回事。①

这里,亚里士多德所强调的是诗对于人们的情绪可以起净化作用,有益于群众的心理健康,可以起良好的社会作用。

亚里士多德还对悲剧进行了深入的探讨,这是他诗学理论的一个重要部分,是诗学的一个分支。亚里士多德给悲剧下了一个定义:"悲剧是对于一个严肃、完整、有一定长度的行动的摹仿;它的媒介是语言,具有各种悦耳之音,分别在剧的各部分使用;摹仿方式是借人物的动作来表达,而不是采用叙述法;借引起怜悯与恐惧,来使这种情感得到陶冶('净化')。所谓'具有悦耳之音的语言',指具有节奏和音调(亦即歌曲)的语言;所谓'分别使用各种',指某些部分单用'韵文',某些部分则用歌曲。"②

这是西方第一个关于悲剧的定义。

悲剧有什么成分? 亚里士多德指出,悲剧艺术的成分必然是六个,即情节、性格、言词、思想、形象与歌曲。并指出,在这六个成分

---

① 朱光潜:《西方美学史》,第86页,人民文学出版社2003年版。
② [古希腊]亚里士多德著,罗念生译:《诗学》,第30页,上海人民出版社2006年版。

里,最重要的是情节,即事件的安排。情节是悲剧的基础,是悲剧的灵魂。亚里士多德认为,荷马在创作悲剧方面,在安排调动各种成分、安排各种情节时做得最好最高明,主次分明,详略得当。在荷马的两首史诗里,各有不同的结构,言词与"思想"也登峰造极。

在亚里士多德的诗学理论中隐喻理论占了重要地位,在他的《诗学》和《修辞学》中均有精辟的论述,本书在后面谈修辞时将予以探讨。

亚里士多德是一个"百科全书式"的杰出人物,在多个理论领域有开创之功。他的《诗学》因年代久远有残缺,有局限,但是西方诗学的理论源头,其中的真知灼见至今仍然放射着真理的光芒。

(三)古印度的诗学

印度是一个文明古国,也是一个诗和诗学的泱泱大国。印度古代梵语诗歌和诗学历史悠久,可分为三个时期:

吠陀时期,为公元前15世纪至公元前4世纪,约1100年。

史诗时期,为公元前4世纪至公元4世纪,约为800年。

古典梵语诗歌和诗学时期,为公元4世纪至12世纪,约800年。

在上述漫长的2000多年中,产生了众多梵语诗歌作品,其中有印欧语系最古老的诗歌总集《梨俱吠陀》,有《摩诃婆罗多》和《罗摩衍那》两部著名的宏伟史诗,有精粹的抒情诗、叙事诗、戏剧等。并且,在诗歌繁荣的基础上产生了独具特色的梵语诗学理论体系。

与中国的孔子诗学,古希腊的柏拉图、亚里士多德的诗学相较,印度梵语诗学诞生略晚,但它独具特色,自成体系,与中国、古希腊诗学鼎足而立,既有共同性,又有相异性,具有自己的特殊价值。

现存最早的梵语文学理论著作是婆罗多的《舞论》,是公元前后诞生的著作,是一部全面总结早期梵语戏剧艺术的理论著作。其中的第十五章和第十六章论述梵语的语言、词态和诗律,第十七章论述了诗相、诗庄严(修辞)、诗病和诗德等,开始了梵语诗学的初步探索。真正成系统的梵语诗学理论著作是出现在公元7世纪的两部著作,一部是婆摩诃的《诗庄严论》,一部是檀丁的《诗镜》。这两部著作论述的诗学概念有庄严(修辞)、诗德、诗病和风格。《舞论》和这两部著作,为梵语诗学理论的发展,奠定了基础,开辟了道路。

1. 婆罗多的《舞论》

婆罗多在《舞论》中提出了一个极重要的文学审美范畴:"味论。"他说:"我们首先阐明味。因为离开了味,任何意义都不起作用。味产生于情由、情态和不定情的结合。如果有人问:有何例证?回答是:正如各种调料、药草和原料的结合产生味,同样,各种情的结合产生味。正如食糖、原料、调料和药草产生六味(指辣、酸、甜、咸、苦和涩),同样,常情和各种情结合产生味性。"①

味有哪些?《舞论》中指出了八种味:艳情味、滑稽味、悲悯味、暴戾味、英勇味、恐怖味、厌恶味和奇异味,并对这些味进行了详细的描述。

关于味和情的关系,《舞论》认为,"味产生于情由、情态和不定情的结合"。什么是情?"使人感受到具有语言、形体和真情的艺术作品的意义,这些是情。""通过语言、形体和脸色以及真情表演,传达诗人心中的感情,它被称为情。"②

婆罗多还对常情、不定情和真情作了具体分析。常情是:爱、笑、悲、怒、勇、惧、厌和惊8种;不定情是:忧郁、虚弱、疑虑、妒忌、醉意、

---

① 黄宝生译:《梵语诗学论著汇编》,上册,第45页,昆仑出版社2008年版。
② 黄宝生译:《梵语诗学论著汇编》,上册,第52页,昆仑出版社2008年版。

疲倦、懒散、沮丧、忧虑、慌乱、回忆、满意、羞愧、暴躁、喜悦、激动、痴呆、傲慢、绝望、焦灼、入眠、癫狂、做梦、觉醒、愤慨、佯装、凶猛、自信、生病、疯狂、死亡、惧怕和思索，共33种；而瘫软、出汗、汗毛竖起、变声、颤抖、变色、流泪和昏厥，则被认为是8种真情。

关于情和味是何种关系问题，婆罗多的答复是："无情不成味，无味不成情……情和味互相促使对方产生。正如树产生于种子，花果产生于树，味是一切之根，情确立其中。"①

在《舞论》中还提出了"诗相"的概念。黄宝生指出，从《舞论》列举的36种诗相判断，主要指诗的各种表达方式，就是诗的特征。后来的梵语诗学家用庄严（修辞）取代了诗相的提法。《舞论》中提出的36诗相是：装饰、紧凑、优美、例举、原因、疑惑、喻证、发现、想象、例证、解释、成功、特殊、反讽、突出、联想、集句、描写、点示、考虑、逆转、失误、调停、花蔓②、殷勤、谴责、推测、成就、提问、类似、意愿、机智、激动、称颂、自明和赞词。《舞论》提出，对这36诗相，诗人们须按照需要，在诗中合适地运用。

《舞论》还论述了10种诗病和10种诗德。

10种诗病是：意义晦涩，意义累赘，缺乏意义，意义受损，意义重复，意义臃肿，违反正理，诗律失调，缺乏连声和用词不当。

与10种诗病相反的称为十种诗德，就是：紧密、清晰、同一、三昧、甜蜜、壮丽、柔和、易解、高尚、美好。

婆罗多在《舞论》中提出的味论和情论，是对印度诗学的重要贡献，对世界诗学也是一个重要贡献。

如果说婆罗多的《舞论》是梵语诗学萌生的雏形的话，那么婆摩

---

① 黄宝生译：《梵语诗学论著汇编》，上册，第46页，昆仑出版社2008年版。
② 花蔓：在梵语诗歌中，诗人为了达到某种愿望，运用各种修辞手段来表达，被称为花蔓。

诃的《诗庄严论》和檀丁的《诗镜》则是梵语诗学作为独立学科诞生的标志,宣告了梵语诗学的正式诞生。

2. 婆摩诃的《诗庄严论》

婆摩诃,生平事迹不详。他的《诗庄严论》是对梵语诗学理论的初步总结,主要内容是阐述诗的功能、性质和类别,诗的各种庄严(修辞方式),指明各种诗病,论述词汇的选择。

婆摩诃给诗下了一个定义:"诗是音和义的结合。"这个定义成了梵语诗学家的共识,并成为梵语诗学家进一步探索诗学理论的出发点。

婆摩诃很重视文学的功能,他说:"优秀的文学作品使人通晓正法、利益、爱欲、解脱和技艺,也使人获得快乐和名声。"[①]"那些优秀作家即使已经升入天国,他们的完美无瑕的作品依然存在。"[②]这段论述与我国曹丕的《典论·论文》颇有英雄所见略同之感。曹丕说:"盖文章,经国之大业,不朽之盛事。年寿有时而尽,荣乐止乎其身。二者必至之常期,未若文章之无穷。是以古之作者,寄身于翰墨,见意于篇籍,不假良史之辞,不托飞驰之势,而声名自传于后。"[③]

婆摩诃很重视诗人的文学素养和诗才。他说:"没有修养,谈何美德?没有月亮,谈何夜晚?没有诗才,谈何精通语言?""智力迟钝的人,也能在老师指导下学习经论;而诗只能产生于天资聪明的人。""智者如果盼望自己的名声与坚实的大地共存,他就应该努力掌握诗的要义。""写诗的人应该思考词音、词义、诗律、传说故事、世界、方法和技巧。"[④]他要求诗人必须懂得语言学,懂得诗的格律,精通诗的艺术技巧,必须了解传说故事、神话、寓言,还必须懂得世界,

---

[①][②][④] 黄宝生译:《梵语诗学论著汇编》,上册,第 112、第 113 页,昆仑出版社 2008 年版。

[③] 陈良运主编:《中国历代诗学论著选》,第 94 页,百花洲文艺出版社 1995 年版。

包括自然界和人类社会,并且必须向诗人、专家请教,研究学习别人的优秀诗篇。

婆摩诃把诗定义为音和义的结合,把有庄严和无诗病视为诗美的基本因素,主张音和义都要注意表达方式,注意修饰,因而区分为音庄严和义庄严。什么是音庄严?就是产生悦耳动听的声音效果的修辞方法。什么是义庄严?就是产生曲折动人的意义效果的修辞方法。他对音庄严和义庄严的具体内容进行了详细的论述。

婆摩诃强调修辞必须善用曲语。曲语,就是曲折的表达方式。他指出:"诗人应该努力通过这种、那种乃至一切曲语显示意义;没有曲语,哪有庄严?"①

婆摩诃强调诗人学习语言的重要性,指出:要想写诗,就应该努力学习语法;一个人如果不能渡过深不可测的语法之海,他就无法自由地运用词宝;学习语言,须以经典为海水,以词汇为漩涡,以诵读为海底,以词根和词缀为鳄鱼,以潜心钻研为渡船,如果诗人能通过学习语法,到达波涛汹涌的词海彼岸,那就能够创造奇迹。

婆摩诃的《诗庄严论》给诗人以许多启示,对梵语诗学的发展具有重要意义。

3. 檀丁的《诗镜》

檀丁的《诗镜》是梵语诗学的又一部重要著作。

檀丁,生于南印度波罗婆国建志城的一个婆罗门世家,曾祖父是国王辛诃毗湿奴的宫廷诗人。檀丁的《诗镜》论述了诗的分类、风格和诗德,诗的音庄严和义庄严。他的论述与婆摩诃的《诗庄严论》基本一致,但他对庄严的分析更加细致,并且提出了诗的风格论。可以说,檀丁既是梵语诗庄严论的重要阐释者,又是梵语诗风格论的开创

---

① 黄宝生译:《梵语诗学论著汇编》,上册,第127页,昆仑出版社2008年版。

者。

据黄宝生考证,《诗镜》于13世纪传入中国西藏,由雄敦·多吉坚赞译成藏文,此后有多种藏语释本。

檀丁认为,诗人应该学习先贤的经典。"不通晓经典怎么分辨诗德和诗病?盲人怎么有能力分辨颜色?""诗律在《诗律学》中已有完备的介绍。这种知识是想要渡过深邃诗海的人的船舶。"①

檀丁提出了优秀诗篇应具备的条件,"有修辞,不简略,充满味和情,诗章不冗长,诗律和连声悦耳动听";"每章结束变换诗律。这种精心修饰的诗令人喜爱,可以流传到另一劫。"②句中的"劫"是梵语 Kalpa 的音译"劫波"的略称。古印度传说世界经历若干万年毁灭一次,重新再开始,这样一个周期叫做一"劫"。句中的"流传到另一劫",意为流传久远,与天地共存。

檀丁提出了诗的风格问题,指出有许多语言风格,有细微差别。他把风格分成两种:维达巴风格,这是一种清晰、柔和、优美的语言风格;高德风格,这是一种繁缛、热烈、富丽的语言风格。

檀丁强调,天生的想象力,渊博而纯洁的学问,不倦的实践,这些是诗的成功的原因。他重视后天的努力,指出,即使缺乏与前世熏习有关的惊人的想象力,只要依靠学习和努力,侍奉语言女神,她肯定会赐予恩惠,也能在智者集会上占有一席之地。

在婆罗多、婆摩诃、檀丁之后,梵语诗学继续发展,欢增的《韵光》,王顶的《诗探》,胜财的《十色》,新护的《舞论注》,恭多迦的《曲语生命论》,曼摩吒的《诗光》,毗首那特的《文镜》等,都是梵语诗学的重要著作,使梵语诗学形成一个独具特色的理论体系。黄宝生对这个体系作了很好的概括和评价。他说:"韵是诗的灵魂,味是韵的

---

① 黄宝生译:《梵语诗学论著汇编》,上册,第154页,昆仑出版社2008年版。
② 黄宝生译:《梵语诗学论著汇编》,上册,第155页,昆仑出版社2008年版。

精髓,构成诗的内在美。庄严、诗德和风格构成诗的外在美。而合适和曲语适用于内在美和外在美,是所有诗美因素的共同特征。"

"……梵语诗学经过漫长的历史发展,形成了世界上独树一帜的文学理论体系。它有自己的一套批评概念或术语,如味、情、庄严、诗德、诗病、风格、韵、曲语和合适等。它对文学自身的特殊规律作了比较全面和细致的探讨。就梵语诗学的最终成就而言,可以说,庄严论和风格论探讨了文学的语言美,味论探讨了文学的感情美,韵论探讨了文学的意蕴美。这是文艺学的三个基本问题。因此,梵语诗学这宗丰富的遗产值得我们重视。如果我们将它放到世界文学理论的范围内进行比较研究,就更能发现和利用它的价值。"[①]

[①] 黄宝生译:《梵语诗学论著汇编》,上册,第29页,昆仑出版社2008年版。

三　中外诗歌在交流中发展

世界是一个浩瀚的诗歌海洋。人类以自己无穷的智慧，创造了多姿多彩的诗歌，共同培育了万紫千红的绚丽诗苑。语言文字是诗歌的载体，现在世界上有多种多样的语言文字，因而诗歌的形态也各不相同，然而有一点是共同的，就是诗歌在互相交流、互相激荡中不断向前发展。

汉语诗歌就是在与外国诗歌交流中共同发展的。

（一）与　朝　鲜

中国与外国诗歌的交流是从中国周边的国家开始的。

朝鲜是中国的邻居，文化交流源远流长。公元前109年，即汉武帝元封二年，汉字正式传入古朝鲜，儒学也开始传入朝鲜。李元植博士在《韩国的汉学研究》一文中说："高句丽起于玄菟故地，勿论政治文化上，早有接触于中国自汉魏南北朝隋唐诸朝，其接受大陆文化者，极为深切，故在学术、宗教、美术、工艺上，遂呈惊异的进步……百济西由黄海，早与中国诸王朝来往，特别六朝文化之输入，以资于自国之文运者甚多,固不待言。"①

公元372年,即小兽林王二年以后,儒家的经典著作及《史记》、《汉书》、《后汉书》、《三国志》等,相继传入,对朝鲜诗歌文学的发展起了有力的推动作用。

其实,"朝鲜"这个国家的名称在公元前已经传入中国。司马迁在《史记》中即有《朝鲜列传》。《汉书,地理志》载:"殷道衰,箕子去之朝鲜,教其民以礼仪、田蚕耕作。"

汉以后,中国与朝鲜的文化交往更为密切。在清沈德潜编的《古诗源》中,收有《箜篌引》,是一首高句丽时期的民歌,只有短短4句、16个字。

> 公无渡河,公竟渡河。
> 堕河而死,当奈公何?

关于这首诗,沈德潜引《古今注》云:"朝鲜津卒霍里子高,晨起刺船,有一白首狂夫,披发提壶,乱流而渡,其妻随而止之,不及,遂堕河而死。妻援箜篌而鼓之,作'公无渡河'之曲,声甚凄怆。曲终,亦投河而死。子高还,语其妻丽玉,丽玉伤之,乃引箜篌而写其声,名曰《箜篌引》。"②"朝鲜津"位于今大同江南岸乐浪区土城附近,"箜篌"原是古代印度梨俱吠陀时期的一种弦乐器。汉武帝时期传入中国,东汉作曲家创作了乐曲《箜篌引》。后箜篌和《箜篌引》传入朝鲜。朝鲜津卒之妻丽玉有感而作《箜篌引》,这是中朝两国很早就有诗歌交流的有力见证。

汉以后,中朝两国之间诗歌交流更加密切。唐诗、宋词、书法交

---

① 刘正:《图说汉学史》,第49~50页,广西师范大学出版社2005年版。
② 沈德潜编,苗洪注:《古诗源》,第91~92页,华夏出版社2001年版。

流更加频繁,不少朝鲜人士通晓唐诗宋词,写出了一批优秀诗作。唐高宗永徽元年,新罗真德女王四年(650),真德女王将其五言律诗《太平颂》织于锦缎上,赠给唐高宗李治,原诗是:

> 大唐开鸿业,巍巍皇猷昌。
> 止戈戎衣定,修文继百王。
> 统天崇雨施,理物体含章。
> 深仁谐日月,抚运迈时康。
> 幡旗既赫赫,钲鼓何煌煌。
> 外夷违命者,剪覆被天殃。
> 淳风凝幽显,遐迩竞呈祥。
> 四时和玉烛,七曜巡万方。
> 维岳降宰辅,维帝任忠良。
> 五三咸一德,昭我皇家唐。

这首诗表达了对唐朝的敬意和联合唐朝的心愿。有专家推测这首诗并非真德女王的作品,而可能是当时新罗大诗人强首的手笔,表明当时新罗的汉诗已达到相当高的水平。"《唐诗品汇》称它'高古雄浑,与初唐诸作颉颃'。"①

公元735年,新罗统一朝鲜后,大力加强儒学教育,并派大量贵族子弟赴唐朝学习汉文化,仅837年,新罗在唐朝的留学生就达到216人。一些人还在唐朝为官,其中以崔致远最著名。崔致远(857~928?),12岁入唐朝求学,唐僖宗乾符元年(874)登进士第,曾任宣州溧水尉、扬州幕府都统巡官等职,在中国近16年。光启元年(885)回国后,官至富城郡太守,晚年隐居于伽倻山。崔致远娴熟汉

---

① 金英今编著:《韩国文学简史》,第36页,南开大学出版社2009年版。

语,诗文俱佳。他写了不少五古、古绝、五律、七绝、七律等汉诗,颇具唐风。他的《秋夜雨中》澄明寂寥,像一幅具有东方情调的水墨画:

  秋风唯苦吟,世路少知音。
  窗外三更雨,灯前万里心。

  诗中运用"秋风"、"夜雨"、"灯"来表达他真切的思乡之情,情景交融,朴素自然,意境深邃。
  崔致远的汉诗对朝鲜诗歌的发展产生了深远的影响,被尊为朝鲜汉诗的鼻祖。死后谥号为"文昌侯"。
  在新罗之后的高丽时期,朝鲜汉诗更加繁荣,高丽前期的著名诗人有郑知常、朴寅亮、郭舆、金黄元等,中期有"海左七贤"的李仁老、林椿、吴世才、皇甫沆、咸淳、李湛之和赵通等,晚期有李齐贤、李穑、郑梦周、李谷、李衍忠、金若水等人。有高丽第一诗人之称的郑知常(?~1135)的《大同江》很有名:

  雨歇长堤草色多,送君南浦动悲歌。
  大同江水何时尽,别泪年年添绿波。

  诗中的"大同江"为高丽时期平壤的水路要道,而"南浦"则是大同江上的一个码头,是人们送别之处。这首诗感情真挚,挥洒自由,被称为千古绝唱。
  这首诗与我国宋朝张元干(1091~1170?)的"更南浦,送君去"颇有诗、词异曲同工之妙。

贺 新 郎
送胡邦衡谪新州
张元干

梦绕神州路。怅秋风、连营画角,故宫离黍。底事昆仑倾砥柱,九地黄流乱注?聚万落千村狐兔。天意从来高难问,况人情老易悲难诉。更南浦,送君去! 凉生岸柳销残暑。耿斜河、疏星淡月,断云微度。万里江山知何处?回首对床夜语。雁不到、书成谁与?目尽青天怀今古,肯儿曹、恩怨相尔汝?举大白,听《金缕》。

一诗一词,同唱"送君南浦动悲歌",堪称中朝双璧同辉。

朝鲜诗人不仅能写汉诗,而且善写汉词。

李齐贤(1288～1367),是韩国古代诗人中与崔致远齐名的大诗人之一,又是朝鲜诗歌史上善写词的大词人。他17岁进入仕途。28岁时应当时居留于元朝首都大都的高丽逊位国王忠宣王王璋之召来到大都,从此在中国学习汉文化,深得唐诗宋词三昧。54岁(1341)回国。1367年病逝,谥文忠公。他写有多首令词、中调和慢词。其中有对中国古人和风景名胜的赞美词。他创作了以"巫山一段云"为词牌、以描绘中国潇湘八景为题材的词16首,其中一首写道:

暗淡青枫树,萧疏斑竹林。篷窗夜雨冷难禁,倚枕古乡心。
二女湘江泪,三闾楚泽吟。白云千载恨沉沉,沧海未为深。

这首词情景交融,用典贴切,意境深远,堪称上乘。再如:

江 神 子
七夕冒雨到九店作

　　银河秋畔鹊桥仙,每年年,好姻缘。倦客胡为,此日却离筵?千里故乡今更远,肠正断,眼空穿。　　夜寒茅店不成眠。一灯前,雨声边,寄语天孙,新巧欲谁传?懒拙只宜闲处著,寻归路,卧林泉。

词中的"九店"在我国山东省蓬莱县城西九里。李齐贤七夕雨中到达这里,词兴大发,从中国神话鹊桥相会想到了久别的故乡,乡愁浓郁,遂成佳篇。

朝鲜的汉诗代代相传。到19世纪末20世纪初,随着社会体制的变革,东西方文化的交流,韩文文学的发展,汉文文学遂融入韩文文学之中,但仍有一部分人热爱汉诗,写作汉诗。

(二) 与 日 本

中国与日本隔海相望,一苇可航,自古以来文化交流绵延不断。

日本公元712年写成的《古事记》应神天皇条记载:"天皇又命令百济国说:'如有贤人,则贡上。'按照命令贡上来的人,名叫和迩吉师。随同这个人一起贡上《论语》十卷……"这位百济人和迩吉师即是《日本书纪》(720)中提及的"百济博士王仁"。"从其姓名与文化教养上可以推知,他极有可能是生活于朝鲜半岛的汉族移民,或是一位华裔。"[①]

日本列岛原无文字,公元285年王仁进入日本,献上《论语》,可

[①] 孟昭毅、黎跃进编著:《简明东方文学史》,第42页,北京大学出版社2005年版。

能是汉字传入之始,从此结束了日本列岛无文字的历史。同时,儒学也传入了日本。公元6世纪末7世纪初日本推古天皇时代(593~628),圣德太子任摄政(593~628),他派遣小野妹子为遣隋使,推进日中邦交,并派遣留学生、僧人来中国学习,吸取中国文化,输入了大量中国的书籍和文物典章。其中,公元7世纪初,日本4次派遣遣隋使,来中国学习文化。唐代,中国逐渐成为东方文化中心,日本进一步加强了与中国的文化交流。从公元630年到834年这200多年间,日本先后派遣遣唐使达14次之多,其中有3次未能成行。遣唐使规模相当庞大,少时有一二百人,多时有500多人。遣唐使中最著名的有吉备真备(685~775)、朝衡(698~770,又名晁衡,原名阿部仲麻吕)、空海(774~835,遍照金刚)等。吉备真备来华求学17年,刻苦攻读,学成归国后,一直升到右大臣高位。朝衡,潜心研究,熟谙唐诗,与李白、王维等大诗人结下了深厚友谊。天宝十二年(753)奉命还日本,途中遇大风,重返长安。后任右散骑常侍、安南都护,终于中国。朝衡在回国前,曾作诗一首:

衔命还国作

衔命将辞国,非才忝侍臣。
天中恋明主,海外忆慈亲。
伏奏违金阙,骈骖去玉津。
蓬莱乡路远,若木故园邻。
西望怀恩日,东归感义辰。
平生一宝剑,留赠结交人。

这首诗情真意切,生动感人。朝衡乘船回国途中因遇巨大风浪折回,但传说他在大风浪中遇难,消息传来,至交李白深为震惊,当即赋诗一首,悼念日本友人。

哭晁卿衡

日本晁卿辞帝都,征帆一片绕蓬壶。
明月不归沉碧海,白云愁色满苍梧。

这首"悼亡诗"想象奇特,感情深挚,充分表达出李白对这位日本友人的真切怀念。晁衡终老中国后,就在西安入土为安,他的墓位于今西安市兴庆公园内,上面竖立的汉白玉石柱上镌刻着李白的这首诗篇,成为中日人民友谊源远流长的见证,传达着中日人民世代友好的殷切愿望。

空海,通称弘法大师,又叫遍照金刚。唐贞元二十年(804)来中国学习,回国后在京都东寺创立日本佛教真言宗。空海汉学根基深厚,创作了《文镜秘府论》等著作,在中日文学交流史上具有重要意义。书中保存了中国不少语文学和音韵的资料。王昌龄论诗境诗势的一些资料在中国已经失传,赖有《文镜秘府论》才得以保存,并传回中国。

当时,这些遣唐使、留学生只要回国,就将大量中国的诗文典籍携回日本。据统计,"到唐代止,日本已有中国典籍1800余部,共18000余卷,大致已摄取了隋唐时宫廷藏书的一半"[①]。

日本的遣唐使、留学生、学问僧等,热心学习中国文化,喜爱中国诗文,使日本自大化改新起全面学习中国文化之风日炽,被称作日本历史上的"唐风文化"时期。成书于公元751年的《怀风藻》,是日本的第一部汉诗集,共收入120首诗篇,作者64人,均为天皇、皇子、诸王、官人和僧侣,没有一个普通百姓。集中大多为五言诗,相当部分为咏唱"遣唐"内容之作,是日本"唐风文化"时期学习汉诗成果的结

[①] 孟昭毅、黎跃进编著:《简明东方文学史》,第83页,北京大学出版社2005年版。

晶，是唐时中日诗歌交流的重要见证。

日本的汉诗写作由弘文天皇（？～672）开其端。后来的持统（687～696在位）、文武（697～707在位）天皇都有汉诗作品传世。嵯峨天皇（809～823在位）于公元814年敕令编了汉诗《凌云集》，公元818年敕令编了汉诗《文华秀丽集》，淳和天皇于公元827年敕令编了汉诗《经国集》。上有好者下必有盛然。天皇带头写汉诗，下令编汉诗集，对于推动日本汉诗的发展，无疑发挥了至关重要的作用。

公元875年日本藤原佐世编制的《日本国见在书目录》所载的已经传到日本的唐人诗集等有：

张昌龄集十卷　骆宾王集十卷

王勃集三十卷　新著王勃集十四卷

崔融集十卷　陈子昂集十卷

卢照邻集二十卷　太宗文皇帝集三十卷

上官仪集三十卷　杨炯集三十卷

许敬宗集二十卷　沈约集百卷

王昌龄集一卷　宋之问集十卷

张文成集九卷　李峤集百二十卷

贺兰遂集二卷　刘希夷集私集一卷

沈佺期集十卷　李白歌行集三卷

王维集二十卷　杜审言集十卷

白氏文集七十卷　元氏长庆集二十五卷

白氏长庆集二十九卷[1]

这些诗集目录并没有包括唐诗传入日本的全部，因为日本编于公元10世纪末的唐诗佳句集《千载佳句》中的唐诗佳句，在上述书中均不能找到。

---

[1] 宋再新:《千年唐诗缘》，第17页，宁夏人民出版社2005年版。

公元950年前后(日本平安时代),诗人大江维时编了一本唐诗佳句集《千载佳句》,书中收集了153个唐诗人的1083联七言诗佳句,其中收录的白居易的佳句最多,达535首。《千载佳句》是当时日本最受欢迎的唐诗选本,对推广唐诗、促进唐诗的创作产生了良好效果。

在《千载佳句》中可以看到一个信息,当时日本最尊敬白居易。平安时代的文学博士都良香(834~879)写了一首《白乐天赞》:

有人于是,情实庐深。
拖紫垂白,右书左琴。
仰饮茶荻,傍依竹林。
人间酒癖,天下诗淫。
龟儿养子,鹤老知音。
治安禅病,发菩提心。
为白为黑,非古非今。
集七十卷,尽是黄金。

诗中的"集七十卷",指白居易文集;"尽是黄金",表明都良香对白居易诗的崇高评价和无限倾心。

日本民族是一个善于学习的民族。他们在学习汉诗的过程中,与本国固有的和歌相结合,创造发展了自己的绚丽文化,创造了日本诗歌史上的辉煌时期。可以说,古代日本人民在建立和发展自己的诗歌文化时,采取了两条途径。一是学习汉语诗,用汉诗形式写诗,称为"诗"或"汉诗"。一是在自己民族诗歌的基础上提高,称为"歌"或"和歌"。公元759年诞生的《万叶集》,是日本第一部和歌总集,全集共20卷,收4500余首和歌。日本著名的《万叶集》专家、日本富山大学名誉教授、圣德大学教授山口博在《〈万叶集〉与中国文学》一文中说:"在东亚的一角,由倭人写作的这些和歌,是在充分汲取了中国文学的营养后,于八世纪诞生了《万叶集》这世界上无与伦比的文学。这是中日文化交流的光辉成果。"①

日本到了江户时代(1603~1868),德川幕府提倡儒学,迎来了日本历史上又一个汉学兴盛期。严羽的《沧浪诗话》、李攀龙的诗学主张在日本产生了广泛影响,主张诗必盛唐,提倡学习宗法李杜。这一时期,李白、杜甫取代了白居易享受独尊的地位,受到了日本文人特别的尊崇。宋代词学兴起以后,也很快传入日本,苏东坡的诗赋在日本深受喜爱,他的《赤壁赋》两篇尤有盛名,日本诗人成立了"赤壁会"和"寿苏会",来纪念苏东坡,吟诵唱和诗词,抒发雅兴,成为一大景观。

日本发展到近代,虽然大量吸收西方文化,然而崇尚中国文化,热爱汉文汉诗的人仍然不少。一千多年来,日本诗人有汉诗集问世的达数千人,诗作总数达数十万首,汉诗成为日本诗学宝库极为重要的组成部分。

19世纪八九十年代,日本军国主义统治集团已在准备发动大规模侵华战争了,但中国驻日公使黎庶昌,仍然多次举办中日文人诗会,促进中日人士之间的友谊和感情。黎庶昌在两任驻日公使期间,1882年10月至1890年11月22日共举办了16次中日友好诗会,并编有10部题咏诗集,对促进中日两国人民的友谊发挥了积极作用。

时间进入了现当代,汉诗在日本仍有深广的影响,其中最突出的是毛泽东诗词在日本的传播。新中国成立后,毛泽东诗词在日本逐步得到了传播,并产生了深远的影响,日本学者武田泰淳和竹内实合著的《诗人毛泽东》,是研究毛泽东诗词的专著,在日本产生了重要的影响。在书中,作者对毛泽东诗词作了高度的评价。武田泰淳说:

---

① [日本]佚名著,赵乐甡译:《万叶集》,第23页,译林出版社2002年版。

三　中外诗歌在交流中发展

"毛泽东的诗词到底是强有力的政治领导人的诗词,他的诗词令人难以忘怀,我无法摆脱想读它的愿望。""我对毛泽东的伟大行动的魅力以及从那里产生出来的以古典形式完成的诗词魅力不能视而不见。可以毫不夸张地说,那些诗词如同厚厚的冰雪融化后萌发出来的强劲小草。……他的诗词的优美近乎是像火与水、天与地合为一体迸发出威力无穷的奇观。""当我写这个'后记'时,虽然为'伟大'、'巨人'这类形容词使用过多和用得过度而难为情,不过尽管如此,它还是不能充分地表达我那种'地球上出了个巨人'的感慨。"①

在汉诗为日本受容、在日本兴起的时候,日本的俳句在中国也被创造性接受。1972年中日两国实现邦交正常化以后,俳句在中日文化交流中发挥了重要作用。1980年5月,日本俳人协会访华团来我国进行友好访问,团长是著名俳人大野林火,副团长是著名俳句研究家、俳人井本农一等,团员21人,全是日本当代俳坛一流俳人。北京和上海都举行了欢迎会,我国著名诗人赵朴初、林林等创作了8首"汉俳"酬赠日本诗友,获得日本诗友的赞赏。此后,汉俳在我国兴起,袁水拍、公木、林林、钟敬文等著名诗人都有佳作在报刊上发表。

汉俳,是中国诗人向日本俳句学习而又有所创新的一种诗体,与日本俳句既有联系又有区别。赵朴初说:"俳句,是日本诗体之一,每首三句,共十七音节,首尾各五,中七,又每首均须点出季节。奈良东大寺清水公照长老近在宴会上诵其在扬州作俳句,译员口译其意,余依俳句格律改为汉文云:'遍地菜花黄,盲目圣人归故乡。春意万年长。'此余为俳句之始。用汉文写俳句,或是余首创,余名之曰'汉俳'。所不同于日本俳句者,余所作,句句有韵,而日本俳句则无是

---

① [日]武田泰淳、竹内实著:《诗人毛泽东》,第356~357页,中央文献出版社1993年版。

也。"① 日本俳人井上纯郎说："汉俳富于诗情，使人感到比日本俳句音调琅琅上口；然而，总的看来，说明过剩，省略不足，难免有冗长之感。"②

在日本俳句启发下创作的汉俳，是中日诗歌交流的结晶，使中日两国诗人之间的关系更加密切，感情更加亲近。赵朴初在《赠日本俳人协会诸友》的汉俳里写道："绿荫今再来，山花枝接海花开，和风起汉俳。"诗中既写了中日俳人之间的友谊，而且说明了汉俳是由"和风"即日本俳句而起的事实。1982年春赵朴初访日时，到京都清水寺拜访了108岁高龄的大西良庆长老，二人畅谈中日友好，赵朴初有感而赋汉俳五首，其中之一是："山花特地红，三年不见见犹龙，华藏喜重逢。"③诗中引孔子语"老子其犹龙乎"的典故，借以比喻大西长老的健康长寿。又以佛典中清净胜地"华藏世界"为喻，表达在清水寺相逢时的喜悦心情。而赵朴初的这五首汉俳也在日本友人中广为流传。

总之，中日之间的诗歌交流历史悠久，根底深厚，促进了中日两国人民之间友谊的发展。随着时代的发展，可以预期，中日之间的诗歌交流必将与时俱进，开出更灿烂的鲜花，结出更丰硕的果实。

（三）与 越 南

公元前111年，汉武帝派兵攻占了越南南部的日南、徐闻、合浦三处港口和九真、南海、交趾等周围城市，计9个郡。自这时起，汉字

---

① 赵朴初：《无尽意斋诗词选》，第100页，北京图书馆出版社2006年版。
② 孟昭毅、黎跃进编著：《简明东方文学史》，第236页，北京大学出版社2005年版。
③ 孟昭毅、黎跃进编著：《简明东方文学史》，第236页，北京大学出版社2005年版。

就传入了越南。《后汉书·南蛮传》记载:"光武中兴,锡光为交趾,任延守九真,于是教其耕稼,制为冠履,初设媒娉,始知姻娶,建立学校,导之礼仪。"①据此,刘正认为越南汉学史的开端定在光武中兴时代,即公元25年。

东汉和三国时期吴国的交趾太守士燮(137~226),"乃初开学,教取中夏经传,翻译音义,教本国人,始知习学之业"。越南史学家吴士连在《大越史记全书》中说:"我国通诗、习礼乐,为文献之邦,自士(燮)王始。"②这一时期因中原战乱,许多士大夫和儒学家纷纷到这里来避难,对越南汉学的兴盛作出了重要贡献。

唐代,越南人入仕唐朝者为数不少,姜公辅为其中之一,曾任右拾遗,为翰林学士。他的汉文功力深厚,被誉为"安南千古文宗"。

唐代以后,越南建立了独立的封建王朝吴朝,脱离了藩属中国的关系,但是一切制度仍仿效中国,仍以汉字为越南通用文字,文艺仍依汉字规范,赋用古体,汉语诗文依然唐风。

越南《大越史记全书》本纪卷《黎记》中记载了一则故事。前黎大行丁亥八年(987),僧人顺法师与宋朝臣李觉曾联句赋诗:"宋复遣李觉来,至册寺,常遣法师名假为江令迎之。觉其善文谈,时会有两鹅浮水面中,觉吟云:'鹅鹅两鹅鹅,迎面向天涯。'法师名假从容不迫答曰:'白毛铺绿水,红棹摆青波。'李觉益奇之。"③这则记载表明,越南史家把《唐诗纪事》中关于骆宾王七岁咏鹅的故事灵活、生动、准确地运用在历史记载中,当时越南知识界的汉语诗文修养已相当深厚。

1075年,越南进行首次科举考试,并于第二年设立国子监。

---

① 刘正:《图说汉学史》,第27页,广西师范大学出版社2005年版。
② 孟昭毅、黎跃进编著:《简明东方文学史》,第44页,北京大学出版社2005年版。
③ 孟昭毅、黎跃进编著:《简明东方文学史》,第86页,北京大学出版社2005年版。

1126年，举行了以儒家"五经"作为国教的仪式。1253年6月，越南开始设置国学院，以"四书五经"作为科举教材。当时，儒学在越南享有崇高地位。

越南陈朝(1226~1400年)是一个汉学兴盛的时代，涌现了许多杰出的汉诗作家。如莫挺之(1280~1350)，他是陈朝英宗时的状元。聪明好学，才思过人，精通汉诗汉文。曾于1308年被派出使中国。据《大越史记全书》卷六记载，他来到中国，"及进朝，适外国进扇，元帝命为铭，挺之秉笔立就，其辞曰：'流金烁石，天地为炉。尔于斯时兮，伊国巨儒。北风其凉，雨雪载途，尔于斯时兮，夷齐饿夫！噫！用之则行，舍之则藏，惟我与尔，有如是夫！'元人益嘉叹焉"①。这篇"扇铭"，堪称佳作。

18世纪上半叶，越南封建统治集团之间的内战连绵不断，人民处于水深火热之中。关心人民疾苦的诗人邓陈琨(1710~1745)用汉文写了一篇堪称千古绝唱的诗篇：

征 妇 吟 曲(节选)

天地风尘，
红颜多迍，
悠悠彼苍兮，谁造因；
鼓鼙声动长城月，
烽火影照甘泉云，
九重按剑起当席，
半夜飞檄传将军。
清平三百年天上，
从此戎衣属武臣。

---

① 孟昭毅、黎跃进编著：《简明东方文学史》，第86页，北京大学出版社2005年版。

使星天门催晓发,
行人重法轻别离,
弓箭兮在腰,
妻孥分别诀。
猎猎旌旗出塞愁,
喧喧箫鼓辞家怨。
有怨兮,分携,
有愁兮,契阔。

良人二十吴门豪,
投笑砚兮事弓刀,
欲把连城献明圣,
愿将尺剑斩天骄。
丈夫千里志马革,
泰山一掷轻鸿毛,
便辞闺闱从征战,
西风鸣鞭出渭桥,
渭桥头,清水沟,
清水边,青草涂,
送君处兮心悠悠,
君登途兮,妾恨不如驹,
君临流兮,妾恨不如舟。
清清流水,不洗妾心愁,
青青芳草,不忘妾心忧,
复语复兮,执君手,
步一步兮,攀君襦,
妾心随君似明月,

君心万里千山箭，
　掷离杯兮，舞龙泉，
　横征櫜兮，指虎穴。
云从介子猎楼兰，
笑向蛮溪谈马援，
君披装服红如霞，
君骑骁马白如雪，
骁马兮，鸾铃，
征鼓兮，人行，
须臾兮，对面，
顷刻兮，分程。

　　这是一首汉文乐府诗，长达477句，主题是描写一个征妇因丈夫戍边不归愁肠百结的心情。它以男性诗人采用代言体的形式写成，对女性心理的描写细腻、形象、生动，运用中国古代典故灵活、巧妙、贴切，具有很强的艺术感染力，具有很深的汉诗艺术素养，在越南是家喻户晓的名篇。

　　直到近现代，越南仍有很多人热爱汉诗，创作汉诗。越南杰出的革命领导人胡志明、黄文欢等汉学功底都很深厚，创作了不少意境深远、韵味悠长的汉诗。

（四）与　印　度

　　印度，是世界文明古国之一，也是一个泱泱诗国。中国和印度是近邻，双方的文化交流极早。刘正在《图说汉学史》一书中指出："在中外文化交流史的一般观念中，中印交往的传说被认为是最早的。"

"有一种观点认为:早在中国的殷王朝时代,中国和古代印度之间就有文化交流和往来,理由是:从印度方面资料看,距今数千年前的古代印度史诗《摩诃婆罗多》中就有'支那'一词出现;从中国方面资料看,殷商甲骨文中有'象'字出现,并且也有使用'象'作战的记录,如《史记正义》有'一名身毒……其国临大水,乘象以战'的记载……象本是印度的特产,但现在却出现在殷代甲骨文和上古传说中。以上两个方面的资料说明远在殷商王朝时代,中印两国之间的文化交流和往来的可能性是存在的,特别是甲骨史料的出现更加大了可信度。"①

中国与印度之间的交往,司马迁的《史记》早有记载。《史记·大宛列传》载:"(张)骞曰:'臣在大夏时,见邛竹杖、蜀布。'问曰:'安得此?'大夏国人曰:'吾贾人往市之身毒(后译'印度')。身毒在大夏东南可数千里。……其人民乘象以战。其国临大水焉。'以骞度之,大夏去汉万二千里,居汉西南。今身毒国又居大夏东南数千里,有蜀物,此其去蜀不远矣。"

印度最古老的史诗《摩诃婆罗多》中,曾将中国称为"支那"(Cina)。史诗中所载神话《印度诸天搅乳海》,据有些学者考证,在屈原的《天问》中即有反映。天神和阿修罗(恶神、邪神)在长期战争之后协议共同搅乳海,以取得长生不老的甘露。当被他们搅动的海水化成乳,最后出现甘露时,毗湿奴大神施计不让阿修罗饮到甘露。可是名叫罗侯的阿修罗还是偷饮到一口。其身体虽被毗湿奴拦腰砍成两截,但因刚饮甘露而上身得以不死。为报仇,他经常部分地噬食或全部地吞下太阳或月亮,形成日食和月食。《天问》中所写:"白蜺婴茀,胡为此堂?安得乎良药,不能固臧?天式从横,阳离爰死,大鸟何鸣,夫焉丧厥体?"台湾学者苏雪林认为此段文字即概括了《摩诃

---

① 刘正:《图说汉学史》,第25页,广西师范大学出版社2005年版。

婆罗多》中"搅乳海"的故事。①

中华民族是一个胸怀博大的民族,既乐于把自己的先进文化传授给别的民族,也善于吸取接纳别的民族的先进文化来健全发展自己的文化。从历史上看,中国最先吸取接纳的文化可能是印度文化。公元前 6 世纪,印度创立了佛教文化,创立不久,就传到了中国。公元前 242 年,西域沙门室利防等 18 人携有梵文经籍到咸阳。② 这可以说是佛教文化传入中国的开始。到了汉朝,佛教的《佛本生经》、《百喻经》、《法句经》等先后传入中国,并被译成汉文。这几本经书具有浓厚的文学色彩,富有印度譬喻文学的风格,为中国诗人所喜爱。以曹操父子为代表的建安文学就受到了印度譬喻文学的深刻影响。

佛教的传入,对中国的哲学思想、文学艺术、建筑雕刻、科学技术以及医药卫生都产生了积极的影响。佛教的传入,对谢灵运的山水诗影响非常深刻,对中国文字四声的确立产生了有力的作用。实际上,"中国汉语语音的特点,是分为平、上、去、入四声,这四声当然是固有的存在,但是意识到它们的存在并且明确地把它们定为四声,则是印度声明论的影响,具体说受了外国沙门转读之法的影响"③。

印度的两大古老史诗《摩诃婆罗多》和《罗摩衍那》,通过佛经汉译本也早为中国人所认识。

谈到中印文化交流,不能不提唐玄奘(602～664)。唐玄奘是闻名中外的佛学家、哲学家,是独树一帜的杰出旅行家,是伟大的翻译家,是中印文化交流的杰出使者。公元 627 年,年轻的玄奘开始到西天取经,突破唐太宗不准出玉门关的禁令,矢志西行,西出玉门关,穿

---

① 孟昭毅、黎跃进编著:《简明东方文学史》,第 44 页,北京大学出版社 2005 年版。
② 孟昭毅、黎跃进编著:《简明东方文学史》,第 44 页,北京大学出版社 2005 年版。
③ 孟昭毅、黎跃进编著:《简明东方文学史》,第 45 页,北京大学出版社 2005 年版。

沙漠,翻雪山,途经 24 国,历时 17 年,行程 5 万里,排除重重困难,化解生命危险,终于到达印度国。沿途他宣传中华文化。从印度回国时带回了大批佛教经典。回国后,从公元 645 年到 664 年,他潜心翻译佛教经典,共译出佛经 75 部,1335 卷,1335 万字。金陵刻经处汇集出版的玄奘译著全集多达 400 册。而他的著作《大唐西域记》更具有重大价值。季羡林说:"玄奘在印度是妇孺皆知、家喻户晓,他已经成了中印友好的化身,《大唐西域记》也早已成为研究印度史、哲学史、宗教史、文学史等的瑰宝。研究印度历史的学者,无论他是哪国人,无论他代表哪一种观点,他们都给予《大唐西域记》以极高的评价。"①

玄奘向印度取经,带来了印度的佛教文化,也送去了中华文化。印度历史学家辛哈和班那吉合著的《印度通史》对《大唐西域记》如此评价:"中国旅行家如法显、玄奘给我们留下了有关印度的宝贵记载,不利用中国的历史资料,要编写一部完整的佛教史是不可能的。"②

佛教经典的传入,对中国诗歌发展的影响是显而易见的,不仅促进了中国文字四声的形成,而且促进了中国诗歌意境论的诞生。王昌龄是中国诗歌意境论的首创者,就是在佛教思想的影响下形成的。唐朝还诞生了一批有名的诗僧和诗论家。被称为"释门伟器"的释皎然创立了自己的诗学理论,成为唐代三大诗学理论之一。以白居易为代表的儒家诗论,以司空图为代表的道家诗论,以释皎然为代表的佛家诗论,既各具特色,又互相补充融汇。

中印之间的文化交流绵延不断。到了现代,中印诗歌交流更加频繁,其中,对中国诗歌影响最大的当数泰戈尔。泰戈尔(1861~

---

① 董煜焜:《玄奘大师与玄奘故里》,第 137 页,大象出版社 2009 年版。
② 董煜焜:《玄奘大师与玄奘故里》,第 136 页,大象出版社 2009 年版。

1941），印度现代最伟大的诗人，其作品在20世纪20年代已享誉中国。在中国新诗界，最先受到泰戈尔影响的，恐怕是郭沫若。1914年郭沫若在日本读书时，就读了泰戈尔的诗集，写出了泰戈尔式的诗歌。谢冰心，是接受泰戈尔诗歌影响的又一位中国诗人。她感到泰戈尔《飞鸟集》中的诗的形式短小、自由，恰似日本的俳句一样，适于诗人写出刹那间的思想激情火花，适于表达自己的心灵世界。于是她灵活地运用这种小诗的写法，写出了大量小诗，后来结集为《繁星》和《春水》于1923年前后出版。

1924年，泰戈尔应邀到中国访问，所到之处受到了热烈欢迎。他到处发表演说，总是强调中印友谊。他说："我不知道是什么缘故，到中国便像回故乡一样！""但是我可以这样说，印度感觉到同中国是极其亲近的亲属，中国和印度是极老而又极亲爱的兄弟。"①

泰戈尔在访华期间，一再吁请中国学者到印度研究和讲学。归国后，他大力提倡学习中国的语言文字，提倡研究中国的文化。并在他创办的国际大学内设立中国学院，首任院长是中国人谭云山。谭云山，湖南人，在精神上是佛教徒，知识上是孔子的信徒，和毛泽东是同学和朋友，可以说是现代史上中国第一个赴印度从事文化交流的学者。此外，赴印度访问的诗人、学者、艺术家还有徐志摩、许地山、高剑父、陶行知、徐悲鸿等。而季羡林对印度文学有精深的研究，是印度伟大史诗《罗摩衍那》的翻译者，对中印文化交流作出了重要贡献。

---

① 季羡林著，王岳川编：《季羡林学术精粹》，第4卷，第108页，山东友谊出版社2008年版。

(五)与 波 斯

波斯(伊朗,西汉时名安息),也是一个文明古国,早在中国汉代,中国与波斯就开始了交往,并有了文字记载。司马迁在《史记·大宛列传》中写道:"安息在大月氏西可数千里。其俗土著,耕田,田稻麦,蒲陶酒。城邑如大宛。其属小大数百城,地方数千里,最为大国。临妫水,有市,民商贾用车及船,行旁国或数千里。以银为钱,钱如其王面,王死辄更钱,效王面焉、画革旁行以为书记。"

佛教传入中国,对中国诗歌的发展起了重要作用。其中把梵文佛经翻译成汉文是一个重要环节,而从事梵译汉这项工作的第一人则是安息人。安息国王科斯老之子安清,有胆有识,笃信佛教,他不恋王位,放弃王位继承权,而离家事佛,广游西域各地。在我国东汉桓帝建和二年(148)来到洛阳,很快就学会了汉语和汉字,不久就开始翻译佛经的工作。公元151年他译出了第一部佛经《明度五十校计经》,其后20多年间,共译出佛经95部、115卷,计数百万言,现存54部。这些佛经中丰富的传说故事,鲜明生动的譬喻等文学手法,丰富了中国诗歌的表现内容与形式。

唐时,波斯因受大食国侵略,曾遣使向唐朝求救。唐设波斯都督府,表示援救。当时波斯国王与民众对唐朝表示友好,到唐代宗时,波斯还遣使来唐朝"朝贡",不少波斯人主要是商人长期居住在中国。

波斯素有诗国之称,公元10至15世纪是波斯文学特别是诗歌的繁荣时期。在这长达五六个世纪的时期内,先后出现了许多杰出的诗人,菲尔多西、海亚姆、萨迪、哈菲兹等诗人更在世界上享有盛誉。

鲁达基(850~940),是波斯古典文学和诗歌的奠基人。他的诗作达100卷之多,然而留下的很少。

菲尔多西(940~约1020),是波斯又一个伟大诗人,创作了长篇英雄史诗《王书》(又译《列王纪》、《帝王之书》),是伊朗中古诗歌史上最有代表性的作品。他对自己诗作的质量非常自信,他在《王书》中写道:"我的诗歌高筑了巍峨的殿堂,/任风吹雨打它也不会倒塌毁伤,/这部书定当世世代代地流传,/凡有理性的人都会诵读瞻仰。"(张鸿年、宋丕方译)郑振铎在其巨著《文学大纲》中对菲尔多西评价很高,说:"他的诗名极高,在欧洲人所知道的波斯诗人中,他是他们所深知的第一个大诗人,如希腊之荷马一样。""他所用的文字是波斯文字的最纯粹者……《帝王之书》中有许多节是非常美丽的,其描写力之伟大与音律之谐和,没有一个诗人比得上他。"①

张鸿年、宋丕方翻译的《列王记》在中国流传。

欧玛尔·海亚姆(1048~1122),古波斯又一著名诗人、哲学家、数学家、天文学家和医学家,又译莪默·伽亚谟。海亚姆生前诗名不著,仅在民间流传他的一些诗作。到19世纪中叶,英国诗人菲茨杰拉尔海翻译出版了他的诗集,才名震欧美。流传于世的主要是几百首鲁拜体抒情诗。在诗中他批判了中古波斯社会和教会的黑暗,表达了对自由平等的追求,歌颂爱情,热爱现实生活。他的诗含蓄凝练,比喻生动,富含哲理。他运用的是波斯传统诗体四行诗,第一、二、四行押韵,第三行大抵不押韵,类似于我国近体诗中的绝句。

欧亚姆的诗对我国也产生了重要影响。1923年,郭沫若把《鲁拜集》从英译本译成中文,这是汉语世界的一个精彩译本,久印不衰。郭沫若的译文优美豪放,生动贴切,颇具太白风韵。他在译序中

---

① 郑振铎编:《文学大纲》(上),第363页,广西师范大学出版社2008年版。

说:"大家可在这些诗里面,寻出我国刘伶、李太白的面孔来。"①

萨迪(1208~1292),中古波斯又一伟大诗人,其代表作是《蔷薇园》,这是一部道德训诫诗,他把这卷诗和另一卷诗《果园》献给波斯王阿布·伯克尔·本·萨德,国王非常喜悦,尊称他为"诗圣"。

《蔷薇园》鲜明地反映出当时波斯社会的方方面面,同情受苦受难的人民,憎恨残暴贪婪的帝王、为富不仁的富人,并富含深刻的智慧哲理。这部著作很有艺术特点,形象生动,语言精美。有人称波斯的语言是"萨迪的语言"。

萨迪的诗歌很早就传入了中国。据张鸿年考证,萨迪的诗歌于1348年就已经传入了中国。那一年,摩洛哥旅行家伊本·白图泰在他的游记里记载过这样一件事:他到杭州游览时,曾经听到一个中国歌手用波斯语演唱萨迪的一首抒情诗,其中有这样的诗句:"我对你一见钟情,心潮如波涛汹涌,/恭立祈祷,壁龛中时时浮现你的面影。"(张鸿年译文)到了明清时期,萨迪的《蔷薇园》已经成为中国伊斯兰教的教材之一。1941年,王静斋在杂志上发表了他的《蔷薇园》译文,名为《真境花园》。1958年,为纪念萨迪被列为世界文化名人,水建馥由英文译本将《蔷薇园》译成中文。2000年,张鸿年又由波斯文本将《蔷薇园》和《果园》译成中文。②

哈菲兹(1327~1390),是中古波斯又一伟大诗人。诗名显赫,诗才盖当世。他的贡献主要是在抒情诗方面。他的诗既言志又抒情,反对黑暗、压迫和剥削,满怀争取自由和幸福的迫切愿望。他写道:

我胸中埋藏着一座火山,

---

① 郭沫若译:《鲁拜集》,第11页,吉林出版集团有限公司2008年版。
② 何乃英编著:《新编简明东方文学》,第125页,中国人民大学出版社2007年版。

  那火焰已把苍天点燃；
  太阳穿出的万道金光，
  仅仅是这火势的一闪。

  哈菲兹的诗充满激情，直抒胸臆，语言生动，巧用比喻和双关，其中有一首爱情诗中的双关语富有韵味，而且与中国有关：

  我这颗到处游荡的心，
  自从投到她的"秦"发间，
  就不想从这漫长的旅途，
  再返回它的故地和家园。

  这首诗中的"秦"字，既有"卷曲"的意思，又有"中国"的意思。古时的中国在波斯人的眼中是很美好的。这里的诗句语意双关，既表达了对高雅女子倾慕之情，又对中国蕴含着美好的感情。

  哈菲兹对中国非常向往，在他的心目中，中国虽然远在东方，但美好的形象早已印入心田，在他的诗中多次提到中国，描写中国的麝香和仕女。他有一首诗写道："哈菲兹呀！哈菲兹，/你那迷人的诗篇，/已远播到埃及和中国疆界，/名扬罗马和列侬周边。"哈菲兹的诗歌在中国受到了文艺界的重视，郑振铎在《文学大纲》中对他作了高度评价，认为他"是这时代的诗人中最有名者"。有"无比的天才"。他的诗"流丽可爱，音节谐和"。哈菲兹卒于1390年。他的墓处于一个花园内，名为哈菲兹园。生前他曾写过一首诗，其中有句：

  当你经过我们的墓时：寻求一个祝福，
  因为它将成为一个为全世界的浪子们来游历的地方。

他的诗句应验了,因为他的墓历代都有人修理,时时都有人去游历。①

哈菲兹的诗歌在中国受到了学术界和诗歌爱好者的欢迎。邢秉顺对翻译哈菲兹的诗歌作出了重要贡献。先是翻译出版了哈菲兹的抒情诗选集,2001年他又翻译出版了《哈菲兹抒情诗全集》上、下卷,计571首诗。

哈菲兹的诗歌在国际上亦享有盛誉。恩格斯在一封信中称赞他的诗歌:读放荡不羁的老哈菲兹的音调十分优美的原作是令人十分快意的。德国大诗人歌德特别推崇哈菲兹,他在《创造和赋予生气》一诗里写道:"哈菲兹,就让你的歌声,/你那神圣的榜样,/在杯盏声中率领我们/前去创造主的殿堂。"在《模仿》诗里又写道:"我想模仿你的韵律写诗,/就是重复也会使我高兴,/首先是立意,其次就是遣词;/任何音调不作第二次歌吟,/除非它能创造出特别的意义,/像你那样高明,最受宠的人。"(钱春绮译)歌德还说过这样的话:"哈菲兹啊,除非丧失了理智,我才会把自己和你相提并论。你是一艘鼓满风帆劈波斩浪的大船,而我只不过是在海浪里上下颠簸的一叶小舟。"②(张鸿年译)

(六)与阿拉伯世界

目前世界上有22个阿拉伯国家和地区,地域范围广阔,跨亚非两洲,毗邻欧洲,人口超过二亿。这一地区是人类文明的发祥地之一,远古时期曾产生过三种文明,底格里斯河和幼发拉底河的美索不

---

① 郑振铎编:《文学大纲》(上),第382页,广西师范大学出版社2008年版。
② 何乃英编著:《新编简明东方文学》,第130页,中国人民大学出版社2007年版。

达米亚文明,尼罗河流域的古埃及文明,地中海东岸的腓尼基文明。这里曾产过世界上三大宗教:犹太教、基督教和伊斯兰教。公元六七世纪,在穆哈默德创立伊斯兰教后,阿拉伯才形成统一的民族,阿拉伯民族是一个伟大的民族,在古代就创造过灿烂的文化。

中国与阿拉伯世界早有文化交流。汉武帝时期,公元前138年,大探险家张骞出使西域,13年后回国。公元前119年再次出使西域,从此,汉与西域各国开始了正式的交往,促进了中西文化的交流,掀开了中国与阿拉伯交往的新一页。

东汉时,班超、班勇父子在西域苦心经营,保持中国和西域这条文化运河的畅通,使中国与阿拉伯国家保持着长时间的正常关系。

汉代,大批丝绸通过骆驼西运,经过叙利亚到达小亚细亚、埃及和地中海沿岸,因而被称为丝绸之路。随着丝路的开通,中国和阿拉伯世界的文化交流更加活跃。阿拉伯民族是一个善于吸纳外国先进文化的民族,在吸收了印度、中国、希腊和波斯古文明,并结合阿拉伯当时的条件后,创造了自己辉煌的一页。

唐初,正值阿拉伯伊斯兰教创立时期,穆哈默德(约570～632)创立了伊斯兰教。他已经知道了中国文化发达,曾鼓励他的信徒到中国求学,说:"学问,即使远在中国,亦当求得之。"[1]此后,不少穆哈默德的信徒来到中国求学,同时也将伊斯兰教的信仰传入中国。

约在公元7世纪中叶,伊斯兰教传入了中国,从此以后,伊斯兰教成为联合中国和阿拉伯两大民族的重要精神纽带。现在,我国56个民族中有回、维吾尔、哈萨克、东乡、保安、撒拉、塔吉克、塔塔尔、乌兹别克、柯尔克孜族,共有约两千万穆斯林,他们是中华民族大家庭中的重要成员。

在中阿文化交流史上值得大书特书的是明代三宝太监郑和七下

---

[1] 孟昭毅、黎跃进编著:《简明东方文学史》,第92页,北京大学出版社2005年版。

西洋。郑和(1371~1435),本姓马,回族,信奉伊斯兰教,其先西域人,具有阿拉伯血统。元朝初年移居云南昆明。明军攻入云南后,郑和被掳入宫当太监。因随燕王朱棣起兵建立了功业,被赐姓郑。他的祖父和父亲均曾赴麦加朝圣,他从小就养成了对伊斯兰教的信仰。明成祖朱棣(1360~1424)为联系海外各国并发展对外贸易,于永乐三年(1405)命令郑和与王景弘(？~1434)组织庞大船队下西洋。至宣宗宣德八年(1433),在长达二十八九年的时间里,先后7次下西洋,沿途经过30多个国家。有4次下西洋时,到达了阿拉伯半岛,而麦加是他必去之地。他的随员中有不少人通晓阿拉伯语,回国后描写了阿拉伯等地区的情况。船队所到之处,都与当地人士进行了友好的交往,传播了中华文明,增进了与阿拉伯等民族的友谊。郑和七下西洋建立的丰功伟绩,堪与张骞、班超通西域的壮举前后辉映。

在中国、阿拉伯文化交流史上,不能不提到阿拉伯文的四部书。第一部是《古兰经》。《古兰经》在中国的流通长期以来主要是在穆斯林中以口耳相传的形式记诵经文。因为传说《古兰经》是真主安拉以阿拉伯文降谕的神圣经典,反对用其他文字予以翻译,以免亵渎圣书,因而长期无人翻译。直到明末清初才有人抽译。20世纪才有《古兰经》的汉译全本问世。《古兰经》是伊斯兰教具有绝对权威的根本经典,是阿拉伯文学史上最有影响的第一部散文著作,也是最早翻译成中文的阿拉伯文学作品。

第二部是《圣训》。这是一部有关伊斯兰教先知穆哈默德的言行录,是一部仅次于《古兰经》的经典,是一部在阿拉伯文学史上有一定地位的文学作品。也是以口头传诵的方式长时间在中国穆斯林中间流传。在20世纪才有《圣训》的汉译选本与全本问世。

第三部是《天方诗经》。这是最早汉译的阿拉伯诗篇,原名《斗篷颂》,是埃及大诗人蒲绥里(1216~1296)的作品,由马复初、马安礼、马学海等翻译,于1890年刊行。汉译仿中国《诗经》句式,故名为《天方诗经》。译者称蒲绥里"天方大学士也。才雄天下,学富古今,妙手蜚声,文章绝世。常以诗词称天下之俊贤,贬天下之奸佞,鸿章一出,四海流传。是以王侯卿大夫,一时显贵,皆爱而畏之"①。

第四部是《一千零一夜》(又译《天方夜谭》)。这是一部卷帙浩繁、优美动人的民间故事集。高尔基誉其为世界民间文学史上"最壮丽的一座纪念碑"。

这部书对我国影响深远。据仲跻昆统计,从20世纪初到20世纪末,100年间,在我国,《一千零一夜》的各种译本或有关它的书有四五百种,大概是外国文学作品中汉译版本最多的一部著作。②

《一千零一夜》规模庞大,共收入300多个故事。这些故事色彩斑斓,形象鲜明,生动地表现了中古时期阿拉伯地区及其周边国家的风土人情和社会面貌。在艺术上也有鲜明的特色。在文体上以散文和诗歌互相配合,以散文为主,诗歌也占相当比重。这些诗歌大部分是阿拉伯各个历史时期著名诗人创作的广泛流传的作品。据专家统计,《一千零一夜》中的诗歌总数有1400余首、15000余行。③

在我国,最早较全面介绍阿拉伯文学的,恐怕要数郑振铎了。郑振铎(1898~1958),是我国五四新文学运动的先驱者之一。他于1926年到1927年写作出版的约80万字的巨著《文学大纲》,是一部真正意义上的世界文学史。他在书中对阿拉伯文学、诗歌作了较系统的精要介绍,对中古阿拉伯最著名的诗人伊摩鲁的诗的艺术特点作了精辟的概括,说:"他的长诗,无人不赞许其辞句之美,想像之富,描写之可爱而复杂,音韵之铿锵与温甜;他所引起的感兴乃是青春的快乐与光荣。"④郑振铎《文学大纲》的出版,在当时产生了重大

---

① 仲跻昆:《阿拉伯文学通史》,上卷,第36页,译林出版社2010年版。
② 仲跻昆:《阿拉伯文学通史》,上卷,第38页,译林出版社2010年版。
③ 何乃英编著:《新编简明东方文学》,第137页,中国人民大学出版社2007年版。
④ 郑振铎编:《文学大纲》(上),第389页,广西师范大学出版社2008年版。

的影响,它扩大了我国文学界的视野,也使普通读者了解了阿拉伯诗歌发展的情况。

(七) 与 西 方

中国古典诗词最早向西方传播的是《诗经》。1593年,意大利传教士利玛窦最早把《四书》译成拉丁文,寄回意大利。1626年比利时人金尼阁将《五经》译成拉丁文,在杭州印刷,并传向西方。稍后,意大利耶稣会士殷铎泽(1625~1696)与葡萄牙耶稣会士郭纳爵(1599~1666)合译《大学》、《论语》和《中庸》为拉丁文。1687年,比利时教士柏应理(1624~1692)在巴黎刊印《中国哲学家孔子》一书,中文标题称《西文四书解》,书中有孔子传、《大学》、《中庸》和《论语》的拉丁文译本。1711年,比利时传教士卫方济(1651~1729)的《四书》拉丁文译本在布拉格大学刊印。嗣后,法国耶稣会士孙璋(1695~1767)把《诗经》译成拉丁文,并有详细注解。这样,中国的《诗经》和孔子的诗论,便经传教士之手首先译成拉丁文,继而译成法、德、英文,传到了西方各国。受到了西方汉学界的重视,认为《诗经》是中国文学的精髓,是人类文学艺术的瑰宝。

继《诗经》西传之后,屈原的《离骚》、《古诗十九首》,曹植、阮籍、陶渊明等汉魏晋诗人的诗歌也相继传入西方。唐朝,是中国诗歌的鼎盛时代,唐诗当时即已传入朝鲜、越南、日本等近邻各国,但何时传向西方,尚有待于深入探讨。传统的说法是,中国诗歌传入西方,最早传播到的地点是意大利。13世纪,意大利旅行家马可·波罗(1254~1324),于1275年5月来到元朝上都(今内蒙古自治区多伦县西北)。得到元世祖忽必烈信任,仕元17年,曾游历今新疆、甘肃、内蒙古、晋、陕、川、滇、鲁、苏、浙、闽及北京等广大地区。1292年离开中国。在他口述成书的《马可·波罗行记》中,详述了在中国的见闻,盛赞中国之富庶,文物之昌明,这是西方人士较详细地向西方介绍中国的开始。接着是意大利人利玛窦把《四书》译成拉丁文,又在他的其他著作中引证了《诗经》中的《周颂》、《商颂》、《雅》中的一些篇章。因此,刘正在《图说汉学史》中正确地把利玛窦定性为西方汉学史上第一个汉学家,并把1583年利玛窦来华传教、接受汉学作为意大利汉学史的开端。

在西方广泛流行一种格律诗体,即十四行诗,或称商籁体,这是一种优美的格律诗体。传统的说法是,这种诗体中世纪流行于意大利民间,西西里诗派的贾科莫·达·兰蒂尼开发了这种格律,意大利的弗兰齐斯科·彼特拉克(1304~1374)完善了这种诗体。后来这种诗体流行于欧洲各国,而英国的威廉·莎士比亚(1564~1616)写了154首优美的十四行诗,把这种诗体的艺术魅力发展到了高峰。

1979年5月,赵瑞蕻在《济慈和济慈的三首十四行诗》中写道:"这种诗体为什么一定限于十四行?它的起源是怎样的?关于这些问题,西方学者写过不少文章,众说纷纭。最近杨宪益先生在《读书》月刊1978年第4期上发表的《译余偶谈》一则中,指出十四行诗可能是从中国经过阿拉伯人传到西方去的。他举了李白'花间一壶酒'(是《月下独酌》四首之一)一诗为例,说'这和意大利的十四行诗规律都是完全符合的'。这可能是个发现,见解新颖,值得讨论研究。"①

这确是一个见解新颖而又值得进一步探讨的问题。李白在长安担任翰林供奉时,因遭小人谗毁,君王见疏,心情苦闷,写下了《月下独酌四首》,这组诗中有三首均为十四行诗:

---

① 赵瑞蕻:《诗歌与浪漫主义》,第250~251页,南京大学出版社1993年版。

其 一

花间一壶酒,
独酌无相亲。
举杯邀明月,
对影成三人。
月既不解饮,
影徒随我身。
暂伴月将影,
行乐须及春。
我歌月徘徊,
我舞影零乱。
醒时同交欢,
醉后各分散。
永结无情游,
相期邈云汉。

李白不仅写了多首五言十四行诗,而且写了七言十四行诗。

流夜郎赠辛判官

昔在长安醉花柳,
五侯七贵同杯酒。
气岸遥凌豪士前,
风流肯落他人后?
夫子红颜我少年,
章台走马著金鞭。
文章献纳麒麟殿,
歌舞淹留玳瑁筵。

与君自谓长如此，
　　宁知草动风尘起！
　　幽谷忽惊胡马来，
　　秦宫桃李向明开。
　　我愁远谪夜郎去，
　　何日金鸡放赦回。

　　李白是写十四行诗的高手，惯于运用这种诗体写作，在他现存的约1000首诗中计有五言十四行诗47首，七言十四行诗1首。这些诗每首十四行，押韵，有的全部平韵，一韵到底，有的平仄相间，错落有致。李白，堪称中国十四行诗的开创者和奠基人，在世界诗坛上也堪称十四行诗的鼻祖。

　　李白的十四行诗诞生于公元8世纪。彼特拉克是意大利人，生活于14世纪，他写了大量十四行诗，被称为彼特拉克体。这种诗体后来传入英、法、德、西等国，对欧洲抒情诗的发展作出了很大贡献。在13世纪西西里诗派开始采用十四行诗体写作的时候，中国和意大利地区的文化交往已经比较发达。从时间上看，李白的十四行诗传入意大利是可能的，是否如此，尚需时间和历史文献来证明。

　　自利玛窦之后，一些西方来华的传教士不断地把中国诗歌特别是唐诗传向意大利、法国、德国、西班牙、英国等，与法、德等国相比，汉诗译为英语时间较晚，但发展迅速，到现代，汉诗英译的数量、研究的深广方面都达到了相当的规模。

　　1815年，英国基督教传教士罗伯特·马礼逊把杜牧的诗篇《九日齐山登高》译为英文，这是唐诗英译单篇的开始。约翰·戴维斯（1795~1890）对唐诗英译作出了很大贡献。1870年，他出版了《汉文诗解》，书中介绍了中国诗的基本情况，第一部分介绍中国诗歌从《诗经》到清代诗歌的演变过程，第二部分选择了若干汉语诗歌作品进行翻译赏析,其中有杜甫的《春夜喜雨》、王涯的《送春词》等。戴维斯因此成为有意识地向英语世界推介唐诗的第一人,《汉文诗解》一书,揭开了唐诗向英语世界传播的大幕。①

1919年,英国驻华机构外交官威廉·弗莱彻(1879~1933)推出了第一本断代唐诗英译专著《英译唐诗选》,由上海商务印书馆发行。1925年,商务印书馆又刊行了他的《英译唐诗选续集》。这两部书,共选译唐诗286首,唐诗就成规模地向英语世界传播了。

同是英语世界一员的美国,其唐诗英译工作较英国要晚。到20世纪20年代止,美国本土的汉学家只有丁韪良关注过中国古典诗词特别是唐诗。丁韪良(1827~1916),美国北长老会派至中国的传教士,长期在中国工作(1850~1916),曾任中国同文馆和京师大学堂的西学总教习。他精通中国的语言和文字,是清末在华传教士和学者中首屈一指的"中国通"。他著有《中国觉醒》、《汉学菁华》等著作,记载了他对中国的观察和认知,阐明了他对中国古典诗词的观点。100年前他在书中这样写道:

"中国是当今世界正在发生的最伟大运动的舞台。……它所承诺要做到的事情是让这个最古老、人口最多和最保守的帝国得以彻底振兴。"

"中国是一个具有无穷精力之民族的故乡,它如今之伟大和未来之繁荣都足以令人仰慕不已。"

"……只需要几代人的努力,中国人民就将在世界民族之林中占据一个主要位置。"②

在《汉学精华》一书中,有一卷专门介绍中国文学,并以一章介

---

① 江岚:《唐诗西传史论》,第36页,学苑出版社2009年版。
② [美]丁韪良著,沈弘等译:《汉学菁华——中国人的精神世界及其影响力》书末书讯页,世界图书出版公司2010年版。

绍"中国的诗人和诗歌"。他写道:

"一个受过教育的中国人要比任何其他人种更热衷于诗歌的陶冶。倘若出外旅行遇到了奇峰秀水,他必定会欣然赋诗。新年伊始,他要在门柱上题写新的对联。他的商铺和书房墙壁往往挂有友人题赠的诗歌卷轴。闲暇居家,他会吟诗作对;携客同游,他也会援笔在墙上或柱子上即兴赋诗一首,以示到此一游。"

"中国人极其重视对于诗艺的培养,把它作为其教育制度的主要特色,这在任何其他国家中都是绝无仅有的。"

"孔子不是说过,诗歌是教育三要素中的首要因素吗?他的原话如下:'以诗为首,次礼,次乐。'"

对于中国历代诗歌他作了简要的探讨,认为中国的抒情诗非常丰富,"在这个方面,中国人的作品可谓是浩如烟海,在与他国诗人的竞争中可以独占鳌头"①。

丁韪良对汉诗传入美国起了重要作用。随着英国唐诗译本在美国翻印发行,20世纪20年代以后,唐诗在美国得到了广泛的传播。在这一传播过程中不能不提到庞德。埃兹拉·庞德(1885~1972),生于美国爱达荷州。1908年赴欧洲,后定居伦敦,1921年移居巴黎,1924年迁居意大利。第二次世界大战期间,一度为意大利法西斯墨索里尼效力,后被美军俘虏囚禁,以叛国罪被捕入狱,后因众多知名作家呼吁,未判罪。1958年被释放后回意大利,1972年病故于威尼斯。庞德作为诗人诗作颇丰。1913年他对汉诗产生了浓厚兴趣,系统、大量地阅读了汉诗,读了法文版的孔子与孟子的著作。1915年,他在伦敦出版了汉诗《神州集》英译本,这是20世纪初在英语世界流行最广的汉诗译本之一。集中收有《诗经·小雅》诗1首,屈原诗

---

① [美]丁韪良著,沈弘等译:《汉学菁华——中国人的精神世界及其影响力》,第43、44页,世界图书出版公司2010年版。

1首,汉乐府诗1首,陶潜、郭璞、卢照邻、枚乘、王维诗各1首,李白诗12首。

《神州集》英译本的出版,为汉诗的西传作出了贡献。由于庞德是诗人,他在译文中运用大量的自然意象,体现了清新的创作风格,因而获得了广泛的好评。他在翻译汉诗中深为汉诗的魅力所折服,自觉地接受了汉诗的影响,终身不懈地推崇中国的诗歌。江岚在评介庞德时说:"他对汉文化的吸收,对唐诗技巧的揣摩、应用,客观上促进了东西方文化的互识、互补、互用。唐诗西传作为一个文化传播的现象,其历史进程由起步阶段认识、鉴赏的层面,逐渐提高到发展阶段的认同、接纳的层面时,庞德成为介于其转折点上的关键性人物。从此唐诗在异域的土地上,不仅仅是单纯地被译介,被鉴赏,而是作为美国发展自身文化的重要资源,而被吸引与融合到英语世界的主要文化中去了。"①

美国知名作家福特·休弗(1873~1939)译论《神州集》时说:"如果这些都是原创诗句,那庞德就是当今最伟大的诗人……《神州集》里的诗精美至极,诗歌应该是什么样子,它们就是什么样子。如果意象及其处理手法可以给诗歌带来任何新鲜气息,则这些新鲜气息就在这些诗里。"②

庞德对中国诗艺善于揣摩运用。他认为,中国诗简洁、含蓄,意象之间不需要媒介,起连接作用的虚词往往可以省略。他接受了中国古诗的影响,成为西方诗歌意象派的主要代表人物之一与此不无关系。意象派的理论原则是:直接表现主客观事物,只展现而不加评论,运用"意象并置"的艺术技巧;不用无助于"表现"的词语,诗歌语言简洁;进行诗体革新,在诗律上力求打破传统诗体的束缚。唐诗中

---

① 江岚:《唐诗西传史论》,第213页,学苑出版社2009年版。
② 江岚:《唐诗西传史论》,第202~203页,学苑出版社2009年版。

的"意象并置"现象在庞德那里有了映像。温庭筠《商山早行》中的"鸡声茅店月,人迹板桥霜",王维的《使至塞上》中的"大漠孤烟直,长河落日圆",都是"意象并置"、构成清新画面的名句。庞德借鉴唐诗和日本俳句,取得了成功。如他的一首极短而又有名的诗:

在地铁车站
这几张脸在人群中幻景般闪现;
湿漉漉的黑树枝上花瓣数点。

(飞　白　译)[①]

这首诗短短两行,却是庞德思考、修改了一年之后形成的代表作。许多世界名诗选本都选入了这首诗。1913年庞德在巴黎地铁看到了当时的情景,有感而发写了一首30行的诗,自己不满意,把它销毁了。一个月后,他又写了一首比那首短一半的诗,还不满意。他继续思考,一年后他写成了这首只有两行的短诗。1916年他在回忆录中对写这首诗的过程作了介绍:"三年前在巴黎,我在协约车站走出了地铁车厢,突然间,我看见了一个美丽的面孔,然后又看到一个,又看到一个,然后是一个美丽儿童的面孔,然后又是一个美丽的女人,那一天我整天努力寻找能表达我的感受的文字,我找不到我认为能与之相称的,或者像那种突发感情那样可爱的文字。那天晚上……我还在努力寻找的时候,忽然找到了表达方式。并不是说我找到了一些文字,而是出现了一个方程式。……不是用语言,而是用许多颜色的小斑点。……这种'一个意象的诗',是一个叠加形式,即一个概念叠在另一个概念之上,我发现这对我为了摆脱那次在地铁

[①]　吴笛:《世界名诗欣赏》,第217页,浙江大学出版社2008年版。

的情感所造成的困境很有用。"①这首诗以简洁含蓄的叙事风格,意象并置的手法,使美丽的面庞与鲜艳的花瓣互相关联,诗中没有用任何连接词,只是把"脸"、"树枝"、"花瓣"等代表形象的词语并置在一起,烘托出具有中国古典诗词含蓄简洁风格的隐喻,与唐诗中的"人面桃花相映红"相映成趣。

中华诗词向西方的传播,不能不提到毛泽东诗词。中央红军于1935年10月胜利到达陕北不久,美国记者埃德加·斯诺即于1936年进入陕北采访,写成了著名的《西行漫记》。在陕北保安的窑洞中,毛泽东与他进行了多次谈话,并把自己创作的《长征》写赠给他。斯诺在《西行漫记》中写道:"我把毛泽东主席关于这一六千英里长征的旧体诗词附在这里作为尾声。他是一个既能领导长征又能写诗的叛逆。"从此,毛泽东的《长征》传遍了全世界。其后,美国进步作家史沫特莱、安·路·斯特朗、罗伯特·佩恩等,世界著名诗人如苏联的吉洪诺夫、苏尔科夫,古巴的纪廉,智利的聂鲁达,土耳其的希克梅特等,都热情评介和向世界报道毛泽东诗词。现在毛泽东诗词已有英、法、德、意、俄、日、荷、西、葡、希腊、罗、匈、捷、朝、越、世界语等译文,数量非常庞大。据美国华裔学者聂华苓与其丈夫、美国学者保罗·安格尔统计,毛泽东诗词在全世界已印刷发行了7500万册,比有史以来用英语写作的全部诗人出版的诗集的总和还要多。

毛泽东诗词传遍了全世界,产生了广泛深远的影响。海外学者高度评价毛泽东诗词和毛泽东文艺思想,认为毛泽东是"当之无愧的中国的伟大诗人","当代东方的一位诗神",称中国革命的胜利是"一个诗神赢得了新中国"。

中华诗词与西方诗歌的交流是相互的。中华诗词产生了广泛的影响,西方诗歌的传入也发挥了有益的借鉴启发作用。中国历史上

---

① 吴笛:《世界名诗欣赏》,第217页,浙江大学出版社2008年版。

域外文化的输入影响最大的有两次,一次是佛教文化从印度大规模地"拿来",再一次是西方文化大规模输入。

西方诗歌是什么时候传入中国的?钱钟书的《七缀集》中有一篇文章《汉泽第一首英语诗〈人生颂〉及有关二三事》,认为《人生颂》是1864年译成的。对此,柏桦在其《外国诗歌在中国》一书指出:"钱钟书先生曾撰文《汉译第一首英语诗〈人生颂〉及有关二三事》论证美国诗人朗费罗(Henry Wadsworth Longfellow)的《人生颂》(A psalm of Life),中译由英国汉学家和驻华公使威妥玛(T. F. Wade)首先于1864年译为'有意无韵,似通非通'的汉语,再由时任总理衙门大臣的董恂加工润色成七绝'长友诗'九首(于1872年刊行在方睿师的《蕉轩随录》上),是汉译第一首英文诗。但据周振鹤先生考察,比《人生颂》还早的汉译诗是英国诗人弥尔顿(John Milton)的十四行诗《论失明》(On His Blindness),此诗由西方传教士麦都思译出,并在其主办的《遐迩贯珍》(香港出版的一部中文月刊)的1854年第9号上刊出。此诗整整比《人生颂》早出现10年之久。"①

总之,西方诗歌从19世纪五六十年代传入中国后,逐渐产生了影响,中国的新诗产生了,新诗理论出现了。1898年12月,梁启超写了《夏威夷游记》,提出了诗界革命的主张,说中国"非有诗界革命,则诗运殆将绝"。提出作诗必须做到:"第一要新意境。第二要新语句。而又须以古人之风格入之,然后成其为诗。"②

在中国新诗的发展上,"胡适是公认的'新诗老祖宗'"③(胡明语)。胡适主张新诗有"三要件":一、明白清楚,言近旨远;二有剪

---

① 柏桦主编:《外国诗歌在中国》,第2页,巴蜀书社2008年版。
② 许霆:《中国现代诗歌理论经典》,第16、14页,苏州大学出版社2008年版。
③ 胡明编:《胡适作品新编》,第4页,人民文学出版社2009年版。

裁,有组织;三、意境平实。他在 1917 年、1918 年先后发表《文学改良刍议》《建设的文学革命论》,将自己对文学改良的主张归纳为"八不主义":一、不做"言之无物"的文字。二、不做"无病呻吟"的文字。三、不用典。四、不用套语滥调。五、不重对偶:——文须废骈,诗须废律。六、不做不合文法的文字。七、不摹仿古人。八、不避俗话俗字。① 他不仅提倡新诗,而且最先"尝试"创作新诗。1917 年他发表了《白话诗八首》和《白话词四首》,是我国现代发表的第一批白话诗词;1918 年,他发表的《老洛伯》,是中国现代第一首白话译诗;1920 年,他的《尝试集》初版和增订二版的出版是中国白话新诗的第一本诗集。我们试看他《尝试集》中的一首新词:

沁园春·誓诗

更不伤春,
更不悲秋,
以此誓诗。
任花开也好,
花飞也好,
月圆固好,
日落何悲?
我闻之曰,
"从天而颂,
孰与制天而用之?"
更安用为苍天歌哭,
作彼奴为!

---

① 《毛泽东文艺论集》,第 21 页,中央文献出版社 2002 年版。

> 文章革命何疑!
> 且准备搴旗作健儿。
> 要空前千古,
> 下开百世
> 收他臭腐,
> 还我新奇。
> 为大中华,
> 造新文学,
> 此业吾曹欲让谁?
> 诗材料,
> 有簇新世界,
> 供我驱驰。
>
> 1916年4月12日①

胡适为新诗摇旗呐喊并发表了第一批新诗,郭沫若(1892~1978)则是写作新诗的杰作代表。1921年他发表诗集《女神》,这是郭沫若的第一部诗集,也是中国现代诗歌发展史上第一部成熟的新诗集,是他早期诗歌代表作的结集。闻一多对《女神》评价很高,说:"若讲新诗,郭沫若君的诗才配称新呢,不独艺术上他的作品与旧诗词相去最远,最要紧的是他的精神完全是时代的精神——二十世纪底时代底精神。有人讲文艺作品是时代的产儿。《女神》不愧为时代的一个肖子。"②

中国的新诗蓬勃发展起来了,出现了一批写新诗的诗人,创作了数量可观的新诗作品,中国诗坛出现了深刻的变化。

---

① 胡明编《胡适作品新编》,第3~4页,人民文学出版社2009年版。
② 郭沫若:《女神》,第2页,人民文学出版社2000年版。

然而，新诗的发展并不理想，毛泽东对新诗的评价是客观的，一方面，他认为新诗的成绩"不能低估"，另一方面又指出"新诗大散漫，记不住"，"现在的新诗不成型"。1960年12月24日，他对我国文艺界抄袭模仿欧美的风气进行了批评，指出："这种抄袭已经有几十年了、近百年了，特别是抄袭欧洲的东西，他们看不起自己国家的文化遗产，拼命地去抄袭西方。我们批评这种情况已有一段时间了，这个风气是不好的。不单是绘画，还有音乐，都有这样一批人抄袭西方，他们看不起自己民族的东西。文学方面也如此，但要好一些。在这方面，我们进行过批评，批评后小说好一些，诗的问题还没有解决。"[①]

现在，我们的诗坛生机盎然，但仍存在一些问题，需要诗人们继续努力，繁荣中华诗词，发展中华诗词。

[①] 《毛泽东文集》（八），第226页，人民出版社1999年版。

四　多种多样的诗体

世界诗歌的体裁色彩缤纷,万紫千红。

(一)中国的诗体

汉语诗体,杨仲义、梁葆莉的《汉语诗体学》中归纳为十种体式:一、二言古体,二、四言体,三、骚体,四、乐府古辞,五、五言古体,六、七言古体,七、七言歌行,八、格律诗,九、词,十、散曲。这是恰当的。但须加完善,时至今日,白话新诗也应列入汉语诗体之列。中华诗体纷繁复杂,色彩斑斓,因时代的发展而发展,因善于吸收融化域外的优秀诗歌而更加辉煌灿烂。

1. 二言古谣

"四书五经"之一的《易经》,是产生于商周之际的卜筮之书,其中收存了一些二言、四言古谣。二言古谣如:

"屯如,邅如,乘马,班如。匪寇,婚媾。"(《易经》屯卦)

意思是:一些骑马者在村外踌躇不前,左右回旋,他们不是来抢劫,而是来求婚的。

再如:

"得敌,或鼓,或罢,或泣,或歌。"(《易经》中孚卦)

意思是:战胜,俘虏了敌人,有的击鼓继续追击敌人,有的停止了追击,有的高兴得流下了热泪,有的放声高歌。

2. 三言古谚

《古诗源》中收有多首三言农谚、俚语、谚语。如:

"狡兔死,走狗烹。飞鸟尽,良弓藏。敌国破,谋臣亡。"①

而苏伯玉妻的《盘中诗》则是以三言诗为主,杂以七言的著名诗篇:

"山树高,鸟鸣悲。泉水深,鲤鱼肥。高仓雀,常苦饥。吏人妇,会夫希。出门望,见白衣,谓当是,而更非。还入门,中心悲。北上堂,西入阶,急机绞,杼声催。长叹息,当语谁?君有行,妾念之。出有日,还无期。结巾带,长相思。君忘妾,未知之。妾忘君,罪当治,妾有行,宜知之。黄者金,白者玉,高者山,下者谷。姓者苏,字伯玉,人才多,知谋足。家居长安身在蜀,何惜马蹄归不数!羊肉千斤酒百斛,令君马肥麦与粟。今时人,知四足,与其书,不能读,当从中央周四角。"②

这首诗写在盘中,从中央向四周延伸,故名盘中诗,后来成为回文诗的一种形式。这首诗以三言为主,杂有几句七言,亦称为杂言诗。沈德潜评论说:"使伯玉感悔,全在柔婉,不在怨怒,此深于情。"又评:"似歌谣,似乐府,杂乱成文,而用意忠厚,千秋绝调。"③

---

① 沈德潜编,苗洪注:《古诗源》,第32页,华夏出版社2001年版。
② 沈德潜编,苗洪注:《古诗源》,第78页,华夏出版社2001年版。
③ 沈德潜编,苗洪注:《古诗源》,第78页,华夏出版社2001年版。

3. 四言诗

我国第一部诗歌总集《诗经》，共收录305篇诗，其中大部分是四言体，一部分杂有二言、三言、五言、六言、七言甚至八言，但主流是四言体。如：

关　　雎

关关雎鸠，在河之洲；窈窕淑女，君子好逑。
参差荇菜，左右流之；窈窕淑女，寤寐求之。
求之不得，寤寐思服。悠哉悠哉，辗转反侧。
参差荇菜，左右采之；窈窕淑女，琴瑟友之。
参差荇菜，左右芼之；窈窕淑女，钟鼓乐之。

这是《诗经》的开篇之作，是我国现存最早的一篇爱情诗。

四言体诗盛行于商周之际，汉魏续有传承，曹操、阮籍、陶渊明皆有四言杰作传世。南朝以后，作者渐少，但仍代有作者，及至现代，仍有人运用此体写作。

4. 骚体

继《诗经》而后的新诗体是产生于楚地的楚辞。楚辞中以屈原的《离骚》思想艺术成就最高，所以又名"骚体"。《离骚》全诗374句2477字（有13字疑为后人所加，如加上则为2490字），为中国古典诗歌中的第一首抒情长诗。

5. 乐府体

乐府诗兴于汉，最初乐府只是宫廷音乐机关的名称，后来才成为一种诗体。汉乐府诗留传到今的仅三四十首，且都是东汉时期的作品。到魏晋南北朝时，才有"乐府"或"乐府诗"的名称。刘勰在《文心雕龙》中把"乐府"单标一体,并说:"乐府者,'声依永,律和声也'。""故知诗为乐心,声为乐体。"从此以后,乐府便正式列为一种诗体了。

宋人郭茂倩编的《乐府诗集》,收集了从上古到唐、五代的乐章和歌谣,是我国成书最早最完备的乐府诗总集。这部总集细分为12大类:①效庙歌辞;②燕射歌辞;③鼓吹曲辞;④横吹曲辞;⑤相和歌辞;⑥清商曲辞;⑦舞曲歌辞;⑧琴曲歌辞;⑨杂曲歌辞;⑩近代曲辞;⑪杂歌谣辞;⑫新乐府辞。这12类之分,较为合理,兼顾了乐府诗的来源、用途以及音乐系统。

乐府诗的艺术特色在于:从句式看,有三言、四言、五言、六言、七言,而以五言句式为多见,并间有杂言。从篇幅看,有短有长,短的可少于20字,最长的如《孔雀东南飞》,全诗共1785字,仅次于屈原的《离骚》,为中国古典诗词中的第二首长诗。从语言风格看,语言浅近,简洁凝练,口语入诗,生动自然。音乐性强,诗可入乐。兹举乐府诗一例:

陌 上 桑

日出东南隅,照我秦氏楼。秦氏有好女,自名为罗敷。罗敷善蚕桑,采桑城南隅。青丝为笼系,桂枝为笼钩。头上倭堕髻,耳中明月珠。缃绮为下裙,紫绮为上襦。行者见罗敷,下担捋髭须。少年见罗敷,脱帽著帩头。耕者忘其犁,锄者忘其锄。来归相怨怒,但坐观罗敷。使君从南来,五马立踟蹰。使君遣吏往,问是谁家姝?"秦氏有好女,自名为罗敷。""罗敷年几何?""二十尚不足,十五颇有馀。"使君谢罗敷:"宁可共载不?"罗敷前置辞:"使君一何愚!使君自有妇,罗敷自有夫。东方千馀骑,夫婿居上头。何用识夫婿? 白马从骊驹。青丝系马尾,黄金络马头。腰中鹿卢剑,可直千万馀。十五府小史,二十朝大夫。三十侍中郎,四十专城居。为人洁白皙,鬑鬑颇有须。盈盈公府步,冉冉府中趋。坐中数千人,皆言夫婿殊。"

这首诗,是乐府诗中的佳作,既描写了罗敷的外在美,又刻画了她的坚贞高洁。这首诗"感于哀乐,缘事而发",体现了乐府诗的共同特点,一具现实性,二具音乐性。

　　汉代的乐府诗对后世产生了深远的影响,曹魏时代的曹操父子都是创作乐府诗的能手。唐代的李白、杜甫、白居易等大诗人都从乐府诗中吸取了营养,并创作了大量新乐府诗。其中,李白的《蜀道难》是新乐府诗中杰出代表作。

6. 五言古风

　　在中国诗歌发展史上,五言诗从产生到发展经历了一个漫长的过程。梁钟嵘著的《诗品》,是我国最早的一部关于五言诗的理论批评专著,是我国诗话的开山之作。此书概述了我国五言诗的发展史,对五言诗的优长和创作规则提出了一些真知灼见。他认为四言诗过渡到五言诗是历史发展的必然:"夫四言,文约意广,取效风骚,便可多得。每苦文繁而意少,故世罕习焉。五言居文词之要,是众作之有滋味者也;故云会于流俗。岂不以指事造形,穷情写物,最为详切者耶!"[①]五言诗在描写景物,叙事抒情方面较四言诗更能曲尽其妙,为人们所喜爱,遂逐渐发展繁荣起来了。

　　《古诗十九首》是汉代五言诗的最高成就,兹举二首:

　　　　行行重行行,与君生别离。
　　　　相去万馀里,各在天一涯。
　　　　道路阻且长,会面安可知。
　　　　胡马依北风,越鸟巢南枝。

---

　　① 钟嵘著,徐达译注:《诗品全译》,第10页,贵州人民出版社1990年版。

相去日已远,衣带日已缓。
浮云蔽白日,游子不顾反(同返)。
思君令人老,岁月忽已晚。
弃捐勿复道,努力加餐饭。

涉江采芙蓉,兰泽多芳草。
采之欲遗谁,所思在远道。
还顾望旧乡,长路漫浩浩。
同心而离居,忧伤以终老。

《古诗十九首》简古朴素,抑扬顿挫,清和平远,韵味纯厚悠长。

五言诗在魏晋南北朝时期继续发展,到唐代达到了高峰。李白的《古风五十九首》是五言古风的杰作。杜甫的"三吏"(《新安吏》、《石壕吏》、《潼关吏》)、"三别"(《新婚别》、《垂老别》、《无家别》)、《北征》、《自京赴奉先咏怀五百字》等篇,俱属五古名作。如:

石 壕 吏

暮投石壕村,有吏夜捉人。
老翁逾墙走,老妇出门看。
吏呼一何怒,妇啼一何苦!
听妇前致词:"三男邺城戍,
一男附书至,二男新战死。
存者且偷生,死者长已矣。
室中更无人,惟有乳下孙。
有孙母未去,出入无完裙。
老妪力虽衰,请从吏夜归。
急应河阳役,犹得备晨炊。"

夜久语声绝,如闻泣幽咽。
天明登前途,独与老翁别。

　　这首诗以白描手法描写诗人经石壕村夜暮投宿的见闻,揭露了封建兵役制度的暴虐,叙事形象逼真,使用了高超的现实主义手法,洋溢着"诗圣"忧国忧民的情怀。
　　五言古风,是中国众多诗歌体裁中的一个基本品种。

7. 七言古风

　　七言古风,是唐代诗坛极有成就的一种诗体。它对六朝的七古进行了改造和发展,形成篇幅宏伟、音韵和谐、气脉流畅、形象鲜活、语言精美的一种诗体。有唐一代诗人以此体写作者甚众,卢照邻、王维、李白、杜甫、高适、岑参、白居易、韩愈等都有名篇传世。今举二例。

长　恨　歌
白居易

汉皇重色思倾国,御宇多年求不得。
杨家有女初长成,养在深闺人未识。
天生丽质难自弃,一朝选在君王侧。
回眸一笑百媚生,六宫粉黛无颜色。
春寒赐浴华清池,温泉水滑洗凝脂。
侍儿扶起娇无力,始是新承恩泽时。
云鬓花颜金步摇,芙蓉帐暖度春宵。
春宵苦短日高起,从此君王不早朝。
承欢侍宴无闲暇,春从春游夜专夜。
后宫佳丽三千人,三千宠爱在一身。

金屋妆成娇侍夜,玉楼宴罢醉和春。
姊妹弟兄皆列土,可怜光彩生门户。
遂令天下父母心,不重生男重生女。
骊宫高处入青云,仙乐风飘处处闻。
缓歌慢舞凝丝竹,尽日君王看不足。
渔阳鼙鼓动地来,惊破霓裳羽衣曲。
九重城阙烟尘生,千乘万骑西南行。
翠华摇摇行复止,西出都门百余里。
六军不发无奈何,宛转娥眉马前死。
花钿委地无人收,翠翘金雀玉搔头。
君王掩面救不得,回看血泪相和流。
黄埃散漫风萧索,云栈萦纡登剑阁。
峨眉山下少人行,旌旗无光日色薄。
蜀江水碧蜀山青,圣主朝朝暮暮情。
行宫见月伤心色,夜雨闻铃肠断声。
天旋地转回龙驭,到此踌躇不能去。
马嵬坡下泥土中,不见玉颜空死处。
君臣相顾尽沾衣,东望都门信马归。
归来池苑皆依旧,太液芙蓉未央柳。
芙蓉如面柳如眉,对此如何不泪垂。
春风桃李花开日,秋雨梧桐叶落时。
西宫南内多秋草,落叶满阶红不扫。
梨园弟子白发新,椒房阿监青娥老。
夕殿萤飞思悄然,孤灯挑尽未成眠。
迟迟钟鼓初长夜,耿耿星河欲曙天。
鸳鸯瓦冷霜华重,翡翠衾寒谁与共。
悠悠生死别经年,魂魄不曾来入梦。

临邛道士鸿都客,能以精诚致魂魄。
为感君王展转思,遂教方士殷勤觅。
排空驭气奔如电,升天入地求之遍。
上穷碧落下黄泉,两处茫茫皆不见。
忽闻海上有仙山,山在虚无缥缈间。
楼阁玲珑五云起,其中绰约多仙子。
中有一人字太真,雪肤花貌参差是。
金阙西厢扣玉扃,转叫小玉报双成。
闻道汉家天子使,九华帐里梦魂惊。
揽衣推枕起徘徊,珠箔银屏迤逦开。
云鬓半偏新睡觉,花冠不整下堂来。
风吹仙袂飘飘举,犹似霓裳羽衣舞。
玉容寂寞泪阑干,梨花一枝春带雨。
含情凝睇谢君王,一别音容两渺茫。
昭阳殿里恩爱绝,蓬莱宫中日月长。
回头下望人寰处,不见长安见尘雾。
唯将旧物表深情,钿合金钗寄将去。
钗留一股合一扇,钗擘黄金合分钿。
但教心似金钿坚,天上人间会相见。
临别殷勤重寄词,词中有誓两心知。
七月七日长生殿,夜半无人私语时。
在天愿作比翼鸟,在地愿为连理枝。
天长地久有时尽,此恨绵绵无绝期。

  这首诗与《琵琶行》一道,都是白居易脍炙人口的七古名篇。白居易去世后,唐宣宗在他写的悼诗中特别提到这两首诗:

四　多种多样的诗体

吊白居易

缀玉联珠六十年,谁教冥路作诗仙。
浮云不系名居易,造化无为字乐天。
童子解吟长恨曲,胡儿能唱琵琶篇。
文章已满行人耳,一度思卿一怆然。①

"童子解吟长恨曲,胡儿能唱琵琶篇",说明白居易这首诗当时已产生了广泛的影响。《长恨歌》这首七古叙事抒情诗,意境深远,形象优美,语言精美,叙事抒情相结合,在艺术上具有深厚的魅力,因而名振千秋,深为人们喜爱。

走马川行奉送出师西征
岑　参

君不见走马川,雪海边,平沙莽莽黄入天。
轮台九月风夜吼,一川碎石大如斗,随风满地石乱走。
匈奴草黄马正肥,金山西见烟尘飞,汉家大将西出师。
将军金甲夜不脱,半夜军行戈相拨,风头如刀面如割。
马毛带雪汗气蒸,五花连钱旋作冰,幕中草檄砚水凝。
虏骑闻之应胆慑,料知短兵不敢接,车师西门伫献捷。

这是岑参边塞诗中的一首名作。边塞诗,在唐诗中占有重要地位,岑参是唐朝著名的边塞诗人。这首诗表现边防将士戍边卫国、不畏艰险的高昂士气和炽热的爱国主义精神,在艺术上别具风格,特别在韵律上,全诗句句用韵,三句一转,节奏明快,音韵铿锵,恰似一首

---

① 《全唐诗》(上),第31页,上海古籍出版社1992年版。

战斗进行曲。

8. 六言诗

这是诗体之一,唐卢纶等都留有六言诗篇。虽然写的人较少,但直到现代仍有诗人运用这一诗体。

送 万 巨
卢 纶

把酒留君听琴,难堪岁暮离心。
霜叶无风自落,秋云不雨空阴。
人愁荒村路细,马怯寒溪水深。
望断青山独立,更知何处相寻。

这首诗写离愁,情景交融,情深意厚。

毛泽东也写过六言诗:

给彭德怀同志
一九三五年十月

山高路远坑深,大军纵横驰奔。
谁敢横刀立马?唯我彭大将军。

9. 格律诗

格律诗是中国一种优美的诗体。闻一多在《律诗底研究》一文中写道:"律诗底体格是最艺术的体格。他的体积虽极窄小,却有许多的美质拥挤在内。这些美质多半是属于中国式的。律体在中国诗中做得最多,几要占全体底半数。他的发展最盛时是在唐朝——中国诗最发达的时代。他是中国诗底艺术底最高水涨标。他是纯粹的中国艺术底代表。因为首首律诗里有个中国式的人格在。"他在比较中国和西方各种诗体后说:"别种体裁的诗在西方的文学中都可找出同类,只有律诗不能。别种诗都可翻译,律诗完全不能。他的意义有时还译得出,他的艺术——格律音节——却是绝对地不能译的。律体的美——其所以异于别种体制者,只在其艺术。这要译不出来,便等于不译了。英诗'商勒'颇近律体,然究不及。"又说:"律诗实是最合艺术原理的抒情诗文。英文诗体以'商勒'为最高,以其格律独严也。然同我们的律体比起来,却要让他出一头地。"①

汉语格律诗分为三类:律诗、排律、绝句。

(1)律诗。又分:五律、七律。

五律:每首八句,每句五字,每两句为一联,次序为:首联,颔联,颈联,尾联。每首有定句,每句有定字,并有对仗、平仄、押韵等要求。关于对仗,有一联对仗、二联对仗、三联对仗和四联全对仗的。在押韵上,有单句不入韵、双句入韵的,也有首句和双句都入韵的。例如:

在狱咏蝉
骆宾王

西陆(指秋天)蝉声唱,南冠(指囚徒)客思深。
不堪玄鬓(指蝉)影,来对白头吟。
露重飞难进,风多响易沉。
无人信高洁,谁为表予心?

这首诗首句不入韵,前三联对仗。再如:

---

① 闻一多:《神话与诗》,第309、308页,华东师范大学出版社1997年版。

从 军 行

杨 炯

烽火照西京(指长安),心中自不平。
牙璋辞凤阙,铁骑绕龙城(指匈奴要塞)。
雪暗凋旗画,风多杂鼓声。
宁为百夫长,胜作一书生。

这首诗首句、偶句都入韵,二、三、四联均对仗。

七律:除每句是七言外,其他如对仗、押韵、平仄等要求均与五律相同。如:

古 意

沈佺期

卢家少妇郁金堂,海燕双栖玳瑁梁。
九月寒砧催木叶,十年征戍忆辽阳。
白狼河北音书断,丹凤城南秋夜长。
谁谓含愁独不见,更教明月照流黄。

这首诗首句入韵,前三联对仗。境界广远,气势流动,构思精巧,余韵无穷。再如:

黄 鹤 楼

崔 颢

昔人已乘黄鹤去,此地空余黄鹤楼。
黄鹤一去不复返,白云千载空悠悠。
晴川历历汉阳树,芳草萋萋鹦鹉洲。
日暮乡关何处是?烟波江上使人愁。

这首诗首句不入韵,偶句入韵,只有颈联对仗。传李白登黄鹤楼本欲赋诗,因见崔颢此作,为之敛手,说:"眼前有景道不得,崔颢题诗在上头。"严羽在《沧浪诗话》中说:"唐人七言律诗,当以崔颢《黄鹤楼》为第一。"可见,这首诗是唐人七律中的名篇。

(2)排律。排律是十句以上的律诗,是普通律诗的延长。其规律与普通律诗一样,仅首末两联可以不用对仗,中间各联宜用对仗。排律分两类:五言排律和七言排律。可用十韵、二十韵甚至百韵等,一般取整数韵。

五言排律如:

寄李十二白二十韵
杜 甫

昔年有狂客,号尔"谪仙人"。
笔落惊风雨,诗成泣鬼神。
声名从此大,汨没一朝伸。
文采承殊渥。流传必绝伦。
龙舟移棹晚,兽锦夺袍新。
白日来深殿,青云满后尘。
乞归优诏许,遇我宿心亲。
未负幽栖志,兼全宠辱身。
剧谈怜野逸,嗜酒见天真。
醉舞梁园夜,行歌泗水春。
才高心不展,道屈善无邻。
处士祢衡俊,诸生原宪贫。
稻粱求未足,薏苡谤何频。
五岭炎蒸地,三危放逐臣。

几年遭鵩鸟,独泣向麒麟。
苏武元还汉,黄公岂事秦?
楚筵辞醴日,梁狱上书辰。
已用当时法,谁将此意陈?
老吟秋月下,病起暮江滨。
莫怪恩波隔,乘槎与问津。

杜甫与李白情深意长,终生不渝。这首诗借回顾李白一生表达了自己对李白细致绵长的情思与关切,是五言排律中的杰作,此诗作于唐代宗宝应元年(762),这年冬,李白病逝于当涂。

七言排律如:

泛太湖书事寄微之
白居易

烟渚云帆处处通,飘然舟似入虚空。
玉杯浅酌巡初匝,金管徐吹曲未终。
黄夹缬林寒有叶,碧琉璃水净无风。
避旗飞鹭翻翻白,惊鼓跳鱼拨剌红。
涧雪压多松偃蹇,岩泉滴久石玲珑。
书为故事留湖上,吟作新诗寄浙东。
军府威容从道盛,江山气色定知同。
报君一事君应羡,五宿澄波皓月中。

(3)绝句:每首四句,二、四句押韵,首句可入韵亦可不入韵。句内平仄相间,邻句平仄相对,两联可对仗亦可不对仗,可以两联对仗,也可首联或尾联对仗。又分两类:五言绝句、七言绝句。

五言绝句如:

春　晓
孟浩然
春眠不觉晓，处处闻啼鸟。
夜来风雨声，花落知多少。

登鹳雀楼
王之涣
白日依山尽，黄河入海流。
欲穷千里目，更上一层楼。

七言绝句如：

出塞二首（其一）
王昌龄
秦时明月汉时关，万里长征人未还。
但使龙城飞将在，不教胡马度阴山。

过华清宫绝句三首（其一）
杜牧
长安回望绣成堆，山顶千门次第开。
一骑红尘妃子笑，无人知是荔枝来。

绝句，是一种优美的诗体，既适合于中国人的性情，充分体现汉语的特点，在艺术上也极有特色。著名诗人林庚对绝句有一段绝妙的论述："绝句好像是投一块石子到水里，它不但打起一个浪花，而且还引起了整片的涟漪；又好像是一个插入天空里去的青翠的山峰，我们自然就想起那连绵的山脉。一首绝句只有四句,其所以不嫌短的缘故,就在于是一点突破,全面展开;如果没有这个作用,绝句就失去了它的特色。绝句就是这样自然流露而意味深长的一种诗歌形式。也可以说它是一种最单纯的诗;它既不容许过多的加工,也不容许故事的叙述,好像找着了窍门似的,一下子就打开了诗的窗子。这个体裁在唐诗里特别发达,说明唐代诗歌是非常富于启发性的。"①

10. 十四行诗

李白创作的诗歌体裁多种多样,有古风,有今体,有长篇,有短章,有诗,还有词。他的词,被誉为百代词学之祖。他还创作了一种十四行诗。在现存《李太白文集》中存有五言十四行诗47首,七言十四行诗1首。在他的这类诗体中韵律丰富多彩,有全部平韵或仄韵,一韵到底的,有平韵仄韵互相交替转换的。例诗已见前章,此处不再举例。

11. 史诗

关于史诗,美国当代文学理论家和批评家中的大师级人物 M. H. 艾布拉姆斯,曾给了这样一个定义:"在严格意义上,**史诗**或**英雄诗**指的是至少符合下列标准的作品:长篇叙事体诗歌,主题庄重,风格典雅,集中描写以自身行动决定整个部落、民族或(如约翰·弥尔顿《失乐园》中的例子)人类命运的英雄或近似神明的人物。"②

这个观点是西方的一个权威观点。根据传统的西方观点,中国是没有史诗的。中国有没有史诗呢?应该说,中国是有史诗的,有中国自己特色的史诗,既有古代史诗,也有现代史诗,有的是长篇巨

---

① 林庚:《唐诗综论》,第91页,清华大学出版社2006年版。
② [美]M. H. 艾布拉姆斯著,吴松江主译:《文学术语词典》,第153页,北京大学出版社2009年版。

制,有的是中短篇,各显风采,中国史诗可分三类:

第一类,古代史诗。

《诗经·大雅》录有五篇篇幅较长的叙事诗,真实地记载了周民族创业和发展的历史,堪称中华民族古老的英雄史诗。这五篇是:《大明》、《绵》、《皇矣》、《生民》和《公刘》。兹举一例:

生　民

厥初生民,时维姜嫄。生民如何?克禋克祀,以弗(通"祓")无子。履帝武敏,歆,攸介攸止。载震(通"娠")载夙,载生载育,时维后稷。

诞弥厥月,先生如达。不坼不副,无灾无害,以赫厥灵,上帝不宁,不康禋祀,居然生子。

诞寘之隘巷,牛羊腓字之。诞寘之平林,会伐平林。诞寘之寒冰,鸟覆翼之。鸟乃去矣,后稷呱矣。实覃实訏,厥声载路。

诞实匍匐,克岐克嶷,以就口食。艺之荏菽,荏菽旆旆,禾役穟穟,麻麦幪幪,瓜瓞唪唪。

诞后稷之穑,有相之道。茀厥丰草,种之黄茂。实方实苞,实种实褎,实发实秀,实坚实好,实颖实栗,即有邰家室。

诞降嘉种,维秬维秠,维穈维芑。恒之秬秠,是获是亩。恒之穈芑,是任是负,以归肇祀。

诞我祀如何,或舂或揄,或簸或蹂。释之叟叟,烝之浮浮。载谋载惟,取萧祭脂,取羝以軷。载燔载烈,以兴嗣岁。

卬盛于豆,于豆于登。其香始升,上帝居歆,胡臭亶时。后稷肇祀,庶无罪悔,以迄于今。

这是一首记述周人始祖后稷事迹的史诗。首先描述后稷诞生的情况,这里充满了民间传说的神话色彩。诗中说他的母亲姜嫄因为"履帝武敏",

即踩了上帝的脚印，因而怀了他。但是母亲生下他后却不喜欢他，便"诞寘之隘巷，牛羊腓字之"，即把他抛弃到狭隘的小巷里，却有牛羊来喂奶哺育他。又把他"诞寘之寒冰，鸟覆翼之"，即再把他扔弃在寒冷的冰块上，又有飞鸟来覆盖保护他。这些叙述，充分表现了他的诞生和成长完全出于神灵的意志，具有神话的色彩。他长大后，开始进行农业生产，种大豆，种谷子，种麻麦，种瓜果，"艺之荏菽，荏菽旆旆，禾役穟穟，麻麦幪幪，瓜瓞唪唪"，开创了农业生产丰收之路。由于改善百姓生活，表现了杰出才能，曾在尧舜时代担任农官，所以被周人尊称为后稷。"后"是"君"的意思。后稷发展农业生产为周民族的兴旺发展奠定了立国的基础。

《公刘》是另一首史诗，"公"，是尊号，"刘"是名字，公刘是后稷的曾孙。这首诗记述了公刘率领周族从邰（今陕西武功县西南）迁豳（今陕西枸邑附近）的过程，以及到豳以后率领族众并组织军队开荒创业的故事。其中的"其军三单，度其隰原，彻田为粮"，即把军队分成三批，轮流改造平整低湿之地，从事种粮等农业生产，可以看做是我国历史上军队参加农业生产的开篇之作。这篇史诗生动地塑造了公刘这一勤劳勇敢的英雄形象。

第三篇《绵》，是记述周太王古公亶父率领周族从豳迁岐（岐山，在今陕西省岐山县东北）及到岐山之南的"周"原（周民族由此得名）以后创业的史诗。古公亶父是周文王的祖父，"古公"是尊称，"亶父"是名字。他率领周族到达岐山周原后，开荒生产，建设居室，抵抗外族侵略，与附近民族和平相处，为周民族的兴旺发展创造了有利条件。

上述三篇史诗，论述了周民族以发展农业生产为基础，创业和发展的过程，同时也表达了军队参加农业生产，抵御外侮的思想，歌颂了周民族的民族英雄，凝练了勇敢勤劳、聪明智慧、团结御侮、睦邻相处的极可宝贵的民族精神。

上述三篇史诗，思想性和艺术性都较高。另有两篇《皇矣》和《大明》，与上述三篇有传承关系，同为史诗。《皇矣》是周人自述开国历史,记述了太王开垦岐山,王季传位文王,文王征伐小国等史实。《大明》这首诗记叙了王季和太任、文王和太姒结婚以及武王伐纣的历史事件。这两篇诗突出歌颂了帝王将相,歌颂了反对暴政的战争,有其进步的一面,但突出的缺点是贬低抹煞了群众的历史功绩。

上述《诗经》中的史诗,在《诗经》中是篇幅较长的,但与《荷马史诗》、印度史诗相较,篇幅都较小,然而其史诗性质是无可怀疑的。

第二类,《格萨尔》史诗。

过去人们认为中国没有长篇英雄史诗,这种看法,在我国藏族《格萨尔》这篇活形态的鸿篇史诗被挖掘出来以后,就自然被否定了。

《格萨尔》是我国藏族的一部伟大的英雄史诗。这部史诗诞生于公元前后至公元五六世纪,到吐蕃王朝时期(公元7至9世纪前后)基本形成,以后得到进一步丰富和发展,并广泛流传,至今仍广泛流传于藏族同胞中,堪称一部活的英雄史诗。降边嘉措和吴伟对这部史诗深有研究,他们在其编撰的《格萨尔王》一书中说,这是"东方的荷马史诗,世代相传,世界上最长的英雄史诗"。他们指出这部史诗有两个显著特点:"第一是活,她世代相传,至今在藏族群众,尤其是农牧民当中广泛流传,深受群众喜爱,是一部活形态的英雄史诗,也是一部典型的非物质文化遗产。第二是长。她是世界上最长的一部英雄史诗,有120多部,100多万诗行,2000多万字。"[①]

这部史诗是古代藏族社会历史的生动反映,是古代藏族民间文学的最高成就。史诗中描写了古代藏族社会的如许图景——天灾人祸深重,妖魔鬼怪横行,黎民百姓苦痛。见此情景,天界众神开会商议,决定委托格萨尔下到藏区,担当降妖救民的重任。史诗中的格萨尔,是一个半神半人,兼具二者特性的英雄,他一诞生,就似三岁孩子一般

[①] 降边嘉措、吴伟编撰:《格萨尔王》前言,辽宁教育出版社、五洲传播出版社 2008 年版。

大,诞生后的第三天,就力量惊人,射杀了破坏草原的地老鼠,为民除害。5岁时,他随母亲来到黄河边居住生活。8岁时,岭部落也迁移到这一地区。黄河、长江流域是中华文明的发源地,也是格萨尔诞生、成长和活动的地方。12岁时,格萨尔的本领进一步增强,他在全部落的赛马大会上取得了胜利,获得了全部落的拥戴,并获得王位。这一年,他娶岭国嘉洛部落敦巴坚赞之女、美丽贤惠的姑娘森姜珠牡为妃。格萨尔登上王位后,就开始了降妖救民的各种活动,东征西讨,征战四方,先后降伏了北方魔国的鲁赞王、东方霍尔国的白帐王、西方姜国的萨丹王、南方门域国的辛赤王四大魔王,征服了上百个小邦国家和部落联盟。在降伏多个妖魔王,拯救黎民百姓脱离苦海之后,功德显赫圆满的格萨尔王遂与母亲郭姆、王妃森姜珠牡等一起重返天界。

《格萨尔》这部中华藏族的优秀英雄史诗,定将与古希腊的《伊利昂记》、《奥德修记》,古印度的《摩诃婆罗多》、《罗摩衍那》等伟大史诗一道,在人类文学宝库中闪耀着光辉。

第三类,现代革命史诗。

中国现代革命,本身就是中华民族发展史上的一部伟大史诗,在诗歌形态上反映这部革命史诗的伟大文学作品当首推毛泽东诗词。如:

七　律

长　征

一九三五年十月

红军不怕远征难,万水千山只等闲。
五岭逶迤腾细浪,乌蒙磅礴走泥丸。
金沙水拍云崖暖,大渡桥横铁索寒。
更喜岷山千里雪,三军过后尽开颜。

1934～1936年中国工农红军的万里长征,是中国革命的伟大篇章,毛泽东的《长征》是反映这一光辉历程的伟大史诗。这一点已经得到国内外诗人的公认。诗人公木说:"这首诗,正是这一大进军的光辉的写照和热情的颂歌,它集中地表现了红军的英雄豪迈的气概,同时也生动地描写了长征的壮阔艰险的场面。它是一篇不朽的革命史诗,是革命浪漫主义和革命现实主义相结合的杰出典范。"①

　　朱子奇说:"1953年春,我们在布拉格世界和平理事会听过从中国访问回来的古巴诗人纪廉的报告,其中有两句话我特别难忘,他说:毛泽东论文艺的书(指《在延安文艺座谈会上的讲话》)是最完整的革命文艺观,毛泽东写革命军远征的诗(指《七律·长征》)是时代的史诗。他建议世界上每个作家、诗人,读一读毛泽东这本书和他的诗,是可以从中得到教益的。"②

　　此外,毛泽东的《西江月·井冈山》、《人民解放军占领南京》、《水调歌头·游泳》、《七律二首·送瘟神》等,都是反映中国革命和建设的光辉史诗。

　　中国现代诗坛上另一位史诗诗人是陈毅。中国工农红军的万里长征是一部伟大的史诗。与长征同时进行并比长征历时更长的红军南方三年游击战争也是一部伟大的史诗。陈毅是南方三年游击战争的卓越领导人之一,他写的一些诗词是这一游击战争的生动艺术反映,堪称光辉史诗。请看他的一组词。

赣南游击词
一九三六年夏

天将晓,队员醒来早。

---

① 公木:《毛泽东诗词鉴赏》,第104页,长春出版社2001年版。
② 臧克家主编:《毛泽东诗词鉴赏》,第197页,河南文艺出版社2003年版。

露侵衣被夏犹寒,
树间唧唧鸣知了。
满身沾野草。

天将午,饥肠响如鼓。
粮食封锁已三月。
囊中存米清可数。
野菜和水煮。

日落西,集会议兵机。
交通晨出无消息,
屈指归来已误期。
立即就迁居。

夜难行,淫雨苦兼旬。
野营已自无篷帐,
大树遮身待晓明。
几番梦不成。

天放晴,对月设野营。
拂拂清风催睡意,
森森万树若云屯。
梦中念敌情。

休玩笑,耳语声放低。
林外难免无敌探,
前回咳嗽泄军机。
纠偏要心虚。

叹缺粮,三月肉不尝。

四　多种多样的诗体

夏吃杨梅冬剥笋，
猎取野猪遍山忙。
捉蛇二更长。

满山抄，草木变枯焦。
敌人屠杀空前古，
人民反抗气更高。
再请把兵交。

讲战术，稳坐钓鱼台。
敌人找我偏不打，
他不防备我偏来。
乖乖听安排。

靠人民，支援永不忘。
他是重生亲父母。
我是斗争好儿郎。
革命强中强。

勤学习，落伍实堪悲。
此日准备好身手，
他日战场获锦归。
前进心不灰。

莫怨嗟，稳脚度年华。
贼子引狼输禹鼎，
大军抗日渡金沙。
铁树要开花。

元帅诗人陈毅，艰险备尝，在极其艰苦的条件下，写下了许多言志抒情的卓越诗篇,是对这场艰苦壮丽战争的真实写照,是中国军旅边塞诗歌的崭新篇章。在抗日战争和解放战争时期,他也写下了一些史诗性的诗篇。

12. 词

词,是诗歌的一种体裁,奠基于唐,是宋代主要的诗歌形式之一。诗在唐代达到鼎盛,词则在宋代大放异彩,被称为宋词。词有自己的格律和形式,其特点是:(1)每首词都有一个表示音乐性的词调,如《菩萨蛮》、《满江红》、《水调歌头》、《沁园春》等。清康熙时的《钦定词谱》收826调、2306体,是一个较全的词谱,但仍有遗漏。近人谢映先编著的《中华词律(增订本)》湖南大学出版社2010年1月第2版所收词调体大幅增加,堪称集中华词律之大成,上起唐宋,下迄当代,共收词1427调、3663体。(2)一首词,有的不分片,大部分分为数片,每片为一段,以分两片者最多。(3)每首词都押韵,每首词都有特定的押韵格式。(4)绝大多数词采取长短句的句式,每句字数依调体而定。(5)词的篇幅大都不长,字少的如《十六字令》,仅16字,长的如《胜州令》215字,《莺啼序》240字。

词,是一种优美的诗歌体裁,在我国代有佳作。

唐代的词,如:

渔 歌 子

张志和

西塞山前白鹭飞,桃花流水鳜鱼肥。
青箬笠,绿蓑衣,斜风细雨不须归。

忆江南
白居易

江南好,风景旧曾谙。日出江花红胜火,春来江水绿如蓝。能不忆江南。

宋词有豪放派和婉约派之分。豪放派的代表作,如:

水 调 歌 头
苏 轼

丙辰中秋,欢饮达旦,大醉,作此篇。兼怀子由。

明月几时有?把酒问青天。不知天上宫阙,今夕是何年?我欲乘风归去,又恐琼楼玉宇,高处不胜寒,起舞弄清影,何似在人间! 转朱阁,低绮户,照无眠。不应有恨,何事常向别时圆!人有悲欢离合,月有阴晴圆缺,此事古难全。但愿人长久,千里共婵娟。

婉约派的代表作,如:

踏 莎 行
郴州旅舍
秦 观

雾失楼台,月迷津渡,桃源望断无寻处。可堪孤馆闭春寒,杜鹃声里斜阳暮。 驿寄梅花,鱼传尺素,砌成此恨无重数。郴江幸自绕郴山,为谁流下潇湘去!

直到近现代,词仍然是人们喜爱的诗体:

满江红

秋 瑾

小住京华,早又是,中秋佳节。为篱下,黄花开遍,秋容如拭。四面歌残终破楚,八年风味徒思浙。苦将侬,强派作娥眉,殊未屑。　　身不得,男儿列;心却比,男儿烈。算平生肝胆,因人常热。俗子胸襟谁识我?英雄末路当磨折。莽红尘,何处觅知音?青衫湿。

13. 曲

曲,与诗、词,或者说元曲与唐诗、宋词,在中国诗歌发展史上是鼎足而立的奇葩,三种优美的诗体。王国维说:"凡一代有一代之文学,楚之骚,汉之赋,六代之骈语,唐之诗,宋之词,元之曲,皆所谓一代之文学,而后世莫能继焉者也。"[①]元曲的诞生和繁荣在中国诗歌史上写下了光辉的一页。

曲,又叫元曲,冠以"元",因为曲在元代达到了鼎盛,成就辉煌。曲的艺术具有自身的特点,它与词有密切的关系,又有显著的区别。王力在其皇皇巨著《汉语诗律学》中对此作了精辟的论述:"单就诗的本质来说,曲实在就是词的一种,在杂剧和传奇里,它是戏剧中的词。再溯得远些,词又是诗的一体,所以杂剧和传奇又是一种诗剧。就散曲说,曲和词的界限更难分了,咱们不能以曲牌和词牌的名称之不同来把它们分成两种诗体。……曲和词的最大分别在于有无衬字。"[②]

曲,一般分为两类:杂剧和散曲。也有分为三类的,即把杂剧再分为两类:北曲称杂剧,南曲称传奇或戏文。曲,又有小令和套数之分,小令是一首单独的词,套数则由几个或十个曲调组成。散曲里

[①] 张月中、王钢主编:《全元曲》(上),第1页,中州古籍出版社1996年版。
[②] 王力:《汉语诗律学》,第739~740页,上海教育出版社2002年版。

既有小令,也有套数;杂剧里则没有小令,只有套数。

元曲的数量很丰富。在隋树森编的《金元散曲》中,共录元人小令3853首、套数457套。

兹举例如下:

小令:

[越调]天净沙 秋
白　朴

孤村落日残霞,轻烟老树寒鸦,一点飞鸿影下。青山绿水,白草红叶黄花。

[越调]天净沙 秋　思
马致远

枯藤老树昏鸦,小桥流水人家,古道西风瘦马。夕阳西下,断肠人在天涯。

上二曲,作者都是名家,作品的题材也相同,都属于名作之列。两者写景都很优美,但有一点不同,就是马致远的秋思,含有浓郁的情感,所以更胜一筹。

套数:

[南吕]一枝花 杭州景
关汉卿

[一枝花]普天下锦绣乡,寰海内风流地。大元朝新附国,亡宋家旧华夷。水秀山奇,一到处堪游戏。这答儿忒富贵,满城中绣幕风帘,一哄地人烟凑集。

[梁州]百十里街衢整齐,万余家楼阁参差,并无半答儿闲

田地。松轩竹径,药圃花蹊,茶园稻陌,竹坞梅溪。一陀儿一句诗题,行一步扇面屏帏。西盐场便似一带琼瑶,吴山色千叠翡翠。兀良,望钱塘江万顷玻璃。更有清溪绿水,画船儿来往闲游戏。浙江亭紧相对,相对着险岭高峰长怪石,堪羡堪题。

[尾]家家掩映渠流水,楼阁峥嵘出翠微。遥望西湖暮山势,看了这壁,觑了那壁,纵有丹青,下不得笔。

中国的散曲多姿多彩,中国亦有自己精彩的诗剧、悲剧和喜剧。关汉卿的《感天动地窦娥冤》、纪君祥的《冤报冤赵氏孤儿》是优秀的悲剧,关汉卿的《赵盼儿风月救风尘》、王实甫的《崔莺莺待月西厢记》,则是精彩的喜剧作品,这些作品与世界上最优秀的悲剧和喜剧作品并列而无愧。

14. 白话诗

五四运动以后,白话诗逐渐发展起来了,这是与我国古典诗词不同的一种新诗体。这种诗体如何命名,有不同的意见,有的叫自由诗,有的叫散文诗,有的叫白话诗,也有的叫新诗。这种诗体的出现明显地受了西方诗歌的影响。王力认为白话诗和欧化诗的界限是很难分的。但为叙述方便起见,他把近似西方自由诗的诗叫做白话诗,把模仿西方诗的格律的诗叫做欧化诗。在本书中,我们暂且把这两类诗都叫做白话诗吧。这种白话诗有其特点:白话入诗;化文言为白话;用韵自由,多数不用韵,少数用韵;诗行的长短自由,多数诗行长短不一,少数诗注意诗行整齐;诗的分章长短不一,少数诗注意整齐;不用传统古典诗词的格律。

随着白话诗的出现,新诗的理论也出现了。胡适的白话诗《尝试集》的出版和他的诗学论文《谈新诗》的发表,在中国诗坛上产生了重大的影响。他提出:"新文学的语言是白话的,新文学的文体是自由的,是不拘格律的。"他称这种新诗,"不但打破五言七言的诗体,而且推翻词调曲谱的种种束缚;不拘格律,不拘平仄,不拘长短,有什么题目,做什么诗;诗该怎样做,就怎样做"。他称这是"诗体大解放"。① 胡适的诗论当时产生了重大影响。朱自清认为,胡适的诗论尤其是《谈新诗》,在那时"差不多成为诗的创造和批评的金科玉律了"②。

当时有人把这种新诗称为"胡适之体"。为此,胡适专门写了一文《谈谈"胡适之体"的诗》,进一步阐述了他的诗学主张。他在文中写道:"我作我的侄儿胡思永的遗诗序,曾说:他的诗,第一是明白清楚,第二是注重意境,第三是能剪裁,第四是有组织,有格式。如果新诗中真有胡适之派,这是胡适之的嫡派。"③

我们来看一首胡适的诗及他自己对这首诗的说明:

飞行小赞

看尽柳州山,
看遍桂林山水,
天上不须半日,
地上五千里。

古人辛苦学神仙,
要守百千戒。
看我不修不炼,
也腾云无碍。

从这首诗看,胡适的诗,既明显受了欧美诗的影响,也存在着我国古典诗词的遗传基因。他自己曾说:"其实《飞行小赞》也是用'好

---

① 许霆编:《中国现代诗歌理论经典》第57、61页,苏州大学出版社2008年版。
② 许霆编:《中国现代诗歌理论经典》第3页,苏州大学出版社2008年版。
③ 许霆编:《中国现代诗歌理论经典》第297页,苏州大学出版社2008年版。

事近'词调写的。不过词的规矩是上下两半同韵,我却换了韵脚。我近年爱用这个调子写小诗,因为这个调子最不整齐,颇近于说话的自然;又因为这个调子很简短,必须要最简练的句子,不许有一点杂凑堆砌,所以是做诗的最好训练。"

胡适的《尝试集》和诗论,为白话诗的诞生和发展掀开了序幕,敲响了开台锣鼓。

在白话诗的发展中,郭沫若作出了重大贡献。1921年他出版了诗集《女神》,这是他的第一部诗集,是我国现代诗歌史上第一部比较成熟的白话诗集。这部诗集迅速在全国产生了重大影响。《女神》共分三辑,收诗57篇。这里录二首:

序　诗

我是个无产阶级者:
因为我除个赤条条的我外,
什么私有财产也没有。
《女神》是我自己产生出来的,
或许可以说是我的私有,
但是,我愿意成个共产主义者,
所以我把她公开了。

《女神》哟!
你去,去寻那与我的振动数相同的人;
你去,去寻那与我的燃烧点相等的人。
你去,去在我可爱的青年的兄弟姊妹胸中,
把他们的心弦拨动,
把他们的智光点燃吧!

1921年5月26日

四　多种多样的诗体

太阳礼赞

青沉沉的大海，波涛汹涌着，潮向东方。
光芒万丈地，将要出现了哟——新生的太阳！

天海中的云岛都已笑得来火一样地鲜明！
我恨不得，把我眼前的障碍一概划平！

出现了哟！出现了哟！耿晶晶地白灼的圆光！
从我两眸中有无限道的金丝向着太阳飞放。

太阳哟！我背立在大海边头紧觑着你。
太阳哟！你不把我照得个通明，我不回去！

太阳哟！你请永远照在我的面前，不使退转！
太阳哟！我眼光背开了你时，四面都是黑暗！

太阳哟！你请把我全部的生命照成道鲜红的血流！
太阳哟！你请把我全部的诗歌照成些金色的浮沤！

太阳哟！我心海中的云岛也已笑得来火一样地鲜明了！
太阳哟！你请永远倾听着，倾听着，我心海中的怒涛！

1921 年 2 月 1 日

　　《女神》在艺术上对传统诗词有很大的创新，在思想上突出地体现了"五四"狂飙突进的时代精神。闻一多在评价《女神》时，一方面充分肯定它的艺术创新和时代精神，另一方面指出它的不足："不独形式十分欧化，而且精神也十分欧化。""我总以为新诗径直是'新'的，不但新于中国固有的诗,而且新于西方固有的诗;换言之,它不要作纯粹的本地诗,但还要保存本地的色彩,它不要作纯粹的外洋诗,但又尽量的吸收外洋诗的长处;他要做中西艺术结婚后产生的宁馨儿。"①

总之,五四运动以来,我国的白话诗取得了很大成就,但缺点也是显而易见的,就是太散漫,尚未成型。现在中国的诗坛正在百花齐放,蓬勃发展。马凯提出了"复兴中华文化,不能少了格律诗"的主张。中华诗词学会于 2001 年 2 月 28 日制定了《21 世纪初期中华诗词发展纲要》,这是一个发展和繁荣中华诗词的重要文献。其中指出:"创造新的诗体,是时代的呼唤和诗歌自身发展的必然规律。唐诗、宋词、元曲……一代有一代之诗。词兴而不废诗,曲兴而不废诗、词。任何时代,新诗体的出现,都应允许原有诗体的存在。现代社会变化得快,复杂得多,自然需要创造新诗体加以表现。艺术规律永远追新求变,最忌墨守成规。诗体众多,便于反映丰富多彩的伟大时代,也是诗艺繁盛、百花齐放的一种标志。因此,一切有益探索,都应得到鼓励。适应时代发展,满足群众需要,是我们的探索方向。诗歌历史证明,一个新的诗体的出现,是长时期众多诗人创作实践的结晶。我们期望的新诗体,也将在新世纪漫长的艺术探索中诞生并走向成熟。"②

(二) 印度的诗体

印度也是一个诗的王国,产生过多种诗体,《梨俱吠陀》是印度最古老的诗歌集,也是世界上最古老的诗歌集之一。据林太研究,

---

① 许霆编:《中国现代诗歌理论经典》,第 144 页,苏州大学出版社 2008 年版。
② 孙轶青:《开创诗词新纪元》,第 330~331 页,中国文史出版社 2006 年版。

《梨俱吠陀》诗集中的诗韵律达 15 种之多。大多为四行诗（即每节由四行组成），也有三行诗，偶尔也出现五行诗。每一行组成韵律的单元，通常是 8 音节、11 音节和 12 音节。韵律中有 7 种用得较多，但只有下列 3 种是普遍使用的。

第一种是伽耶特里，这是 3 行 8 音节诗，这种形式约占《梨俱吠陀》的 1/4。例如：

> 对待我们如同父亲对待儿子，
> 阿耆尼啊，你易于亲近，
> 愿与我们共在，为我们造福。

第二种是特里斯特布，这是一种典型的 4 行 11 音节诗，在《梨俱吠陀》中约占 2/5。
例如：

> 让我们为阇达吠驮（火神阿耆尼常用的一个专有称号）榨汁苏摩，
> 他将毁灭邪恶者的财富。
> 阿耆尼可以率引我们摆脱所有困境，
> 脱离悲伤，就像小船跨越湍河。

第三种是耶伽特，这是一种 4 行 12 音节诗。
例如：

> 他们的全能力量趋于至臻，
> 楼陀罗的儿子们在天国已建好了居所。
> 唱着赞歌，培育着威力，

帕莉斯尼的儿子们已将荣耀奉上。①

《梨俱吠陀》中的诗体，可以说是古印度的第一类诗体。第二类是史诗体。古印度有著名的两大长篇史诗《摩诃婆罗多》和《罗摩衍那》。《摩诃婆罗多》照印度的计算方法，大约有十万"颂"，一个"颂"，约相当于我国的四行诗，全书大约40万行。《罗摩衍那》全书旧传本为24000颂，新出的精校本为18745颂。该书的故事早就传入印尼、伊朗、中亚一带，也传入了中国，并产生了影响。此书有季羡林的全译本。

关于这两部史诗的诗律，季羡林有详细的解释，他写道："印度古代的诗，不讲平仄，不讲轻重音，不押尾韵。它的表现形式是诗节，每一诗节分为四个音步。组成音步的方式有两种：一种是按照音节数目，一种是按照音节瞬间的数目。"②关于《罗摩衍那》的诗律，基本上都是用一种诗律写成的，这就是输洛迦，它是按音节的数目和长短来计算的。它有4个音步，每个音步8个音节，共32个音节。"实际上，这是一种最流行的，使用最方便的诗体，《摩诃婆罗多》和许许多多的印度古书，包括自然科学著作在内，都是用这种诗体写成的。"③

摩诃婆罗多·森林篇（插话节选）
那罗和达摩衍蒂

妙天自语：
这一位姿容俊美女娇娘，
与我从前所见仍然一样，

---

① 林太：《〈梨俱吠陀〉精读》，第43~44页，复旦大学出版社2008年版。
② 季羡林著，王岳川编：《季羡林学术精粹》，第4卷，第189页，山东友谊出版社2008年版。
③ 季羡林著，王岳川编：《季羡林学术精粹》，第4卷，第189页，山东友谊出版社2008年版。

她似吉祥天女人人爱慕,
今日见到她我如愿以偿。

她的脸庞宛似团囵的月亮
肤色黝黑,美而圆的乳房,
她俨然女神光辉闪耀,
照彻寰宇和四面八方。

她的双眸是莲花瓣形状,
宛若爱神之妻罗蒂一样。
她为诸方世界向往仰慕,
光辉似一轮皎洁的月亮。

她的肢体上涂抹着泥沙
似一枝亭亭玉立的莲花——
它从毗德尔跋湖塘出生,
仿佛已摆脱凶恶的运命。

她好似有团囵月亮的夜空,
皎月却被罗睺吞入了口中;
她满怀忧夫之愁令人可怜,
仿佛是一道大河水流枯干。

凄楚女郎如莲花之湖:
叶子和花朵都已凋落,
鸟雀儿畏缩飞往别处,
大象的鼻触不觉舒服。

女郎宛然是一株莲花,
柔软鲜嫩,茎叶无瑕,

长在水波中怡然自得，
初生不久遭炎热烧灼。

她犹如是那新月一弯，
美好崇高的品质俱全，
理应装点尚未加装点，
就被空中的乌云遮掩。

失去称心的美好享用，
她又离开了故旧亲朋，
只因盼望会见到丈夫，
可怜的女郎才未轻生。

一个缺少装饰品的女子，
丈夫就是她主要的装饰；
这一位女郎失去了丈夫，
纵有照人光艳也不显露。

由于那罗将女郎抛闪，
给她造成莫大的苦难，
她意志顽强活了下来，
未因忧愁而变得颓然。

这一位头发漆黑的女郎，
一双大眼像孔雀的一样，
她本应幸福却横遭苦难，
看见她我的心也在抖颤。

这一位心地良善女婵娟，
何时会到达苦海的彼岸？

何时她才能与丈夫相会?
如同金牛星和月亮一般!

(季羡林　译)①

这是用输洛迦诗体写成的。《罗摩衍那》也主要是运用这一诗体。

印度的第三类诗体是信使诗体。刘安武说:"迦梨陀娑的《云使》,写得缠绵悱恻,哀婉动人,读来令人爱不释手,它作为印度古典梵语文学中相思类诗歌中的一部高峰作品,曾受到世界文坛的高度赞赏;它那奇特的构思,丰富的想象,生动的比喻,优美的语言,独特的韵律,曾开创了'信使诗'体裁之风。"②

迦梨陀娑约生活于公元 330~432 年,他的《云使》是一篇长篇抒情诗,分"前云"和"后云"两章,写财神俱毗罗手下的一个山神药叉因犯错误,被财神贬谪到南方罗摩山中一年,他不得不离开妻子前往流放地。他日夜思念妻子,几个月之后,到 7 月初雨季开始时,他看到一片带雨的乌云飘上山顶,突发遐想,决定委托这片雨云充当信使,把自己的思念带给他的妻子。

这首诗中写离愁别绪、两地相思之苦,别具一格,与李白的"我寄愁心与明月,随君直到夜郎西"同样韵味无穷。

印度的第四类诗体是四行格言体。印度中古时期的诗人伐致呵利,约为公元 7 世纪时人,他的诗集《三百咏》,是梵语古典诗歌的卓越代表,对印度后世诗歌有重大影响。诗歌中主要反映的是古印度穷苦婆罗门文人的思想感情,运用的是一种四行格律诗,是一种格言体。兹举一例。

---

① 孟昭毅、郝岚主编:《东方古典诗歌精选评析》,第 62~64 页,河南大学出版社 2006 年版。

② 许自强、孙坤荣编著:《世界名诗鉴赏大全》,第 1516 页,商务印书馆国际有限公司 2009 年版。

三 百 咏
（一七七）

我们以树皮衣满足,你却以财富
满足是一样,突出处是并不突出；
只有欲望无穷者才算是穷苦,
内心满足的人中,谁穷,谁富？

（张中义 译）[①]

《三百咏》富于哲理意义,诗情浓郁,构思巧妙,流传甚广。

第五类诗体是散文诗体。印度诗歌发展到现代诞生了散文诗体。其代表诗人是泰戈尔。泰戈尔(1861～1941),1861年5月7日出身在印度加尔各答市一个地主资产阶级家庭。他博学多才,不仅是一位具有世界声誉的卓越诗人,而且还是杰出的小说家、戏剧家、音乐家、美术家和社会活动家。他从七八岁便开始学习写诗,14岁时发表了爱国诗篇《献给印度教庙会》。20岁时发表了他的第一部诗集《黄昏之歌》。此后,他又发表了《吉檀迦利》、《新月集》等诗集及其他作品集。1913年他获得诺贝尔文学奖。1924年他应邀访问中国,所到之处受到热烈欢迎。回国后发表了《在中国的谈话》,对中国人民反帝反封建斗争表示深切的同情。1941年8月7日在印度加尔各答逝世。

泰戈尔一生著作丰富,共写了50多部诗集、约2000首诗,30多种散文著作,12部中长篇小说,近百篇短篇小说,30多个剧本,是一个多才多艺的诗人和作家。

泰戈尔诗歌的体裁是散文诗,主张废除韵律。季羡林则主张诗必须有韵律,他在《我和外国文学》一文中写道:"纯诗主张废弃韵

[①] 孙鑫亭主编:《古今中外哲理诗鉴赏辞典》,第1019页,中州古籍出版社1997年版。

律,我则主张诗歌必须有韵律,否则叫任何什么名称都行,只是不必叫诗。泰戈尔是主张废除韵律的,他的道理并没有能说服我。"①

泰戈尔的诗每句无固定字数,整散不一,可分行也可不分行,不押韵,但富有诗的神韵,这种诗体在西方运用得比较普遍。兹举二例。

吉檀迦利
1912 年
第 35 首

在那里,心是无畏的,头也抬得高昂;
在那里,知识是自由的;
在那里,世界还没有被狭小的家国的墙隔成片段;
在那里,话是从真理的深处说出;
在那里,不懈的努力向着"完美"伸臂;
在那里,理智的清泉没有沉没在积习的荒漠之中;
在那里,心灵是受你的指引,走向那不断放宽的思想与行为——
进入那自由的天国,我的父呵,让我的国家觉醒起来罢。

(冰 心 译)②

故 事 集
婚 礼

静夜里响起了,
　一阵阵喜庆的法螺。
新郎新娘如图画一般地

---

① 季羡林著,王岳川编:《季羡林学术精粹》,第 4 卷,第 65 页,山东友谊出版社 2008 年版。
② [印度]泰戈尔著,冰心等译:《泰戈尔诗选》,第 134~135 页,人民文学出版社 2006 年版。

衣襟相结羞涩地站在礼堂里。
女人们撩起面幕的一角，
在窗外偷偷地窥探着，
雨季的夜里雷声隐隐——
　　雷声里吹起了结婚的法螺。

凉爽的东南风不再吹拂，
　　沉沉的天空里乌云密布。
礼堂里灯烛辉煌，
珍珠项链闪闪发光。
是谁突然冲进礼堂里？
　　大门外还敲起咚咚的战鼓。
人们全都吃惊地站起
　　走拢来围绕着新郎新娘。
向戴着花冠的麦特里王子
　　说话的是马鲁瓦的使者——
拉姆辛格陛下上了战场，
亲自和异族的敌人打仗。
他号召你们前去参战，
　　动身吧！勇敢的拉其普特。
"万岁！拉姆辛格万岁——"
　　高呼着马鲁瓦的使者。

"万岁！拉姆辛格万岁！"
　　麦特里王子高呼着响应。
新娘的心被吓得粉碎，
两只大眼里闪烁着泪水，

"万岁!拉姆辛格万岁!"
　　伴郎们高呼着,异口同声。
拉姆辛格的使者大声说——
"麦特里王子,时间不容你再事久停。"

为什么还空吹着口哨,
　　为什么还空响着法螺?
解开了结成同心的衣襟,
新郎凝望着新娘的脸儿说:
"亲爱的,是那死亡的邀请
破坏了我们欢乐的结合。"

如今徒然空吹着口哨,
　　如今徒然空吹着法螺。

穿着礼服,戴着花冠,
　　王子骑马飞奔而去了。
满脸含愁,头温柔地低着,
新娘转回自己的闺阁。
灯火慢慢熄灭,
　　宫廷的礼堂变成漆黑了。
头戴花冠,颈悬花环,
　　王子骑马飞奔而去了。

妈妈哭着说——"把结婚的礼服
　　脱下吧!唉,你苦命的!"
女儿安静地对妈妈说:

"别哭吧,妈妈,我求你,
让我穿着结婚的礼服,
　　我要为他到麦特里堡去。"
妈妈听了手捶着额头
　　哭着说:"唉! 你不幸的。"
皇家的司祝给她祝福,
　　在她头上洒着吉祥草和米谷。
新娘坐上华丽的彩轿,
女人们吹起吉庆的口哨。
彩衣鲜明的男女仆妇,
一队队走来陪伴她上路。
妈妈走来和她亲吻,
父亲抚着她的头给她祝福。

深夜里,火炬烛照天际,
　　是谁来到了麦特里的城门里?
有人在喊:"喂,停下轿子,
禁止奏乐,别再吹笛——
麦特里的居民正一同准备
　　为麦特里王子举行火葬礼。
麦特里王子今天牺牲在战场上,
　　在这不幸的时候是谁来到麦特里?"

"喂! 吹起笛来,奏起喜乐!"
　　新娘在花轿里吩咐说。
如今这神圣的一刻再不容失去,
衣襟上的同心结再不会松弛,

在火葬场熊熊的火光里
　　要念诵婚礼中最后的曼荼罗(经咒)。
"喂！吹起笛子,奏起乐来！"
　　新娘在花轿里吩咐说。

戴着珍珠项链,穿着新郎礼服,
　　麦特里王子躺在火葬场里。
轿子里走出了王子的发妻,
衣襟和他的血衣紧紧结起。
新娘坐在王子的头前,
　　新郎的头抱在她的怀里。
深夜里,穿着血衣,
麦特里王子躺在火葬场里。

响起了一阵阵尖声的口哨,
　　女人们一队队地走来了。
"善品行"——赞美着皇家司祝婆罗门,
颂赞师说——"噢！你征服死亡的女人。"
新娘盘膝端坐在焚尸的柴堆上——
　　风吹着熊熊的葬火在燃烧。
火葬场上一片胜利的欢呼,
　　女人们吹起结婚的口哨。

(1900年10月)
(石　真　译)①

---

①　[印度]泰戈尔著,冰心等译:《泰戈尔诗选》,第105～109页,人民文学出版社2006年版。

这首诗描述了一场被战争打断的婚礼。诗人以细腻的笔触描写了新娘情绪的变化,把葬礼作为婚礼的延续,表现了新娘对爱情的忠贞,也表现了诗人对战争的憎恶,对和平的向往。诗中提到的"口哨",是印度的一种习俗,在结婚、男婴降生或举行其他喜庆大典时,印度妇女们(男人们不可以)口中发出"啊——噜噜噜"的尖声以示庆祝。

泰戈尔对自己诗歌的成就和缺陷都有清醒的认识。一方面,他肯定自己的诗歌创作在世界诗歌史上的意义,另一方面他又认识到自己的诗歌创作的主要缺陷是脱离劳动人民,他吟道:

> 有时我也曾走近他们的围墙,
> 却没有勇气跨进他们的院子。
> 如果一位诗人不能走进他们的生活,
> 他的诗歌的篮子里装的全是无用的假货。

他热切地希望诗人能成为劳动人民的亲人:

> 呵!你有才华的诗人,
> 成为他们的亲人吧!
> 让他们在你的荣誉里找到他们的荣誉,
> 我将是第一个
> 一再向你敬礼,对你衷心欢迎。

(三)日本的诗体

古代日本建立和发展诗歌,采取了两条途径。一条是采取汉诗形式写诗,称为"诗"或"汉诗"。公元 751 年结集的《怀风藻》,是日本最早的一部汉诗集,并且代代都有汉诗集面世。二是"歌"或叫"和歌",这是日本民族自己的诗歌,约于公元759年编成的《万叶集》,是日本第一部和歌总集。编辑《万叶集》时,日本还没有自己的文字,所以采用汉字标记日语,方法有二:或是把汉字作为表音文学使用(称"万叶假名"),或是把汉字作为表意文字使用。《万叶集》共收和歌4500余首。其作者,上有天皇、皇族、贵族、官吏、专业歌人,下有士兵、农民、渔民、妓女、乞丐、行吟诗人,几乎包括了当时社会各个阶级和阶层的人。《万叶集》之后,又出版了多部和歌集。

汉诗是日本诗歌的一大类。日本汉诗的常用体裁有:

1. 乐府体

类似汉语乐府诗。从形式看,三、四、五、六、七言都有,以五言句较多。从篇章看,有长篇,也有短章。从语言风格看,语言浅近,叙事妥帖。节奏感强,可以入乐。

古 离 别

秋山玉山(1702～1763)

征子已在途,征马已在驾,
相看两不言,涕泪双双下。

昭 君 怨

高野兰亭(1704～1757)

毡帐云鬟照汉妆,穹庐室里对君王。
傍人不解琵琶怨,笑向红颜劝酒浆。

2. 五言古诗体

作法与汉语五言古体诗同,每句五言,句数可多可少,平仄不拘,用韵尚宽。

集青莲句奉酬侗庵先生见寄集杜之作
草场佩川(1787～1867)

仙郎久为别,千里不留行。
海云迷驿道,凄其流浪情。
西飞精卫鸟,却欲栖蓬瀛,
舟楫阁中逵,羁心摇悬旌。
多君骋逸藻,寄入棹歌声。
相期邈云汉,意气素霓生。
江鲍堪动色,句句欲飞鸣。
相象鸾凤舞,标举冠群英。
清风洒兰雪,白日悬高名。
投珠冀相报,千金耻为轻。
愁水又愁风,为文竟何成。
起视溟涨阔,白浪翻长鲸。
猿啸风中断,孤月向谁明。
清扬杳莫睹,空忆武昌城。

东 武 吟 行
大内熊耳(1699～1776)

寄迹天壤间,一世何悠悠。
抗志凌青云,洗身出浊流。
达从伊吕旋,穷伴夷齐游。

3.七言古体诗

与汉语七言古体诗同。每句七字,句数可多可少。平仄不拘,用韵尚宽。

贫 人 弃 儿

摩岛松南(1791~?)

弃身去乎弃儿乎,一口减来一累除。

夜深街上暗移步,后有人语又赵趄。

户下驯龙睡应熟,檐隙灯光影有无。

悄悄安置几回顾,一痕缺月雪模糊。

4. 杂言体诗

与汉语杂言体诗同。每句字数多少不一,一至九言都可以有,平仄不拘,用韵尚宽。

月下吟(自一字至十字)

龙玉渊(1751~1821)

寂,悠。

良夜,清秋。

乘明月,登高楼。

水极地脉,天涵江头。

歌遣思抑郁,酒洗意绸缪。

金波三千世界,玉镜六十余州。

昆山尺璧一痕出,合浦寸珠万颗浮。

霜未落袁郎牛渚树,人应逐苏子赤壁舟。

星斗阑干银河转如带,杯盘狼藉冷露零湿裘。

醉来而不知东方之既白,归去也又期明年之重游。

5. 五言绝句体

与汉语五言绝句同体。①每首4句,每句5字,共20个字;②第

一、二、四句入韵,第三句不入韵,首句也可不入韵;③有首联对仗、尾联对仗、首尾联均对仗、首尾联均不对仗四类;④尽量使句中的平仄相间,并使上句的平仄与下句的平仄相对。

秋　江
清田儋叟(1719～1785)

秋天片云尽,秋水无纤尘。
水天同一色,俯仰月二轮。

屈原行吟图
菅茶山(1748～1827)

寒涨兰荪岸,春郊萧艾深。
沅湘千古恨,天地独醒心。

6. 七言绝句体

与汉语七言绝句同体。①每首4句,每句7字,共28个字;②第一、二、四句入韵,第三句不入韵,首句也可不入韵;③平仄与对仗规律与五言绝句同。

对花怀旧
义堂周信(1325～1388)

纷纷世事乱如麻,旧恨新愁只自嗟。
春梦醒来人不见,暮檐雨洒紫荆花。

辞禄后答山东故人

新井白石(1657～1725)

幽丛秋发桂花枝,应有山中招我诗。
海上长风吹不断,白云明月寄相思。

7. 六言诗体

与汉语六言诗同体。又分六言绝句、六言律诗、六言古体等。

大津驿遇雨

祗园南海(1677～1751)

行尽桃林落日,马蹄犹逐红尘。
花残酒店留客,雨急驿程催人。

画 山 水

赖山阳(1780～1832)

红尘紫陌无梦,黄叶青山有家。
迎客拨书客坐,遣童汲水煮茶。

8. 五言律诗体

与汉语五言律诗同体。①尽量使句中的平仄相间,并使上句的平仄和下句的平仄相对;②尽量多用对仗,除首联和尾联外,总以对仗为原则;③每句五个字,每首8句,全首共40个字;④第一、三、五、七句不入韵,第二、四、六、八句入韵,首句可入韵可不入韵。

读杜工部集

伊藤东涯(1670～1736)

一篇诗史笔,今古浣花翁。

剩馥沾来者,妙词夺化工。
慷慨忧国泪,烂醉古狂风。
千古草堂在,蜀山万点中。

富 士 山

柴野栗山(1736~1807)

谁将东海水,濯出玉芙蓉。
蟠地三州尽,插天八叶重。
云霞蒸大麓,日月避中峰。
独立原无竞,自为众岳宗。

9. 七言律诗体

与汉语七言律诗同体。①平仄和对仗的规律与五言律诗相同;②每句7个字,每首8句,全首56个字;③第一、二、四、六、八句入韵,第三、五、七句不入韵,首句亦有不用韵者。

偶 作

孔文雄(? ~?)

处士由来意气豪,腰间欲吼芙蓉刀。
踪同好卧东山谢,贫似辞官彭泽陶。
把酒兴因黄菊动,登楼望傍白云高。
夜阑稍出驹峰月,斜向床头照彩毫。

读 史 有 感

福原周峰(1827~1913)

今人浑就古人看,论定何须待盖棺。
富贵从来居不易,功名毕竟退为难。

英雄末路托仙佛,隐者初年求仕官。
掩卷喟然长太息,满天风雪岁云殚。

10. 宋词体

与汉语宋词体格律相同。

少 年 游
田能村竹田(1777~1835)
晚 秋

柳叶黄多,蓼花红少,老却一汀秋。短笛楼前,疏钟寺畔,犹自记前游。　凭栏暗把流年算,着得许多愁。逝水斜阳,酒痕泪迹,袖角也襟头。

日本诗体中还有一种体裁是和歌汉诗结合体,也就是每首和歌各配一首七言四句汉诗。如:

和歌
　　长夜无常难成眠,
　　奈何夏失缠思恋。
　　配汉诗:
　　好女系心夜不睡,
　　终宵卧起泪涟涟。
　　赠花送礼迷情切,
　　其奈游虫入夏燃。

日本民族的和歌,亦有不同的形态,主要有短歌、长歌、旋头歌和少数佛足石歌等体裁。短歌形式为五七五七七的五句体,长歌形式在七句以上。

长歌体

是七句以上的和歌,固定末尾五七七句法,并附以反歌。反歌是附在长歌之后的短歌,叙写长歌的重点,或对长歌加以补充。例如:

柿本人麻吕(? ~约708),妻死之后泣血哀恸作歌
哀哀切切长相思,门外池前手携手。
榉树阴下双欢畅,汝我意浓情更长。
我与妹子相依偎,奈何世间竟无常。
郊野一片荒茫茫,白幡招魂来丧葬。
清晨鸟儿离巢去,夕阳尽落不见归。
遗孤饥饿啕啕哭,乳汁哺育我难当。
汝夫腋下拥孤儿,独居昔日同衾房。
白日难熬夜更长,万般无奈徒悲伤。
人云妹子今尚在,羽易山上来寻访。
旧日倩影在何方,不见伊影空断肠。

反　歌

去岁秋夜明月光,去年今朝一样明。
去年此夜逢妹子,如今相隔已一年。①

---

① 叶渭渠、唐月梅:《日本文学简史》,第22页,上海外语教育出版社2007年版。

贫穷问答歌并短歌
山上忆良(660~733)

朔风卷雪夜,夜雨杂雪下。
凛冽侵人寒,抵御无他法。
无肴嚼黑盐,啜饮糟汤酒。
咳声阵阵起,清涕如水流。
捻理疏落须,"舍我其又谁"。
自慰作豪语,酷寒逞余威。
拉来麻布被,再穿布肩衣。
已罄我所有,夜寒犹侵袭。
问汝更穷人:"父母忍寒饥。
啼乞有妻小,何以维生计?"

天地虽广阔,于我窄狭何!
日月纵明亮,胡独不照我!
岂其人皆尔,抑独我一身?
有幸生为人,劳作亦艰辛。
肩衣却无棉,褴褛海藻般。
残破又短缺,零乱披两肩。
蜷伏斗陋室,取藁铺泥地。
足边卧妻小,父母横枕际。
围聚叹忧苦,哀吟长相继。
灶下断烟火,蛛网结甑里。
久矣忘炊爨,呻吟抵寒饥。
如虎斑地鸫,声声发悲啼。(鸫,常夜啼,声悲切,故有"地狱鸟"之称)

"材短犹截端",谚语不妄言,

里长执笞杖,咆哮室门前。
人生竟无路,世道若斯难?!

反　　歌

常思人间世,惟耻与忧;
未能高飞去,
缘非在鸟俦。①

这首歌,长歌分两部分,前部分是贫问,后部分是穷答。歌的主题是叙写农民在统治者横征暴敛下的贫穷悲惨生活,表达了诗人对贫苦人民的同情。

短歌体

短歌是日本和歌的主体。短歌共 31 个音。例如:

佚　　名

恨煞负心郎,
谁使奴家空断肠,
自甘恋轻狂。②

这首短歌共 31 个音。其作者是被抛弃的女性。这首短歌痛斥喜新厌旧的男人的卑劣品质,语言生动朴素,白描贴切传神。

---

① ［日本］佚名著,赵乐甡译:《万叶集》,第 210~212 页,译林出版社 2002 年版。
② 郑民钦编著:《和歌的魅力》,第 4 页,外语教学与研究出版社 2008 年版。

夏

中大兄皇子(626~671)

　　海涌千重浪,

　　长云展旌旗。

　　销金熔落日,

　　今宵清月朗。①

这首短歌是中大兄皇子的著名写景诗,虽短小,但却表现了作者的雄伟气魄和特独个性。

11. 俳句

这是日本民族诗歌的又一种重要体裁,是世界上最短的诗体之一。俳句古称俳谐,俳谐的鼻祖为山崎宗鉴(？~1553)和荒木田守武(1473~1549)。到江户时代(1603~1868),松尾芭蕉(1644~1694)对俳谐进行了革新,创立了俳谐理论,开创了俳句的黄金时代,因而被尊为"俳圣"。

俳句具有三大要素:①十七音,这是"发句"的固有格式。②切字。这是一种助词或助动词,其作用是表示断句、咏叹,也可作调整语调之用。③季语,也称为季题。是表示季节感的语言,表示作品的时间、色彩、气氛等,对于形成和增强俳句的美学性非常重要。这三大要素是日本俳句成立的条件,也是日本俳句的格律。例如:

春

松屋芭蕉(1644~1694)

　　古池呀,

　　青蛙跳入水声响。

(林　林　译)

---

① 郑民钦编著:《和歌的魅力》,第114页,外语教学与研究出版社2008年版。

季语:青蛙

这是一首著名的俳句,写景中抒发了自己的情怀。

雾里不见富士山,
雨中情趣别一番。
季语:雾

松尾芭蕉于1684年从江户出发旅行,在过箱根关隘时遇雨,写道:"过关之日降雨,山皆隐于云中。"①

12. 自由体诗

随着日本向近代社会过渡,并接受西方文化以后,日本诗歌也发生了变化,在诗歌体裁上产生了一种自由诗。这种自由体诗语言不讲究格律,不讲究言韵,但注意节奏,诗的段数、行数、字数也没有固定规格。例如:

你不要死去
——为包围旅顺口军中的弟弟而悲叹
与谢也晶子

啊,弟弟啊,我为你哭泣,
你不要死去!
你是咱家最小的弟弟,
双亲加倍地疼爱你。

双亲何曾教你紧握利刃,

---

① 郑民钦编著:《俳句的魅力》,第201页,外语教学与研究出版社2008年版。

为了杀人到前线去?
双亲把你养育到二十四岁,
哪里是为了你先杀别人后葬自己?

既然是这堺市的商人世家——
值得自豪的主人,
你就必须传宗接代,
你不要死去!

旅顺城即便失陷,
或能保住,又有什么意义?
你当然不会晓得,
商人的家规无须身着戎衣。

你不要死去,
天皇不会亲自参加战斗。
皇恩浩荡,
　岂能有这样的旨意——
让人们流血而死,
让人们死如禽兽,
还说什么
　这就是荣誉。

啊,弟弟呀,
你不要在战争中死去。
去年秋季父亲逝世,
撇下母亲,余悲未息。

又痛心地送儿子应召开拔,
自己则孤苦伶仃,独守四壁。
纵然是升平的圣代,
母亲的白发却日见多起。

你那年轻纤弱的新娘,
常常蜷伏在帘后哭泣。
你已经忘怀,抑或尚在思念,
新婚不满十月就凉了枕席。
要哀怜这少女的心啊,
她在世上依靠的只有你,
只有你一个人呀,
你不要死去!

(李　芒　译)[①]

  与谢野晶子(1878~1942),日本女诗人,生于大阪府堺市甲斐町一商人家庭。上录这首诗表达了反战思想和批判精神。日本明治天皇奉行侵略扩张政策,于1904年8月开始同沙俄军队争夺我国辽东半岛,在旅顺口进行了激烈战斗,1905年元旦,日军占领了旅顺口。激战的消息传来,诗人担心在旅顺前线军中的弟弟宗七,便写了这首诗,并于1905年9月号《明星》杂志上发表。李芒评价这首诗"是日本近代诗中一颗璀璨的明珠"。

  此外,在日本还出现过一种达达主义诗体。达达主义是第一次世界大战期间出现的西方文艺流派。取各达达,源于一个法语

[①] 许自强、孙坤荣编著:《世界名诗鉴赏大全》,第1477~1478页,商务印书馆国际有限公司2009年版。

"Dada",以婴儿最初的发音来表示婴儿对周围事物的纯生理反应,是婴儿口中的"马",意为空灵、无所谓。达达主义反对一切有意义的事物,反对一切传统,反对一切常规,也反对被认为有意义的文学艺术。它主张以梦呓一般混乱的语言,怪诞荒谬的形象,表现不可思议的事物。1920年秋,达达主义开始传入日本,对日本诗坛产生了一定的影响。达达主义诗体属于一种散文诗体,这种诗派和诗体在日本诗坛上流行时间并不太长。

(四)波斯的诗体

中世纪的波斯,诗歌很繁荣,堪称一个黄金时代。而11世纪至15世纪波斯的诗歌尤其兴旺发达,许多著名诗人都生活在这个时代。波斯诗歌也有多种诗体。

1. 霍拉桑体

在中古波斯诗歌史上,10世纪前后,波斯东部霍拉桑地区诗人的诗歌相当繁荣。这些诗人作品的共同特点是叙事简明晓畅,语言朴实无华,描写环境和人物不过于铺排,科学名词和阿拉伯语很少入诗。这种风格在波斯诗歌史上称为霍拉桑诗体。著名诗人菲而多西的《王书》就是用这种诗体写成的。

菲尔多西(940~约1020),是波斯的杰出诗人,精通阿拉伯语和中古波斯语(巴列维语)。公元978年他开始创作《王书》(又译《列王记》),1009年完成初稿,1015年定稿,共计37年,可以说这部诗是他毕生心血的结晶。《王书》长达6万联(双行为一联),现存留下来的仅有5万联,叙述了波斯4000多年历史中四个朝代50位帝王的生平业绩,并收集了许多神话、传说和民间故事,而勇士的故事则是《王书》的主要部分和精华。郑振铎在《文学大纲》中对这部史诗评价很高,认为其中"有许多节是非常美丽的,其描写力之伟大与音律之谐和,没有一个诗人可以比得上他"①。兹选录其中的一节:

苏赫拉布之母惊悉勇士被杀(节选)

为什么我当初不随军出征,
我若在军中你怎会遭此不幸。
要认出鲁斯塔姆我只消远远一望,
而你现在也会陪伴在我身旁。
认出后,他会把尖刀抛到一边,
孩子,你的心肝也不会被刺穿。
她一边哭诉一边撕掠头发,
还不住地用手劈打自己面颊。
她说你的心肝被尖刀刺破,
抛下妈妈可怜无告备受折磨。
听到她的哭声人们从四面围拢。
一个个地哭出血泪被她哭声震动。
她声声哭诉,痛楚摧人心肝,
人们也悲从中来,泪流满面。
她痛苦难忍突然昏倒在地,
人们见她如此,内心无限焦急。
像死人一般倒地一动不动,
血液似已凝固,全身挺直僵硬。
当苏醒来时重又抽泣呻吟,
哭自己的儿子,死去的亲人。

---

① 郑振铎:《文学大纲》(上),第363页,广西师范大学出版社2008年版。

四 多种多样的诗体

哭到痛处着实是血泪合流,
把苏赫拉布的王冠高举在手。
她面对着王冠宝座痛哭,
哭亲生儿子,皇家的大树。
然后命人牵过那千里神驹,
出征前苏赫拉布选中的坐骥。
她轻轻把那马头揽在怀中,
如今世上只有她与马相依为命。
她时而吻马头,时而吻马的面颊,
不多时一条血泪痕迹出现在马蹄下。
马蹄下的土被她血泪染红,
马的四蹄深陷在血染的土中。
她又吩咐拿来儿子的征衣,
一把抱紧,似把亲儿抱在怀里。
又吩咐人们拿弓箭与甲胄,
拿来他的大棒长枪与匕首。
她用沉重大棒捶打自己的头,
看见大棒便想起儿子的躯体身手。
又叫人取来马鞍、盾牌与缰绳,
一见盾牌与缰绳血便涌上头顶。
又吩咐取过他的七十肘长的套索,
看着盘绕起的套索心里万分难过。
又命人取过他的锁子甲与头盔,
说雄狮呵,你有力敌万夫的神威。
她一把抽出苏赫拉布的钢刀,
用刀把一半马鬃马尾割掉。
她把这些贵重物品分赠给贫人,

还赠送许多马匹黄金与白银。
然后她吩咐把宫廷大门紧闭,
撤去宝座把它掀翻在地。
又命令把座座宫门涂成漆黑,
把宫殿与回廊全部拆毁。
又令人拆除举行欢宴的大殿,
苏赫拉布行前在殿中曾举行盛宴。
然后她为自己换了一身黑衣,
黑衣上流满血泪她不住地悲泣。
她日日夜夜哭声不曾间断,
儿子死后她在世上又活了一年。
最后不胜悲痛辞世亡故,
她的灵魂飞升去投奔苏赫拉布。

(张鸿年 译)[1]

这节诗描写了波斯卡乌斯国王统治时期的一个故事。公主塔赫米娜因为儿子苏赫拉布在战场上被他从未见过面的父亲鲁斯塔姆杀死而悲痛欲绝,她先是自责,继之哭诉,最后因悲伤过度辞世,灵魂飞升去与儿子相会。此诗感情细腻,语言简洁晓畅。

2. 柔巴伊体(鲁拜体)

这是波斯的传统诗体。这种诗体一首四行,第一、第二和第四行押韵,第三行一般不押韵,类似我国的绝句。兹录郭沫若翻译的波斯著名诗人海亚姆(1048~1122)的《鲁拜集》中的几首。

---

[1] 孟昭毅、郝岚主编:《东方古典诗歌精选评析》,第107~109页,河南大学出版社2006年版。

四 多种多样的诗体

第 42 首

倘若你把酒压唇,
融没在无始无终的梦境——
　你可知今日犹如昨日,
　明朝也是如今。

第 43 首

倘若那幽暗的酒乡仙使
　相遇在河水之滨,
　举杯邀你鲸吞
——你可莫用逡巡。

第 47 首

你我纵通过了帷幕之后,
　啊,世界是永远存留,
　你我的来而又去
犹如大海里抛个小小的石头。

第 73 首

最初的泥丸捏成了最终的人形,
最后的收成便是那最初的种子:
　天地开辟的文章,
　一直要传诵到天地掩闭。

郭沫若的《鲁拜集》译文非常精彩传神,他在《读了〈鲁拜集〉后之感想》和《诗人莪默·伽亚谟略传》二文中,引用了我国屈原、贾

谊、刘伶、李白等的诗句作对比,兹摘其数句:

我们试读刘伶的《酒德颂》罢。

有大人先生以天地为一朝,万期为须臾,日月为扃牖,八荒为庭衢,行无辙迹,居无室庐。幕天席地,纵意所如。止则操卮执觚,动则挈榼提壶,唯酒是务,焉知其余?……

我们试读李白的《春夜宴桃李园序》罢。

夫天地者万物之逆旅,光阴者百代之过客,而浮生若梦,为欢几何?古人秉烛夜游,良有以也。……

读者可在这些诗里面,寻出我国刘伶、李太白的面孔来。"①

可见,不论中国和外国,诗人的心是相通的。

3. 伊拉克诗体

11世纪到13世纪期间,波斯文化中心西移,诗歌创作中心逐步由东部霍拉桑地区转移到西部和西南部。霍拉桑地区诗歌创作开始衰落,西部和西南部诗歌创作趋于繁荣,西部和西南部诗人的作品与霍拉桑诗体有明显区别,它的特点是:叙事多用比兴手法,词藻华丽,风格细腻,阿拉伯词和科学词语入诗,文字典雅含蓄,但有艰深晦涩的倾向。在波斯诗歌史上,这种诗体被称为伊拉克体。运用这种诗体创作成就最杰出的波斯诗人是内扎米(1141~1209)。兹录其著名的长篇叙事诗《蕾莉与马杰农》中的一节:

---

① 郭沫若译:《鲁拜集》,第8、11页,吉林出版集团有限责任公司2009年版。

蕾莉与马杰农·相见(节选)

天破晓了,晴空像披上薄纱衣裳,
苍穹戴上耳环,东方升起朝阳。
刚才天际还闪烁着群星水银般的光亮,
转眼间便升起朱砂般鲜红的朝阳。
马杰农受伤的心似悸动的水银,
他的两三好友对他深深同情。
他一步步来到心上人的部落,
祷告声伴着吟唱的情歌。
他内心焦急,急不可待,
凄凄惶惶投奔情人而来。
他惆怅地徘徊在心上人的门楣,
无法安慰自己的被撕裂的心扉。
他悲啼着跌跌撞撞向前行走,
用拳捶着自己的脸颊和头。
他压抑不住自己内心的激动,
昏沉沉走过了心上人的帐篷。
心上人按照阿拉伯人的规矩,
此刻正坐在帐篷的门里。
她望见他,心中无限痛苦,
他望见她,不禁失声痛哭。
蕾莉困坐内帷像一颗明星,
马杰农护卫着她像夜空无垠。
蕾莉抬手把头巾的一角撩开,
马杰农连忙把头伸了过来。
蕾莉像怀抱竖琴低声呻吟,

马杰农掠一下头发像弹奏着冬不拉琴。
蕾莉？不，她像一片晨光把寰宇映照；
马杰农？不，他是一支蜡烛把自身焚烧，
不是蕾莉，是园林中的园林，
不是马杰农，痛苦得似伤痕上的伤痕。
蕾莉像一轮明月，清辉泻地，
马杰农似一棵嫩草，在月光下摇曳。
蕾莉好似枝头的一朵鲜花，
马杰农悲伤得珠泪遍洒。
她哪是蕾莉，她就是一位天仙，
他哪是马杰农，他就是一团火焰。
蕾莉是未经秋霜摧残的茉莉，
马杰农是遭秋风扫荡的草地。
蕾莉秀丽得胜过晴朗的黎明，
马杰农是黎明前熄灭的孤灯。

(张鸿年 译)

内扎米长篇叙事诗《蕾莉与马杰农》中的这一段，叙述的是美丽少女蕾莉与俊俏男青年马杰农深深相爱，但蕾莉的父亲却百般阻挠，不让相见，马杰农昼夜思念蕾莉，便悄悄与蕾莉相见。这里节选的就是相见的一段，语言典雅优美，比喻丰富生动。

(五)希伯来的诗体

希伯来民族是古代中东地区文化的集大成者，流传至今的希伯来《圣经》、《次经》、《伪经》和《死海古卷》，形成一大文学宝库，与中国、印度、希腊一道组成世界古代影响最大的四大文库。

希伯来民族是一个极富创造性的民族。公元 135 年,希伯来亡国,其民族被迫流散世界各地。近两千年来,他们虽在世界各地过着流亡生活,但仍能在各种事业上发挥创造才能,为人类作出了重大贡献。就以近二百年来看,马克思在创立科学社会主义上,爱因斯坦在物理学上,弗洛伊德在心理学上,海涅、卡夫卡等在文学上,都作出了突出的成绩,成为光辉的典范。

希伯来民族是一个富于诗歌激情的民族。他们拥有与古印度《摩诃婆罗多》、《罗摩衍那》,古希腊《荷马史诗》等长篇史诗不同的短篇史诗,他们善于吟咏短篇抒情诗和哲理诗。希伯来人当年并没有将自己诗歌的格律明定下来,所以近两千年来人们认为他们的诗歌没有格律,实际上,希伯来诗歌是遵循一些不成文的格律的。1753 年,英国牛津大学教授洛斯(B. Lowth)主教开始发现希伯来诗歌格律的秘密。20 世纪初,格雷(G. B. Gray)发表了《希伯来诗歌的形式》,摩尔登(R. G. Moulton)发表了《圣经之文学的研究》等著作,人们对希伯来诗歌的体裁、格律等特征才有了了解,才洞悉其奥妙。

在我国,朱维之是对《圣经》文学有精深研究的著名学者,他的《圣经文学十二讲》是研究圣经文学极有创见的著作,对我们研究希伯来诗歌极有助益。他指出,希伯来诗歌的主要格律是并行体,有的是意义相反的对句,有的是意义相同的复句,有的是类似事物的并列。并行体有 4 类:双行、三行、四行、五行。

双行的并行体,如:

> 明智的儿子使父亲得意;
> 愚昧的儿子使母亲忧虑。
>
> ——《箴言》十章一节

三行的并行体,如:

不从恶人的计谋,
不站罪人的道路,
不坐亵慢人的座位。

——《诗篇》一篇一节

四行的并行体,多由两个对句构成,如:

沧海看见就奔逃,
约旦河水也倒流。
大山踊跃如公羊,
小山跳跃如羔羊。

——《诗篇》第三、四节

五行的并行体,多由"三、二"或"二、三"式构成。
"三、二"式,如:

我追念以往的日子,
思念你一切的作为,
回想你所做的一切事;
  我举手向您祷告,
  渴慕您,如大旱之望甘霖。

——《诗篇》一四三篇五、六节

"二、三"式,如:

让海洋和其中的生物欢呼吧!
让大地和其上的众生歌唱吧!
　　让江河溪流一齐拍手,
　　让群山在主面前同声歌唱,
　　因为他要来审判这个世界。
　　　　　　　——《诗篇》九八篇七至九节

希伯来诗通常不用脚韵,却喜欢用头韵,称为"贯顶法"。即用希伯来文的22个字母,依次作为每一节诗的第一个字母。

在希伯来的抒情诗中,还有一种"气纳体",一句之中有间歇或停顿,通常一句五个强音节,前三后二,中间停顿一下。

希伯来诗歌中有许多精彩的篇章,兹录一首著名的古战歌《底波拉之歌》:

以色列的领袖身先士卒,
　民众自告奋勇,自愿献身,
　　因此要歌颂亚卫!
君王们,请听;王子们,请侧耳!
　我要向亚卫歌唱。
　　我要赞美亚卫,以色列的神。

亚卫啊,您从西珥出来,
　您从以东的田野进军时,
大地震战,天空动摇,
　云层降下倾盆大雨,
　　群山在亚卫面前发抖。

175

在亚拿的儿子珊迦的时代,
　　商队绝迹,旅客绕道而行。
农民绝迹,在以色列没人种田,
　　直到您底波拉起来做以色列的母亲。

人们选择了新的神明,
　　战争就临到城门。
以色列四万人之中,
　　却设有一矛一盾。
我的心却向往着以色列的领袖,
　　自告奋勇,自愿献身的民众!
歌颂亚卫吧,一起歌唱,
　　无论是骑茶色驴子的,
还是坐绣鞍的,
　　以及徒步上路的,都唱吧!
听!井旁汲水的已传出欢呼,
　　歌唱亚卫的胜利,
歌唱以色列人民的胜利,
　　亚卫的子民正走向城门。

底波拉啊,奋起,奋起,
　　奋起,奋起,放声歌唱!
亚比挪庵的儿子巴拉啊,
　　奋起,捕捉你的俘虏吧!
酋长们都要下去跟他进军,
　　亚卫的人民好汉要下去跟他。
从以法莲来的勇敢者进入山谷,

跟着他们的有便雅悯族人。
有指挥官从玛吉下来,
　　有军事参谋从西布伦下来。
以萨迦也奋起,和底波拉、巴拉
　　一起冲下山谷、平原。

但是,流便的溪水旁边,
　　不少胸有大志的;
为什么你们老坐在羊圈里,
　　聆听呼喊羊群的牧笛呢?
基列人还逗留在约旦河外;
　　但族人为什么总留在船旁?
亚设人总在海边静坐,
　　老是守候在港口码头。
西布伦人是拼命不怕死的民众,
　　高原田野的拿弗他利人也是如此。
诸王都来之能战;
　　迦南诸王也参加战斗,
在米吉多河畔的他纳参战。
　　他们连一块银子都没有索取。
天上的星星也参战了,
　　它们离开轨道来和西西拉交战。
基顺大河把他们冲走,
　　那是一条激湍奔腾的河,基顺大河。
我的灵魂啊,要奋勇前进!
　　那时壮马驰骋、踢跳、奔腾!

亚卫的使者说:"要咒诅米罗斯,
　　狠狠地咒诅其中的居民,
因为他们不来帮助亚卫,
　　不来帮助亚卫手下英雄的战士。"

基尼人希伯的妻子雅亿,
　　比所有的女人更为有福,
　　比一切住帐篷的女人更为有福!
西西拉要水,她却给他牛奶,
　　还用上等的碗端给他奶油。
然后她用左手拿起帐棚的橛子,
　　右手拿起工匠的大锤子,
用锤子猛击西西拉,打伤他的头,
　　再用橛子打穿他的太阳穴。
西西拉在她脚前曲身仆倒,
　　他就死在他仆倒的地方。

西西拉的母亲倚窗外望,
　　从窗格子里大声叫道:
"他的战车为什么还不回来?
　　他的马匹为什么行步迟迟?"
最聪明的宫女百般安慰她,
　　她仍旧自言自语地说道:
"一定是得了财富在分肥,
　　每人分到两个女俘虏,
西西拉还分得一件染色的外衣,
　　一件染得很美的刺绣的外衣。"

亚卫啊,愿您的敌人都这样灭亡;
爱您的如旭日东升,光芒四射!

朱维之对这首诗给予高度评价:"这篇凯歌是希伯来最早的诗歌名作,评论家们认为可列为世界文学中最好的凯歌之一。同时,它对希伯来历史的认识价值也不可忽视。……诗人的用意是要求民族的大团结。诗中特别强调忠诚于亚卫,这是他们民族团结的精神纽带和精神力量之所在。"①

(六)阿拉伯的诗体

阿拉伯民族是一个古老的民族,也是一个富于诗歌激情的民族。从蒙昧时期开始,就创作了丰富的诗歌,并形成多种诗体。

1. 卡色达(格西特)诗体

产生于阿拉伯半岛的蒙昧时期(475~622),是这一时期诗歌的基本体裁。这种体裁有较严格的格律,每首诗一般不少于七行,一行诗分前后两截,前半截和后半截的末尾可以押韵,也可以不押韵,但每行诗的末尾必须押韵,且一韵到底。这类诗想象丰富,比喻鲜明,感情真挚。阿拉伯"悬诗"是用卡色达体裁写成的,被评论家看做是阿拉伯诗歌的珍宝。

为什么叫"悬诗"?据传说,在伊斯兰教产生以前,来自阿拉伯各地的诗人,每年要到麦加附近的欧卡兹举行一次赛诗会,会上评出优胜的作品,用金水把这些作品描在细麻布上,再悬挂在天房的帷幕

---

① 朱维之著:《圣经文学十二讲》,第344页,人民文学出版社2008年版。

上,因此叫"悬诗"。还有一种说法是,这些诗篇美丽得如同悬挂在女人脖子上的项链,因而取名"悬诗"。乌姆鲁勒·盖斯(500~540),是有名的"悬诗"诗人。兹选两段。

悬　　诗(节选)一

夜,
垂下它黑沉的天幕。
像大海汹涌的波涛,
卷带着无穷的忧思。
它伸开那硕大的身躯,
巨人般压抑在大地,
考验着我的耐心和勇气。
啊,漫漫的夜,
何时能熬到天明——
天明的情景,
不会比黑夜更惬意。

(郅傅浩　译)

悬　　诗(节选)二

嗨,你看那云层电光闪闪,
仿佛有一双巨手正左右摇晃。
又仿佛有个僧侣正握着一盏神灯,
灯芯待灭,遇到新油又大放光芒。
我坐地观天,左右随从也举目眺望,
遥遥雨云正盘踞着达尔基和欧宰布一方。
右边连着盖顿高峰,
左边要抵达锡塔尔和耶特布两座山梁。

凯法蒂山区山洪暴涨,
成片的林木被冲得树冠着地树根朝上。
吉楠山落下的雨水只能算得上几滴雨星星,
山里山外就再也找不到一头野羊。
泰玛的枣椰林无一棵幸存,
除一栋石堡,村舍都一扫而光。
赛毕腊在风雨的前锋里挺立,
像一个巨人披着一件条纹大氅。
拂晓,麦吉迷尔仅仅露出一个山尖,
激流环绕,像一部纺车在急速旋转。
雨云将一身重负抛进这山间荒原,
仿佛也门衣商送时装,荒原立刻变容颜。
晨光里飞禽唧唧喳喳一片吵嚷,
仿佛刚饮过烈酒又吃了辣酱。
昨夜的山洪吞没了多少猛兽,
这遍地遗骸就像散落的野葱头!

(张甲民 译)[①]

2. 卡扎尔(哈宰里)体

这种诗体每首诗由 7 到 15 个联句组成。每联的尾音押韵。这种诗体在阿拉伯诗歌中萌芽、开花,但却在波斯诗苑中结出了丰硕的果实。中古波斯诗人运用这种诗体写抒情诗,并成为波斯的正宗诗体之一。哈菲兹(1327~1390)是运用卡扎尔诗体最具艺术魅力的诗人,被人们誉为"卡扎尔大师"。下面这首诗是他运用这种诗体创作的名篇之一。

---

① 孟昭毅、郝岚主编:《东方古典诗歌精选评析》,第 101~103 页,河南大学出版社 2006 年版。

哈菲兹抒情诗选·二十二

虽然尚未看到你的容颜，
成千的人已经望眼欲穿；
尽管你刚刚含苞待放，
百只夜莺已在对你啼啭。

假如我来到你的住地，
却并非什么荒唐无稽；
世上有多少像我一样的人，
深切的情思都向着你。

尽管你我天涯海角各居一方——
愿他人万莫远离你的身旁；
但我这热恋着你的人呵，
心里炽燃着与你相会的期望。

在爱情的道路上，
寺院和酒店全一个样；
哪里有情人的娇容，
哪里就闪烁着灵光。

无论在什么地方，
只要有修道院的祈祷，
就会有寺庙僧侣的钟声，
就会有十字架的圣名。

哪里有这样的恋人,
不同情自己的情侣;
知心人犹如一个医生,
专治爱情的郁悒。

哈菲兹的叫喊,
绝非徒劳枉然;
是一桩奇妙的故事,
让他哀叹和呼唤。

(邢秉顺 译)

3. 藏头诗

这种诗体产生于阿拉伯安达卢西亚地亚(今西班牙南部)。据传,穆阿台米德·本·阿巴德(1040~1095)在袭位做塞维利亚王之前,有一次与诗人伊本·阿马尔(1031~1084)沿河边散步,看见风吹河面起了涟漪,诗兴勃发,吟出了半联诗句:风织涟漪一环环。

他要求伊本·阿马尔接着吟下半联。但这位诗人搜索枯肠一时没能吟出。这时,正在近旁的一个女奴却应声而出:凝起恰似铠甲般。

这位风流王子凝眸一看,当即被那才貌双全的女奴所吸引,这个女奴叫伊阿蒂玛德。王子买下了女奴,终生相爱。后来,他为她写了一首诗:

你怎会在我眼前消失,
却又出现在我的心里?
多少情思、眼泪和失眠
表达出我的问候,我的致意。

> 我坚强的意志已经由你掌握,
> 我的喜爱完全听凭你的驾驭。
> 我想要每时每刻都见到你,
> 这愿望若能实现该多惬意!
> 望你永远信守不渝,
> 不要因远离而有所变异。
> 我把伊阿蒂玛德嵌在我的诗里,
> 用你的芳名写成一首藏头诗。①

确实如此,穆阿台米德的这首诗,在阿拉伯原文中,每个联句的第一个字母连起来,恰好是"伊阿蒂玛德"这个名字,真正是一首藏头诗。

4. 彩锦诗体

这是阿拉伯安达卢西亚的诗人创造的一种新诗体,后来传遍阿拉伯各地。这是一种格律富于变化的多韵体诗,与必须遵循同一格律、一韵到底的传统格律诗相区别,颇类似于我国古典的词。为什么叫"彩锦诗"?人们把这类诗比喻成女人披于身上缀有各种珠宝的彩锦饰带,因而得名。

一首彩锦诗一般由五个"片"组成。每"片"由两部分组成:一部分韵尾因片而异,称"番",另一部分则重复同一韵尾,称"锁"。全诗开头的"锁"称"头",结尾的"锁"称"尾"。一首完整的彩锦诗往往由"头"与五"片"组成,亦有没有"头"的彩锦诗,称"秃顶"。兹录伊本·祖赫尔(1113~1199)一首彩锦诗,并标明韵脚:

---

① 仲跻昆:《阿拉伯文学通史》,上卷,第476页,译林出版社2010年版。

掩面长叹,我沉重地倾诉(a)爱情的欢乐多痛苦(b)
　　我的心失去了她的启蒙(c)
　　她拒绝我悲伤的哭声(d)
　　却求来了自身的苦痛(c)
　　若逃避了爱情,我岂能复生(d)

"啊,心呀!"我哭诉(a)情敌嘲笑我的悲苦(b)
　　泪珠簌簌,对景难诉(e)
　　哀情吟唱断壁残垣(f)
　　情敌希望我倾吐(e)
　　"我再也不投你一眼"(f)

任凭春心如火如荼(a),泪洗双颊如注(b)
　　凝眸处,数尽千般风流事(g)
　　轻吐钟情(h)
　　想想自身伤心事(g)
　　又暗自呜咽泪如倾(h)

我的心彷徨无主(a)　昔日恩情不知在何处(b)
　　我的泪水焉能受埋怨(j)
　　我的心分担了痛苦的心境(k)
　　身心疲乏辗转不成眠(j)
　　仰首探索这寥廓银汉,沧波万顷(k)

屈指想把星儿数(a)　　点点寒星不计其数(b)
　　我与羚羊约会(l)
　　羚羊远比狮子娇健(m)

我来赴约,她却执意要"明天"相会(I)
但见惊鸿一瞥,倩影不见(m)

乡亲们!这种戏谑可曾听说(a),佳人芳址又在何处(b)①

彩锦诗诞生于公元 9 世纪,11 至 12 世纪臻于兴盛。这种诗体是对阿拉伯传统古诗格律的突破和创新,对阿拉伯诗歌的发展产生了重大影响。

5. 俚谣

约与彩锦诗同时产生,同时流行、繁盛。它与彩锦诗在结构形式上极其相似,都是由一段段诗节组成,既有反复出现的主韵,也有灵活变化的副韵。它与彩锦诗的不同之处在于,彩锦诗基本上是使用正规的阿拉伯语,极少用方言土语,俚谣则基本上由土语方言组成,实际上是一种民歌形式,为广大群众所喜爱,因而流传甚广。

阿拉伯是一个爱好诗歌的民族,诗歌被认为是阿拉伯人的史册和文献,是阿拉伯民族文化的精髓。但在近古时代却衰落了,直到 19 世纪下半叶,阿拉伯诗歌在西方文化的冲击下才逐步走向复兴。传统诗体继续被广泛运用,但也吸收了西方诗歌的因素,新的诗体也逐渐产生发展起来了。

6. 自由体诗

在阿拉伯彩锦体诗的基础上,新的诗体——自由体诗逐渐发展了起来。这种诗体,突破了传统诗以联句(拜特)为单位,格律严格

---

① 仲跻昆:《阿拉伯文学通史》,上卷,第498~499页,译林出版社2010年版。

的形式,采取诗行长短不一,参差不齐,节奏明快且富于变化的形式,韵律比较宽松,篇幅可长可短。例如:

燃烧的短笛

[埃及]易卜拉欣·纳吉(1898~1953)

夜色溶溶笼罩寰宇
心上人啊,多少次
我孑然徘徊,昏暗中
唯有我独自哀戚
我把泪化为旋律
我以诗充当短笛
这残断的碎片可曾回应
是我用悲怆将它燃起
火焰深深吞噬了它
风暴卷走了余烬
多么凄惨啊,这枝
希望与死亡之间的短笛
它悄吟,凄惘地悄吟
复述着我的郁悒
给那些一腔钟情
却遭冷遇的人以慰藉
直到幻影昭然映现
我在思慕中早已把它熟悉
它款款向我挨近,我的双唇
也缓缓向它的嘴迎去
突然,我的梦消失
我的眼睛苏醒

我开始倾听,倾听
听到的只有自己的余韵依依!

(郭 黎 译)

致全世界的暴君

[突尼斯]艾卜勒·卡西木·沙比(1909~1934)

残暴的专制魔王,
阴影的密友,生命的死敌,
你敢讪笑一个弱小民族的呻吟,
你,手上沾满了这个民族的鲜血!
你玷污了生命的迷人的微笑,
把痛苦的荆棘散播在全世界。

别着急! 别让春天诱惑你,
别让太空的静穆,清晨的明晖诱惑你。
在广阔的天边,埋伏着骇人的阴影,
埋伏着轰鸣的雷声,埋伏着狂怒的风。
小心点! 在灰烬底下,火星没有熄灭。
谁播种了荆棘,谁就该收获满身的刺。

你应当深思,在你杀人如麻的地方!
在你踩躏希望之花,
并且用鲜血灌溉大地,
用热泪使大地痛饮的地方,
那儿,鲜血流成的山洪,
要把你冲走;
那儿,暴风雨的火焰,

要把你吞噬。

(铁　树　译)①

这是一篇声讨帝国主义、殖民主义、霸权主义的战斗檄文，一首极富艺术感染力的诗歌佳作。

(七) 西方的诗体

希腊、英、法、德、俄、意大利、西班牙、美国等欧美西方国家，也是一个百花竞放的诗歌海洋，诗人辈出，佳作如林，诗歌体裁多种多样，令人赏心悦目，目不暇接。

1. 史诗体

史诗体是诗歌体裁的一种，东方有此体裁，西方也有此体裁。最初产生于氏族社会解体时期，是以远古传说或重要历史事件为题材的民间长篇叙事诗，具有真实历史与神话传说相融合的特色。古希腊的荷马史诗《伊利昂记》、《奥德修记》属于这一类，印度的《摩诃婆罗多》、《罗摩衍那》，中国的《格萨尔》也属于这一类。也有一部分史诗形成于中世纪，主要表现封建时代的历史和传说，歌颂封建时代的英雄人物，如俄罗斯的《伊戈尔远征记》、德国的《尼伯龙根之歌》、法国的《罗兰之歌》、西班牙的《熙德之歌》等，即属于这一类。还有一类是文人史诗，或称文学史诗，这是诗人因特定的观念和目的而着意编写的史诗，如古罗马诗人维吉尔创作的《埃涅阿斯记》、英国诗人约翰·弥尔顿创作的《失乐园》等。

---

① 许自强、孙坤荣主编：《世界名诗鉴赏大全》，第1588页，商务印书馆国际有限公司2009年版。

古希腊的荷马史诗结构宏伟,人物高大,情节曲折,风貌广阔深厚,在西方诗歌发展史上产生了极为深刻的影响。《伊利昂记》《奥德修记》各分24卷,都是由一万多行的六音步长短短格的英雄诗体构成的。每行诗有12个轻重音,不用尾韵,但诗的节奏感很强。两部史诗都是只写一个中心事件,突出一个中心人物,运用自然质朴的口语写成,比喻贴切、新鲜,有专家统计荷马史诗"在描述人物和事件时,使用了约八百个从日常生活和自然现象中选举来的比喻,构成'荷马式的比喻'"①。

郑振铎评价说:"荷马(Homer)是一个最伟大的史诗作者,他把欧洲文明的最早的图画留遗给我们。无论就诗歌而言或就史书而言,《伊里亚特》(Iliad)与《奥特赛》(Odyssey)在世界文学史上都能占一个极重要的地位。"②

钱穆则有自己的见解:"余尝谓中国史如一首诗,西洋史如一本剧。亦可谓中国乃诗的人生,西方则为戏剧人生,即以双方文学证之即见。古诗三百首为中国三千年来文学鼻祖,上自国家宗庙一切大典礼,下及民间婚丧喜庆,悲欢离合,尽纳入诗中。屈原《离骚》,文体已变,然亦如一长诗,绝非一长剧。""西方文学,则以小说戏剧为主。如希腊《荷马史诗》,实非诗,乃小说戏曲而已。"③

2. 萨福体

这是古希腊女诗人萨福所创造的一种诗歌体裁。萨福(公元前612~前580?),据传出身于累斯博斯岛的贵族家庭,幼年时曾受当地僭主的迫害,一度逃亡到西西里岛。后回到故乡,办过一所音乐学校,教授诗歌、音乐、舞蹈。有专家认为,她爱上她的女弟子,同她们

---

① 朱维之、赵澧、崔宝衡主编:《外国文学史》,欧美卷,第23页,南开大学出版社2007年版。
② 郑振铎编:《文学大纲》(上),第15页,广西师范大学出版社2008年版。
③ 钱穆:《中国文学论丛》,第130、131页,生活·读书·新知三联书店2005年版。

搞同性恋。后来爱上一个年轻男子,失恋后在海边跳崖自杀。

因为她的诗较多为抒发爱情、友情之作,中世纪基督教会认为有伤风化,下达禁令,焚烧了她的诗稿,现仅存一些断章残句。她的抒情诗感情真挚,语言精粹,深受人们喜爱,对欧洲后来的诗歌产生过深远影响。她在西方女性诗人中享有崇高的地位,堪与中国宋代著名女词人李清照媲美。

萨福曾用50多种诗律写诗,流传下来的诗体被称为"萨福体"。其中一种诗体每节四行,前三行由扬抑格、扬扬格、扬抑抑格韵式混杂而成,末行由扬抑抑格和扬扬格组成。自文艺复兴以后,欧美各国众多诗人都喜用萨福体进行创作。兹录萨福诗一首:

给 所 爱

他就像天神一样快乐逍遥,
他能够一双眼睛盯着你瞧,
他能够坐着听你絮絮叨叨,
　　好比音乐。

听见你笑声,我的心儿就会跳,
跳动得就像恐怖在心里滋扰;
只要看你一眼,我立刻失掉
　　言语的能力;

舌头变得不灵;啮人的热情
像火焰一样烧遍了我的全身;
我眼前一片漆黑;耳朵里雷鸣;
　　头脑轰轰。

我周身淌着冷汗;一阵阵微颤
透到我的四肢;我的容颜

比冬天草儿还白；眼睛里只看见
死和发疯。

(周煦良 译)[1]

这是萨福存留诗中较为完整的一首,是写给一个新娘的一首婚曲。诗中的"你"是指新娘,传说是萨福的女弟子阿那克托里亚。诗中的"他"是指新郎。这是一首描写恋情的好诗,把恋人之间微妙复杂的心理变化刻画得细致入微,生动传神,充满着火焰一般的炽热。

3. 阿那克瑞翁诗体

古希腊宫廷诗人阿那克瑞翁创作的抒情诗体。阿那克瑞翁(前570~前?)写过琴歌、抑扬格体诗和哀歌等,编成诗集6卷,但留传至今的只有断简残篇。他的诗大部是为了迎合宫廷生活的需要,主题多为酒和女人。这种诗体对欧洲后世诗歌影响很大,欧美通常把这种歌颂爱情、青春和感官享受的诗称为阿那克瑞翁体。阿那克瑞翁留存的较完整的诗,如:

饮 酒 歌

一

拿水来,拿酒来,小伙子,
再给我拿来几个花环,
我要和爱情角斗,
和她比个输赢。

---

[1] 许自强、孙坤荣编著:《世界名诗鉴赏大全》,第1045~1047页,商务印书馆国际有限公司2009年版。

二

把酒杯给我拿来,小伙子,

我好举杯痛饮,

十勺子的水里

加五勺子的酒,

我哪怕发酒疯

也不至昏乱轻狂。

三

这回咱们可不要

一边鼓噪,一边吵闹,

痛饮那种色雷斯烈酒,

我们要在优雅的赞歌声中

饮酒,从容不迫。

(水建馥　译)①

4. 英雄双韵体

这种诗体在法国诞生,经英国诗人乔叟移植入英国,长期以来一直是所有英语诗歌创作的主要形式之一。这种诗体在英国诗人蒲柏手里得到了进一步的完善。其体式为五音步抑扬格(或称为五步抑扬格)诗行,每两行一押韵,下两行换一韵,对句成韵,韵律为 aa、bb、cc……

论　批　评

[英]亚历山大·蒲柏(1688～1744)

求学问最忌讳一知半解,

---

① 聂珍钊主编:《外国文学作品选》(1),第35～36页,华中师范大学出版社2006年版。

开怀畅饮吧,否则别品尝帕依尔泉水,
浅尝辄止,使人头晕目眩,
尽情畅饮,才能清醒聪慧。
由于初承缪斯恩赐而异常兴奋,
峥嵘青春,我们试把艺术之峰攀登。
当时我们思想狭隘,
见识短浅,看不到风光无限,
步步深入,景色令人惊叹,
浩瀚科学领域的远景不断涌现!
初登巍峨的阿尔卑斯山令人欢欣,
穿山越岭,恰似试步天庭,
终年积雪也似逐渐消融,
跨过最初的山峰云层满以为大功告成;
然而更进一步,纵观征途漫漫,
还有许多险阻,不禁心惊胆寒,
无限美景,令人望倦了两眼,
啊,阿尔卑斯,山外有山,天外有天!

(王文平 译)

5. 亚历山大诗体

这是法语诗中一种常用的诗体,该诗体为十二音节四重音,或八音节,每两行入韵,故又称双行体。这种诗体与英雄双韵体相似。

远方游客到罗马来……

[法]若阿金·杜贝莱(1522～1560)

远方游客到罗马来寻找罗马,
在罗马却看不到罗马的遗迹,

你所见的这些古老宫殿、墙壁、
凯旋门,就是所谓罗马的伟大。

看看多傲岸,废墟多辉煌,像煞
把世界置于他统治下的皇帝,
为了制服一切,他也制服自己,
光阴消耗一切,也在折磨着他。

罗马是罗马惟一的纪念建筑,
也只有罗马才能将罗马制服。
惟有台伯河向大海逃遁撤退。

仍属于罗马,啊,人生变化无常!
凡是牢固的终被时间所摧毁,
凡是逃逸的反能把时间抵挡。

(郑克鲁 译)[1]

这首诗采用了 12 音节的亚历山大体。诗中的台伯河流经罗马,注入大海。

6. 三行体诗

是由意大利人首创的诗歌体裁。但丁·阿里盖利(1265~1321)创作的著名长诗《神曲》,就是用这种体裁写成的。此诗式每三行一节,每行由十一音节组成,连锁押韵,韵律为抑扬格,首节一、三行入韵,次节一、三行又与首节第二行同韵,依次类推,最末以与前

---

[1] 郑克鲁译:《法国诗选》,上,第 84~85 页,河北教育出版社 2004 年版。

一段二行交韵的单行和双行体结尾，即 aba、bcb、cdc、ded、efe、fgf……xyx 或 yy。这种循环韵式循环往复，使诗歌富有整体感。《神曲》气势恢宏，想象丰富，富意深远，音律铿锵，是西方诗歌史上划时代的里程碑，是一部百科全书式的伟大诗篇。恩格斯因此称赞但丁："他是中世纪最后一位诗人，也是新世纪最初一位诗人。"

7. 八行体诗

由意大利诗人薄伽丘所首创。乔万尼·薄伽丘（1313～1375），出生于佛罗伦萨的切塔尔多，他创立的八行体诗经 15 世纪意大利诗人蒲尔契和阿里奥斯托的完善，并使之定型，成为意大利叙事诗的主要形式。这种诗体每节八行，抑扬格，韵式为 ababcc。这一诗体对欧洲后来诗歌的创作影响很大。兹引卢道维科·阿里奥斯托（1474～1533）的诗一节：

疯狂的奥兰多　第 23 歌（选）

……
他们来到山洞附近，
双足缠满藤蔓荆棘。
在那炎热的日子里，
恋人幸福相拥在这里。
他用尖刀、煤炭或粉笔，
刻画与书写他们的名字，
在这里留下的遗迹，
多于周围其他任何地方。

忧郁的奥兰多
徒步走向洞口，

看到梅多罗当时
刻下的字迹。
那好像是首诗歌,
赞颂那时的欢乐;
如果使用我们的言语,
也会表达这个含义:

树儿欢乐,草儿青青,
树荫凉爽,山谷幽幽,
安杰丽卡出生东方,
多少人为她倾倒,
却躺在我的怀抱;
她给予我的幸福,
我贫穷的梅多罗
除了时时赞颂,
没有别的办法报偿。

恳求每个热恋的人,
不论骑士还是夫人,
本地人还是过往客人,
自愿还是偶然来到这里人,
对着山水草木这样祝福:
祝你们时时幸福,
让日光沐浴你们,
仙女的歌声陪伴你们,
别让牧童赶来羊群
……

这些不幸的词语,
他念了三遍、四遍,
虽然竭力去想,
那里最好没有这些东西,
但它们仍在那里,那么清晰。
他的心一阵阵酸痛,
用手去捶那胸脯,
眼睛却离不开那些诗句。
……
痛苦使他心力交瘁,
躺到草地上一动不动,
不吃不喝望着苍穹,
日出日落三个轮回。
那痛苦却有增无减,
终于使他丧失了理性。
第四天黎明的时候,
他扯下盔甲和衣服。

头盔盾牌狼藉一地,
护胸护膝无影无踪,
总之,他的一切装备,
树林里扔得到处都是。
然后他撕破自己衣服,
袒胸露背,裸露全身,
犹如一个可怕的痴人,
此情此景骇人听闻。

> 气愤与愤怒如此,
> 致使他丧失理智。
> 但丢掉他那把奇异的剑,
> 我想还不至于此。
> 他那使不尽的力气,
> 并不需要任何武器。
> 接着他试了试手劲,
> 一下就把松树拔起。①

《疯狂的奥兰多》是阿里奥斯托的代表作,是文艺复兴时期意大利诗歌史上最优秀的英雄史诗之一。全书46歌,计4800余行。上引诗中的奥兰多,是查理大帝的骑士,他的恋人是东方公主安杰丽卡,后安杰丽卡与伊斯兰教勇士梅多罗相爱,奥兰多发现她与梅多罗相恋的遗迹与事实后愤怒得丧失了理智。这部长篇史诗全部以八行诗体写成,语言优美,风格高雅,结构严谨,韵律铿锵,是意大利诗歌大花园中继但丁《神曲》之后的又一部杰作。

8. 十四行诗

这是欧洲一种抒情格律诗体,又译为"商籁体"。西方传统的说法是,十四行诗起源于欧洲中世纪的民歌。13世纪时意大利的宫廷诗人最先为这种诗体确立了较固定的格律形式。14世纪时意大利著名诗人,被称为意大利"诗歌之父"的弗朗切斯科·彼特拉克(1304~1374),改进了这种诗体,并运用这种诗体创作了300多首诗,使十四行诗臻于成熟,成为欧洲各国很多诗人竞相运用的一种格律诗体,这也是欧美最美的一种格律诗体。

---

① 肖天佑:《意大利文学大花园》,第66~67页,湖北教育出版社2007年版。

十四行诗体有严整的格律，全诗共 14 诗行，每行押尾韵。这种诗体在众多诗人的实践中创造了多种灵活的形式，其中最重要的有三种：意大利彼特拉克式、英国莎士比亚式、俄罗斯普希金式。彼特拉克式，由两个四行诗节和两个三行诗节组成，韵式为 ABBA、ABBA、CDE、CDE 或 ABBA、ABBA、CDC、DCD，每诗行十一个音节，抑扬格。莎士比亚式，由三个四行诗节和一副对句组成，韵式为 ABAB、CDCD、EFEF、GG，每诗行十个音节，抑扬格。普希金式，又称奥涅金诗节，这种诗节由俄国著名诗人亚历山大·谢尔盖耶维奇·普希金（1799~1837）所创造，因他把这种诗体运用于创作诗体小说《叶甫盖尼·奥涅金》而得名。这部诗体小说共十章，前八章每章四十到六十个诗节，每一诗节十四行。这十四行中的前四行用交韵，五到八行用随韵，九到十二行用抱韵，最后两行是偶体对句，格式为 ABAB、CCDD、EFFE、GG，每行的音节格式为：9898、9988、9889、88。

歌　　集（第一首）
弗朗切斯科·彼特拉克（1304~1374）

从这些零散的诗句中，
诸君可以听到我心灵的哀叹，
那是我青春时期的幼稚之举，
自然与现在的我不能等同一般。

在期盼与痛苦之中，
我徒劳地哭泣，思绪缠绵，
有过体验的人都说这是爱情，
我希望得到理解，而不仅仅为我惜惋。

但是很快我就发现，很长时间，

我成了人们嘲讽的笑料,为此
在心灵深处我为自己感到羞愧难言。

徒劳地追求得到的结果只是难堪,
它使我悔恨,也使我清醒地意识到
世俗的欲念之乐只是稍纵即逝的梦魇。①

这首诗录自彼特拉克的《歌集》,这是一部诗人献给所恋女子的抒情诗集,是他精神世界的生动写照。在西方,彼特拉克被称为欧洲文艺复兴时期第一个人文主义者。文艺复兴时期欧洲最著名的诗人是英国的威廉·莎士比亚(1564~1616),他写了一部《十四行诗集》,共收有十四行诗154首,每首诗通常有五个音步,每个音步有一轻一重两个音节(抑扬格),韵式与彼特拉克的不同,分为3个4行和1个2行。有的研究者认为莎式十四行诗有起、承、转、合,头4行是"起",中间4行是"承",后4行是"转",最后两行是"合",也就是对全诗的小结。他的诗多属于爱情抒情诗,有人称之为"爱情圣经"。兹录其十四行诗一首,先英文,以品其原汁原味,再引名家汉译,以品其不同语言的不同风味。

Sonnet 18

William Shakespeare

Shall I compare thee to a summer's day?
Thou art more lovely and more temperate.
Rough winds do shake the darling buds of May,
And summer's lease hath all too short a date.
Sometime too hot the eye of heaven shines,

---

① 肖天佑:《意大利文学大观园》,第38~39页,湖北教育出版社2007年版。

And often is his gold complexion dimmed,
And every fair from fair sometime declines,
By chance or nature's changing course untrimmed.
But thy eternal summer shall not fade,
Nor lose possession of that fair thou owest,
Nor shall Death brag thou wander'st in his shade
When in eternal lines to time thou grow'st.
So long as men can breathe, or eyes can see,
So long lives this, and this gives life to thee.

我怎么能够把你来比作夏天?

莎士比亚

我怎么能够把你来比作夏天?
你不独比它可爱也比它温婉:
狂风把五月宠爱的嫩蕊作践,
夏天出赁的期限又未免太短;

天上的眼睛有时照得大酷烈,
它那炳耀的金颜又常遭掩蔽;
被机缘或无常的天道所摧折,
没有芳艳不终于凋残或销毁。

但是你的长夏永远不会凋落,
也不会损失你这皎洁的红芳,
或死神夸口你在他影里漂泊,
当你在不朽的诗里与时同长。

只要一天有人类,或人有眼睛,
这诗将长存,并且赐给你生命。

(梁宗岱 译)①

十四行诗当时在欧洲盛行,俄罗斯诗人普希金为了创作《叶甫盖尼·奥涅金》,把十四行诗移植于俄罗斯,并进行了创造性的发展,根据俄语的特点,从节奏、格律和诗节结构方面作了改进。兹录其中的一首。

"我的伯父最爱循规蹈矩,
已经卧倒在床,病入膏肓,
非要我前去服侍和尽孝,
我真佩服他的奇思妙想!
他的言行都是金科玉律,
要我半步不离守在身旁,
日日夜夜地守护着病人,
该是多么无聊而又荒唐!
给将要死的人开心取乐,
需要用尽多少卑贱心肠。
一会帮他把枕头摆正了,
愁眉苦脸送药,吁短问长,
一会佯装叹气心中盘算:
怎么不让鬼抓去一命亡!"②

---

① 吴笛:《世界名诗欣赏》,第 61~62 页,浙江大学出版社 2008 年版。
② [俄]普希金著,田国彬译:《叶甫盖尼·奥涅金》,第 2 页,北京燕山出版社 2003 年版。

这节诗刻画不孝子侄的心思入木三分。

9. 无韵诗

又称素体诗。这是英语格律诗的一种，每首诗行不限，每行五音步，抑扬格，不押韵。1540年，萨里伯爵在翻译古罗马维吉尔的《埃涅阿斯记》第二卷和第四卷时，把无韵诗引入英国，从此无韵诗体裁在英国重新生根、发芽，枝繁叶茂。这种诗体接近英语口语的自然节奏，结构灵活，形式多样、自由，直到20世纪，仍然为一些知名诗人所采用。

英国著名诗人约翰·弥尔顿的长诗《失乐园》就是用这种诗体写成的。在这首长诗的开篇，写了《本诗的诗体》：

"本诗的格律是无韵的英语英雄诗体，跟荷马用希腊文写的、维吉尔用拉丁文写的英雄史诗一样。韵脚对于一首好诗的装点或真正修饰并没有必要，尤其是对于较长的诗作。韵脚是野蛮时代的一种发明，用以点缀卑陋的材料和残缺的音步。自从它被后世的一些著名诗人所采用而且成了风气之后，便真正成为一种装饰音了；但它们本身也带来了很多麻烦、障碍和束缚，在表现事物方面，往往不如无韵诗能够更好地表现出来。无怪有些意大利、西班牙的第一流诗人，在长诗、短诗中都不用韵脚；我们英国长期以来最好的悲剧诗也是如此。韵脚在一切灵敏的耳朵听来，并没有真正音乐的快感。悦耳的音乐在于和谐的拍子，配上适当的音节，从一个诗节到一个诗节的推移中，在字里行间给人的各种快感，并不在于句尾音韵的雷同。学习古代的诗歌和优秀的演说词，可以避免这个缺点。本诗不用韵脚不能算是什么缺点，虽然有些庸俗的读者会这样看；其实，它树立了一个样本，在英语诗中第一部摆脱了近代韵脚的枷锁，而恢复了英雄史诗原有的自由。"①

---

① [英]约翰·弥尔顿著，朱维之译：《失乐园》"开篇语"，吉林出版集团有限责任公司2007年版。

弥尔顿的这番议论对韵的观点有些绝对,应该承认,有韵诗和无韵诗各有优长,在诗歌百花园中都有存在的理由,应该争奇斗艳,百花竞放。

兹引弥尔顿无韵诗一节。

失乐园·第一卷(节选)

关于人类最初违反天神命令
偷尝禁树的果子,把死亡和其他
各种各色的灾祸带来人间,并失去
伊甸乐园,直等到一个更伟大的人来,
才为我们恢复乐土的事,请歌咏吧,
天庭的诗神缪斯呀!你当年曾在那
神秘的何烈山头,或西奈的峰巅,
点化过那个牧羊人,最初向你的选民
宣讲太初天和地怎样从混沌中生出;
那郇山似乎更加蒙你的喜悦,
下有西罗亚溪水在神殿近旁奔流;
因此我向那儿求您助我吟成这篇
大胆冒险的诗歌,追踪一段事迹——
从未有人尝试摛彩成文,吟咏成诗的
题材,遐想凌云,飞越爱奥尼的高峰,
特别请您,圣灵呀!您喜爱公正
和清洁的心胸,胜过神殿。
请您教导我,因为您无所不知;
您从太初便存在,张开巨大的翅膀,
像鸽子一样孵伏那洪荒,使它怀孕,
愿您的光明照耀我心中的蒙昧,

提举而且撑持我的卑微;使我能够
适应这个伟大主题的崇高境界,
使我能够阐明永恒的天理,
向世人昭示天道的公正。

(朱维之 译)①

10. 自由诗

大多数自由诗诗行长短不一,也不讲求押韵,没有形成规律性的韵律形式。它与无韵诗不同,无韵诗的韵律是有规律的,自由诗则没有,即没有音步或轻重音节单元循环出现的形式。它与散文诗也不同,自由诗按短行形式排列,而散文诗则是像散文那样连接起来。

美国著名诗人惠特曼的诗集《草叶集》,是自由诗的代表作。他主张:"为了描述宇宙万物的丰富多样的表现,为了适应重大的现代主题、群众经验、科学进步和工业社会中的新鲜事物,必须创造一种崭新的诗体,将传统的常规如脚韵、格律等予以摒弃。""现在是打破散文与诗之间的形式壁垒的时候了。"②这一主张虽富于创造性,但也未免有偏激之失,《草叶集》就是他的诗学主张的实践。在集中其诗行采用长短多变的句式,不依赖音步的重复而借助节奏单元和言语词句与诗行的重复、平行及多变使诗句富于节奏感,这种创作手法曾引起当时诗歌文学界的轰动。兹录其一首。

啊,船长!我的船长!

啊,船长!我的船长!我们的可怕的航程已经终了,
船只渡过了一个个难关,我们追求的目的已经达到,

---

① [英]约翰·弥尔顿著,朱维之译:《失乐园》,第1~2页,吉林出版集团有限责任公司2007年版。
② [美]惠特曼著,李野光译:《草叶集》,第4页,北京燕山出版社2008年版。

港口就在眼前,我听到了钟声,听到了人们狂热的呼喊,
无数的眼睛在望着坚定的船,它威严而又勇敢;
  但是,心啊!心啊!心啊!
    鲜红的血在流淌!
      我的船长在甲板上躺着,
        他倒下死了,已经冰凉。

啊,船长!我的船长!请起来听听这钟声,
起来呀——旗帜在为你招展——号角在为你哀鸣,
花束和花环为你赞礼,人群为你挤满了海岸,
他们向你呼唤,这些晃动的人群,朝你高仰着急切的脸;
  在这里,船长!亲爱的父亲!
    请把你的头枕着这只臂膀,
      在这甲板上,真像一场梦,
        你倒下死了,已经冰凉。

我的船长没有回答,他的嘴唇惨白而僵冷,
我的父亲感觉不到我的臂膀,他已经没有脉搏和神经,
船只安全而稳定地下锚了,它的航行已宣告完毕,
胜利的船只从可怕的旅途中走来,达到了目的;
  欢呼啊,海岸,敲响啊,巨钟!
    但是我悲痛地踉跄,
      行走在甲板上,在那里我的船长躺着,
        他倒下死了,已经冰凉。

              (李野光 译)[①]

[①] [美]惠特曼著,李野光译:《草叶集》,第289~290页,北京燕山出版社2008年版。

这首诗是惠特曼哀悼美国总统林肯不幸遇刺的名篇,是一首雄健、悲壮、优美的挽歌。这首诗极富想象力,富于象征性,既是自由体诗,又蕴含着格律诗的某些音韵因子,是《草叶集》中突出的佳作。

11. 散文诗体

这种诗体富有节奏感,诗中往往包含一系列结构紧凑的句子,但各行之间没有停顿。

兹引法国诗人阿尔图尔·兰波的散文诗一首。

民 主

军旗指向邪恶的风土,而我们的歌诀是镇压战鼓。

开往中心城市,我们去养活露骨的娼妓,我们要砍杀那必然的造反。

直捣那些辛辣而淫湿的国度!为更庞大的工业或武力开发服务。

这里且道别无论何处,称心受雇的新兵,我们拥有残暴的学说,对科学一窍不通,图安逸不择手段;现世界等着完蛋,这是地道的征伐。勇往直前,开拔!

(叶汝琏 译)

在这首诗中,诗人借为殖民主义者所雇佣的大兵之口说话,锋芒直刺帝国主义殖民主义。叶汝琏在评论他的《彩图集》和这首诗时说:"统读该集不难读到诗人多处谴责西方文明,令人畅快尤以这短诗为最:首先诗题本身就是讽刺;诗人借大兵之口指控殖民主义剥削与镇压被奴役人民的抗争,句句声声直刺罪恶的统治与露骨的卖淫,道出现世界完蛋的必然,在诗人看来,人民反抗的战鼓是不会窒息而绝响的。"①这段话是切中肯綮的。

兰波的散文诗,不仅对法国,而且对西方整个现代诗的历史进程都产生了深刻的影响。

(八)关 于 诗 律

关于诗律问题,飞白的《诗律学》一文对世界诗歌的诗律作了系统的研究,值得仔细研读。世界诗歌万紫千红,形式各异。但既然都是诗,则除了有其特殊性、个性外,必然有其共同性、普遍性。现分两个问题研究。

1. 关于格律

什么是诗的格律？诗的语音节奏就是诗的格律。两个音节组成一个节奏单元,称做"音步",若干个节奏单元构成一个"诗行",如果诗行过长,六个以上音步,中间要有一个"顿"。

按照飞白的分类,世界诗歌共有六个系统,即:

①音节—音长诗律,即长短音诗律。此类诗律的基础是音长,即长短音的交替,同时音节数也有规定。属于这个系统的有古梵语诗、古希腊诗、部分拉丁语诗、阿拉伯语诗、波斯语诗等。

②重音诗律,就是以重音为基础的诗律。只计诗行中的重音数,不计总音节数,诗行中的重音数是有规定的,但轻音节却可多可少。这种诗律流行于古日耳曼和古斯拉夫语的民间诗歌中。重音诗律在西方现代诗歌中已经复兴并得到了广泛运用。

---

① [法]阿尔图尔·兰波著,叶汝琏、何家炜译:《彩图集》,第117页,吉林出版集团有限责任公司2008年版。

③纯音节诗律。这种诗律只计诗行中的音节数而不计重音数。属于这一系统的有中国诗、日本诗、多数亚洲语言的诗，以及欧美罗曼语族各语种的诗、波兰诗等。

中国传统诗中，古体诗属纯音节诗律，近体诗增加了平仄的限定，属于音节—音调诗律。

④音节—重音诗律。这种诗律既规定每行诗的音节数，又规定重音数及其位置；重音节和轻音节组成音步。这是节拍性最强的一种诗律。属于这一诗律系统的有近代以来日耳曼语族各语种诗歌、斯拉夫语族多数语种的诗歌。

在这一诗律中，音步是节奏单元，最常用的有二音节音步的扬抑格、抑扬格，三音节音步的扬抑抑格、抑扬抑格、抑抑扬格，还有少见的四音节音步和二音节及三音节音步混用的可变音步。

⑤音节—音调诗律。属于这一诗律的有汉藏语系诗歌。中国传统的近体诗、词、曲，都讲究每行诗的音节数，又讲究每个音节的平仄（即音调），所以称做音节—音调诗律。

⑥自由诗律。它没有固定的格律，不甚讲究节奏和韵律，没有固定的规范，但包含着自然的节奏和韵律。属于这一系统的有自由诗和散文诗。

2. 关于韵律

韵是诗中音乐化的因素。诗一般分为两类，即有韵诗和无韵诗。有韵诗又分为不同种类。

按韵的位置分类。头韵，指的是诗中的两个词或两个以上的词，词首的或词中的辅音相同，尤指词首的辅音相同，故称"头韵"。行内韵，即指诗行内的词互相押韵。脚韵，就是在诗行的末尾设韵，这是韵的普通形式。

按音的音节分类。单音节韵，即阳性韵。指的是单音节的重音韵，一般要求于韵尾处的重读元音相同，元音后的辅音也相同。双音节韵，即阴性韵，指的是用诗行末一重一轻的两个音节押韵，而主韵押在倒数第二音节即重读音节上。三音节韵，即扬抑抑韵。多音节韵，极少见。

按韵的音质分类。常韵，凡是押韵的元音相同，而其后附带的辅音也相同或十分近似的就属于常韵。视韵，指的是眼睛看起来，两个词的拼法相似，可以押韵，但耳朵听起来发音并不相似，并不押韵。这种视韵出现在英语中，因为英语在十六七世纪间经历了一次语音大变动，因而形成了视听的不一致。弱韵，即阳性韵，阳性韵互押。

此外，还有半韵，又分两类。元音韵，这是元音性的半韵，即在韵中只求主要元音相同，而其他音素则相异。辅音韵，属于辅音性半韵，一个诗行中只要求一个或多个辅音相同，而元音却相异。复合韵，即运用以上种种手段综合成不同的复杂的韵脚。

不论中国外国，东西南北，在一首诗中，节奏和诗韵从头到尾不变的情况极为罕见。节奏和韵律的不断创新变化，正是诗歌艺术魅力之所在。[1]

---

[1] 本节参考了飞白的《诗律学》，见海岸选编：《中西诗歌翻译百年论集》，第 308～320 页，上海外语教育出版社 2007 年版。

五　诗言志与诗缘情

诗言志是中国诗学的开山纲领,诗缘情的提出是对诗言志理论的创造性发展,诗言志而缘情是世界诗学的共同命题

(一) 言志缘情是世界诗学的共同命题

"诗言志"、"诗缘情"是中国诗学很早就提出来的,它与外域诗歌是否有共同性呢? 钱钟书说得好:"东海西海,心理攸同;南学北学,道术未裂。"这几句话很有道理,可以说,言志缘情是世界诗学的共同命题。

1. 中国诗学的开山纲领

"诗言志",是中国很早就提出的诗学命题。《尚书·舜典》记载,舜对他的乐官说:"夔,命汝典乐,教胄子,直而温,宽而栗,刚而无虐,简而无傲。诗言志,歌永言,声依永,律和声,八音克谐,无相夺伦,神人以和。"[1]

这是中国关于"诗言志"的最早论述。对此,郑玄注道:"诗所以

---

[1] 《四书五经》(上),《书经·舜典》,中国书店1984年版。

言人之志意也。永,长也,歌又所以长言诗之意。声之曲折,又长言而为之。声中律乃为和。"①

孟子说:"故说《诗》者,不以文害辞,不以辞害志。以意逆志,是为得之。"②以意逆志,就是以读者自己之意逆(迎顺)诗人之志,结合诗作发挥自己的见解。

屈原在《九章·惜诵》中说:"惜诵以致愍兮,发愤以抒情。""情沉抑而不达兮,又蔽而莫之白也。心郁邑余侘傺兮,又莫察余之中情。固烦言不可结而诒兮,愿陈志而无路。"屈原在其诗作中多次提到抒情和陈志的问题。可是言志抒情是他创作的主体思想。

司马迁在《史记·五帝本纪》提出"诗言意"。在《太史公自序》又说:"夫《诗》《书》隐约者,欲遂其志之思也。昔西伯拘羑里,演《周易》;孔子厄陈蔡,作《春秋》;屈原放逐,著《离骚》;左丘失明,厥有《国语》;孙子膑脚,而论兵法;不韦迁蜀,世传《吕览》;韩非囚秦,《说难》、《孤愤》;《诗》三百篇,大抵贤圣发愤之所为作也。此人皆意有所郁结,不得通其道也,故述往事,思来者。"在《屈原贾生列传》中,他又说:"余读《离骚》、《天问》、《招魂》、《哀郢》,悲其志。"可是,司马迁在读诗论诗中都明确指出人的情志在诗歌创作中的主导作用。

《诗大序》中说:"诗者,志之所之也,在心为志,发言为诗。情动于中而形于言,言之不足,故嗟叹之,嗟叹之不足,故永歌之,永歌之不足,不知手之舞之,足之蹈之也。"③《诗大序》是中国诗歌理论发展史上的第一篇诗学专文,把"情"和"志"明确地连在一起,"情动于中而形于言",情志一也。这一论述对后世的诗歌创作和诗歌理论产生了深刻影响。

---

① 朱自清:《诗言志辨》,第 1 页,广西师范大学出版社 2004 年版。
② 《四书五经》(上),《孟子集注·万章章句上》,中国书店 1984 年版。
③ 陈良运主编:《中国历代诗学论著选》,第 72 页,百花洲文艺出版社,1995 年版。

晋陆机在《文赋》中提出："诗缘情而绮靡。"这句话第一次铸成了"诗缘情"这个简单明了而内容准确精当的词组，是对"诗言志"命题的创造性发展，是对诗歌本质的更明确的表达。

"诗言志"在中国古代诗论中占有极重要的地位。朱自清评论说："'诗言志'是开山的纲领。"①朱自清著的《诗言志辨》，是迄今为止我国研究"诗言志"命题的最系统的专著。

什么是"志"呢？闻一多说："志字从㞢。卜辞㞢作㞢，从止下一，像人足停止在地上，所以㞢本训停止。卜辞'其雨庚㞢'，犹言'将雨，至庚日而止'。志从㞢从心，本义是停止在心上。停在心上亦可说是藏在心里，故《荀子·解蔽篇》曰'志也者臧（藏）也'，《注》曰'在心为志'，正谓藏在心。《诗序》疏曰'蕴藏在心谓之为志'，最为确诂。藏在心即记忆，故志又训记。"

闻一多经多方考证，认为"志与诗原来是一个字"，明确指出："志有三个意义：一记忆，二记录，三怀抱。这三个意义正代表诗的发展途径上三个主要阶段。"②

到唐代，孔颖达对"诗言志"作了更明确的解说，他在《毛诗正义序》中说："夫诗者，论功颂德之歌，止僻防邪之训，虽无为而自发，乃有益于生灵。六情静于中，百物荡于外，情缘物动，物感情迁。若政遇醇和，则欢娱被于朝野；时当惨黩，亦怨刺形于咏歌。作之者所以畅怀抒愤，闻之者足以塞违从正。发诸情性，谐于律吕。故曰：'感天地，动鬼神，最近于诗'。"又在《毛诗正义疏》中说："……诗者，人志意之所适也。虽有所适，犹未发口，蕴藏在心，谓之为志；发见于言，乃名为诗。言作诗者所以舒心志愤懑而卒成于歌咏，故《虞书》谓之'诗言志'也。包管万虑，其名曰心，感物而动，乃呼为志，志之

---

① 朱自清：《诗言志辨》，第3页，广西师范大学出版社2004年版。
② 闻一多：《神话与诗》，第201页，华东师范大学出版社1997年版。

所适,外物感焉。言悦豫之志,则和乐兴而颂声作,忧愁之志,则哀伤起而怨刺生。《艺文志》云:'哀乐之情感,歌咏之声发',此之谓也。"①上述话中提出的"六情",在《乐记》中定为哀、乐、喜、怒、敬、爱。而《礼记·礼运》则记为"七情":"何为人情? 喜、怒、哀、惧、爱、恶、欲,七者弗学而能。"孔颖达这里对"诗言志"的理论作了进一步的阐发,把志、意、情更密切地联系了起来,对唐诗的繁荣发挥了积极的推动作用。

诗言志,诗缘情,这是中国诗学中的一个重大的基本命题,对中国诗歌的发展发挥了重要的作用,而且必将继续发挥应有的作用。

2. 印度梵语诗学中的情

印度梵语诗学是世界上具有自己特色的诗学理论体系。迄今为止,可以说世界上有三大诗学理论体系。依形成的时间顺序看,形成于公元前6～前5世纪的中国诗学体系,以孔子诗论形成为标志;形成于公元前5～前4世纪的古希腊诗学体系,以柏拉图、亚里士多德的诗学形成为标志;于公元纪年前后开始形成的古印度梵语诗学体系,以公元前后婆罗多的《舞论》诞生为雏形,而公元7世纪婆摩诃的《诗庄严论》和檀丁的《诗镜》的诞生,则标志着梵语诗学理论体系的正式形成。

婆罗多的《舞论》,其中有几章论及了诗律、诗相、庄严(修辞)、诗病和诗德,这是最早的梵语文学理论著作,提出了梵语诗学的一些基本观点。其中说:"我们首先阐明味。因为离开了味,任何意义都不起作用。味产生于情由、情态和不定情的结合。"②指出了情和味

---

① 陈良运主编:《中国历代诗学论著选》,第204～206页,百花洲文艺出版社1995年版。
② 黄宝生译:《梵语诗学论著汇编》,上册,第45页,昆仑出版社2008年版。

的密切关系。《舞论》对"情"作了详细的分析,指出,情由是指感情产生的原因,情态是指感情的外在表现,常情是人的基本感情,不定情是指辅助常情的变化不定的感情。指出,常情有8种:爱、笑、悲、怒、勇、惧、厌和惊,而"忧郁,虚弱,疑虑,妒忌,醉意,疲倦,懒散,沮丧,忧虑,慌乱,回忆,满意,羞愧,暴躁,喜悦,激动,痴呆,傲慢,绝望,焦灼,入眠,癫狂,做梦,觉醒,愤慨,佯装,凶猛,自信,生病,疯狂,死亡,惧怕和思索,应该知道这些被称作三十三种不定情"。还指出8种真情,即:瘫软,出汗,汗毛竖起,变声,颤抖,变色,流泪和昏厥。①

什么是情?《舞论》的回答是:"使人感受到具有语言、形体和真情的艺术作品的意义,这些是情,情是原因和手段,与'促成'、'熏染'、'造成'同义。"②

《舞论》关于"情"的论述,其精神与中国诗学中"诗缘情"、"诗主性情"的论述是异国心通的。

新护生活于10～11世纪,他的诗学代表作《舞论注》,不仅对《舞论》中的一些难点进行了解释,而且对婆罗多关于味的定义——"味产生于情由、情态和不定情的结合"作了长篇注释,并加入了自己的独到见解。他说:"唯有常情能成为品尝的载体。情由和情态是无知觉的,它们依附常情。不定情尽管是有知觉的,也依据常情,而有些与人生目的关系紧密的知觉是主要的。例如,常情爱主要依据欲,也依据法和利。常情怒主要依据利,也依据欲和法。常情勇依据所有的人生目的。还有一种常情主要是由认识真谛而产生的忧郁,它是导致解脱的手段。这四种常情是主要的常情。""除了以上四种主要的常情外,还有笑、悲、惧、厌和惊五种常情。这五种常情的情由,吸引所有的人,具有极大的感染力。"

---

① 黄宝生译:《梵语诗学论著汇编》,上册,第44～45页,昆仑出版社2008年版。
② 黄宝生译:《梵语诗学论著汇编》,上册,第52页,昆仑出版社2008年版。

"常情共有这九种。每个人生来就具有这些知觉。事实上,依据'嫌弃痛苦,追求享乐'这一原则,每个人的本性中都充满情欲('爱');自以为高明,嘲笑他人('笑');与所爱者分离而痛苦('悲');因分离的原因而愤怒('怒');因无力对付而恐惧('惧');竭力获取某物('勇');认为某物不合适,不可取,产生反感('厌');目睹别人或自己的非凡事迹而惊讶('惊');愿意摒弃某物('静')。没有哪个人不具备这些心理活动的潜印象,只是有的人某种心理活动多一些,有的人某种心理活动少一些。……只有促进人生目的的心理活动,才值得教导。人性的高下取决于这种心理活动的区别。"①

在梵语诗学中,关于诗与情的关系的分析是非常精细的,是独具特色的,是对诗学理论的重要贡献。

3. 西方诗学中的情

在西方诗学理论中没有诗言志的概念,但情感的概念非常突出。实际上,在西方浩瀚的诗苑中既有大量的抒情诗,也不乏精彩的言志诗。

柏拉图对以前的诗学观点进行了总结和发展,提出了"灵感"、"模仿"、艺术效用和真善美结合等诗学理论观点,对后来西方诗歌艺术的发展产生了深远的影响。他没有明确提出诗言志的思想,而是提出了先验的灵感论。他说:"凡是高明的诗人,无论在史诗或抒情诗方面,都不是凭技艺来做成他们的优美的诗歌,而是因为他们得到灵感,有神力凭附着。"又说:"这类优美的诗歌本质上不是人的而是神的,不是人的制作而是神的诏语;诗人只是神的代言人,由神凭

---

① 黄宝生译:《梵语诗学论著汇编》,上册,第488、489页,昆仑出版社2008年版。

附着。"①

柏拉图的灵感论,是先验的理论,如果把它颠倒过来,放在唯物的基础上,就可以看出,其中实际上既有诗言志也有诗缘情的内容。诗不是"神的诏语",而是抒发自己的情志,诗人不是"神的代言人",而是自己诗歌的作者,是在倾吐自己的心声。

英国诗人菲力普·锡德尼爵士(1554～1586)在其《为诗一辩》一文中指出,诗是要表达诗人的观念的,"而诗人的有那种观念,是明白地表现于如此杰出地如其所想象的那样把它传达出来"②。这是诗言志的另一种表达方式。

英国诗人渥兹华斯(1770～1850)对于诗与情感的关系有精彩的论述。他在《〈抒情歌谣集〉序言》中说:"一切好诗都是强烈感情的自然流露。这个说法虽然是正确的,可是凡有价值的诗,不论题材如何不同,都是由于作者具有非常的感受性,而且又深思了很久。因为我们的思想改变着和指导着我们的情感的不断流注,我们的思想事实上是我们以往一切情感的代表。"③又说:"(诗人)比一般人具有更敏锐的感受性,具有更多的热忱和温情,他更了解人的本性,而且有着更开阔的灵魂;他喜欢自己的热情和意志……并且习惯于在没有找到它们的地方自己去创造。……能更敏捷地表达自己的思想和感情,特别是那样的一些思想和感情,它们的发生并非由于直接的外在刺激,而是出于他的选择,或者是他的心灵的构造。"④

---

① 杨义、高建平主编:《西方经典文论导读》,上卷,第8、9页,安徽教育出版社2009年版。
② 杨义、高建平主编:《西方经典文论导读》,上卷,第251页,安徽教育出版社2009年版。
③ 杨义、高建平主编:《西方经典文论导读》,下卷,第290页,安徽教育出版社2009年版。
④ 杨义、高建平主编:《西方经典文论导读》,下卷,第296页,安徽教育出版社2009年版。

渥兹华斯这段话是关于诗与情志关系的极好论述。

德国诗人席勒在《论素朴的诗与感伤的诗》一文中也谈到了诗与情志的关系:"诗的概念不过是意味着给予人性最完满的表现而已。""诗人的作用就必然是把现实提高到理想,或者换句话说,就是表现或显示理想。"①也是主张诗主性情。

钱钟书在《管锥篇》中对叔本华与孔颖达的一个观点作了比较,他先引证道:"《关雎·序》:'情发于声,声成文,谓之音。……移风俗';《正义》:'哀乐之情,发于言语之声……依人音而制乐。若据乐初之时,则人能成文,始入于乐。若据制乐之后,则人之作诗,先须成乐之文,乃成为音。……设有言而非志,谓之矫情;情见于声,矫亦可识。若夫取彼素丝,织为绮縠,或色美而材薄,或文恶而质良,唯善贾者别之。取彼歌谣,播为音乐,或词是而意非,或言邪而志正,唯达乐者晓之。……诗是乐之心,乐为诗之声,故诗乐同其功也。'"接着比较说:"近代叔本华越世高谈,谓音乐写心示志(Abbild des Willens Selbst),透表入里,遗皮毛而得真质(Vom Wesen)。胥足为吾古说之笺释。"②

中国是"诗言志",西方是"写心示志",其理是一致的。

当然,西方诗论中也有不同的声音。叶嘉莹在评论中西诗论的异同时,一方面指出有共同的质素,另一方面也指出:"也有些西方批评理论对中国古典诗歌并不完全适用的,就像西方诗论中的'作者原意谬论'的观点就是我们所不能接受的。这一观点认为,讲一篇作品,只能就作品的本身讲内容,而不要追寻这一作品的作者原意,追寻原意就是谬误。……这样的批评论点则是我们所不能接受的。"③

---

① 刘小枫选编:《德语诗学文选》,上卷,第118页,华东师范大学出版社2006年版。
② 钱钟书:《管锥篇》(一),第105、109页,生活·读书·新知三联书店2007版。
③ 《叶嘉莹说诗讲稿》,第48~49页,中华书局2008年版。

（二）言志抒情的方式

朱自清在《诗言志辨》中的对言志的方式作了仔细的分析，分类为：一、献诗陈志。这是我国古代一个重要的诗言志形态。二、赋诗言志。就是朗读《诗经》中的诗篇以表达自己的志向。三是教诗明志。就是以《诗经》中的诗篇来教育教化，达到温柔敦厚、思无邪的目的。四是作诗言志。即自己作诗来表达自己的情怀志趣。这几种形式，是中国古代诗言志的通常形式，汉以后，有的沿用下来了，有的则起了变化。后来比较常见的方式是：

1. 献诗陈志

且看李白的这首诗：

玉真公主别馆苦雨赠卫尉张卿（其一）

秋坐金张馆，繁阴昼不开。
空烟迷雨色，萧飒望中来。
翳翳昏垫苦，沉沉忧恨催。
清秋何以慰？白酒盈吾杯。
吟咏思管乐，此人已成灰。
独酌聊自勉，谁贵经纶才？
弹剑谢公子，无鱼良可哀。

这是李白的一首献诗陈志的作品。诗人于开元十九年初入长安，向朝廷大臣卫尉张垍献诗，以图寻求一条政治出路，但被张垍安排在玉真公主的别馆之中。玉真公主是唐睿宗之女，这时玉真公主已出家当道士,人去楼空。诗中李白自比古代名臣良将,希望得到张垍的引荐,但张垍并未出力,李白当时也就没有得到一展鸿图的机会。

再如杜甫的诗:

奉赠韦左丞丈二十二韵

纨绔不饿死,儒冠多误身。
丈人试静听,贱子请具陈。
甫昔少年日,早充观国宾。
读书破万卷,下笔如有神。
赋料扬雄敌,诗看子建亲。
李邕求识面,王翰愿为邻。
自谓颇挺出,立登要路津。
致君尧舜上,再使风俗淳。
此意竟萧条,行歌非隐沦。
骑驴三十载,旅食京华春。
朝扣富儿门,暮随肥马尘。
残杯与冷炙,到处潜悲辛。
主上顷见征,欻然欲求伸。
青冥却垂翅,蹭蹬无纵鳞。
甚愧丈人厚,甚知丈人真。
每于百僚上,猥诵佳句新。
窃效贡公喜,难甘原宪贫。
焉能心怏怏,祇是走踆踆。
今欲东入海,即将西去秦。
尚怜终南山,回首清渭滨。
常拟报一饭,况怀辞大臣!

　　　　白鸥没浩荡,万里谁能驯?

　　这首诗中给韦左丞即韦济,天宝七载(748)调任尚书省左丞。韦济赏识杜甫诗,对杜关心。仕途坎坷的杜甫写了这首诗给韦济,倾诉自己的遭遇和志向,既感谢韦济的关心,又寓含希冀得到进一步引荐之意。

2. 诵诗言志

　　中国工农红军的伟大长征是中国革命的伟大壮举,经历了万水千山,克服了万隘千关,征服了万险千难,取得极其伟大的胜利。但也付出了巨大的牺牲。以中央红军为例,1934 年 10 月从中央苏区出发时有 86859 人,到 1935 年 9 月摆脱张国焘分裂危险进入甘南时,部队仅剩约万人,部队指战员中产生了一些疲劳和悲观情绪。10 月初在甘肃通渭召开的排以上干部会议上,毛泽东发表了热情洋溢的讲话,并朗诵了他的新作《七律·七征》。毛泽东的诗篇大气磅礴,豪情满怀,既抒发了自己的壮志豪情,又极富艺术感染力,使干部们受到了极大鼓舞,悲观疲劳情绪一扫而光,信心百倍地继续长征,仅半月稍多一点时间,就到达陕北苏区吴起镇,中央红军胜利结束了长征。

　　还有一个极有意义的例子:

　　2003 年 3 月 18 日,温文尔雅的温家宝总理在出任新一届国务院总理不到两小时,在他参加第一次举行的中外记者招待会上,在回答台湾记者提问时,满怀深情地说:

　　"说起台湾,我就很动情。不由想起一位辛亥革命的老人、国民党元老于右任临终前写的一首哀歌:
　　'葬我于高山之上兮,望我大陆。
　　大陆不可见兮,只有痛哭!

葬我于高山之上兮,望我故乡。
故乡不可见兮,永不能忘!
天苍苍,野茫茫。
山之上,国有殇。'
这是多么震撼中华民族的词句。"

于右任这首骚体诗是1962年1月24日写的,是一首充满爱国主义精神和思乡怀亲情感的诗。温总理在朗诵这首诗时极富感情,深深地震撼着两岸同胞的心灵。

温家宝总理有深厚的诗歌素养,在多次记者招待会上,在深入群众谈话中,在出国访问与国际友人谈话中,经常引证朗诵中外著名诗句,已经成为一道亮丽的风景线,总能给人以精神的鼓舞和艺术的享受。

3. 作诗明志

不论中外,作诗明志抒情是一种普遍现象。

先看白居易的一首言志诗:

初除户曹喜而言志

诏授户曹椽,捧诏感君恩。
感恩非为己,禄养及吾亲。
弟兄俱簪笏,新妇俨衣巾;
罗列高堂下,拜庆正纷纷。
俸钱四五万,月可奉晨昏;
廪禄二百石,岁可盈仓囷。
喧喧车马来,贺客满我门。
不以我为贪,知我家内贫。

置酒延宾客,客容亦欢欣;
笑云"今日后,不复忧空樽"。
笑云"为君言,愿君少逡巡"。
我有平生志,醉后为君陈:
"人生百岁期,七十有几人?
浮荣及虚位,皆是身之宾。
唯有衣与食,此事粗关身。
苟免饥寒外,馀物尽浮云。"

中国的抒情言志诗很多,外国诗歌中这类诗亦比比皆是。例如:

自 由 颂(节选)
普希金

去吧,从我的眼前滚开,
柔弱的西色拉岛的皇后!
你在哪里?对帝王的惊雷,
啊,你骄傲的自由的歌手?
来吧,把我的桂冠扯去,
把娇弱无力的竖琴打破……
我要给世人歌唱自由,
我要打击皇位上的罪恶。

请给我指出那个辉煌的
高卢人(指法国一革命诗人)的高贵的足迹,
你使他唱出勇敢的赞歌,
面对光荣的苦难而不惧。
战栗吧!世间的专制暴君,

无常的命运暂时的宠幸!
而你们,匍匐着的奴隶,
听啊,振奋起来,觉醒!

唉,无论我向哪里望去——
到处是皮鞭,到处是铁掌,
对于法理的致命的侮辱,
奴隶软弱的泪水汪洋;
到处都是不义的权力
在偏见的浓密的幽暗中
登了位——靠奴役的天才,
和对光荣的害人的热情。

要想看到帝王的头上,
没有人民的痛苦压积,
那只有当神圣的自由
和强大的法理结合一起;
只有当法理以坚强的盾
保护一切人,它的利剑
被忠实的公民的手掌握,
挥过平等的头上,毫无情面;

只有当正义的手把罪恶
从它的高位向下挥击,
这只手啊,它不肯为了贪婪
或者畏惧,而稍稍姑息。
当权者啊!是法理,不是上天

给了你们冠冕和皇位,
你们虽然高居于人民之上,
但该受永恒的法理支配。
……
接受这个教训吧,帝王们:
今天,无论是刑罚,是褒奖,
是血腥的囚牢,还是神坛,
全不能作你们真正的屏障,
请在法理可靠的荫蔽下
首先把你们的头低垂,
如是,人民的自由和安宁
才是皇座的永远的守卫。

(查良铮 译)

  普希金这首《自由颂》反对封建农奴制,揭露有力,气势激越,批判的锋芒直指沙皇,是战斗的号角,号召起义的檄文,壮志豪情,在字里行间流动。普希金这首诗当时并未发表,而是以手抄本形式广泛流传,并且落入了沙皇手中。1820年,沙皇将他流放到南俄,过着幽禁的生活。
  英国诗人拜伦的《普罗米修斯》是又一首言志抒情的佳作。乔治·戈登·拜伦(1788~1824)是英国浪漫主义诗人。鲁迅对拜伦评价很高,认为他的诗"超脱古范,直抒所信"。

普罗米修斯

1

巨人!在你不朽的眼睛看来
  人寰所受的苦痛
    是种种可悲的实情,
并不该为诸神蔑视、不睬;

但你的悲悯得到什么报酬?
是默默的痛楚,凝聚心头;
是面对着岩石、饿鹰和枷锁,
是骄傲的人才感到的绞割,
还有他不愿透露的心酸,
那郁积胸中的苦情一段,
　　它只能在孤寂时吐露,
而就在吐露时,也得提防万一
天上有谁听见,更不能叹息
　　除非它没有回音答复。

　　　　　　2
巨人啊!你被注定了要辗转
　　在痛苦和你的意志之间,
　　　虽然不死,却要历尽苦难;
而那木然无情的上天,
那"命运"的耳聋的王座,
那至高的"憎恨"的原则
　　(它为了游戏创造出一切,
　　然后又把造物一一毁灭)
甚至不给你死的幸福:
"永恒"——这最不幸的天赋
是你的:而你却善于忍受。
司雷的大神逼出了你什么?
除了你给他的一句诅咒:
你要报复你所受的枷锁。
你能够推知未来的命运,
但却不肯说出求得和解;

你的沉默成了他的判决,
他的灵魂正枉然地悔恨;
呵,他怎能掩饰那邪恶的惊悸,
他手中的电闪一直在颤栗。

3

你神圣的罪恶是怀有仁心,
　　你要以你的教训
　　　减轻人间的不幸,
并且振奋起人独立的精神;
尽管上天和你蓄意为敌,
但你那抗拒强暴的毅力,
你那百折不挠的灵魂——
　　天上和人间的暴风雨
怎能摧毁你的果敢和坚忍!
　　你给了我们有力的教训:
你是一个标记,一个征象,
　　标志着人的命运和力量;
和你相同,人也有神的一半,
　　是浊流来自圣洁的源泉;
人也能够一半儿预见
他自己的阴惨的归宿;
他那不幸,他的不肯屈服,
和他那生存的孤立无援:
但这一切反而使他振奋,
逆境会唤起他顽抗的精神,
　　坚定的意志,深刻的认识;
即使在痛苦中,他能看到

痛苦就是它本身的酬报，
　　他骄傲地敢于反抗到底，
　　呵，他会把死亡变为胜利。

（梁　真　译）①

　　普罗米修斯是古希腊神话中一个有名的神，他同情人类的苦难，把天上的火偷来送给凡人，大神宙斯为此给他严厉惩罚，把他绑在高加索的悬崖上，每天派一只鹰来啄食他的肝脏，晚上让肝脏长好，天天如此，使他不断遭受痛苦的煎熬。普罗米修斯在西方被作为舍己为人、自我牺牲精神的化身。拜伦从小就崇拜普罗米修斯。这首诗，既热情赞颂了普罗米修斯坚韧不拔的意志和大无畏的精神，又在赞颂中抒发了自己的壮志豪情。

4. 赠和言志

　　赠和言志在中华诗苑中所见颇多。在西方诗坛亦时有所见。

　　无产阶级革命导师马克思青年时代喜爱文学创作，写过相当数量的优美诗歌，他曾写过三册诗歌献给恋人燕妮，表达对燕妮的强烈思念和真挚爱情，但大多散失，留传下来的极少。兹举留下来的两首。

给　燕　妮

　　尽管书页数不尽，我也能让你的名字
　　把千千万万卷书籍填满，
　　让你的名字在里面燃起思想的火焰，
　　让战斗意志和事业的喷泉一同迸溅，
　　让现实生活永恒的持久的真理揭晓，

---

① 许自强、孙坤荣编著：《世界名诗鉴赏大全》，第 101～103 页，商务印书馆国际有限公司 2009 年版。

让整个诗的世界在人类历史上出现。
那时愿旧世界悲鸣,愿新时代欢欣!
让宇宙啊,亿万斯年永远光芒不息!

燕妮的名字,哪怕刻在沙粒般的骰子里,
我也能够把它念出!
温柔的风送来了燕妮的名字,
好像给我送来了幸福的讯息,
我将永远讴歌它——让人们知悉,
爱情的化身啊,便是这名字燕妮!①

(黄伟经 译)

燕妮是马克思姐姐的好友,马克思从小就与她相识,并经常结伴而游。后来,他俩产生了感情,相爱了。但因双方家庭的阻挠,他们苦恋达七年之久。才于1843年结为伉俪。婚后,他俩不但是生活中的伴侣,而且是思想上的知己,事业上的同志。婚前,马克思由于革命事业的需要与燕妮经常分别。马克思写的《思念》,为人传诵:

思　念

燕妮,即使大地盘旋回翔,
你比太阳和天空更光亮。
任凭世人把我无限责难
只要你对我爱,我一切甘当。

---

① 许自强、孙坤荣编著:《世界名诗鉴赏大全》,第678页,商务印书馆国际有限公司2009年版。

思念比永恒的宇宙要久长,
比太空的殿宇还高昂,
比幻想之国更加美丽,
焦急的心灵——深过海洋。

思念无边,无穷无尽,
你给我留下来的形象——
像似神灵塑造的一样,
使我永远把你记在心上。

你值得思念,但思念一词
无力表达我热烈的心肠;
可以说,思念似火在燃烧,
在我的心中永远永远激荡。

(李显荣　译)[1]

  马克思在开创国际共产主义运动的伟大斗争中,受到了各种敌人的责难,是燕妮给了他巨大的鼓舞和力量。马克思在《给燕妮》的信中说:"要知道世界上唯有你,对我是鼓舞的泉源,对我是天才的慰藉,对我是闪烁在灵魂深处的思想光辉。"燕妮说:"我不仅应该成为一个贤妻良母,而且也应该成为他的同志,他的谋划人,不仅要相信而且要相敬,因为其中包括我的全部精神生活。"
  无独有偶,毛泽东也有赠其夫人杨开慧的杰出诗作。例如:

---

[1] 许自强、孙坤荣编著:《世界名诗鉴赏大全》,第 679~680 页,商务印书馆国际有限公司 2009 年版。

虞美人·枕上
一九二一年

堆来枕上愁何状,江海翻波浪。夜长天色总难明,寂寞披衣起坐数寒星。　　晓来百念都灰尽,剩有离人影。一钩残月向西流,对此不抛眼泪也无由。

贺新郎·别友
一九二三年

挥手从兹去。更那堪凄然相向,苦情重诉。眼角眉梢都似恨,热泪欲零还住。知误会前番书语。过眼滔滔云共雾,算人间知己吾和汝。人有病,天知否?　　今朝霜重东门路,照横塘半天残月,凄清如许。汽笛一声肠已断,从此天涯孤旅。凭割断愁丝恨缕。要似昆仑崩绝壁,又恰像台风扫寰宇。重比翼,和云翥。

毛泽东这两首词都是写给夫人杨开慧的。杨开慧是毛泽东老师杨昌济的女儿。他俩互相倾慕,长期相恋。于1920年冬在长沙结婚。他俩志同道合。毛泽东因革命需要,经常外出。第一首词是毛泽东外出时思念新婚妻子而写的。第二首是毛泽东离开长沙去党中央工作时写给她的。两首词既充满了革命热情,又缠绵悱恻,充满着儿女柔情。后来毛泽东领导湘赣边秋收起义,参加了井冈山斗争,杨开慧则在长沙坚持革命斗争,1930年11月被国民党反动派杀害。

中国诗坛上赠和诗中佳作甚多,其中陆游与唐婉的题赠极为有名。陆游是南宋大诗人,最初的妻子是表妹唐婉,婚后二人情投意合,感情甚笃。但是婆婆却对这个媳妇不满,在她的强烈干预下,结婚才三年的陆游和唐婉被迫分手。后来陆游另娶王氏,唐婉改嫁赵士程。一次春游,陆游与唐婉在浙江绍兴禹迹寺南的沈园相遇。唐婉征得赵士程同意,遣仆人送酒馔给陆游,陆游伤感逾常,悲情迸发,当即在沈园壁上题写了一首词:

钗　头　凤

红酥手,黄藤酒。满城春色宫墙柳。东风恶,欢情薄,一怀愁绪,几年离索。错!错!错!　春如旧,人空瘦,泪痕红浥鲛绡透。桃花落,闲池阁,山盟虽在,锦书难托。莫!莫!莫!

陆游这首词情真意切,愁绪满怀。唐婉看了以后,愁从中来,非常伤感。当即写了一首和词:

钗　头　凤

世情薄,人情恶,雨送黄昏花易落。晓风干,泪痕残,欲笺心事,独语斜栏。难!难!难!　人成各,今非昨,病魂常似秋千索。角声寒,夜阑珊,怕人寻问,咽泪装欢。瞒!瞒!瞒!

从此,唐婉更加抑郁寡欢,不久告别人寰。

这次巧遇陆游已31岁,但唐婉音容举止此后经常在他脑中显现。40年后,陆游又来到沈园,又以缠绵的笔触写了两首诗:

沈　园　二　首

城上斜阳画角哀,沈园非复旧池台。
伤心桥下春波绿,曾是惊魂照影来。

梦断香销四十年,沈园柳老不吹绵。
此身行作稽山土,犹吊遗踪一泫然。

陆游的二首诗出自肺腑,唐婉的和词痛断肝肠,千载以后读之犹然令人深深地感动。

六 诗 教

在人类诗歌诗学发展史上,诗教是普遍存在的,而明确提出诗教理论的则是中国。

(一) 中国的诗教理论

中国的诗教理论源远流长,是中国诗学的重要内容。从孔子开始提出诗教以来,数千年来绵延不绝,直到现在诗教不仅在理论上而且在实践上仍然占有重要地位。

1. 孔子的诗教理论

中国的诗教理论孔子肇其始,最早见于《礼记·经解第二十六》:"孔子曰:'入其国,其教可知也。其为人也,温柔敦厚,《诗》教也。疏通知远,《书》教也。广博易良,《乐》教也。洁静精微,《易》教也。恭俭庄敬,《礼》教也。属辞比事,《春秋》教也。"又指出:"故《诗》之失愚,《书》之失诬,《乐》之失奢,《易》之失贼,《礼》之失烦,《春秋》之失乱。其为人也,温柔敦厚而不愚,则深于《诗》者也。疏通知远而不诬,则深于《书》者也。广博易良而不奢,则深于《乐》者也。洁静精微而不贼,则深于《易》者也。恭俭庄敬而不烦,则深于

《礼》者也。属辞比事而不乱,则深于《春秋》者也。"

可见,"诗教"的提出在中国是甚为久远的,虽然多数学者认为《礼记》大概是汉儒的作品,其中所载的孔子的话不一定全是孔子的原话,但可能是孔子的原意。"诗教"理论出自孔子,则是一致公认的。

《诗经》是中国最早的诗歌经典,对中国诗歌和诗学的发展,对中华民族精神的形成,对中华民族文化素养的提高都是极为重要的。对于塑造和形成中华民族的深厚文化软实力,无疑具有重要的地位和意义。

孔子非常重视《诗》,重视诗教,在《论语》中,多次谈到诗,如:

小子,何莫学乎《诗》?《诗》可以兴,可以观,可以群,可以怨。迩之事父,远之事君,多识于鸟兽草木之名。(《论语·阳货》)

兴于《诗》,立于《礼》,成于《乐》。(《论语·泰伯》)

(孔子)尝独立。鲤趋而过庭。曰:"学《诗》乎?"对曰:"未也。""不学《诗》无以言。"鲤退而学《诗》。(鲤:孔子的儿子)(《论语·季氏》)

子谓伯鱼曰:"女(通汝)为《周南》《召南》矣乎?人而不为《周南》《召南》,其犹正墙面而立也与。"(《论语·阳货》)

子曰:"《诗》三百,一言以蔽之,曰:思无邪。"(《论语·为政》)

孔子的诗学思想内容丰富,诗教思想是其中的重要部分,主要之点在于:

(1)思无邪

孔子云:"《诗》三百,一言以蔽之,曰:思无邪。"这是孔子诗教思想的根本内容。"思无邪"一词来自于《诗经·鲁颂》中的《駉》篇:

駉

駉駉牡马,在坰之野。薄言駉者,有骊有皇,有骊有黄,以车彭彭,思无疆,思马斯臧。

　　驹驹牡马,在坰之野。薄言驹者,有骓有䮽,有骍有骐,以车伾伾。思无期,思马斯才。

　　驹驹牡马,在坰之野。薄言坰者,有䯄有骆,有骝有雒,以车绎绎。思无歝,思马斯作。

　　驹驹牡马,在坰之野。薄言驹者,有骃有騢,有驔有鱼,以车祛祛。思无邪,思马斯徂。

这是鲁僖公时的一首颂马辞,赞美各种各样的好马。孔子把诗中的一句"思无邪"单独提了出来,作为对《诗经》的评价。

如何理解"思无邪"?朱熹在《诗经集传》中的解释是:"孔子曰:'《诗》三百,一言以蔽之,曰:思无邪。'盖诗之言,美恶不同,或劝或惩,皆有以使人得其情性之正。然其明白简切,通于上下,未有若此言者,故特称之,以为可当三百篇之义,以其要为不过乎此也。学者诚能深味其言,而审于念虑之间,必使无所思而不出于正,则日用云为,莫非天理之流行矣。"①

在《诗经传序》中,朱熹说得更为详尽,他说:"诗者,人心之感物而形于言之余也。心之所感有邪正,故言之所形有是非。惟圣人在上,则其所感者无不正,而其言皆足以为教。其或感之之杂,而所发不能无可择者,则上之人,必思所以自反,而因有以劝惩之。是亦所以为教也。"又说:"昔周盛时,上自郊庙朝廷,而下达于乡党闾巷,其言粹然无不出于正者。圣人固已协之声律而用之乡人,用之邦国,以化天下。至于列国之诗,则天子巡守,亦必陈而观之,以行黜陟之典。降自昭、穆而后,浸以陵夷;至于东迁而遂废不讲矣。孔子生于其时,既不得位,无以行帝王劝惩黜陟之政。于是特举其籍而讨论之,去其

---

　　① 《四书五经》(中),《诗经》,第162页,中国书店1984年版。

重复,正其纷乱。而其善之不足以为法,恶之不足以为戒者,则亦刊而去之,以从简约,示久远。使夫学者即是而有以考其得失,善者师之而恶者改焉。是以其政虽不足以行于一时,而其教实被于万世。是则《诗》之所以为教者然也"。①

对于朱熹的这些话,朱自清认为,"这是以'思无邪'为《诗》教的正式宣言","朱子可似乎是第一个人,明白地以'思无邪'为《诗》教"。朱自清一方面批评朱熹的观点是"道学眼",另一方面又说"道学眼也无妨,只要有一只眼看在诗上"。"我们觉得以'思无邪'论《诗》,真出于孔子之口,自然比'温柔敦厚'一语更有分量……其实这两句话一正一负,足以相成,所谓'合之则两美'。"②

"思无邪"的理论该如何衡量呢? 这里的"邪""正"自然是以儒家学说为标准来区分的。凡合乎儒学道德伦理标准的为正,反之就是邪。而儒学理论精华是主要的,也有糟粕部分,在"思无邪"的理论中有正确的部分,也有缺陷之处,鲁迅在《摩罗诗力说》中明确指出了它的缺点:"如中国之诗,舜云言志;而后贤立说,乃云持人性情,三百之旨,无邪所蔽。夫既言志矣,何持之云? 强以无邪,即非人志。许自繇于鞭策羁縻之下,殆此事乎? 然厥后文章,乃果辗转不逾此界。其颂祝主人,悦媚豪右之作,可无俟言。即或心应虫鸟,情感林泉,发为韵语,亦多拘于无形之囹圄,不能舒两间之真美;否则悲慨世事,感怀前贤,可有可无之作,聊行于世。倘其嗫嚅之中,偶涉眷爱,而儒服之士,即交口非之。况言之至反常俗者乎?"③

鲁迅这段话尖锐泼辣,一针见血,指出了"思无邪"理论的主要缺点。

---

① 《四书五经》(中),《诗经集传》,第1页,中国书店1984年版。
② 朱自清:《诗言志辨》,第114页,广西师范大学出版社2004年版。
③ 《鲁迅全集》,第1卷,第68~69页,人民文学出版社1981年版。

对于"思无邪"这个诗教观点,我们应该采取辩证的方法,择其善者而从之,择其错者而改之。

(2)温柔敦厚

《礼记·经解》篇记载:"孔子曰:'入其国,其教可知也。其为人也,温柔敦厚。《诗》教也。"又说:"故《诗》之失愚。……其为人也,温柔敦厚而不愚,则深于《诗》者也。"

在这里,孔子把温柔敦厚作为诗教的重要内容,同时也指出"《诗》之失愚","温柔敦厚而不愚,则深于诗者也"。

什么叫"温柔敦厚"?唐孔颖达《正义》释为:"温谓颜色温润,柔谓情性和柔。《诗》依违讽谏,不指切事情,故云温柔敦厚是《诗》教也。"

什么是"《诗》之失愚"?孔颖达《正义》释为:"《诗》主敦厚,若不节之,则失在愚。"

如何理解"温柔敦厚而不愚"?孔颖达云:"此一经以《诗》化民,虽用敦厚,能以义节之;欲使民虽敦厚,不至于愚。则是在上深达于《诗》之义理,能以《诗》教民也。故云'深于《诗》者也。'"

为了进一步阐述《诗》教与《礼》、《乐》的关系,孔颖达《正义》中又说:"然《诗》为乐章,《诗》乐是一,而教别者:若以声音干戚以教人,是乐教也。若以《诗》辞美刺讽谕以教人,是《诗》教也。此为政以教民,故有《六经》。……此《六经》者,惟论人君施化,能以此教民,民得从之;未能行之至极也。若盛明之君为民之父母者,则能恩惠下及于民。则《诗》有好恶之情,《礼》有政治之体,《乐》有谐和性情,皆能与民至极,民同上情。故《孔子闲居》云:'志之所至,《诗》亦至焉。《诗》之所至,礼亦至焉。礼之所至,乐亦至焉。'是也。其《书》、《易》、《春秋》,非是与民相感恩情至极者,故《孔子闲居》无

《书》《易》及《春秋》也。"①

孔颖达这一段话的意思是,孔子谈《六经》,特别是《诗》《礼》、《乐》的作用,就是恩情相感,但敦厚有一定限度,过度则成愚。

衡量"愚"否以什么为标准?按照儒学的观点是以中道、中庸为校准,和、亲、节、敬、适中等都包括在温柔敦厚之内,过中或不及都是"愚"。

温柔敦厚,在现今的时代也仍然是需要提倡的。

(3)兴、观、群、怨

《论语·阳货》篇记载:"子曰:小子何莫学夫诗,诗可以兴,可以观,可以群,可以怨。迩之事父,远之事君,多识于鸟兽草木之名。"

这是孔子对诗歌社会功用的基本论述,是孔子诗教的重要内容。这一段话,揭示了诗歌作品的审美作用和教育作用,也揭示了诗歌作品对社会生活的认识作用、批判作用。《诗经》就其本质来说本是一部文学作品,反映了当时的美学思想。同时,《诗经》作为"经"学,又是儒学《诗》《书》《易》《礼》《乐》《春秋》六经的重要内容,它要发挥政治、道德方面的教化作用。蔡先金等在《孔子诗学研究》中引傅道彬的研究成果,指出春秋中叶《诗经》结集以后,广泛运用于社会生活。《诗》在文学之外的天地里发挥着政治、军事、外交等巨大的社会作用。《左传》共引诗217处,《国语》引诗31处。② 刘勰在《文心雕龙·明诗》篇中说:"春秋观志,讽诵旧章,酬酢以为宾荣,吐纳而成身文。"③就指出了《诗经》在春秋时期在社会生活中发挥的广泛的作用。

什么是"兴"?这个词的本义是"起也"、"发动"、"兴盛"。对于

---

① 转引自朱自清:《诗言志辨》,第104页,广西师范大学出版社2004年版。
② 蔡先金等:《孔子诗学研究》,第250页,齐鲁书社2006年版。
③ 韩泉欣:《文心雕龙直解》,第27页,浙江文艺出版社1997年版。

"兴观群怨"的"兴",历代诗家从不同侧面进行了解释。汉代何晏在《论语集解》中说,"兴",起也,言修身当先学《诗》。宋朱熹在《论语章句集注》中的"兴"的解释有两处,将"诗可以兴"的"兴"释为"感发志意"。在"兴于《诗》"下释为"兴,起也。《诗》本性情,有邪有正,其为言既易知,而吟咏之间,抑杨反复,其感人又易入,故学者之初,所以兴起其好善恶恶之心,而不能自已者,必于此而得之。"①

"兴",在我国诗学用语中,有两种不同的含义,是两个不同的概念。一个是"兴、观、群、怨"的"兴",属于诗教的概念;一个是"赋、比、兴"的"兴",属于诗法的概念。二者读法也不同,前一个读平声,后一个读去声。

明代陆时雍谈到"兴"时颇有发明,他在《诗镜总论》中说:"三百篇每章无多言,每有一章而三四叠用者,诗人之妙在一叹三咏。其意已传,不必言之繁而绪之纷也。故曰:'诗可以兴。'诗之可以兴人者,以其情也,以其言之韵也。夫献笑而悦,献涕而悲者,情也;闻金鼓而壮,闻丝竹而幽者,声之韵也。是故情欲其真,而韵欲其长也,二言足以尽诗道矣。乃韵生于声,声出于格,故标格欲其高也;韵出为风,风感为事,故风味欲其美也。有韵必有色,故色欲其韶也;韵动而气行,故气欲其清也。此四者,诗之至要也。夫优柔悱恻,诗教也,取其足以感人已矣。"②

可见,诗教的"兴",就是以情感人,以韵动人,以理化人,感发志意,培养人们的真感、善感、美感,使人得以诗意地生活。

什么是"观"?《说文》:"观,谛视也。"也就是认真地观察、审视。上海博物馆楚简《孔子诗论》第三简云:"《邦风》其纳物也,溥观人俗焉,大敛材焉,其言文,其声善。"对于这段话,陈桐生在《〈孔子

---

① 《四书五经》(上),《论语集注》,第74、33页,中国书店1984年版。
② 丁福保辑:《历代诗话续编》(下),第1415页,中华书局1997年版。

诗论〉研究》中给了这样的解释:"《邦风》即《国风》。'纳物'博览风物。'溥',普。溥观人俗,意谓从《邦风(国风)》可以普观民情风俗。'大敛材',是说《邦风》广泛地收集材料。《孔丛子·巡守》载古代天子巡守,'命史采民诗谣,以观其风;命市纳贾,察命之好恶,以知其志。'竹简所说的'纳物'、'大敛材'是不是就是《孔丛子》所说的'纳贾于市'?因为古代集市是采风的重要场所,民风民志可以从集市观出。姑录此以备查考。'其言文'是指《邦风(国风)》语言富有文采。'其声善'意谓《邦风(国风)》音乐动听。"

陈桐生的见解是颇有见地的。

"观"什么?首先,观志,观察人的志向、情志。著名的例子是《左传·襄公二十七年》记载的晋国赵孟请郑国七位大夫赋诗,称"以观七子之志"。当时,从赋诗者的角度看是赋诗言志,从听诗者的角度看是听诗观志。《论语·先进》中记载着一个故事:"南容三复'白圭',孔子以其兄之子妻之。"原来,《诗经·大雅》的《抑》篇有句"白圭之玷,尚可磨也;斯言之玷,不可为也"。南容一日三次重复这句话,意思是说南容很重视谨慎言行,孔子从中看出他品德可靠,就把哥哥的女儿嫁给他。这是"《诗》可以观"在日常生活中的应用。在《孔子诗论》中有多处谈到志,其第八简云:"《小旻》多疑,疑言不中志者也。"第二十六简云:"《蓼莪》有孝志。"这是孔子以《诗》观志的实例。

其次,观民俗,观国运。《左传》鲁襄公二十九年记载季札观乐的一段说:"请观于周乐,使工为之歌《周南》、《召南》,曰:'美哉,始基之矣,犹未也,然勤而不怨矣。'为之歌《邶》、《鄘》、《卫》,曰:'美哉,渊乎,忧而不困者也。吾闻卫康叔武公之德如是,是其《卫风》乎!'为之歌《王》,曰:'美哉,思而不惧,其周之东乎!'为之歌《郑》,曰:'美哉,其细已甚,民弗堪也,是其先亡乎!'为之歌《齐》,曰:'美哉,泱泱乎大风也哉!表东海者,其大公乎!国未可量也。'为之歌

《豳》,曰:'美哉,荡乎!乐而不淫,其周公之东乎!'为之歌《秦》,曰:'此之谓夏声,夫能夏则大,大之至也,其周之旧乎!'为之歌《魏》,曰:'美哉!沨沨乎,大而婉,险而易行,以德辅此,则明主也。'为之歌《唐》,曰:'思深哉!其有陶唐氏之遗民乎!不然,何忧之远也?非令德之后,谁能若是?'为之歌《陈》,曰:'国无主,其能久乎!'自《郐》以下无讥焉。为之歌《小雅》,曰:'美哉!思而不二,怨而不言,其周德之衰乎?犹有先王之遗民焉。'之为歌《大雅》,曰:'广哉!熙熙乎!曲而有直体,其文王之德乎?'为之歌《颂》,曰'至矣哉!直而不倨,曲而不屈,迩而不逼,远而不携,迁而不淫,复而不厌,哀而不愁,乐而不荒,用而不匮,广而不宣,施而不费,取而不贪,处而不底,行而不流。五声和,八风平。节有度,守有序,盛德之所同也。"①

这一大段谈的是观"乐","乐"与"诗"音容表里,关系非常密切。观"乐"者观《诗》之乐也。季札在观乐中读到"不怨"、"不困"、"不惧"、"不淫"、"忧"、"愁"等都是情感的表现,从中观出了国运的兴衰。这是"观"的重要内容。

什么是"群"?《说文》:"群,辈也。"段玉裁注:"朋也,类也,此辈之通训也。"孔颖达云:"物不和则不得群聚,故以和为群也。"《论语·卫灵公》:"君子矜而不争,群而不党。"朱熹集注:"和以处众曰群。"《论语·阳货》:"诗……可以群。"朱熹注:"和而不流。"

孔子兴观群怨中的群,就是使从普通群众到各界人士都在《诗》的教育下和谐相处,产生强大的凝聚力、向心力。拿在世界各地的华人华侨来说,他们虽然散处世界各地,但一听到"身在异乡为异客,每逢佳节倍思亲"等中华传统诗词时,不由得产生浓浓的亲情、乡情、中华情,这说是"群"的作用。

关于"诗可以怨",孔安国、郑玄皆注:"刺上政。"朱熹注:"怨而

---

① 《四书五经》(下),《春秋》第400页,中国书店1984年版。

不怒。"意思是对现实社会中的不良政治、道德等现象进行讽刺和批判。《诗大序》则指出,"乱世之音怨以怒","上以风化下,下以风刺上","伤人伦之废,哀刑政之苛,吟咏情性,以风其上"。

实际上,人们常有悲恨、哀怨、忧烦、离愁等情绪,用诗歌抒发这些情绪都可以看做怨。钟嵘在《诗品序》中说得好:"若乃春风春鸟,秋月秋蝉,夏云暑雨,冬月祁寒,斯四候之感诸诗者也。嘉会寄诗以亲,离群托诗以怨。至于楚臣去境,汉妾辞宫,或骨横朔野,或魂逐飞蓬;或负戈外戍,杀气雄边;塞客衣单,孀闺泪尽;或士有解佩出朝,一去忘返;女有扬蛾入宠,再盼倾国。凡斯种种,感荡心灵,非陈诗何以展其义?非长歌何以骋其情?故曰:'诗可以群,可以怨。'使穷贱易安,幽居靡闷,莫尚于诗矣。"①

明代王世贞《艺苑卮言》云:"李攀龙曰:'诗可以怨,一有嗟叹,即有永歌。言危则性情峻洁,语深则意气激烈。能使人有孤臣孽子摈弃而不容之感,遁世绝俗之悲,泥而不滓,蝉蜕污浊之外者,诗也。'"②

应该说,怨不必专指刺上政,举凡哀、伤、挽歌、谴谪、讽谕等,皆属怨的范围。

诗可以怨,在中国诗教中是一个极其重要的方面。同样,在西方的诗歌中也有相应事例。钱钟书在《诗可以怨》一文中说:"西洋人谈起文学创作,取譬巧合得很。格里巴尔泽(Franz Grillparzer)说诗好比害病不作声的贝壳动物所产生的珠子;福楼拜以为珠子是牡蛎生病所结成,作者的文笔却是更深沉的痛苦的流露。海涅发问:诗之于人,是否像珠子之于可怜的牡蛎,是使它苦痛的病料。豪斯门(A. E. Housman)说诗是一种分泌,不管是自然的分泌,像松杉的树脂,还

---

① 钟嵘著,徐达译注:《诗品全译》,第12页,贵州人民出版社1990年版。
② 丁福保辑:《历代诗话续编》(中),第951页,中华书局1997年版。

是病态的分泌,像牡蛎的珠子,看来这个比喻很通行。大家不约而同地采用它,正因为它非常贴切'诗可以怨'、'发愤所为作。'"①

兴观群怨,是孔子关于诗的功用的经典论述,是孔子诗教的基本内容。方孝岳认为:"'诗可以兴,可以观,可以群,可以怨。迩之事父,远之事君。多识于鸟兽草木之名。'这一节话,是结晶之论,其余关于诗的功用的话,都可以包括在这里头。本来凡是做诗,文字上所表见的,不外情和景两样。言志言理,都是情,言风景言山川草木一切事物,都是景。或即景生情,或即情写景。这两样是交互的原素。我们看诗的人,从他所说的这两样,以溯求他的意志。也同时可以因他所说的这两样,引起我们自己的意志。这就是孔子这几句话的宗旨。……兴观群怨这几层,实包括人事上一切的情感。"②

兴观群怨,在我国历史上发挥过重要作用,在现在也仍然可以发挥积极的作用。

2. 鲁迅的"别求新声于异邦"

从19世纪中叶起,中国逐步进入了半殖民地半封建社会,在中国的大地上诞生了伟大的爱国主义者鲁迅,他后来逐步发展成为中国文化革命的主将。他博通古今中外,在1907年即26岁的时候,即以"我以我血荐轩辕"的凌云壮志,写出了我国第一篇评介西方进步浪漫主义诗人和诗歌的诗学专论《摩罗诗力说》,提出了独具特色的诗学理论。鲁迅非常重视诗人和诗歌的作用,他说:"盖诗人者,撄人心者也。凡人之心,无不有诗,如诗人作诗,诗不为诗人独有,凡一读其诗,心即会解者,即无不自有诗人之诗。无之何以能解?惟有而

---

① 钱钟书:《七缀集》,第119页,生活·读书·新知三联书店2008年版。
② 方孝岳:《中国文学批评 中国散文概论》,第53页,生活·读书·新知三联书店2007年版。

未能言，诗人为之语，则握拨一弹，心弦立应，其声澈于灵府，令有情者皆举其首，如睹晓日，益为之美伟强力高尚发扬，而污浊之平和，以之将破。平和之破，人道蒸也。"①

鲁迅对当时中国诗人之无大作为深为不满，说："今索诸中国，为精神界之战士者安在？有作至诚之声，致吾人于善美刚健者乎？有作温煦之声，援吾人出于荒寒者乎？"②

有鉴于此，鲁迅决定"别求新声于异邦"，向国人介绍"摩罗诗派"。什么是"摩罗诗派"？就是18世纪末至19世纪中叶西欧和东欧的革命浪漫主义诗歌及其代表诗人。他说："新声之别，不可究详；至力足以振人，且语之较有深趣者，实莫如摩罗诗派。摩罗之言，假自天竺，此云天魔，欧人谓之撒但，人本以目裴伦（G. Byron）。今则举一切诗人中，凡立意在反抗，指归在动作，而为世所不甚愉悦者悉入之。为传其言行思惟，流别影响，始宗主裴伦，终以摩迦（匈加利）文士。凡是群人，外状至异，各禀自国之特色，发为光华；而要其大归，则趣于一：大都不为顺世和乐之音，动吭一呼，闻者兴起，争天拒俗，而精神复深感后世人心，绵延至于无已……固声之最雄桀伟美者矣。"③

在《摩罗诗力说》中，鲁迅重点介绍了拜伦、雪莱、普希金、莱蒙托夫、密茨凯维支、斯洛伐茨基、克拉辛斯基、裴多菲等欧洲革命浪漫主义诗人，还提到了弥尔顿、歌德、彭斯、济慈、果戈里等诗人和作家，并总结了世界上一些文明古国诗歌盛衰的经验教训。鲁迅热烈赞颂摩罗诗派的诗作力如巨涛，直薄旧社会之柱石，如狂涛如厉风，举一切伪饰陋习，悉为荡涤，瞻顾前后，素所不知；精神郁勃，莫可制抑，力

---

① 《鲁迅全集》，第1卷，第68页，人民文学出版社1981年版。
② 《鲁迅全集》，第1卷，第100页，人民文学出版社1981年版。
③ 《鲁迅全集》，第1卷，第65~66页，人民文学出版社1981年版。

战而斃,亦必自救其精神;不克厥敌,战则不止。

　　毫无疑问,中国传统的诗教理论有其重要价值,对塑造中华民族精神发挥了重要作用。但也存在维护统治阶级利益的消极部分,需要加以扬弃。鲁迅正是在对传统诗教理论消极部分的批判中,寻求新声于异邦,从而提出自己的崭新诗教理论的。

　　鲁迅不但介绍西方先进的"新声",而且自己创作"新声。"
1903年鲁迅在日本东京时写了一首诗:

自题小像

灵台无计逃神矢,风雨如磐暗故园。
寄意寒星荃不察,我以我血荐轩辕。

"灵台",指心灵。"神矢",古罗马神话中小爱神丘比特有两种箭。一种是金箭,被射中后的青年男女就会燃起火一般的爱情。另一种是铅箭,射中谁,谁就会心怀怨恨或心冷如冰。鲁迅倾诉自己的胸怀,自中了神箭后,产生了两种强烈的感情:对风雨如磐的故园充满了爱,对侵略、压榨中国的敌人充满了恨。

1932年,鲁迅又写了一首七律:

自　嘲

运交华盖欲何求,未敢翻身已碰头。
破帽遮颜过闹市,漏船载酒泛中流。
横眉冷对千夫指,俯首甘为孺子牛。
躲进小楼成一统,管他冬夏与春秋。

　　关于这首诗,郭沫若在《〈鲁迅诗稿〉序》中赞道:"鲁迅先生无心作诗人,偶有所作,每臻绝唱。……如'横眉冷对千夫指,俯首甘为孺子牛',虽寥寥十四字,对方生与垂死之力量,爱憎分明,将团结与斗争之精神,表现俱足,此真可谓前无古人,后启来者。"

1934年5月30日,鲁迅写了一首诗给日本友人新居格:

无　题

万家墨面没蒿莱,敢有歌吟动地哀。
心事浩茫连广宇,于无声处听惊雷。

这首诗是鲁迅在中国最黑暗的时代写的,他具有辩证法的敏锐眼光,在黑暗的时代看到光明,给了在苦难中奋起的中国人民以有力的鼓舞。1961年10月7日,毛泽东在会见以黑田寿男为团长的日中友好协会代表团时,亲笔挥洒了鲁迅这首诗给日本朋友。

3. 毛泽东的诗教理论

毛泽东的诗教理论有丰富的内容。

他说:"旧体诗词源远流长……可以兴观群怨嘛,怨而不伤,温柔敦厚嘛。"

1942年毛泽东在延安文艺座谈会上的讲话中,对文学艺术的地位和作用作了精辟的论述:"无产阶级的文学艺术是无产阶级整个革命事业的一部分,如同列宁所说,是整个革命机器中的'齿轮和螺丝钉'。"又说:"革命的文艺,应当根据实际生活创造出各种各样的人物来,帮助群众推动历史的前进。"文艺要"作为团结人民、教育人民、打击敌人、消灭敌人的有力武器,帮助人民同心同德地和敌人作斗争。"①毛泽东的讲话,是最完整的革命文艺观,也是具有中国特色的诗歌观。

---

① 《毛泽东选集》,第3卷,865～866、861、848页,人民出版社1991年版。

在实践中,毛泽东常以自己的诗词来激励士气,推动工作,密切友谊。在井冈山斗争中,他的一首《西江月·井冈山》,使战友们得到了鼓舞。在红军长征艰难困苦的时刻,他朗读自己创作的七律《长征》,有力地激励了指战员的士气。

1949年,毛泽东在与老同学周世钊谈话时,谈到了解放战争中百万大军过长江,毛泽东说:"我写那篇社论(指《将革命进行到底》)和这首诗(指七律《人民解放军占领南京》)也是想以此鼓励我军将士,猛追穷寇,彻底肃清国民党反动派的残余势力,将革命进行到底。"①

毛泽东认为诗词有陶冶性情的作用。1959年8月初,毛泽东的儿媳刘松林病了。8月6日,他给刘松林写信安慰她并写了李白的诗句来鼓励她,说:"'登高壮观天地间,大江茫茫去不还,黄云万里动风色,白波九道流雪山。'这是李白的几句诗,你愁闷时可以看点古典文学,可起消愁破闷的作用。"又说:"李白的诗豪放,想象力丰富,读了使人心旷神怡……多读些李白的诗,可以开阔胸襟。"②

1958年解放军炮击金门时,毛泽东在与台湾的"老朋友"交往中进行了诗谈。他致意台湾方面:"台湾的朋友们,不可以尊美国为帝。请你们读一读鲁仲连传好吧。美国就像那个齐湣王。说到齐湣王,风烛残年,摇摇欲倒,他对鲁卫小国还要那样横行霸道。六朝人有言:韩亡子房奋,秦帝鲁连耻。本自江海人,忠义感君子。现在是向帝国主义造反的时候了。"③这里引用了南朝谢灵运的诗句,晓以大义,来劝告台湾的"朋友"。

在中国诗歌发展史上,产生过许许多多的感人故事,在这些故事

---

① 刘汉民编著:《毛泽东诗话词话书话集观》,第82页,长江文艺出版社2002年版。
② 郑广瑾、杨宇郑编著:《毛泽东诗话》,第99页,河南人民出版社2000年版。
③ 刘汉民编著:《毛泽东诗话词话书话集观》,第153页,长江文艺出版社2002年版。

中,有一个故事影响特别巨大,也特别动人,这就是毛泽东的《沁园春·雪》轰动重庆的故事。

1945年8月28日,毛泽东从延安飞赴重庆,与国民党当局进行了43天谈判。其间,南社诗人柳亚子向毛泽东索要《长征》诗。毛泽东没有写《长征》诗,而是把自己1936年2月写的词给他。这首词是:

沁 园 春
雪

北国风光,千里冰封,万里雪飘。望长城内外,惟余莽莽;大河上下,顿失滔滔。山舞银蛇,原驰蜡象,欲与天公试比高。须晴日,看红装素裹,分外妖娆。　　江山如此多娇,引无数英雄竞折腰。惜秦皇汉武,略输文采;唐宗宋祖,稍逊风骚。一代天骄,成吉思汗,只识弯弓射大雕。俱往矣,数风流人物,还看今朝。

柳亚子看完这首词后,感到气势磅礴,音调铿锵,意境非凡,即开始构作和词,几经修改,直到毛泽东于10月11日飞返延安后才完成如下和作:

廿载重逢,一阕新词,意共云飘。叹青梅酒滞,余怀惘惘;黄河流浊,举世滔滔,邻笛山阳,伯仁与我,拔剑难平块垒高。伤心甚,哭无双国士,绝代妖娆。　　才华信美多娇,看千古词人共折腰。算黄州太守,犹输气概;稼轩居士,只解牢骚。更笑胡儿,纳兰容若,艳想秾情着意雕。君与我,要上天下地,把握今朝。

柳亚子还写了跋文:"毛润之《沁园春》一阕,余推为千古绝唱,虽东坡、幼安,犹瞠乎其后,更无论南唐小令、南宋慢词矣。……余词坛跋扈,不自讳其狂,技痒效颦,以视润之,始逊一筹,殊自愧汗耳!"

柳亚子将毛泽东的《沁园春·雪》和自己的和词一起交重庆《新华日报》发表，《新华日报》是共产党的报纸，要发表党主席的词作须经本人同意，而毛泽东此时已返延安。于是决定先发表柳的和词及跋文。人们从中得悉毛泽东有咏雪词的消息，即多方寻找。民营报纸《新民报晚刊》编辑吴祖光消息灵敏，捷足先登，把他搜寻到的毛咏雪词于1945年11月14日在该报副刊上刊出，并加了一个高度赞赏的按语："毛润之先生能诗词，似鲜为人知。客有抄得其《沁园春·雪》一词者，风调独绝，文情并茂，而气魄之大乃不可及。据毛氏称则游戏之作，殊不足为青年法，尤不足为外人道也。"

一石掷起千重浪。毛泽东的《雪》一刊出，在重庆引起了"大地震"。过去强加在共产党人头上的"赤匪""草寇"的帽子被扔进了大海，人们看到了毛泽东的真相，认识到毛泽东不但会打仗而且是具有深厚文化素养的诗词高手，不仅革命人民大受鼓舞，而且顷刻间征服了重庆和国统区的众多知识分子和广大百姓，甚至国民党中的有识之士也深为折服。

《沁园春·雪》一发表，蒋介石侍从室主任陈布雷即拿着刊有这首词的《新民报晚刊》给蒋介石看，并说："毛泽东给柳亚子写了一首词，词文在山城传诵，影响甚大。"蒋介石看完词后，愤然说："我看他的词有帝王思想，他想复古，想效法唐宗宋祖，称王称霸。"又说："你赶快组织一批人，写文章以评论毛泽东诗词的名义，批判他的帝王思想。要让全国人民知道，毛泽东来重庆不是来和谈的，是为称王而来的。"

这样，一场由蒋介石亲自发动的对毛泽东咏雪词的文化"围剿"开始了。在中国诗歌发展史上展开了一场史无前例的大"雪"仗。从1945年12月4日至12月19日，仅半个月，国民党报刊就以"东鲁词人"、易君左、"老丁酸"、"蜀青"、尉素秋等名义发表了16首《沁园春·雪》和词，大肆攻击毛泽东的"帝王思想"，训诫共产党人放下武器，解除武装，到国民党政府里去"一品当朝"。

针对国民党的文化"围剿",革命人民奋起反"围剿"。郭沫若连发三炮:两篇《沁园春》和词和一篇文章《摩登唐吉珂德的一种手法》。远在山东战场的儒帅陈毅参战了,连续发表了三篇《沁园春》和词。时在晋察冀边区的邓拓(曾任晋察冀日报社长兼总编辑)发表了《沁园春·步毛泽东原韵》。曾任重庆《商务日报》和《新民报》副刊编辑的聂绀弩发表了一文《毛词解》和一首《沁园春》和词参战。而南社台柱柳亚子除原来发表的《沁园春》和词外,又连续发表了两篇《沁园春》和词,反击国民党的"围剿"。爱国民主人士,"一二·九"学生运动的领袖人物,时任北平女一中校长的孙荪荃也写了一首《沁园春》词,参加反"围剿"斗争。

重庆展开的这一场"雪"仗,在中国诗歌发展史上具有伟大的意义,它大大地提高了人们的觉悟,对促进中国解放战争的胜利产生了重大的影响。毛泽东的《沁园春·雪》以及其他众多诗词,对中国人民解放军广大指战员,对中国人民产生了极为深刻的教育作用。

(二)西方的诗教理论

诗教理论产生于中国,两三千年来代有传承,绵延不绝。在世界的西方虽然没有形成系统的诗教理论,但也产生了某些诗教的观点和实践,值得人们去探索和思考。

1. 荷马

西方的诗教实践可以说是从古希腊的荷马开始的。相传为古希腊荷马创作的规模宏大的《伊利昂记》和《奥德修记》,合称为荷马史诗,被称为西方文明的开端。柏拉图在《伊安》篇中称荷马是"最伟大和最神圣的诗人"。赫拉克利特则称其为"最高明的诗人"和"最智慧的人"。这两部史诗形成于公元前 9~8 世纪,马克思评价说"……困难不在于理解希腊艺术和史诗同一定社会发展形式结合在一起,困难的是,它们何以仍然能够给我们以艺术享受,而且就某方面说还是一种规范和高不可及的东西。"①马克思的这段话对我们理解荷马史诗的意义具有深刻的启示作用。

在西方,普遍认为荷马是西方文明的"父亲"。为什么?首先是因为,荷马及荷马史诗对古希腊文明有多方面的影响。希腊的文学、艺术、社会生活的各方面,都把荷马史诗看做其源泉,人们甚至把荷马看做道德、历史、哲学等领域的开创者,演说、修辞的祖师爷,医学和博物学的先祖。

其次,荷马对西方后世文化的影响是深远的。古罗马的文学是从摹仿荷马开始的,荷马史诗对古罗马的影响是多方面的,而且也影响到基督教中,影响到欧洲的文艺复兴。许多欧洲作家,如但丁、彼特拉克、薄伽丘、莎士比亚、弥尔顿、歌德等都从荷马史诗汲取了营养,纷纷表示了对荷马的崇敬之情。

罗马帝国初年的评论家赫拉克利特说:"我们最初还是幼儿时,就是荷马照料的。他好似一名奶妈。当我们还在襁褓之中时,就是靠他的诗句来喂养,他的诗句就好像母亲的乳汁。待我们长成青年,我们就把青春花在他身上,我们一起度过了富有活力的成人期。即便到了老年,我们还会在他身上找到乐趣,如果把他搁置一旁,我们很快就会如饥似渴,要再次走向他。对人们与荷马来说,有且仅有一个终点,那就是生命本身的终点。"②

"照料"、"喂养"、"乳汁",这就是荷马的诗教。

---

① 《马克思恩格斯选集》,第 2 卷,第 29 页,人民出版社 1995 年版。
② 程志敏:《荷马史诗导读》,第 294 页,华东师范大学出版社 2007 年版。

2. 柏拉图

关于诗的社会功用,古希腊柏拉图的基本思想有几点:承认诗有巨大的艺术魔力;把诗人描述神的缺点错误列为罪状;强调诗要有益于城邦;强调诗要符合城邦制定的规范等。

他指责荷马等的诗含有所谓"毒素",罗列了他们的"罪状"。他指责荷马等诗人"最严重的毛病是说谎","就是把神和英雄的性格描写得不正确,像画家把所想画的东西完全画得不像"。① 柏拉图指出荷马和赫西俄德,描写神和神斗争,描写神家庭内的斗争,都是"毒素"、"说谎"。他指出诗里应该严格禁止描写神和神战争,神谋害神之类的故事,禁止描写英雄人物的缺点,甚至"不准诗人把一个好人写成轻易发笑,尤其不能把神们描写成这样。"

他指责诗人为讨好群众,就摹仿人性中低劣部分。因此,诗歌的最大罪状在于,它具有腐蚀好人和杰出人物的能力。

在柏拉图看来,诗歌必须为他的"理想国"服务,必须符合"理想国"的规范和法律,必须经过严格审查,有利于他的"理想国"的就允许它存在,否则就不允许存在,并把这种诗人驱逐出"理想国"。

柏拉图认为诗会引起快感和痛感。文艺教育要从儿童、青年抓起,以训练、教育他们,以让快感和友爱以及痛感和仇恨恰当地培植在儿童的心灵里,使他们从小到老都能厌恨所应当厌恨的,爱好所应当爱好的。

3. 亚里士多德

亚里士多德非常博学,写过多部著作,其中以《诗学》对后世的影响最大。《诗学》的一大贡献,是提出了 Katharsis(卡塔西斯)的概念。这个词作宗教术语用时是"净化"、"净罪"的意思,作医学术语

---

① 朱光潜译:《柏拉图文艺对话集》,第 18 页,人民文学出版社 2008 年版。

则是"宣泄"的意思,我国翻译家在翻译《诗学》时,有的译作"净化",有的译作"陶冶"。

亚里士多德是重视诗歌的社会功用的。他在《诗学》中说:"悲剧是对于一个严肃、完整、有一定长度的行动的摹仿;它的媒介是语言,具有各种悦耳之音,分别在剧的各部分使用;摹仿方式是借人物的动作来表达,而不是采用叙述法;借引起怜悯与恐惧来使这种情感得到陶冶。"①

关于"陶冶"这个词,朱光潜赞成译为"净化"。他认为"净化"的真正解释要在《政治学》卷八里去找。在那里,亚里士多德在讨论音乐的功用时也提到了"净化"。

朱光潜对这段话注云:"《诗学》已残缺,现存的《诗学》没有关于'净化'的详细解释。'净化'有译作'陶冶'的,不妥,因为'陶冶'就是'教育',亚里士多德明明把教育放在'净化'之上。"②他认为,亚里士多德"净化"说的含义在于,通过诗歌、音乐或其余艺术形式,使某种过分强烈的情绪因宣泄而达到平静,以恢复和保持住心理的健康。

无疑,亚里士多德的"净化"理论,是对诗歌教化功用的一种重要表述,在西方诗教理论发展史上写下了重要的一笔。

亚里士多德认为诗歌能引起快感,使人愉悦。他说:"一般说来,诗的起源仿佛有两个原因,都是出于人的天性。人从孩提时候起就有摹仿的本能,人对于摹仿的作品总是感到快感。""摹仿出于我们的天性,而音调感和节奏感也是出于我们的天性,起初那些天生最

---

① [古希腊]亚里士多德著,罗念生译:《诗学》,第30页,上海人民出版社2006年版。
② 朱光潜:《西方美学史》,第86页,人民文学出版社2003年版。

富于这种资质的人,使它一步步发展,后来就由临时口占而作出了诗歌。"①"恐惧与怜悯之情可借'形象'来引起,也可借情节的安排来引起。""我们不应要求悲剧给我们各种快感,只应要求它给我们一种它特别能给的快感。"②

亚里士多德认为诗歌能引起人们的快感,这就是肯定诗歌的审美价值和审美教育作用。

亚里士多德关于诗歌可以发挥"净化"作用和审美作用的论述,在欧洲诗歌文艺界发挥了持久的作用。

4. 贺拉斯

贺拉斯(公元前65~前8年),是罗马帝国初斯奥古斯都时代的杰出诗人和文学批评家。著有《讽刺诗集》、《长短句集》、《歌集》等诗集,《书札》两卷。其中,《致皮索父子》专门谈诗,后来被称为《诗艺》。贺拉斯的主要文艺思想比较集中地反映在他的《诗艺》中。《诗艺》在西方文艺界影响很大,是仅次于亚里士多德《诗学》的影响深远的诗学著作。这本著作的成功之处在于他把他所理解的古典作品中最好的品质和经验教训总结出来,用简洁隽永的语言凝练在四百多行的诗中,为欧洲诗歌的发展指出了一条可行的途径。

在贺拉斯的诗学理论中,有一个重要思想:寓教于乐。他说:"诗人的愿望应该是给人益处和乐趣,他写的东西应该给人以快感,同时对生活有帮助。在你教育人的时候,话要说得简短,使听的人容易接受,容易牢固地记在心里。"又说:"寓教于乐,既劝谕读者,又使

---

① [古希腊]亚里士多德著,罗念生译:《诗学》,第24页,上海人民出版社2006年版。
② [古希腊]亚里士多德著,罗念生译:《诗学》,第52页,上海人民出版社2006年版。

他喜爱,才能符合众望。"①

贺拉斯强调诗歌的开化作用和教育作用,诗歌要起到教育的效果,必须寓教诲于娱乐,不仅内容要好,而且艺术也要高超,语言要精练生动,形式要上乘,要引人入胜。

贺拉斯的《诗艺》,在欧洲诗歌史上占有重要地位,它承前启后,上承亚里士多德的《诗学》,下开欧洲文艺复兴时期诗歌文艺理论之端,对欧洲16～18世纪的诗歌创作,具有深远影响。他的"寓教于乐"的思想,是对西方诗教思想的一个重大发展。

从上述可见,西方是有诗教理论的,是颇具特色的。而"净化"理论、愉悦性情理论、寓教于乐理论,则是西方诗教理论的三块基石。它与中国的诗教理论东西辉照,相得益彰。

---

① [古罗马]贺拉斯著,杨周翰译:《诗艺》,第141、142页,人民文学出版社2008年版。

七　诗　的　修　辞

　　诗是语言的艺术。言之无文,行之不远:只要是诗,无论古今中外,都讲究修辞。周振甫说:"修辞学一般分为实用性的修辞学和文艺性的修辞学。实用性的修辞学在语言运用上要求简明、准确、平实,使人读了十分明确,适用于公文体、科技文体、政论体和其他应用文体。文艺性的修辞学在语言运用上要求形象、具体、鲜明、生动,塑造出艺术形象来感染读者,适用于诗歌、小说、戏剧、散文等文学作品。"①本书的研究对象是诗歌,侧重研究的是诗歌修辞方面的一些问题。从历史上看,修辞和修辞学的发生和发展在世界各国既有共性,也有个性;修辞理论和修辞格也是既有普遍性,又有特殊性。二者是可以互相借鉴、互相补充的。

(一) 中国诗歌的修辞理论

　　中国很早就重视修辞,修辞理论源远流长。《诗经》在修辞方面已经达到了很高的水平。《诗经》,不论在中国还是外国都享有崇高的声誉。俄国著名文艺评论家别林斯基在评论古希腊的荷马史诗时

---

① 周振甫:《周振甫讲修辞》,第1页,江苏教育出版社2005年版。

说:"《伊利亚特》是民族所创作的,里面反映着希腊人的生活,它对于他们是一部神圣的书,宗教和道德的源泉——所以,《伊利亚特》是不朽的。"宗白华在引用这段话后接着说:"他这评语可以借来评论中国古代的一部诗歌总集——《诗经》。《诗经》是纪元前六世纪以前的诗歌三百零五篇总集在一块的,孔子以前已经存在了,大概经过孔子整理了一下。孔子在六十九岁时说:'吾自卫返鲁,然后乐正,雅颂各得其所。'(《论语·子罕》)班固在《汉书》里说:'孔子纯取周诗,上采殷,下取鲁,凡三百五篇。'这部总集里最早的是殷商的和周建国之前公社时代的作品,最晚的是《陈风·株林》,作于纪公前599年。"①

《诗经》的出现,标志着上古时代汉民族语言的高度发展,标志着汉民族诗歌的高度发展,标志着汉诗歌美学和诗歌修辞学的萌动。中国诗经学会会长夏传才说:"《诗经》是中国古代第一部用汉字记录的诗集,是在规范化的全民共同语(雅言)基础上又提炼加工的书面语,它标志着上古时代汉民族语言的高度发展,适应两千五百年前的社会发展水平,具有许多优良的品质,在人类语言史上罕有其匹,是我们对世界文明的伟大贡献之一。它的主要品质,表现在词汇的丰富,声韵的音乐性,句式的多变化,修辞的众多辞格,以及精心锤炼的固定词组等各方面。"②

《诗经》,是我国诗歌修辞学的卓越开篇。

1. 孔子的修辞理论

在大量语言和诗歌修辞实践的基础上,修辞理论也产生了。在中国最早开创修辞学的是孔子。孔子是儒学的创始人,也是修辞学

---

① 宗白华:《中国美学史论集》,第84页,安徽教育出版社2006年版。
② 夏传才:《诗经讲座》,第127页,广西师范大学出版社2007年版。

的开山祖。在实践上,他整理《诗经》时运用了修辞,在修订鲁史《春秋》时运用了"春秋笔法",也是修辞。在理论上,他也提出了重要观点。《易传》的"乾"卦记载:"子曰:'君子进德修业。忠信,所以进德也。修辞立其诚,所以居业也。'"①这是"修辞"这个词组的开始。这里讲的"修辞",主要是讲修治文化教育,与现在所讲的"修辞"并不完全一致,它包含着更广泛的内容,但也包含着现在所讲的"修辞"的意义在内。

孔子强调修辞的重要性。《左传》襄公二十五年记载:"仲尼曰:'志有之,言以足志,文以足言;不言谁知其志?言之无文,行而不远。'"这是说,"言之无文",不讲修辞,不讲文采,就不能很好地表情达意,其功用就不能久远。

《论语·卫灵公》载:"子曰:'辞达而已矣'。"这里孔子提出了修辞的基本要求在于表情达意。

孔子重视文辞与内容的关系。《论语·雍也》篇云:"子曰:'质胜文则野,文胜质则史,文质彬彬,然后君子。'"质是内容。文是文辞,质胜过文,内容好,文辞表达不足,则显得粗野。文胜质,文辞好,内容差,则显得浮华,都显得不美好。只有文质彬彬,文辞和内容都达到美好的要求,才像道德高尚的君子。这一段话,也是对修辞的基本要求。

孔子在语言文字的运用上有独到见解,他重视运用当时的标准普通话和文字。春秋战国时期,各地区各民族的语言差别较大,在这种情况下,他用雅言,即当时的标准普通话和文字来校正《诗》《书》的发音,这对于统一各地的语言,促进文化融合和民族融合,无疑发挥了积极的作用。《论语·述而》云:"子所雅言,《诗》、《书》,执礼,皆雅言也。""雅",古通"夏","雅言",本为夏地的方言。夏,指中原

---

① 王辉编译:《易经》,第6页,陕西旅游出版社2003年版。

地区。周人一直把自己看做是夏文化的继承者,到了孔子所处的春秋时代,中原文化已经在夏商二代的基础上发展到较高水平,形成一个高于周边各民族文化的华夏族文明。孔子以雅言——夏言来校定《诗》、《书》的发音,对推动中国语言文字的发展无疑发挥了重要作用,对中国诗歌修辞的发展也是功不可没的。与秦始皇的"书同文",堪称中国语言文字发展史上前后辉映的两件大事。

孔子在《论语》、《春秋》、《诗经》等中还运用了比兴、比喻、摹状等多种修辞格。如《论语·阳货》中的"诗……可以兴",就是说诗可以令人引譬连类,属比喻辞格。《论语·学而》云:"子贡曰:'贫而无谄,富而无骄,何如?'子曰:'可也,未若贫而乐,富而好礼者也。'子贡曰:'诗云,如切如磋,如琢如磨,其斯之谓与?'子曰:'赐也,始可与言《诗》已矣,告诸往而知来者。'"这段话的主题不是讲修辞,但其中用"如切如磋,如琢如磨"来比喻道德修养的精益求精,用的就是比喻辞格。

《论语·八佾》云:"子夏问曰:'巧笑倩兮,美目盼兮,素以为绚兮。何谓也?'子曰:'绘事后素,'。曰:'礼后乎?'子曰:'起予者商也,始可与言《诗》已矣。'"这段对话也不是主要谈修辞,但其中谈到修辞。在引《诗经·卫风·硕人》中的诗句"巧笑倩兮,美目盼兮"时,其中用了"倩"字和"盼"字就是对于巧笑和美目的摹状,这就是摹状格。谈话中还用绘画来作比,绘画一般先打底再着色,使色彩鲜明。绘事后素,这又是用的比喻格。

孔子以后,修辞理论继续发展。道家、墨家、法家和纵横家等对修辞理论的发展也作出了自己的贡献。从先秦开始到两汉时期,可以说是中国修辞理论的开创时期,但是还没有系统的修辞学著作出现。这种情况,直到南北朝时期才开始改变。

2. 刘勰的修辞理论

中国的修辞理论发展到南北朝时期达于成熟,其标志是刘勰《文心雕龙》的发表。

刘勰(466?~539?),字彦和,东莞莒(今山东莒县)人,世居京口(今江苏镇江)。少时家贫,笃志好学,不婚娶,后依沙门僧祐居定林寺十余年。梁初入仕,曾任昭明太子萧统的通事舍人,与萧统常讨论典籍,商榷古今。后出家。著有《文心雕龙》。此书在我国文艺批评史上地位显赫,鲁迅对此书高度赞赏,拿它与古希腊亚里士多德的《诗学》相提并论,说这两本书"解析神质,包举洪纤,开源发流,为世楷式"①。

的确如此。亚里士多德的《诗学》和《修辞学》,是西方修辞学中最早的科学著作,为西方修辞学奠定了理论基础,开辟了发展道路。刘勰的《文心雕龙》,阐述了中国修辞学的广泛问题,使中国修辞学臻于成熟。现今,《文心雕龙》已成为一门专门学问,有大量的研究文章面世。

《文心雕龙》论述了修辞的基本理论,关于修辞的必要,关于修辞格,关于修辞的风格,关于辞趣,关于篇章结构等,都作了扼要的论述。

(1)强调修辞的必要性

《文心雕龙·原道》云:"《易》曰:'鼓天下之动者存乎辞。'辞之所以能鼓天下者,乃道之文也。"这是说文辞的作用关乎国家的治理,而文辞要发挥这样的作用,必须符合道,也即儒家的思想。刘勰从三个方面来说明修辞的重要性。其一,《征圣》篇云:"夫子(指孔子)文章,可得而闻,则圣人之情,见乎文辞矣。先王圣化,布在方册,夫子风采,溢于格言;是以远称唐世(唐尧时代),则焕乎为盛,近

---

① 韩泉欣:《文心雕龙直解》,第1页,浙江文艺出版社1997年版。

褒周代,则郁哉可从;此政化贵文之征也。"这是指政治教化需要借重圣人"修辞"的《六经》。其二,"郑伯(指郑简公)入陈,以文辞为功;宋(指宋平公)置折俎,以多文举礼,此事绩贵文之征也。"这里讲了两件事。据《左传》襄公二十五年记载,郑国攻入陈国,晋国人责问这件事,郑子产辩称,陈国背盟联楚攻郑,郑国向盟主晋国报告,晋国不管,郑国即决定攻陈报复。晋国无言以对。孔子听到这件事,称赞子产:"非文辞不为功。"又据《左传》记载宋平公盛宴招待晋国贵宾赵文子。宴会上宾主谈笑甚欢,极富文采。孔子很推重他们的辞采,让弟子记录了这场宴会之礼。刘勰提这两事用意在于强调,事业和邦交是需要借重修辞的。其三,《征圣》篇云:"(孔子)褒美子产,则云'言以足志,文以足言';泛论君子,则云'情欲信,辞欲巧'。此修身贵文之征也。然则志足而言文,情信而辞巧,乃含章之玉牒,秉文之金科矣。"这里的"玉牒"指玉律,这几句话的意思指加强自身修养,必须提高自身的思想道德文化素养,必须提高自身的语言文字能力,必须加强修辞,才能辞采技巧高明。

刘勰在修辞上非常推重儒家的"四书五经"和屈原的《离骚》,认为"五经""洞性灵之奥区,极文章之骨髓者也","旨远辞文,言中事隐","摘风裁兴,藻辞谲喻,温柔在诵,故最附深衷矣","至根底槃深,枝叶峻茂,辞约而旨丰,事近而喻远,是以往者虽旧,余味日新"。强调"建言修辞","文能宗经",达到"文丽而不淫","文以行立,行以文传"。(《宗经》篇)对于屈原的《离骚》等篇,则评价为:"其文辞雅丽,为词赋之宗","金相玉质,百世无匹","自铸伟辞","辞来切今,惊采绝艳","不有屈原,岂见《离骚》"。要师法屈原的人品,还要像屈原那样"驱辞力","穷文致"。(《辨骚》篇)

(2)阐述了多种辞格

比兴

《文心雕龙》专辟《比兴》篇来讨论这一辞格。云:"《诗》文弘奥,包韫六义,毛公(指毛亨,西汉学者)述传,独标兴体,岂不以风通而赋同,比显而兴隐哉?故比者,附也;兴者,起也。附理者,切类以指事;起情者,依微以拟议。起情故兴体以立,附理故比例以生。"

什么是比?"夫比之为义,取类不常:或喻于声,或方于貌,或拟于心,或譬于事。"

什么是兴?"观乎兴之托喻,婉而成章,称名也小,取类也大。"

在阐述比兴辞格时他都列举了《诗经》、《楚辞》等词句说明。

对偶

《文心雕龙·丽辞》云:"夫心生文辞,运裁百虑,高下相须,自然成对。唐虞之世,辞未极文,而皋陶(舜时掌刑罚的大臣)赞云:'罪疑惟轻,功疑惟重。'益(舜的大臣)陈谟云:'满招损,谦受益。'岂营丽辞,率然对尔。"这是说,对偶的产生是事物发展必然形成的。

刘勰将对偶分为四种并加以比较:"故丽辞之体,凡有四对:言对为易,事对为难,反对为优,正对为劣。言对者,对比空辞者也;事对者,并举人验者也;反对者,理殊趣合者也;正对者,事异义同者也。"

夸张

《文心雕龙·夸饰》篇云:"文辞所被,夸饰恒存。虽《诗》《书》雅言,风俗训世,事必宜广,文亦过焉。是以言峻则嵩高极天,论狭则河不容舠,说多则'子孙千亿',称少则民靡孑遗,襄陵举滔天之目,倒戈主漂杵之论:辞虽已甚,其义无害也。"这段话是说,凡作诗文,夸张辞格是经常会用到的,并列举了运用夸张辞格的实例。但刘勰也反对夸张过度,主张"夸而有节,饰而不诬",才能达到懿美。

引用

关于引用格,《文心雕龙·事类》指出:"事类者,盖文章之外,据事以类义,援古以证今者也。""然则明理引乎成辞,征义举乎人事,乃圣贤之鸿谟,经籍之通矩也。"这说明引用以往的辞句或事例来说明问题,是以往圣贤、经籍中通用的方法。但刘勰又主张灵活引用,推陈出新,"虽引古事,而莫取旧辞"。

隐喻和警策

《文心雕龙·隐秀》指出:"是以文之英蕤,有秀有隐。隐也者,文外之重旨者也;秀也者,篇中之独拔者也。隐以复意为工,秀以卓绝为巧。""夫隐之为体,义生文外,秘响旁通,伏采潜发。""隐",就是隐喻。什么是"秀"?"彼波起辞间,是谓之秀,纤手丽音,宛乎逸态,若远山之浮烟霭,娈女之靓容华。""秀以卓绝为巧。""凡文集胜篇,不盈十一;篇章秀句,裁可百二。""雕削取巧,虽美非秀矣,故自然会妙,譬卉木之耀英华;润色取美,譬缯帛之染朱绿。朱绿染缯,深而繁鲜;英华曜树,浅而炜烨;……秀句所以侈翰林,盖以此也。"刘勰这里讲的"秀",包括两种意思,可以解作"秀句",也可以解作"一篇之警策",指警策格。

隐喻和警策,是诗文中常用的两种修辞格。

摹状

《文心雕龙》对摹状格有精细的描述。《物色》篇云:"是以诗人感物,联类不穷。流连万象之际,沈吟视听之区;写气图貌,既随物以宛转;属采附声,亦与心而徘徊。故灼灼状桃花之鲜,依依尽杨柳之貌,杲杲为出日之容,瀌瀌拟雨雪之状,喈喈逐黄鸟之声,喓喓学草虫之韵;皎日嘒星,一言穷理,参差沃若,两字连形:并以少总多,情貌无遗矣。"这是对摹状修辞格的极好说明。

《文心雕龙》对一些主要修辞格作了很好的阐述,对后世诗文的发展作出了积极的贡献。

(3)论述了修辞风格

刘勰仔细研究了各种诗文风格,共分为八种类型。在《文心雕龙·体性》中说:"若总其归途,则数穷八体:一曰典雅,二曰远奥,三曰精约,四曰显附,五曰繁缛,六曰壮丽,七曰新奇,八曰轻靡。典雅者熔式经诰,方轨儒门者也。远奥者,复采典文,经理玄宗者也。精约者,核字省句,剖析毫厘者也。显附者,辞直义畅,切理厌心者也。繁缛者,博喻酿采,炜烨枝派者也。壮丽者,高论宏裁,卓烁异采者也。新奇者,摈古竞今,危侧趣诡者也。轻靡者,浮文弱植,缥缈附俗者也。故雅与奇反,奥与显殊,繁与约舛,壮与轻乖。文辞根叶,苑囿其中矣。"

这里,刘勰区分了诗文的八种风格,并对每种风格进行了简要的分析。

此外,刘勰还讨论了用字炼句和篇章结构等修辞问题。可以说,刘勰的《文心雕龙》是我国第一部较系统的文章学,也是我国第一部臻于成熟的修辞学。

3. 唐诗宋词元曲中的修辞格

中国诗歌蓬勃发展,到唐朝堪称鼎盛。唐诗,造成了我国诗歌史上空前的繁荣。继之而起的是宋词和元曲,与唐诗鼎立而三,是我国诗歌史上的三枝奇葩。唐诗宋词元曲,琳琅满目,美不胜收,名家辈出,精彩纷呈。孔颖达、王昌龄、司空图、陈骙,对修辞理论也作出了积极的贡献。从创作实践中看,唐诗宋词元曲中运用的修辞格是非常丰富的,当代周生亚所著的《古代诗歌修辞》,对此有较好的总结。

(1)比喻格

就是打比方。例:

秋 雨 叹(其一)

杜 甫

雨中百草秋烂死,阶下决明颜色鲜。
著叶满枝翠羽盖,开花无数黄金钱。
凉风萧萧吹汝急,恐汝后时难独立。
堂上书生空白头,临风三嗅馨香泣。

唐玄宗天宝十三载从8月到10月连续60多天的阴雨,造成庄稼歉收,房倒屋榻,物价暴涨,民众饥馑。此时杜甫在长安已困守多年,无法施展才华,他触景生情,写下了《秋雨叹》三首,既关心民生疾苦,又抒发了自己怀才不遇之情。这里录的是其中的第一首,是咏决明的。决明,是一种草药名,夏天生苗秋天开黄白花,有明目作用。这首诗托物抒怀,处处写决明,也处处写自己。首联以"百草"与"决明"以比,突出决明的卓尔不群。次联以"翠雨盖"喻决明的叶,"黄金钱"喻决明的花,形象、颜色均极相似,更重要的是意,它有明目之效,恰可治疗人们的眼光短浅。暗寓自己才高志壮,时不我待,临雨临风,自伤白头无成。

(2)起兴格

就是托事于物,起情,感发志意。例如:

锦　瑟
李商隐

锦瑟无端五十弦,一弦一柱思华年。
庄生晓梦迷蝴蝶,望帝春心托杜鹃。
沧海月明珠有泪,蓝田日暖玉生烟。
此情可待成追忆,只是当时已惘然。

这是李商隐诗中的压卷之作。历来解释纷纭,有人说这是商隐的自况之作,有人说是他悼念亡妻之作,等等。但是有一个共同点,就是这首诗运用了起兴格,托事于物,托事于锦瑟,锦瑟在这里发挥了起情的作用。兴者,言有尽而意无穷也。此诗充满着言外之意,堪称我国诗歌史上理解最为纷纭的诗篇。

(3)比拟格

就是把甲类事物当做乙类事物来描写的一种辞格。凡把动物拟成人或把无生命的东西拟作有生命的动物或人的叫拟人格,反之,叫拟物格。

西 江 月
遣 兴
辛弃疾

　　醉里且贪欢笑,要愁那得功夫。近来始觉古人书,信着全无是处。　　昨夜松边醉倒,问松:"我醉何如!"只疑松动要来扶,以手推松曰:"去!"

　　这首词是排遣愁绪、抒发愤懑之作。上半阕写"愁",愁绪满怀,一个"醉"字,以酒浇愁愁更愁。"近来始觉古人书,信着全无是处",是正话反说,对现实社会污浊腐败,朝廷不思恢复中原,表达了激烈的愤懑之情。下半阕以拟人方法写醉态,把松拟人,问松,推松,醉态形象惟妙惟肖,既表达了愁愤,又充满着豪迈奔放的感情。

　　辛弃疾的这首词主要运用拟人格,下面这首李白的诗,其中就用了拟物格。

古　风(其十九)
李　白

西上莲花山,迢迢见明星。
素手把芙蓉,虚步蹑太清。
霓裳曳广带,飘拂升天行。
邀我登云台,高揖卫叔卿。
恍恍与之去,驾鸿凌紫冥。
俯视洛阳川,茫茫走胡兵。
流血涂野草,豺狼尽冠缨。

李白这首诗运用了多种辞格,其中之一是拟物格。莲花山,是西岳华山的最高峰。"明星",传说中的华山神仙。卫叔卿,也是一位传说中的神仙。前10句,讲李白登莲花山,远远地见到了神仙明星,他邀请李白登华山高峰去见神仙卫叔卿,李白就恍恍地随他登天去了。后4句转入现实,李白从莲花山俯视洛阳川,只见"茫茫走胡兵",安禄山的叛军到处胡作非为,"流血涂野草",人民遭殃,尸横遍野,而"豺狼尽冠缨",则是拟物,把那些背叛从逆,追随安禄山的叛臣降将比做"豺狼",比喻生动贴切,入木三分,体现了诗仙李白对国家前途和民族命运的深切关怀。

(4) 夸张格

对现实中的人或事物有意识地作夸大或缩小的描写,以增强艺术效果叫夸张格。李白在运用夸张格时独具风韵。

蜀 道 难

李 白

噫吁哦,危乎高哉!
蜀道之难,难于上青天。
蚕丛及鱼凫,开国何茫然。
尔来四万八千岁,不与秦塞通人烟。
西当太白有鸟道,可以横绝峨嵋巅。
地崩山摧壮士死,然后天梯石栈相钩连。
上有六龙回日之高标,
下有冲波逆折之回川。
黄鹤之飞尚不得过,猿猱欲度愁攀援。
青泥何盘盘,百步九折萦岩峦。
扪参历井抑胁息,以手抚膺坐长叹。

问君西游何时还？畏途巉岩不可攀。
但见悲鸟号古木,雄飞雌从绕林间。
又闻子规啼夜月,愁空山。
蜀道之难,难于上青天！
使人听此凋朱颜。
连峰去天不盈尺,枯松倒挂倚绝壁。
飞湍瀑流争喧豗,砯崖转石万壑雷。
其险也若此,
嗟尔远道之人胡为乎来哉！
剑阁峥嵘而崔嵬。
一夫当关,万夫莫开。
所守或匪亲,化为狼与豺。
朝避猛虎,夕避长蛇。
磨牙吮血,杀人如麻。
锦城虽云乐,不如早还家。
蜀道之难,难于上青天,
侧身西望长咨嗟。

这首《蜀道难》是李白诗中的名篇,也是中国诗歌的名篇,不仅思想性很高,充满着对祖国伟美险奇山河的热爱,而且艺术上精美巧妙,魅力无穷。诗中多处用典,"蚕丛"、"鱼凫",传说中古人蜀地的两位君主。"地崩山摧壮士死",传说古代秦惠王曾派五个女子嫁到蜀地,蜀王派了五个壮士去迎接,路上看见一条大蛇钻进山洞,壮士们拖着蛇尾想扯出来,结果把山拉塌了,五个壮士和五个女子都被压在了山下,以后才构建了栈道,秦蜀两地才开始了交通往来。"上有六龙回日之高标",神话传说太阳神羲和每天驱赶着六龙驾的车巡天,但是遇到蜀地极高的山峰,六龙驾的车也只得绕道而行。"青泥",是蜀道上的山名,道路曲折难行。"扪参历井抑胁息","参"和"井"是两个星宿的名称,分别对应着秦、蜀两地。

这首诗运用了多种修辞格,而夸张格运用得尤为巧妙,极写蜀道的"危"和"高","蜀道之难难于上青天","连峰去天不盈尺","上有六龙回日之高标","黄鹤之飞尚不得过,猿猱欲度愁攀援"。这样的夸张达于极致,极具魅力,潜入人心,以至于今天还有人在说:比登天还难。

(5)移就格

把适用于某一事物的词语运用到另一事物上起修饰作用的修辞格叫移就格。

满 江 红
岳 飞

怒发冲冠,凭阑处,潇潇雨歇。抬望眼,仰天长啸,壮怀激烈。三十功名尘与土,八千里路云和月。莫等闲、白了少年头,空悲切。

靖康耻,犹未雪;臣子恨,何时灭?驾长车、踏破贺兰山缺。壮志饥餐胡虏肉,笑谈渴饮匈奴血。待从头、收拾旧山河,朝天阙。

这是岳飞的一首充满爱国主义精神的名作。开头一句充满感情:"怒发冲冠,凭阑处,潇潇雨歇。"这里运用的就是移就格,并化用了一个历史典故。头发是不会发怒的,现在它却像人一样发起怒来,而且是极端愤怒,头发都直了起来,把帽子都冲掉了。这是把适用于人的情绪,移到头发上了,这就是移就。这里岳飞还化用了一个典故。战国时荆轲刺秦王,动身前唱了一首悲歌:"风萧萧兮易水寒,壮士一去兮不复还!"听的人非常感动,也对秦王极为愤慨,愤慨得头发"直上指冠"。岳飞对荆轲的英雄气概非常敬佩。他把这个典故融化成"怒发冲冠",使他的这首《满江红》一开篇就具有震撼人心的巨大魅力。

这首诗还运用了警策、反问等辞格。

(6)对偶格

在诗词曲中凡字数相等、结构相似、意义相关的词组或句子有序地排列在一起的修辞格叫称对偶格。

登 鹳 雀 楼
王之涣

白日依山尽,黄河入海流。
欲穷千里目,更上一层楼。

这是一首五绝名作,眼界开阔,富含哲理。艺术精妙。全诗4句全用对偶,气势充沛,功力深厚。

再如杜甫的一首绝句:

两个黄鹂鸣翠柳,一行白鹭上青天。
窗含西岭千秋雪,门泊东吴万里船。

这首诗,两联都对偶,工整有致。句句咏景,句句含情,既描写了成都杜甫草堂的美丽景色,又蕴寓杜甫思念家乡的内心感情。

对偶格,在诗词中运用较普遍,在曲中更加灵活多样:

合璧对:就是两句相对。如:

挂绝壁枯松倒倚,落残霞孤鹜齐飞。

——卢挚:《沉醉东风·秋景》

笔头风月时时过,眼底儿曹渐渐多。

　　　　　　　　——姚燧:《阳春曲》

连璧对:就是四句相对。如:

黄尘万古长安路,折碑三尺邙山墓。西风一夜乌江渡,夕阳十里邯郸树。

　　　　　　　　——无名氏:《叨叨令》

静巉巉烟霞岭北,响潺潺涧水桥西。光灿灿银河倒泻,高耸耸碧玉盘堆。

　　　　　　　　——佚名:《十二月带尧民歌·失题》

鼎足对:就是三句相对。如:

红尘不向门前惹,绿树偏宜屋角遮,青山正补墙头缺。

　　　　　　　　——马致远:《夜行船·秋思》

肝肠百炼炉间铁,富贵三更枕上蝶,功名两字酒中蛇。

　　　　　　　　——乔吉:《卖花声·悟世》

联珠对:即多句相对。如:

自别后遥山隐隐,更那堪远水粼粼?见杨柳飞绵滚滚,对桃花醉脸醺醺,透内阁香风阵阵,掩重门暮雨纷纷。

　　　　　　　　——王实甫:《十二月带过尧民歌·别情》

叹急急年光似水,看纷纷世事如棋;回首时今来古往,伤心处物是人非。若不游嫦娥月窟,必定到王母瑶池。
　　——王子一:《十二月带过尧民歌·刘晨阮肇误入桃源》

鸾凤和鸣对:就是首尾相对。如:

首句:"见安排着车儿、马儿,不由人熬熬煎煎的气";
尾句:"久已后书儿、信儿,索与我凄凄惶惶的寄。"
　　——王实甫:《崔莺莺待月西厢记·叨叨令》

首句:"叮叮当当铁马儿乞留玎琅闹";
尾句:"孤孤另另单枕上迷彪模登靠。"
　　——周文质:"《叨叨令·悲秋》"

扇面对:就是隔句对。如:

落日遥岑,淡烟远浦。萧寺疏钟,戍楼暮鼓。
　　——宋方壶:《斗鹌鹑·送别》

醉似泥,仆从随,是小桥流水隔花溪。柳岸西,近古堤,数枝红杏出疏篱。
　　——王伯成:《圣药王》

(7) 双关格

不直陈本意,而是借助谐音或谐义的方式将本意暗示出来的一种修辞格。如:

竹枝词二首（其一）
刘禹锡

杨柳青青江水平，闻郎江上唱歌声。
东边日出西边雨，道是无晴还有晴。

  刘禹锡任夔州刺史时，仿当地民歌形式写了十来篇竹枝词，这是其中的一首。这首诗写一个妙龄女郎暗恋一个男青年，但男方尚未表态，女郎产生忐忑不安的心情。首句"杨柳青青江水平"，多美好的景致。"闻郎江上唱歌声"，暗恋的心上人出现了，歌声抑扬，暗含情思，也许传递着某种青春的信息，触发了少女的心理活动："东边日出西边雨，道是无晴还有晴。"这是"双关"，"晴"暗指感情，这小伙子晴雨不定，西边下着雨，东边还有太阳，说是无"晴（情）"吧，东边还有"晴（情）"。这是汉语特点形成的双关语，很有韵味，活现这个少女的复杂心情。这就是双关格。

  再看一首：

无　题
李商隐

相见时难别亦难，东风无力百花残。
春蚕到死丝方尽，蜡炬成灰泪始干。
晓镜但愁云鬓改，夜吟应觉月光寒。
蓬山此去无多路，青鸟殷勤为探看。

  李商隐这首诗是他众多爱情诗中的一首，是一首广为传诵的名篇，是在与热恋中的意中人分别时表露真实感情之作。颔联"春蚕到死丝方尽，蜡炬成灰泪始干"，是双关语，"丝"双关"思"字，是谐音，"泪"，把蜡烛燃烧流出的液体叫做泪，与人的泪相比，是义相关。

这两句表达了最真切的思念和最深厚的感情,胜过了千言万语,成为千古名句。

我们试拿苏格兰杰出诗人彭斯(1759~1796年)的一首著名爱情诗作一比较:

一朵红红的玫瑰
彭　斯

啊,我爱人像一朵红红的玫瑰,
　它在六月里初开;
啊,我爱人像一支乐曲,
　它美妙地演奏起来。

你是那么漂亮,美丽的姑娘,
　我爱你是那么深切;
我会一直爱你,亲爱的,
　一直到四海枯竭。

一直到四海枯竭,亲爱的,
　到太阳把岩石烧化;
我会一直爱你,亲爱的,
　只要生命之流不绝。

再见吧,我唯一的爱人。
　让我和你小别片刻;
我会回来的,亲爱的,
　即使我们万里相隔。

(袁可嘉　译)

这是彭斯几经修改的一首名篇,是西方爱情诗中的出类拔萃之作。李商隐诗研究专家郑在瀛在评论"春蚕到死丝方尽,蜡炬成灰泪始干"一联时说:"次联谓一息尚存,志不稍懈,地老天荒,爱心不死。此联胜过一切言语的表达,真可以惊天地,泣鬼神。英国18世纪诗人彭斯的《红红的玫瑰》有云:'哪怕大海干枯水流尽,哪怕太阳把岩石烧作灰尘。'古代也有'海枯石烂'一类的话,但都不及此联之高度形象化和富于人情味。"①这段评论很确切。奇思妙想的双关是发挥了重要作用的。

　　(8) 顶真格

　　又叫顶针格、连环格。就是用前一句结尾的词、语、句来做后一句的起头,以增强艺术趣味。如:

丑　奴　儿
辛弃疾
书博山道中壁

少年不识愁滋味,爱上层楼,爱上层楼,为赋新词强说愁。
而今识尽愁滋味,欲说还休,欲说还休,却道天凉好个秋。

　　这首词中第二句与第三句顶真,第六句与第七句顶真,增强了词的气氛和趣味性。

　　再看一首元曲中的顶真:

---

① 郑在瀛:《李商隐诗集今注》,第107~108页,武汉大学出版社2001年版。

破幽梦孤雁汉宫秋
马致远
第三折　梅花酒——收江南

他、他、他伤心辞汉主,我、我、我携手上河梁。他部从,入穷荒;我銮舆,返咸阳。返咸阳,过宫墙;过宫墙,绕回廊;绕回廊,近椒房;近椒房,月昏黄;月昏黄,夜生凉;夜生凉,泣寒螿;泣寒螿,绿纱窗;绿纱窗,不思量。呀!不思量除是铁心肠;铁心肠,也愁泪滴千行。

马致远这一段是讲汉元帝送王昭君出塞的故事。曲中连续运用顶真,大大地渲染了汉元帝依依惜别的思念之情,增强了艺术魅力。

(9)摹状格

就是摹写关于事物情状感觉的修辞格。摹状有摹写视觉的,有摹写听觉的,也有摹写味觉、触觉的。如:

车辚辚,马萧萧,行人弓箭各在腰。

——杜甫《兵车行》

月色满床兼满地,江声如鼓复如风。

——元稹《江楼月》

嘈嘈切切错杂弹,大珠小珠落玉盘。

——白居易《琵琶行》

萧萧窗竹影,磔磔水禽声。

——陆游《三月二十五日达旦不能寐》

虫鸣催岁寒,唧唧机杼声。

——欧阳修《虫鸣》

以上这些都是用摹状格,"辚辚"、"萧萧"、"嘈嘈切切"、"磔磔"、"唧唧"是用象声词摹写,而"如鼓复如风"则是用比喻语来摹写。

(10) 借代格

在诗歌中,凡一种事物不用其本来名称,而用另一种与之相关的名称来代替它的修辞方式,叫借代格。如:

念 奴 娇
赤 壁 怀 古
苏 轼

　　大江东去,浪淘尽、千古风流人物。故垒西边,人道是,三国周郎赤壁。乱石穿空,惊涛拍岸,卷起千堆雪。江山如画,一时多少豪杰!　遥想公瑾当年,小乔初嫁了,雄姿英发。羽扇纶巾,谈笑间、樯橹灰飞烟灭。故国神游,多情应笑我,早生华发。人生如梦,一樽还酹江月。

这是苏轼豪放词的代表作,是宋词中最著名的佳作之一。这首词借代格用得非常有力。"大江东去,浪淘尽,千古风流人物。"这里的"大江",实指大江中的流水。这就是借代,以整体代替局部的一种借代。

"故垒西边,人道是,三国周郎赤壁。"关于历史上周瑜大败曹操的赤壁之战的地点有多种不同意见,一般认为是在湖北嘉鱼县东北长江南岸,也有说是在蒲圻县西北的,而不是在当时苏轼的贬谪之地,不是黄冈城外的赤壁矶。苏轼是借黄冈赤壁矶的名义借景抒怀,这是同名借代。

"遥想公瑾当年,小乔初嫁了,雄姿英发。"咏怀古战场时,突然冒出一句"小乔初嫁了",看似闲笔,实是画龙点睛之笔,以小乔与周瑜结婚的事来点明周瑜的年轻,以"初嫁"代指年轻。

"羽扇纶巾,谈笑间,樯橹灰飞烟灭。"曹操在赤壁之战中主要是用水军,用的是战船。"樯"是船上的帆柱,"橹"是使船前进的工具,以"樯橹"代指战船,代指曹操的水军。"灰飞烟灭"代指曹军的失败。总之,这首词中的借代格运用得灵活而给力。

再举一例:

如 梦 令
李清照

昨夜雨疏风骤,浓睡不消残酒。试问卷帘人,却道海棠依旧。知否?知否?应是绿肥红瘦。

词中的"应是绿肥红瘦","绿"是指叶子,"红"指的是花。"绿"是叶的一种属性,"红"是花的一种属性。这里是用叶和花的一种属性来代替叶和花的本身,这就是借代。

(11) 对比格

把内容相关或相反的两种事物放在一起相互比较的修辞方式,叫对比格。如:

朱门酒肉臭,路有冻死骨。

——杜甫《自京赴奉先县咏怀五百字》

杜甫这两句诗极有名,把唐代上层统治者的奢侈豪华和下层劳动者饥寒饿冻的悲惨生活作了鲜明的对比,从而深刻揭露了安史之乱前存在的社会矛盾,揭示了唐代由盛世转入衰败的社会原因,具有强烈的艺术感染力。

再如:

生查子
元夕
欧阳修

去年元夜时,花市灯如昼。月上柳梢头,人约黄昏后。
今年元夜时,月与灯依旧。不见去年人,泪湿春衫袖。

欧阳修的这首词,是宋代抒情词中的佳作。词的构思巧妙,运用了今昔对比、悲欢对比的手法,滋味浓郁,贴切地表达了词中主人公的真挚感情。

(12)曲达格

不直接说出本意,而采取委曲含蓄的手法把它暗示出来的修辞方式,叫曲达格,也叫婉转格。如:

春望
杜甫

国破山河在,城春草木深。
感时花溅泪,恨别鸟惊心。
烽火连三月,家书抵万金。
白头搔更短,浑欲不胜簪。

这是杜甫的一首名作。唐肃宗至德元年(756)六月,安史叛军攻占长安。七月,杜甫把家小安置在鄜州的羌村,自己前往灵武投奔才即位的肃宗,中途被叛军俘获,带到长安,因官职卑微,未被囚禁。

次年三月,写了这首《春望》。历代诗人对这首诗评论很高,司马光说:"古人为诗,贵于意在言外,使人思而得之……近世诗人,惟杜子美最得诗人之体,如'国破山河在,城春草木深。感时花溅泪,恨别鸟惊心'。'山河在',明无余物矣。'草木深',明无人矣;花鸟,平时可娱之物,见之而泣,闻之而悲,则时可知矣。他皆类此,不可遍举。"①这首诗运用曲达格,寓意深厚,变化巧妙,耐人寻味。

(13)映衬格

把两个相关联的事物,或同一事物的两个相关的方面,对举陈列,对映互衬的修辞方式,叫映衬格。如:

夜上受降城闻笛
李 益

回乐烽前沙似雪,受降城外月如霜。
不知何处吹芦管,一夜征人尽望乡。

这是一首抒写戍边将士乡情的诗篇。前三句映衬,最后一句点题。前两句写景写色,写出将士戍边的典型环境,已暗含了思乡之情。第三句写声,音乐最容易拨动将士的乡愁。末句直接点出了将士的乡情,映衬有致,烘托有力,含蕴不尽。

再举一首词:

相 见 欢
李 煜

无言独上西楼,月如钩。寂寞梧桐深院、锁清秋。　　剪不断,理还乱,是离愁,别是一般滋味在心头。

---

① 何文焕辑:《历代诗话》(上),第277~278页,中华书局1997年版。

李煜作为南唐后主,是亡国之君,是一个治国的庸才。作为词人,他却是一个杰出的词家。这首词是李煜当了阶下囚,过着囚居生活的情况下写的。上片写景,景中见情。他独自登楼见到了什么呢?月,梧桐,清秋。月,在不同人眼中有不同的作用,在李煜的眼中,月可以起思乡的作用,起回忆故国的作用,还可以起冷清寂寞的作用。梧桐,清秋时节已是落叶纷纷,仅剩枯枝残叶,衬托出凄凉的心境。加上一个"锁"字,意味深长,透露出他被锁在深院中,已失去行动自由的无奈之情。正是通过这些衬托渲染,把一个亡国之君的心理活动刻画得入木三分。

(14) 设问格

胸中早有定见,句中故意设问的、自问自答或只问不答的修辞方式,叫设问格。如:

天末怀李白
杜 甫

凉风起天末。君子意如何?
鸿雁几时到,江湖秋水多。
文章憎命达,魑魅喜人过。
应共冤魂语,投诗赠汨罗。

这首诗是杜甫在秦州时(今甘肃天水)时所作。当时李白因随永王璘东征事被长流夜郎,途中遇赦到达湖南。杜甫得悉后写诗怀念他。

这时杜甫也因安史之乱身处困境,当秋风萧萧时,他非常同情李白的处境,设问"君子意如何",他以己度人,自然想到李白愁冤满怀,很想及时得到李白的消息,但因路途阻隔,难以做到。李杜同是才华卓绝的诗人,又同样仕途坎坷,这使他写出了千古名句"文章憎命达,魑魅喜人过"这句诗,写出了古今众多优秀诗人的共同遭遇。

李白遇赦后来到湖南,湖南的汨罗是伟大诗人屈原的长生之地,而李白与屈原都有满腔的爱国热情,都有共同的坎坷遭遇,杜甫自然就写出了两行诗句:"应共冤魂语,投诗赠汨罗。"这首诗设问深情,回答有力,他肯定李白的卓越诗才,肯定李白被流放是个冤案,给李白以深切的同情和安慰。

再举一首:

村居苦寒
白居易

八年十二月,五日雪纷纷。
竹柏皆冻死,况彼无衣民。
回观村闾间,十室八九贫。
北风利如剑,布絮不蔽身。
唯烧蒿棘火,愁坐夜待晨。
乃知大寒岁,农者尤苦辛。
顾我当此日,草堂深掩门。
褐裘覆纯被,坐卧有余温。
幸免饥冻苦,又无垄亩勤。
念彼深可愧,自问是何人?

唐宪宗元和六年(811)至八年,白居易因母亲逝世,回家居丧,回到了下邽渭村(今陕西渭南县境)老家。在此期间,元和八年十二月,连续下了五天大雪,是一个少有的"大寒岁",给当地百姓带来了深重的灾难。诗中,前12句用白描手法,描写了大雪给穷苦农民带来的苦难。中6句,诗人以自己的优裕生活与贫苦农民对比。最后二句设问:"念彼深可愧,自问是何人?"这个设问,没有回答,给读者以无穷的想象,但白居易心中是明白的,就是更好地为老百姓造福。这个设问,也道出了中国古代优秀知识分子的高尚情怀。

唐诗宋词元曲,是我国诗歌百花园中的奇葩,艺术水平很高。修辞方面取得了辉煌的成就。上面例举的修辞格仅是略举若干例,还有更多的修辞格有待进一步梳理。唐宋时期,在诗歌修辞理论方面,也有许多深刻的论述和发展,如唐孔颖达主编的《毛诗正义》,司空图的《与李生论诗书》、《诗品》,南宋陈骙的《文则》等,都提出了若干重要的观点。

4. 陈望道的修辞理论

陈望道(1891～1977),浙江义乌人,留学日本。回国后任上海大学中文系主任、复旦大学校长等职。1932 年,他发表了《修辞学发凡》。这本书在修辞学研究上融贯古今中外,创新理论,自成体系。学术界公认为中国现代修辞学的奠基之作。叶圣陶说:"这是近年来的好书。有了这部书,修辞法上的问题差不多都已头头是道地解决了。"新加坡郑子瑜说:"真正不顾复古派和礼拜文言者的对抗,采用由西方东方传入的科学的研究方法,彻底将中国的修辞学加以革新,写成了一部网罗万有、条例分明、有系统而又能兼顾古话文和今话文的修辞学专书的,是著名的修辞学家陈望道氏。"①

《修辞学发凡》讲了修辞的两大分野:消极修辞和积极修辞。消极修辞"总拿明白做它的总目标","而分条可以有精确和平妥两条"。而积极的修辞,"却要使人'感受'","必须使看读者经过了语言文字而有种种的感触"。

此书的重点是谈积极修辞,详细分析了 38 种辞格,其分类是:

---

① 陈望道:《修辞学发凡》封底,复旦大学出版社 2008 年版。

（甲类）材料上的辞格：

一、譬喻　　二、借代　　三、映衬

四、摹状　　五、双关　　六、引用

七、仿拟　　八、拈连　　九、移就

（乙类）意境上的辞格：

一、比拟　　二、讽喻　　三、示现

四、呼告　　五、夸张　　六、倒反

七、婉转　　八、避讳　　九、设问

十、感叹

（丙类）词语上的辞格：

一、析字　　二、藏词　　三、飞白

四、镶嵌　　五、复叠　　六、节缩

七、省略　　八、警策　　九、折绕

十、转品　　十一、回文

（丁类）章句上的辞格：

一、反复　　二、对偶　　三、排比

四、层递　　五、错综　　六、顶真

七、倒装　　八、逃脱

上述共38格，各格之中又有若干式，如果把一式算成一格，总计当有六七十格。所以，此书中，所收的辞格是相当丰富的。

此书还探讨了辞趣、风格以及其他修辞问题，堪称我国修辞学史上里程碑式的著作。

时代在发展、修辞学也在发展。2011年11月，谭学纯、濮侃、沈孟璎主编的《汉语修辞格大辞典》由上海辞书出版社出版。共收一级修辞格和二级修辞格287种，是目前收录修辞格最多的辞书，这本辞典的出版，必将对我国修辞学的发展发挥积极的推动作用。

（二）印度诗歌的修辞理论

1. 印度诗歌修辞理论的发展

印度的诗歌修辞理论源远流长，历史悠久。公元前后婆罗多著的《舞论》是一部戏剧学专著，其中的第十五章和第十六章论述了梵语的语言、词态和诗律，第十七章论述了诗相、庄严（修辞）、诗病和诗德。梵语诗歌的修辞学（庄严）理论就是从这本著作开始诞生的。《舞论》指出了四种修辞方式，即：明喻、隐喻、明灯和叠声，并进行了具体的论述。

公元7世纪的婆摩诃的《诗庄严论》对修辞学作了深入的探讨。他认为，优秀的文学作品使人精通正法。利益、爱欲、解脱和技艺，也使人获得快乐和名声。他认为"诗是音和义的结合"。婆摩诃在修辞学上的一个重要贡献是把修辞分为音的修辞（音庄严）和义的修辞（义庄严），并论述了两种音庄严，即谐音和叠声，37种义庄严，包括隐喻、明喻、夸张、奇想、双关等。

婆摩诃还指出，诗的逻辑不同于一般逻辑，诗歌的修辞和一般语言的修辞是有所不同的。婆摩诃对修辞要求很严格，他要求诗人在诗中"甚至不要用错一个词，因为劣诗犹如坏儿子，败坏父亲名誉"[1]。

公元7世纪的檀丁著有《诗镜》，这是印度修辞学的一部重要著作。他认为"庄严（修辞）形成诗美的特征"。他阐述了39种庄严：谐音、叠声、夸张、自性、明喻、隐喻、明灯、重复、略去、补证、较喻、藏因、合说、夸张、奇想、原因、微妙、掩饰、罗列、有情、有味、有勇、迂回、

---

[1] 黄宝生译：《梵语诗学论著汇编》，上册，第16页，昆仑出版社2008年版。

天助、高贵、否定、双关、殊说、等同、矛盾、间接、佯赞、例证、共说、交换、祝愿、混合、生动。

公元9世纪楼陀罗吒的《诗庄严论》,与婆摩诃的著作同名,对修辞(庄严)作了进一步分析。他将音庄严分成五类:曲语、双关、图案、谐音和叠声。将义庄严分成四类:本事(23种)、比喻(21种)、夸张(12种)和双关(12种)。

此后,公元9世纪欢增的《韵光》,10世纪末、11世纪初新护的《韵光注》和《舞论注》,10世纪末、11世纪初恭多迦的《曲语生命论》,11世纪安主的《合适论》等,都对印度修辞学理论作出了贡献。

在印度修辞学的发展过程中,其庄严(修辞格)的数目也在逐步细化发展。从婆罗多《舞论》中的4种庄严,到婆摩诃的39种,到优婆吒《摄庄严论》中的41种,到楼陀罗吒的68种,到12世纪鲁耶迦《庄严论精华》中的81种,十三四世纪间胜天《月光》中增至108种,16世纪阿伯耶·底克希多在《莲喜》中增至115种。①

2. 印度诗歌的修辞格(庄严)

印度的庄严(修辞格)有100多种,今择其常用者略述如下。

(1)明喻

《舞论》指出,依据性质和形态相似,与某物相比,称为明喻。又分为一个与另一个相比,多个与一个相比,一个与多个相比。并将明喻分为五种:赞美、责备、想象、相似和部分相似。

赞美明喻,如:

> 看到这位大眼女郎,国王满心欢喜,
> 她仿佛是仙人苦行成就的化身。

---

① 黄宝生译:《梵语诗学论著汇编》,上册,第17页,昆仑出版社2008年版。

责备明喻,如:

> 她拥抱这个毫无美德、相貌丑陋的人,
> 犹如林中的蔓藤缠绕大火烧过的树。

想象明喻,如:

> 象群流着液汁,缓步行走,
> 姿态优美,宛如山岳移动。

相似明喻,如:

> 今天你顺应他人意愿所做的事,
> 完全比得上你的种种超人业绩。

部分相似明喻,如:

> 这是我女友,脸庞似月亮,
> 眼睛似青莲,步姿似醉象。

(2) 隐喻

《舞论》指出:观察形象,依据可比的性质,与各种事物相连,称为隐喻。自己构思的形象,部分特征相同,产生部分相似性,这是隐喻。例如:

> 红莲面容,白莲微笑,盛开的青莲妩媚的双眼,

伴随天鹅鸣叫,这些池塘妇女仿佛互相呼唤。

婆摩诃的《诗庄严论》对隐喻的解释是:隐喻含有各种深藏的词根意义。依据相似性,用喻体描绘本体的性质,叫做隐喻。隐喻分成两类,即全体隐喻和部分隐喻。

　　这些高耸的云象喷洒水液,
　　形成彩虹,使人们兴高采烈。

在这首诗中,云隐喻象;水隐喻流,像在春情发动期颞颥淌出液体。这是全体隐喻。

　　这些雨云戴着闪电腰带和仙鹤花环,
　　它们发出沉重声响,惊吓了我的爱人。

在这首诗中,腰带隐喻闪电,花环隐喻环形飞翔的仙鹤。这首诗实际上是以戴着腰带和花环的象隐喻伴有闪电和仙鹤的雨云。但诗中没有提到象,所以是部分隐喻。①

(3)明灯

《舞论》云:合在一句中,处于各种关系的词语共同明亮,称为明灯。也就是说,一个词为各个词语,或各个句子共用,称为明灯。例如:

　　在这里,水池、树木、莲花和园林,
　　从不缺少天鹅、花朵、狂蜂和人群。

---

① 本节中提到的诗都是黄宝生翻译的,并参阅了他的论述。

在这首诗中"从不缺少"是明灯,因为这个动词词组统辖四组主语和宾语。

(4)叠声

《舞论》指出:音步头部等位置的音组重叠,称为叠声。婆摩诃在《诗庄严论》中把叠声分为五种:头叠声、腹尾叠声、音步叠声、连珠叠声和四音步叠声。他指出,这种重复使用同音异义的音组,被称作叠声。而叠声应该用词明白,有力,连接紧密,意义清晰。

(5)类比

将相似的事情并列,即使不用如,像等字,相似性也很明显,这叫类比。

> 有多少有德之士,他们的财富为天下善人共享?
> 有多少路边之树,它们的枝头挂满成熟的甜果?

这首诗以路边树上成熟甜果稀少比喻人间有德之士罕见。

(6)较喻

通过喻体显示本体优势,称之为较喻。例如:

> 你眼睛有白有黑,有睫毛,有铜的光亮,
> 然而,白莲和青莲,或者全白,或者全黑。

(7)罗列

依次展示许多独立的、不同的事物,叫做罗列。例如:

> 你的面庞、光辉、目光、步履、言语和发髻,
> 胜过莲花、月亮、蜜蜂、大象、杜鹃和孔雀。

在这首诗中,依照本体和喻体的比喻关系依次排列。
(8)夸张
出于某种原因,所说之话超越日常经验,叫做夸张。例如:

> 月光胜过花色,七叶树消失不见,
> 只有凭蜜蜂的嗡嗡声才能推断。

在这首诗中,只有凭蜜蜂的声音才能推断七叶树的存在,这就是夸张。
(9)双关
毗首那特的《文镜》云:一些双关词不止表达一种意义,这就是双关,它按照音素、词缀、词性、词干、词、词格和词数等分为若干类双关。
(10)图案
曼摩吒的《诗光》云:"字母排成剑等图案,这是图案。字母采取特殊的编排方式,编排成剑形、鼓形、莲花形等图案,这是梵语诗歌的一个独特庄严。"

梵语诗歌修辞(庄严)多种多样,是一个丰富的修辞宝库,值得进一步探索借鉴。

(三)西方诗歌的修辞理论

西方的修辞理论是从古希腊开始的,可谓历史悠久。中经古罗马、中世纪、文艺复兴到现代,已经得到了长足的发展。

1. 亚里士多德的《修辞学》

古希腊时期，修辞主要用于论辩。当时，修辞被当做一种劝说的技巧。作为修辞学，大约诞生于2500年前，据传是由科拉克斯和他的学生蒂西亚斯创立的。后来，苏格拉底、柏拉图、伊索格拉底、亚里士多德继承和发展了科拉克斯等创立的修辞学，而以亚里士多德最为著名，他著的《修辞学》是西方修辞学的经典著作，至今仍然在发挥重要作用。古希腊修辞学在古罗马得到了发展，其后，古希腊修辞学在欧洲各民族中开始了本土化的过程，首先是在拉丁语中发展。至于英语修辞学主要形成于启蒙时期，可以说发展得相当晚，但却发展得相当迅速，较快地达到了成熟的程度。

亚里士多德是柏拉图（前427～前347）的学生，柏拉图的修辞理论主要见于他的两篇对话《高尔期亚篇》和《斐德若篇》。他认为，修辞术并不是一种艺术，而是一种谄媚的手段、卑鄙的技巧，只能说服没有知识的听众，但他认为修辞对提高诉讼辩论的说服力有好处。写文章或写演说辞要重视题材，要讲究安排与组织，要了解听众和读者的性情和心理。他的修辞术实际上就是"论辩术"。

亚里士多德的修辞学既师承柏拉图，又对柏拉图作了理论的批评和发展。

亚里士多德写作《修辞学》的动机有三：

首先，他不同意柏拉图的修辞术不是艺术的观点，决定阐述自己修辞术是艺术的观点。

其次，他反对当时另一著名修辞学家伊索格拉底的一些修辞理论，决心写出自己的修辞学著作。伊氏曾经批评亚里士多德的修辞理论，并挖苦亚里士多德是一个冒充什么都懂的普通"学者"，忌妒亚里士多德的过高名声。亚里士多德曾说："让伊索格拉底说话而自己不说,是可耻的。"①这是亚里士多德写作《修辞学》的又一原因。

再次,也是最重要的,就是修辞学当时已是一门显学,亚里士多德对之已进行了深刻的系统的研究,已经具备了写成科学著作的条件。

亚里士多德的修辞学包括丰富的内容,他的修辞理论集中叙述在《修辞学》中,在《诗学》中也有重要论述。在诗歌艺术方面,他的贡献在于:一、他认为修辞学是一种艺术。修辞术是辩论术的对应物。人人都在使用这两种艺术。二、他认为"修辞术是有用的"。"修辞术的功能不在于说服,而在于在每一种事情上找出其中的说服方式。"②三、他给修辞术下了一个明确定义:"修辞术的定义可以这样下:一种能在任何一个问题上找出可能的说服方式的功能。"四、他创立了修辞的风格理论:"风格的美在于明晰而不流于平淡。"③"风格的美可以确定为明晰,既不能流于平凡,也不能拔得太高,而在求其适合。"④

在《修辞学》和《诗学》中,亚里士多德提出并论述了几种修辞格。

(1)隐喻

亚里士多德非常重视隐喻辞格。他认为,隐喻字在诗文里占有非常重要的地位。隐喻字最能使风格显得明晰,令人喜爱,此中奥妙是无法向别人请教的。他指出,善于使用隐喻字表明有天才,因为要

---

① [古希腊]亚里士多德著,罗念生译:《修辞学》,第5页,上海人民出版社2006年版。
② [古希腊]亚里士多德著,罗念生译:《修辞学》,第20页,上海人民出版社2006年版。
③ [古希腊]亚里士多德著,罗念生译:《诗学》,第78页,上海人民出版社2006年版。
④ [古希腊]亚里士多德著,罗念生译:《修辞学》,第164页,上海人民出版社2006年版。

想出一个好的隐喻字,须能看出事物的相似之点。

选取什么样的隐喻字?他指出,隐喻字应当从有声音之美或者意义之美的,或者能引起视觉或其他感官美感的事物中取来。

(2)明喻

亚里士多德认为,明喻也是隐喻,二者的差别是很小的。他举例说,诗人赞古希腊英雄阿喀琉斯:"像一匹狮子猛冲上去。"

诗中有个"像"字是明喻。要是诗人说:"他这狮子猛冲上去。"去掉了"像"字,这个说法就是隐喻。他认为,所有比喻都可以作为明喻或隐喻使用。明喻去掉了说明就成了隐喻。

(3)活现

亚里士多德指出,巧妙的话来自类比式隐喻和使事物活现在眼前的说法。就是借用表示活动的语句使事物活现在眼前。这种活现法颇类似中国修辞中的"示现"。

(4)拟人

亚里士多德举荷马史诗中的诗句为例,说明荷马把无生命之物说成有生命之物,如:

那莽撞的石头又滚下平原。

——《奥德修记》第11卷

那支箭飞了回来。

——《伊利昂记》第13卷

那支箭急于要飞向……

——《伊利昂记》第4卷

那些长枪栽在泥土里,依然想吃饱肉。

——《伊利昂记》第 11 卷

那枪尖急于要杀人,刺穿了他的胸膛。

——《伊利昂记》第 15 卷

上述诗句中的"莽撞"、"急于要"等都表示了有意识的活动,属于拟人法

(5)警句

亚里士多德认为诗中应有机智精辟的警句。"巧妙的警句来自意在言外"。

(6)夸张

例如形容眼睛被打青了的人时说:你们会认为他是一筐桑葚。因为青眼睛有点发紫,"一筐"则是夸张的说法。

(7)省略

因为省略联系词,可以夸大事情的重要性。

(8)重复

即一首诗中一个字的多次重复。

亚里士多德的《修辞学》在西方产生了深远的影响。罗念生在翻译亚氏《修辞学》的"译者导言"中说:"列宁在评论亚里士多德的《形而上学》的时候说:'最典型的特征是处处都显露出辩证法的活的萌芽和探索。'这句话也可以应用到《修辞学》上面,因为这部著作也处处运用一种朴素的辩证方法。"①

---

① [古希腊]亚里士多德著,罗念生译:《修辞学》,第 11 页,上海人民出版社 2006 年版。

2. 西方诗歌修辞学的发展

亚理士多德以后西方修辞学继续发展。亚氏修辞学的继承者是忒俄佛剌斯托斯(约前372~约前288),他提倡不简不繁的文体,反对夸张的词句。他认为字的美在于悦耳娱目(亚里士多德只提悦耳),又能引起很多的联想。这几句话是对书法的极好解释。的确,希腊字母是很优美的,但如果把这句话用到汉字书法上则更加合适,因为汉字字体的变化多端,既悦耳,又娱目,更能引起联想,忒俄佛剌斯托斯还提出修辞风格的美在于明晰、正确、装饰与适合,并认为文章不可说尽,要留一点余地。

古罗马的修辞学是在亚里士多德修辞理论的基础上发展起来的。

西塞罗(前106~前43),是把古希腊修辞学拉丁化的先驱之一。他把亚里士多德修辞理论中的"人格"、"感情"、"逻辑论辩"演化成了三句话:"为了劝说的目的,演讲的艺术完全依靠三件事:证明我们的论断;赢得听众的欢喜;激起他们的情感以便产生我们所需要的任何一种驱使。"[1]

昆提利安(35~93),又译昆体良。他非常重视修辞学,认为修辞应该成为"教育纲要的中心学科"。他著有《演说原理》以阐述他的修辞学,并主张从不会说话的儿童开始训练修辞学。

郎吉弩斯(213~272),著有修辞学著作《论崇高》。他很重视"掌握语言的才能",主张崇高的风格,他说:"所谓崇高,不论它在何处出现,总是体现在一种措辞的高妙之中,而最伟大的诗人和散文家之得以高出侪辈并在荣誉之殿中获得永久的地位总是因为有这一点,而且也只是因为这一点。"他指出崇高的来源有五个:第一而且最重要的是庄严伟大的思想;第二是强烈而激动的情感;第三是运用

---

[1] 丛莱庭、徐鲁亚编著:《西方修辞学》,第28页,上海外语教育出版社2007年版。

藻饰的技术,藻饰有两种,即思想的藻饰和语言的藻饰;第四是高雅的措辞,它可以分为恰当的选词,恰当地使用比喻和其他措辞方面的修饰;第五是整个结构的堂皇卓越。[①] 他还要求在诗文中要善于运用"形象"、"夸张"、"仿效"、"发问"、"颠倒次序"、"省去连接词"等修辞方式,以增强诗歌的生气、美丽、高雅和神采。

西方修辞学在长达千年(5世纪到15世纪)的欧洲中世纪里,处于停滞状态,书面修辞非常狭窄,主要用在布道方面;只有喻词等少数辞格活跃在书面修辞中。

文艺复兴时期是欧洲文化复兴发展的重要时期,西方修辞学也得到了复兴和发展,英法等语言都建立了自己的修辞学。再经启蒙时期一直到现在,西方修辞学得到了进一步的繁荣和发展。

3. 西方的修辞格

西方的修辞格在古希腊罗马修辞学的基础上逐步向前发展。16世纪后期,乔治·帕特纳姆出版了《英语诗歌艺术》一书,收录的修辞格达107个。皮查姆1577年出版的《雄辩之园》中共阐述了184个辞格。当代因特网上的《修辞精华》收录了369条修辞格。当代出版的《修辞用语手册》则汇集了396条修辞格,内容非常丰富。当代英语辞格与汉语辞格,有相同的,也有不同的。今将其相同的部分例举若干如下:

(1)明喻(Simile)

这是汉语和英语里都有的辞格,有共同的特点,那就是打比方。

(2)隐喻(Metaphor)

这是汉语和英语都有的辞格,有共同的特点,就是都不露比喻的

[①] 杨义、高建平主编:《西方经典文论导读》(上卷),第141、145页,安徽教育出版社2009年版。

痕迹,把甲直接说成"是"乙或者"变成了"乙。不过隐喻理论在西方特别发达,存在不同的理解,已成一门显学。

(3)拟人(Personification)

凡是把人以外的无生命之物或有生命之物当做人来描写的辞格叫拟人格,这是汉语和英语里都有的辞格,而且都有上述共同的特点。

(4)夸张(Hyperbole)

这在汉语或英语里都是常用的修辞格。用以加强语气,增强诗文艺术感染力,有意夸大或缩小事物的某一方面,以获得更好的表达效果。

(5)讳饰(Euphemism)

汉、英语均有的辞格。用委婉的词句来回避令人不愉快的词句。

(6)转喻(Metonymy)

汉、英语均有的辞格。或借人或事物的特征或标志来代指人和事物,或借与人或事物有关的工具或材料代指人或事物,或借人或事物所属或所在代指人或事物。

(7)省略(Ellipsis)

汉、英语均有的辞格。诗文中把可以省略的词语省略或简化。

(8)折绕(Periphrasis)

汉、英语均有的辞格,就是有话不直说,用迂回曲折的话来代替。

(9)移就(Hypallage)

汉、英语均有的辞格。就是把本来用以修饰人的形容词移属于同人有关的抽象物或具体事,以增强表达效果。

(10)呼告(Apostrophe)

汉、英语均有的辞格。就是对本来不在身边的人或物直接进行呼唤,并与之对话。

(11) 递升(Climax)

汉、英语均有的辞格。把事物按从小到大、从短到长、从低到高、从轻到重、从近到远、从易到难、从弱到强、从浅到深等次序说下去的修辞手法。

(12) 递降(Anti-climax)

汉、英语均有的辞格。与递升格相反,把事物按从大到小……次序说下去的修辞手法。

(13) 反语(Irony)

汉、英语均有的辞格。就是使用同本意完全相反的词句来表达本意,嘲弄讽刺,从而使本意更加突出。

(14) 跳脱(Aposiopesis)

汉、英语均有的辞格。即把话说到一半突然停住,让读者自己去领会言外之意。

(15) 排比(Parallelism)

汉、英语均有的辞格。即连着使用三项以上结构相同或相似的句子或词组,以增强渲染效果。

(16) 设问(Question and Answer)

汉、英语均有的辞格。就是明知故问,自问自答,或自问不答,以加强语气,引人注意。

(17) 反问(Rhetoric Question)

汉、英语均有的辞格。就是为了加强语气,有意向读者从反面提出不答自明、答在其中的问题。

(18) 谲辞(White Lie)

这一汉、英语均有的辞格的共同特色是:用假话来掩饰真情。

(19) 拟声(Onomatopeia)

汉、英语均有的这一辞格的共同特色是:把人、动物或自然物所发出的声音如实地加以描摹。

(20) 对偶(Antithesis)

汉、英这一辞格要求上下两句结构上相同或相似,字数相等或基本相等,但因语言特点不同,对偶形式各具特色。

(21) 脚韵(Rhyme)

汉、英语均有的这辞格的共同要求是:在规定的诗句末尾要求押相同的韵。

(22) 双关(Pun)

双关,就是运用甲语言中的一词两义、一语两义、或两词同音的现象,来表达双重意义,表面上说甲,实际上说乙。汉、英语中都有这一辞格,但又各有特色。

(23) 顶真(Anadiplosis)

顶真,就是第一句结尾的字或词与第二句开头的字或词相同,恰似连环。汉、英语均有这一辞格。

(24) 拈连(Zeugma)

汉、英语均有的辞格。在说甲乙两事物时,把适用于甲的词语顺便也用来说乙。

(25) 精警(Paradox)

看似矛盾,实则入情入理的矛盾修辞方法,叫精警格。

(26) 借代(Antonomasia)

汉、英语均有的辞格。一种事物不用其本来名称,而用另一种与之相关的名称来代替。

(27) 倒装(Anastrophe)

倒装,即变换一个句子的正常词序。这是汉、英语均有的这一辞格的共同特色。

(28) 摹形(Graphic)

汉、英语这一辞格的共同特色,就是把眼睛看到的形体如实描绘出来。

(29) 反复(Repetition)

反复,就是重复使用同一词语或语句,以增强表达效果。这是汉、英语中经常使用的一种辞格。

(30) 头韵(Alliteration)

这是汉、英语均有的辞格,但特色有同有异。英语中的头韵,是在一行诗或句中,由于相邻的词的起首字母发音相同而产生的音韵。汉语中的双声词,在形式上与英语的头韵相同而且两个字的声母相同。汉语中的叠韵词,在形式上与英语的头韵相同,但叠韵词里的两个字使用相同的韵母,故发音规律与英语的脚韵相同。

(31) 转品(Enallage)

转品,就是故意改变诗文中某个词的词性、用法、使用场合,以增强表达效果。这是汉、英语中这一辞格的共同特色。

(32) 回文(Palindrome)

这是汉、英语均有的辞格,但表现形式有各自的特色。[①]

西方的辞格是很丰富的,这里仅例举了汉、英语均有的辞格中的一部分。

在研究西方文艺修辞理论时,美国著名文学理论家和批评家 M. H. 艾布拉姆斯(Meyer Howard Abrams,1912~)的《文学术语词典》,是一本重要的必读书,对人们了解西方文艺诗歌修辞理论极有助益。

[①] 本节参阅了冯庆华编著:《实用翻译教程》(增订本),上海外语教育出版社 2009 年版。

八 形象思维

形象思维,是诗歌的重要艺术规律。中国诗歌遵循这一规律,外国诗歌也同样遵循这一规律。

(一)什么是形象思维

人类一诞生,就开始有了思维,就开始有了初步的思维能力。随着人类实践活动的发展,人类的思维也随着实践的发展而发展,从初步的思维能力逐步发展到高度完善的思维能力,并逐步分化细化。人类社会留存的大量文物和文献资料,记载着人类思维发展的轨迹和过程。

在实践的基础上,人类的思维逐步发展成两类:一类是逻辑思维,或称抽象思维;一类是艺术思维,或称形象思维。形象思维,不论中国外国都已源远流长,只是提法不同。在中国古代,称为想象,或称神思,在西方则称为想象。诗人公木指出:"把形象和思维两个词明确联系起来,则首见于俄罗斯文艺批评家别林斯基(1811~1848)的著作。他曾反复说过诗或艺术是'富于形象的思维'。又说:'哲学家用三段论法讲述,诗人用形象和图画讲述。'他们两人所讲的东西是一样的。"他又指出,把"形象"作"思维"的定语而形成"形象思维"这一术语,现在所知的最早例子,见于苏联作家法捷耶夫(1901~1956)在1930年的题为《争取作一个辩证唯物主义的艺术家》的演说中。他批评文艺创作的空洞抽象的现象时说过,"这已经不是形象思维",并对形象思维进行了极为精彩的解释。他指出:"科学家用概念来思考,而艺术家则用形象来思考。这是什么意思呢?这就是说,艺术家传达现象的本质不是通过该具体现象的抽象,而是通过对直接存在的具体展示和描绘,艺术家通过对现象本身的展示来揭示规律,通过对个别的展示来揭示一般,通过对局部的展示来揭示全体,从而在生活的直接现实中仿佛造成了生活的幻影。"①

对于形象思维,《辞海》的阐述是:"形象思维,又称'艺术思维'。文学艺术创作者从观察生活、吸取创作材料到塑造艺术形象这整个创作过程中所进行的主要的思维活动和思维方式。形象思维遵循认识的一般规律,即通过实践由感性阶段发展到理性阶段,达到对事物本质的认识。但形象思维又有其特殊规律,它一般地不脱离具体的形象,而只是舍弃那些纯粹偶然的、次要的、表面的东西。它与逻辑思维不是互相排斥的,而是相辅相成的。作家、艺术家的思维是在对现实生活进行深入观察、体验、分析、研究之后,选取并凭借种种具体的感性材料,通过想象、联想和幻想,伴随着强烈的感情和鲜明的态度,运用集中概括的方法,塑造完整而富有意义的艺术形象,以表达自己的思想观点的。形象思维受创作者的世界观的指导和支配,并受其对社会生活熟悉、理解的程度的制约;丰富的艺术修养与创作经验对正确运用形象思维也有积极的作用。"②

这是一个比较精密的定义。

---

① 公木:《毛泽东诗词鉴赏》,第369~370页,长春出版社2001年版。
② 《辞海》(中),第1864页,上海辞书出版社1979年版。

1. 中国的"神思"

形象思维理论在中国古代叫"神思",或叫"想象"。在《楚辞·远游》中,就有"思故旧以想象兮,长太息而掩涕"。意思是思念往日的亲友,想象他们音容笑貌。在《列子·汤问》中,有句:"伯牙乃舍琴而叹曰:善哉,善哉,子之听夫!志想象犹我心也。"是说钟子期在听伯牙弹琴时,想象出巍巍高山或者洋洋江海的形象。这是我国形象思维概念的萌芽。

魏晋时代,是我国文学的自觉时代,曹植在《宝刀赋》中说:"摅神思而造象。"也就是通过神思创造艺术形象,但他没有进一步说明。陆机的《文赋》提出:"其始也,皆收视反听,耽思旁讯,精骛八极,心游万仞。""罄澄心以凝思。"这里对神思作了进一步的描绘,但仍缺乏周密的评论。到了刘勰的手里,"神思"的概念才得到了科学的发展,成为中国古代诗学的一个重要范畴。

刘勰博通佛教经典,广览儒学和诸子百家,特别对于诗文理论研究精深。他的思想以儒学为主,兼容道佛。《文心雕龙》是他学术研究的结晶,是对中国诗文理论的科学总结,不仅在中国古典文学理论中是最重要的著作,而且在世界文学理论史上也是出类拔萃之作。鲁迅对《文心雕龙》评价很高:"篇章既富,评骘遂生。东则有刘彦和之《文心》,西则有亚里士多德之《诗学》,解析神质,包举洪纤,开源发流,为世楷式。"

《文心雕龙》中的《神思》篇,可以说是关于中国古典形象思维的专著。如何理解"神思"?徐正英、罗家湘认为,"神思:神奇的形象思维,神奇的想象"[①]。王元化指出:"《神思篇》一开头就说:'古人云:形在江海之上,心存魏阙之下,神思之谓也。'这是刘勰对想象所

[①] 刘勰著,徐正英、罗家湘注释:《文心雕龙》,第271页,中州古籍出版社2008年版。

作的定义。……'神思'具有一种身在此而心在彼,可以由此及彼的联想功能。从这里我们可以清楚看出刘勰所说的'神思'也就是想象。"①可见,神思,就是形象思维、艺术思维。它与逻辑思维具有共同性,又有其特殊性。

刘勰认为神思在诗文创作中占有头等重要的地位,他说:"古人云:'形在江海之上,心存魏阙之下。'神思之谓也。文之思也,其神远矣。故寂然凝虑,思接千载;悄焉动容,视通万里;吟咏之间,吐纳珠玉之声;眉睫之前,卷舒风云之色。其思理之致乎？故思理为妙,神与物游。神居胸臆,而志气统其关键;物沿耳目,而辞令管其枢机。枢机方通,则物无隐貌;关键将塞,则神有遁心。是以陶钧文思,贵在虚静,疏瀹五藏,澡雪精神。积学以储宝,酌理以富才,研阅以穷照,驯致以绎辞,然后使玄解之宰,寻声律而定墨,独照之匠,窥意象而运斤:此盖驭文之首术,谋篇之大端。"②

"此盖驭文之首术,谋篇之大端",这是刘勰对神思的基本定位。

在神思中,刘勰强调了几点:

重志气,即情志与气质。"神居胸臆,而志气统其关键。"志气在形象思维中处于关键地位。

讲辞令,即言词文采。"物沿耳目,而辞令管其枢机。"描述表现景物,辞令处于枢机地位。

"故思理为妙,神与物游。"神是主观的,物是客观的,在形象思维中必须主观与客观相统一,达到物我交融的境界。

"积学以储宝。"知识广博精深,才能洞察万象,达到思理的极致。

熟悉声律,巧用声律。"然后使玄解之宰,寻声律而定墨。"这样

---

① 王元化:《读文心雕龙》,第102页,新星出版社2007年版。
② 韩泉欣:《文心雕龙直解》,第159~160页,浙江文艺出版社,1997年版。

才能使诗歌的音乐性和形象性俱达美妙之境。

注重塑造意象。"独照之匠,窥意象而运斤。"塑造优美的艺术形象是形象思维的重要任务。

在《神思》篇中还打了一个深刻的比喻:"视布于麻,虽云未贵,杼轴献功,焕然乃珍。"在我国古时,没有绵布,布是由麻织成的。作为原料的麻丝,织而成布,是为麻布。"杼轴",是织机,"献功",是加工制作。这里是说,布和麻的质地是相同的,但麻织成布,就光彩焕然了。这段比喻,是说明形象思维的重要性的,但是专家们的解读是不完全一样的:

黄侃云:"杼轴献功,此言文贵修饰润色。拙辞孕巧义,修饰则巧义显;庸事萌新意,润色则新意出。凡言文不加点,文如宿构者,其刊改之功,已用之平日,练术既熟,斯疵累渐除,非生而能然者也。"①

王元化不同意这种观点,认为刘勰并不特别强调修饰润色的作用,而是强调想象活动的作用。他说:"用'杼轴'一词表示文学的想象活动,原出于陆机。《文赋》'虽杼轴于予怀,怵他人之我先',是刘勰所本。在这里,'杼轴'具有经营组织的意思,指作家的构思活动而言。不过,陆机说的'虽杼轴于予怀,怵他人之我先',是把重点放在想象的独创性上面,而刘勰说的'视布于麻,虽云未贵,杼轴献功,焕然乃珍',则是把重点放在想象和现实的关系上面。在这里,刘勰提出了一个耐人寻味的比喻,这就是用'布'和'麻'的关系来揭示想象和现实的关系。"②

对于"杼轴"句,黄侃和刘永济认为说的是文章修改润色的问题,王元化和郭绍虞认为主要是强调想象的作用。此外,还有第三种意见,祖保泉认为:"这两种解释,合之则全,离之则偏。"把这两种见解合起来看,"应该说是符合创作思维活动实际的;也是符合《神思》

---

① 王元化:《读文心雕龙》,第104页,新星出版社2007年版。
② 王元化:《读文心雕龙》,第104页,新星出版社2007年版。

全文主旨的。"①

比较起来,第三种观点更加符合《神思》的原意些,更加恰当些。《文心雕龙》以后,神思理论在中国历代都有一些新的发展。

2. 西方的形象思维

形象思维,在西方也是源远流长。

朱光潜在《西方美学史》中指出:"西方古代文艺理论中想象或形象思维这个词最早出现在住在罗马的一位雅典学者斐罗斯屈拉特(170~245)所写的《阿波罗琉斯的传记》,这里涉及形象思维的一段话是文艺由着重摹仿发展到着重想象的转折点。"这段话是:"创造出上述那些作品(指一些著名的希腊神像雕刻)的是想象,想象比起摹仿是一种更聪明伶巧的艺术家。摹仿只能塑造出见过的事物,想象却能塑造出未见过的事物,它会联系到现实去构思成它的理想。摹仿往往畏首畏尾,想象却无所畏惧地朝已定下的目标勇往直前。如果你想对天神宙斯有所认识,你就得把他联系到他所在的天空和众星中间一年四季的情况,菲底阿斯就是这样办的。再如,你如果想塑造雅典娜女神像,你也就必须在想象中想到与她有关的武艺、智谋和各种技艺以及她如何从她父亲宙斯的头脑中产生出来的。"②

据希腊神话,雅典娜的母亲怀她时,她父亲天神宙斯把她母亲吞吃下去,她是从宙斯头脑中生出来的。她后来成为智慧女神、工艺女神、女战神、雅典城邦的女护神。

斐罗斯屈拉特这段话是西方关于想象的最早说明。

在西方,"想象"与"形象思维"指的是一回事。意大利的维柯(1668~1744)的著作《新科学》,对形象思维理论作了重要贡献。他

---

① 祖保泉:《文心雕龙解说》,第514、515页,安徽教育出版社2009年版。
② 朱光潜:《西方美学史》,第665~666页,人民文学出版社2003年版。

说:"人最初只有感受而不能知觉,接着用一种被搅动的不安的心灵去知觉,最后才用清晰的理智去思索。"①

这里,维柯把人类心理功能发展分为三个阶段,即形象思维的三个阶段:感受阶段、知觉阶段(想象)、理智阶段。

维柯又说:"儿童们的记忆力最强,所以想象特别生动,因为想象不过是扩大的或复合的记忆。这条公理说明了世界在最初的童年时代所形成的诗性意象何以特别生动。"②

这段话说明,儿童最初只会形象思维,还没有学会抽象思维。人类在其童年时代也是运用形象思维来形成最初的文化宗教、神话、语言等活动的。

维柯的形象思维理论有几个要点:

以己度物的隐喻。他说:"由于人类心灵的不确定性,每逢堕在无知的场合,人就把他自己当作权衡一切事物的标准。"③

以近度远的原则。"人类心灵还另有一个特点:人对辽远的未知的事物,都根据已熟悉的近在手边的事物去进行判断。"④

移情公理:"诗的最崇高的工作就是赋予感觉和情欲于本无感觉的事物。儿童的特点就在把无生命的事物拿在手里,戏和它们交谈,仿佛它们就是些有生命的人。"⑤

好奇是人的特性、想象的动力。"惊奇是无知的女儿,惊奇的对象愈大,惊奇也就变得愈大。""好奇心是人生而就有的特性,它是蒙昧无知的女儿和知识的母亲。当惊奇唤醒我们的心灵时,好奇心总有这样的习惯,每逢见到自然界有某种反常现象时,例如一颗彗星,

---

① 朱光潜:《西方美学史》,第325页,人民文学出版社2003年版。
② [意]维柯著,朱光潜译:《新科学》,第103页,人民文学出版社2008年版。
③ [意]维柯著,朱光潜译:《新科学》,第81页,人民文学出版社2008年版。
④ [意]维柯著,朱光潜译:《新科学》,第82页,人民文学出版社2008年版。
⑤ [意]维柯著,朱光潜译:《新科学》,第97页,人民文学出版社2008年版。

一个太阳幻象,一颗正午的星光,就立刻要追问它意味着什么。"①

提出了"想象性的类概念"。维柯指出:"人类心灵按本性就喜爱一致性。"又说:"儿童们的自然本性就是这样:凡是碰到与他们最早认识到的一批男人、女人或事物有些类似或关系的男人、女人和事物,就会依最早的印象来认识他们,依最早的名称来称呼他们。"如见到年长的男人都叫"爸"或"叔",见到年长的女人都叫"妈"或"姨"。

维柯提出了创造典型人物的三条公理:一是人类心灵按其本性就喜爱一致性。他们有一种自然倾向,要创造人物性格而且要把它们创造得恰如其分,以达到诗性真实。二是提出了想象性的类概念的理论。就是创造具体人物形象来代表同类人物的特性,就是典型人物性格。三是提出"埃及人把对人类生活有益或必要的一切发明都归功于最伟大的霍弥斯"。即是创造的典型人物要高大完善,以个别表现一般,一般存在于个别之中,既是个别,又是一般,个别与一般密切结合。

维柯关于上述三条公理的论述,生动地说明了形象思维如何创造人物性格的过程。他所说的"想象性的类概念",就相当于典型性格,并说明了塑造人物性格的集中、夸张和理想化的过程。

在西方形象思维理论发展史上,维柯是作了重要贡献的。维柯之后,对西方形象思维理论作出重要贡献的是黑格尔。

格奥尔格·威廉·弗里德里希·黑格尔(1770～1831),德国哲学家、美学家。他的巨著《美学》是每个真正希望研究诗歌美学的人值得细读的。朱光潜在《美学》"译后记"中说:"在马克思主义以前,西方美学和文艺理论的书籍虽是汗牛充栋,真正有科学价值而影响深广的也只有两部书,一部是古希腊的亚里士多德的《诗学》,另一

---

① [意]维柯著,朱光潜译:《新科学》,第98页,人民文学出版社2008年版。

部就是十九世纪初期的黑格尔的《美学》。在哲学方面黑格尔总结了他以前二千多年的西方思想发展,在美学和文艺理论方面也是如此。"①

在《美学》中黑格尔对形象思维理论有精辟的论述。他说:"如果谈到本领,最杰出的艺术本领就是想象。但是我们同时要注意,不要把想象和纯然被动的幻想混为一事。想象是创造性的。"②

在"想象"标题旁,朱光潜加了一个注:"想象(Phantasie),实即'形象思维'。"

黑格尔认为,想象的创造活动首先是掌握现实及其形象的资禀和敏感,把现实世界的丰富多彩的图形印入心灵里。并且,这种创造活动还要靠牢固的记忆力,把这种多样图形的花花世界记住。他告诫艺术家不能凭借自己的幻想,从"理想"开始总是靠不住的,艺术家创作所依靠的是生活的富裕,创作的材料不是思想而是现实的外在形象。他认为,卓越人物总是具有超乎寻常的广博的记忆力,如歌德就是这样的,在他的一生中,他的关照范围天天在逐步推广。这种明确掌控现实世界中现实形象的资禀和兴趣,再加之牢牢记住所观察的事物,这就是创造活动的首要条件。此外,还必须熟悉人的内心生活,各种心理状况中的情欲及各种意图,并且具有把心灵内在生活通过适当方式表达于实在界的能力。

同时,想象还不能停留在对外在现实与内在现实的单纯的吸收,而必须经过深思熟虑,每一部伟大的艺术作品都使人感到其中材料是经过作者从各方面长久深刻衡量过的,轻浮的想象决不能产生有价值的作品。艺术家既要求助于清醒的理解力,也要求助于深厚的

---

① [德]黑格尔著,朱光潜译:《美学》,第3卷下册,第337页,商务印书馆1997年版。
② [德]黑格尔著,朱光潜译:《美学》,第1卷,第357页,商务印书馆2008年版。

心胸和灌注生气的情感,凝神专注对于艺术家也是必要的。黑格尔深刻指出:"艺术家不仅要在世界里看得很多,熟悉外在的和内在的现象,而且还要把众多的重大的东西摆在胸中玩味,深刻地被它们掌握和感动;他必须发出过很多的行动,得到过很多的经历,有丰富的生活,然后才有能力用具体形象把生活中真正深刻的东西表现出来。"①

黑格尔的形象思维理论是精辟的,然而,他认为"哲学对于艺术家是不必要的",哲学与艺术是"相对立的事情",亦即把抽象思维与形象思维对立起来则是错误的。

波德莱尔的形象思维理论,也有重要影响。

夏尔·波德莱尔(1821~1867),法国象征主义诗歌的先驱,杰出的文艺批评家。他的《美学珍玩》是关于美学的重要著作,在这本著作中对形象思维理论有精辟论述。

波德莱尔极其推崇想象力,认定想象力是"各种能力的王后","是想象力告诉人颜色、轮廓、声音、香味所具有的精神上的含义。它在世界之初创造了比喻和隐喻,它分解了这种创造,然后用积累和整理的材料,按照人只有在自己灵魂深处才能找到的规律,创造一个新世界,产生出对于新鲜事物的感觉。它创造了世界(我认为即使在宗教的意义上也可以这么说),就理应统治这个世界"。"想象力是真实的王后。"

在想象力与其他能力的关系上,他认为"没有它,一切能力无论多么坚实,多么敏锐,也等于无有。如果某些次要的能力受到强有力的想象的激励,其缺陷也就成了次要的不幸。任何能力都少不了想象力,而想象力却可以代替某些能力。往往这些能力要经过好几种不适应事物本质的方法的连续试验才能发现的东西,想象力却可以

---

① [德]黑格尔著,朱光潜译:《美学》,第1卷,第359页,商务印书馆2008年版。

自豪地直接地猜度出来。最后,就是在道德方面,它也扮演了强有力的角色"①。"这个各种能力的王后真是一种神秘的能力,它和其他一切能力有关,它激励它们,派它们去打仗。"②然而,波德莱尔认为,想象力也需要其他能力的帮助,想象力越是有了帮手,才越有力量;好的想象力拥有大量的观察成果,才更为强大。

波德莱尔反对单纯地摹写自然。他反对当时流行的一种学说:"摹写自然吧,只摹写自然吧。最大的快乐和胜利莫过于惟妙惟肖地摹写自然。"他认为,这种理论是艺术的敌人,既安慰了无能,也安慰了懒惰,是没有想象力的表现。

波德莱尔指出,他所说的想象是创造性的想象。他引证了英国作家科罗夫人的一段话:"我说的是,不仅仅是指人们用得很滥的这个词的一般概念,那只不过是幻想而已,我指的是创造的想象,那是一种高得多的功能。"

他认为他的观点与科罗夫人的观点"不谋而合"。他认为我们所看到的创造,它是好几次创造的结果,前面的创造总是被下一个创造补充着。

他认为,创造的想象需要经过长期的训练。这种艺术的最精微的活动得力于一种感觉,长期的训练赋予这种感觉以一种无法形容的可靠性。

波德莱尔这样来表达他推导出的美学的全部公式:"整个可见的宇宙不过是个形象和符号的仓库,想象力给予它们位置和相应的价值;想象力应该消化和改变的是某种精神食粮。人类灵魂的全部

---

① [法]夏尔·波德莱尔著,郭宏安译:《美学珍玩》,第 285 页,上海译文出版社 2009 年版。
② [法]夏尔·波德莱尔著,郭宏安译:《美学珍玩》,第 284 页,上海译文出版社 2009 年版。

能力都必须从属于同时征用这些能力的想象力。"①

波德莱尔的想象理论,对于纠正法国诗文理论上的偏颇起了有力的作用。当时,情感主义诗论在法国占了主要地位,认为诗人只是把心灵深处被囚禁的感情解放出来,完全忽视了诗歌文学是一种人类心智的创造性活动。波德莱尔指出:"在浪漫主义的混乱年代,即热烈地倾吐感情的年代,流行着这样一种说法:'从心里出来的诗!'这就是把全权给了激情,似乎激情是万无一失的。这一美学上的错误强加给法国语言多少悖理和诡辩啊!心里有激情,有忠诚,有罪恶,但唯有想象里才有诗。"②

波德莱尔的想象理论对法国文学的发展繁荣发挥了重要的作用。

别林斯基的形象思维理论,同样不能小视。

别林斯基(1811~1848),19世纪前半期俄国文学批评家,是俄国现实主义文艺理论的奠基人。他对形象思维理论作过明确的表述,多次说过诗和艺术是"富于形象的思维"。"哲学家用三段论法讲述,诗人用形象和图画讲述,他们两人所讲的东西是一样的。"③又说:"诗歌也进行议论和思考,这是不错的,因为它的内容,正像思维的内容一样,也是真理;可是诗歌是用形象和画面,而不是用三段论法来进行议论和思考的。一切感情和一切思想都必须形象地表现出来,才能够是富有诗意的。"④

他对艺术的泉源作过认真的考察,认为宇宙便是神思,而这神思是在洪荒时代就已经作为合理的可能性而恒久存在,通过具体化为

---

① [法]夏尔·波德莱尔著,郭宏安译:《美学珍玩》,第291页,上海译文出版社2009年版。
② 杨冬著:《文学理论》,第170页,北京大学出版社2009年版。
③ 公木:《毛泽东诗词鉴赏》,第369页,长春出版社2001年版。
④ 杨义:《文学理论》,第137页,北京大学出版社2009年版。

形式,忽然变成了明显的现实。

在《艺术的概念》一文中,别林斯基对艺术下了一个定义:"艺术是对于真理的直感的观察,或者说是用形象来思维。在这一艺术定义的阐述中包含着全部艺术理论:艺术的本质,它的分类,以及每一类的条件和本质。"他认为形象思维对诗歌特别重要,说:"一般意见认为,诗歌具有一种超凡的力量,通过崇高的感觉,把人类精神向上天提升,它依靠一般生活的美丽的、鬼斧神工的形象在人们心里唤起这些感觉。"[①]

别林斯基的形象思维理论,与他的典型理论,与时代精神统一的情致论等,为俄罗斯文艺理论的继续发展奠定了基础。

3. 马克思—毛泽东

马克思(1818~1883)和恩格斯(1820~1895),都是德国人。他们于19世纪共同创立了马克思主义。马克思主义是吸收和改造了两千多年来人类思想和文化发展中一切有价值的东西的结晶,回答了人类先进思想已经提出的种种问题。马克思主义内容非常丰富,马克思主义文艺观是其中的重要组成部分。他们总结了古希腊的神话和悲剧,文艺复兴时期的美术绘画作品,莎士比亚、歌德、巴尔扎克等著名作家的诗文艺术作品的创作经验,创立了以现实主义文艺思想为核心,以真实性、典型性和倾向性为基本内容的文艺思想体系,对文艺创作中的文艺美学,文艺的本质和特征、社会作用、创作规律、内容与形式等基本问题,作了科学的回答。

马克思和恩格斯对文艺创作中的形象思维问题也作了精辟的论述,他们认为,文艺属于意识形态的上层建筑。意识形态是一个信

---

① 章安祺编:《西方文艺理论史精读文献》,第364页,中国人民大学出版社2010年版。

仰、观念和思想的体系,属于受社会经济基础制约的上层建筑。作为社会意识形态的文艺是社会存在的反映,真实地反映社会生活的丰富内容,是文艺的本质。他们认为,人类的艺术活动,是人对世界的一种"掌握"方式。在《〈政治经济学批判〉导言》中,马克思指出:"具体总体作为思维总体、作为思维具体,事实上是思维的、理解的产物;但是,决不是处于直观和表象之外或驾于其上而思维着的、自我产生着的概念的产物,而是把直观和表象加工成概念这一过程的产物。整体,当它在头脑中作为被思维的整体而出现时,是思维着的头脑的产物,这个头脑用它所专有的方式掌握世界,而这种方式是不同于对世界的艺术精神的,宗教精神的,实践精神的掌握的。"[1]这里的"掌握",是指人脑对世界的认识和反映,"掌握世界的方式",是指人们认识或反映世界的方式。这里,马克思把人们认识和反映世界的方式区分为理论的、艺术的、宗教的、实践的不同类型,艺术作为一种独立的掌握世界的方式,这是马克思主义文艺观的基本原理,也是形象思维理论的理论基点。

马克思对想象给了高度重视。他说:"希腊神话不只是希腊艺术的武库,而且是它的土壤。……任何神话都是用想象和借助想象以征服自然力,支配自然力,把自然力加以形象化……希腊艺术的前提是希腊神话,也就是已经通过人民的幻想用一种不自觉的艺术方式加工过的自然和社会形式本身。这是希腊艺术的素材。"[2]

文艺是怎样掌握世界的?就是用想象或借助想象、或者借助幻想等方式来掌握世界的。

马克思在写于1881~1882年的《摩尔根〈古代社会〉一书摘要》中,指出:"在野蛮期的低级阶段,人的较高的特性就开始发展起

---

[1] 《马克思恩格斯选集》,第2卷,第19页,人民出版社1995年版。
[2] 《马克思恩格斯选集》,第2卷,第28~29页,人民出版社1995年版。

来。……想象力,这个十分强烈地促进人类发展的伟大天赋,这时候已经开始创造出了还不是用文字来记载的神话、传奇和传说的文学,并且给予了人类以强大的影响。"①

想象力,这是伟大的天赋,这种天赋是人类独有的,"动物只是按照它所属的那个尺度和需要来建造,而人却懂得怎样处处都把内在的尺度运用到对象上去;因此人也按照美的规律来建造"②。

按照美的规律来建造,这是形象思维的基本功能,也是形象思维的光荣任务。

马克思主义文艺观继续向前发展,列宁、普列汉诺夫、斯大林、高尔基等都对发展马克思主义文艺观作出了重大贡献。

毛泽东是中国最伟大的马克思主义者,毛泽东文艺思想是对马克思主义文艺观的继承和发展。毛泽东不但是伟大的文艺理论家,也是伟大的诗人,在理论上他倡导形象思维,在实践上,他的诗词是运用形象思维的典范。

20世纪五六十年代我国文艺理论界在形象思维问题上展开了一场持续的讨论。一些人反对形象思维,认为"现代形象思维论是一个反马克思主义的认识论体系,是现代修正主义文艺思潮的一个认识论基础"③。有的说:"形象思维这个词是不科学的。"④

另一种观点是:赞成形象思维。

郭沫若说:"文艺是现实生活的反映和批判,如果从这一角度来说,文艺活动的本质应该就是现实主义。但文艺活动是形象思维,它是允许想象,并允许夸大的……其实就是科学活动也不能不需要想

---

① 葛郎主编:《马克思主义文艺观教程》,第16页,上海人民出版社2008年版。
② 葛郎主编:《马克思主义文艺观教程》,第16页,上海人民出版社2008年版。
③ 《形象思维问题参考资料》,第一辑,第248页,上海文艺出版社1998年版。
④ 《形象思维问题参考资料》,第一辑,第187页,上海文艺出版社1998年版。

象,不能不发挥综合的创造性。"①

霍松林说:"形象思维和逻辑思维是认识现实的不同形式。形象思维是艺术的思维,艺术家通过形象思维认识现实,用具体的形象表现认识现实的结果。逻辑思维是科学的思维,科学家通过逻辑思维认识现实,用抽象的概念表述认识现实的结果。形象思维和逻辑思维各有其特殊性,因而不应该把它们等量齐观;但它们又有其共同性,因而也不应该把它们对立起来。"②

二者争论非常激烈。毛泽东非常关注这场争论,并进行了认真的思考。1965年7月21日毛泽东给陈毅同志谈诗的一封信,是这一思考的结果。信中指出:"……诗要用形象思维,不能如散文那样直说,所以比、兴两法是不能不用的。赋也可以用,如杜甫之《北征》,可谓'敷陈其事而直言之也',然其中亦有比、兴。'比者以彼物比此物也','兴者,先言它物以引起所咏之词也'。韩愈以文为诗;有些人说他完全不知诗,则未免太过,如《山石》、《衡岳》、《八月十五酬张功曹》之类,还是可以的。据此可以知为诗之不易。宋人多数不懂诗是要用形象思维的,一反唐人规律,所以味同嚼蜡。""要作今诗,则要用形象思维方法,反映阶级斗争和生产斗争。"③

毛泽东这封信的公开发表,对我国诗词界的创作产生了重大的影响。赵瑞蕻在《诗与形象思维》一文中写道:"在这封信里,毛主席一连三次提到写诗'要用形象思维'。毛主席在这里言简意赅地总结了我国三千年来历代诗歌创作的优秀传统和丰富经验,阐明了一条古今中外颠扑不破的文学艺术的创作规律,为我国现代新诗的发展指示了明确的方向和道路。"④

---

① 《形象思维问题参考资料》,第一辑,第128页,上海文艺出版社1998年版。
② 《形象思维问题参考资料》,第一辑,第19页,上海文艺出版社1978年版。
③ 《形象思维问题参考资料》,第一辑,第2页,上海文艺出版社1978年版。
④ 赵瑞蕻:《诗歌与浪漫主义》,第223页,南京大学出版社1993年版。

(二)形象思维的形态

形象思维有三种基本形态。

1. 意象

意象,就是诗人、作家意念中的审美形象。这是中国古典诗学中的固有概念、固有的审美范畴。《周易·系辞》中说:"子曰:书不尽言,言不尽意。然则圣人之意,其不可见乎?子曰:圣人立象以尽意。"这是说,为了表达"意"需要立"象"。孔子这段话影响深远,成为诗歌意象的源头。

后来,刘勰在《文心雕龙·神思》中说:"独照之匠,窥意象而运斤。"这里,刘勰运用了一个奇妙的比喻。《庄子·徐无鬼》云:"郢人垩漫其鼻端若蝇翼,使匠石斲之。匠石运斤成风,听而斲之,尽垩而鼻不伤,郢人立不失容。"意思是说,有个郢人鼻端上涂了白善土,像苍蝇的翅膀,请匠石把它去掉。匠石运斤(斧头)成风,把白善土全部除尽了,鼻子也没有伤着,那个郢人面不改色。表示这个匠人本领高超,也表示郢人胆大过人。诗人、作家要运用高超的艺术手法来塑造鲜妙的意象,这是创作诗文谋篇布局的关键。

袁行霈在《中国诗歌艺术研究》一书中说:"王国维在《人间词话》里说:'言气质,言神韵,不如言境界。'境界是中国古典诗歌美学的一个重要范畴,讲境界的确比讲气质、讲神韵更能揭示中国诗歌艺术的精髓,也更易于把握。但是,讲诗歌艺术仅仅讲到境界这个范畴,仍然显得笼统。能不能再深入一步,在中国古典诗歌里找出一种更基本的艺术范畴,通过对这个范畴的分析揭示中国古典诗歌的某些艺术规律呢？我摸索的结果,找到了'意象'。"①

清初画家恽南田在《题洁庵图》时说:"谛视斯境,一草一树、一丘一壑,皆洁庵(指唐洁庵)灵想之所独辟,总非人间所有。其意象在六合之表,荣落在四时之外。将以尻轮神马,御泠风以游无穷。真所谓藐姑射之山,汾水之阳,尘垢粃糠,淖约冰雪。时俗龌龊,又何能知洁庵游心之所在哉!"宗白华在读了这段话后写道:"画家诗人'游心之所在',就是他独辟的灵境,创造的意象,作为他艺术创作的中心之中心。"②

审美意象塑造的成功与否与诗歌的质量有非常密切的关系。历代著名诗人都塑造了优美的意象,都有自己独特的意象群。屈原在《离骚》等作品中,塑造了香草、美人及众多自然神的意象,形成了骚体的独特风格。"东篱菊"的意象,则打上了陶渊明的烙印。而大鹏、明月、黄河、蜀道难等意象,则形成谪仙的诗风。一提到朱门肉臭、"三吏""三别",人们就会想到:"诗圣"杜甫。而"锦瑟"的意象则是李商隐的标志。只要提起"梅"的意象,人们就会想到林逋、陆游、毛泽东,想到他们不同的情操和诗风。

温庭筠的《商山早行》是意象鲜明的一首名诗:

晨起动征铎,客行悲故乡。
鸡声茅店月,人迹板桥霜。
槲叶落山路,枳花明驿墙。
因思杜陵梦,凫雁满回塘。

唐代诗人温庭筠于唐宣宗大中末年离开长安,经过商山(楚山)

---

① 袁行霈:《中国诗歌艺术研究》,第49页,北京大学出版社2001年版。
② 宗白华:《艺境》,第140页,北京大学出版社2004年版。

时写了这首诗。诗中写了早行的情景,清早起来,旅店内外车马的铃铎声已响了起来,诗人这时想起了在家乡的安稳,旅行在外的辛苦,产生了离愁。接着的三四两句诗"鸡声茅店月,人迹板桥霜",这十个字极为传神,意象极为丰满。十个字十种景物——鸡、声、茅、店、月、人、迹、板、桥、霜,也可组合成6种景物——鸡声、茅店、月、人迹、板桥、霜,都可以给人以鲜明的视觉或听觉印象。而且这些景物具有山区早行的象征性,雄鸡报晓、残月西斜时上路,紧扣早行,而这时山路上,已可看到"人迹板桥霜",更显示出"莫道君行早,更有早行人"的言外之意了。

三四两句,历来脍炙人口。欧阳修在《六一诗话》中说:"圣俞尝语余曰:'诗学虽率意,而造语亦难。若意新语工,得前人所未道者,斯为善也。必能状难写之景,如在目前,含不尽之意,见于言外,然后为至矣。……'余曰:'语之工者固如是。状难写之景,含不尽之意,何诗为然?'圣愈曰:'……若温庭筠'鸡声茅店月,人迹板桥霜'……则道路辛苦,羁愁旅思,岂不是于言外乎?'"[①]

温庭筠的这首诗音韵铿锵,意象俱足,富含象征意义,连接特别,令人浮想联翩,兴味悠然。

意象在西方,也颇受关注。

意象,在西方文艺诗歌创作中是最常见的概念之一。美国 M.H. 艾布拉姆斯在《文学术语词典》中对意象和意象主义作了详细的解释,指出了意象的三种解释:(1)意象(即"形象"的总称)用于指代一首诗歌或其他文学作品里通过直叙、暗示,或者明喻及隐喻的喻矢(间接指称)使读者感受到的物体或特性。(2)意象在较为狭窄的意义上仅用来指对可视客体和场景的具体描绘,尤其是生动细节的描绘。(3)按照目前最普遍的用法,意象指的是比喻语,尤其指隐喻

[①] 何文焕辑:《历代诗话》(上),第267页,中华书局1997年版。

和明喻的喻矢。意象是诗歌的基本成分,是呈现诗歌含义、结构与艺术效果的主要因素。意象"是文字组成的画面","一首诗本身也可以是多种意象组成的一个意象"。①

1912～1917年,意象主义在英美诗坛兴起,意象派对诗歌的主张是:抛弃传统题材,自由选择题材;抛弃传统韵律,创造自己的韵律;采用口语;塑造出坚实、清晰与凝聚的意象,描写出生动的感觉来。典型的意象派诗歌在描写可视事物或场景时,常常是通过隐喻或者并列描写来表现,在并列描写一个个物体时并不指明其关联。

法国的波德莱尔在塑造意象方面非常出色。沙尔·波德莱尔(1821～1867),法国现代派的鼻祖,象征派的先驱。他写作了文艺评论集《浪漫派艺术》,创作了诗集《恶之花》。他的诗篇《忧郁之四》塑造意象很有特色,郑克鲁对这首诗作过详细分析,认为是象征手法的代表作。

忧 郁 之 四

低垂沉重的天幕像锅盖,压在
忍受长久烦闷、呻吟的精神上;
它容纳地平线的整个儿圆盖,
向我们倾泻比夜更悲的黑光;

大地变成了一座潮湿的牢狱,
希望在那里像一只蝙蝠飞翔;
用胆怯的翅膀对着墙壁拍击,
又把头向着腐烂的天花板乱撞;

---

① [美]M.H.艾布拉姆斯著,吴松江等编译:《文学术语词典》,第243～245页,北京大学出版社2009年版。

雨水拖着那长而又长的水珠，
宛如一座大监狱的护条那样；
有一大群无声的卑污的蜘蛛，
在我们的脑壳深处张开蛛网；

这时大钟突然疯狂暴跳起来，
向天空投以一阵可怕的吼叫，
如同无家可归的游荡的鬼怪，
开始顽固而执拗地哀号。

——长列柩车没有鼓乐作为前导，
从我的心灵缓慢地经过；希望
战败而哭泣，残忍专制的烦恼
把黑旗插在我低垂的脑壳上。①

波德莱尔认为，想象是各种能力的王后。这首诗是写忧郁的，忧郁是一种抽象的形态，波德莱尔把它化虚为实，塑造了九个意象来表现这种形态。第一个意象，他把天空塑成"锅盖"扣在地平线上，并且发出可悲的黑光，这就给人造成了一种压抑感、烦闷感。第二个意象，把大地形容为一座潮湿的牢房。第三个意象，把人的希望比喻为一只蝙蝠，被关在牢房中飞不出去，把忧郁感大大地加深了。第四个意象，把雨水写成如同铁窗的护条，强化了牢房的封闭感。第五个意象，一群无声的、卑污的蜘蛛在人们脑壳深处结网，加深了郁闷之感。第六个意象，大钟突然吼叫起来，酷似游荡的鬼怪在呻吟哀号，象征

---

① 郑克鲁：《法国文学史教程》，第224~226页，北京大学出版社2008年版。

着心绪烦躁不宁,忧郁感更加浓郁。第七个意象,一长列柩车没有鼓乐前导,从诗人的心灵上缓慢经过,象征着无限悲哀。第八个意象,人们的"希望"因战败而哭泣。第九个意象,残忍专制的烦恼无情地把黑旗插在诗人低垂的脑壳上。这一连串的意象使忧郁感步步加深,达于极点。这首诗运用鲜活的意象,化虚为实,化无形为有形,充分表达了当时法国小资产阶级青年找不到出路而陷于悲观绝望的忧郁心境。

波德莱尔的《恶之花》,实际上是一部对腐朽资本主义社会进行揭露、控诉的诗集,具有深刻的社会意义,艺术上也很精湛。高尔基对波德莱尔及其诗作评价很高,称他"生活在邪恶中而热爱着善良"。他与一些优秀艺术家比,是"更正直、更敏感的人,具有寻求真理和正义愿望的人,对生活有极大需要的人……他们自己心中有着永恒的理想,不愿意在偶像面前低头"。①

2. 意境

意境,是中国古典诗学的一个重要概念、一个重要的审美范畴,是形象思维的一个基本形态。夏昭炎在其专著《意境概说》中写道:"意境,如有的学者指出的那样,'是我国独有的一个名词'。作为一个美学范畴,它源远流长,而其含义,却'非常抽象而暧昧,因此在比较实际的西洋美学或艺术学的体系中,几乎找不到一个同等的用语来传达'。'在西文中找不出一个可以概括它的所有内含的一个用语。'(姚一苇:《艺术的奥秘·境界》)这是合乎事实的。有的学者甚至仔细查阅了不同版本的英汉词典和汉英词典之类的权威性工具书,而所引出的义项解释几近风马牛,与意境的本义相距甚远。"②

---

① [法]波德莱尔著,钱春绮译:《恶之花》,第3页,人民文学出版社2008年版。
② 夏昭炎:《意境概说》,第257页,北京广播学院出版社2003年版。

确实,意境论是中国诗学对世界诗学的一个独特贡献。亚里士多德的《诗学》,没有提出意境理论。古罗马贺拉斯的《诗艺》,也未提及意境理论。法国布瓦洛的《诗的艺术》,依然没有涉及意境说。德国黑格尔的《美学》巨著,提到了艺术的情境,但仍然没有提及意境。

什么是黑格尔的情境论呢?黑格尔认为:艺术形象的决定因素,首先是"普遍的世界情况",即一个时代的总的情况,其次是"情境",即某一个别人物或某一个别情节所由产生和发展的具体情境,即无定性普泛背景"具体化"为有定性的特殊环境,成为引发冲突的"机缘","一般地说,情境一方面是总的世界情况经过特殊化而具有定性,另一方面它既具有这种定性,就是一种推动力,使艺术所要表现的那种内容得到有定性的外观。特别是从后一个观点看来,情境供给我们以广阔的研究范围,因为艺术的最重要的一方面从来就是寻找引人入胜的情境,就是寻找可以显现心灵方面的深刻而重要的旨趣和真正意蕴的那种情境"①。

黑格尔的情境论认为,艺术形象的决定因素首先是"普遍的世界情况",也就是时代的总的情况。其次是情境,就是某一个别人物和某一个别情节所由产生和发展的具体情况。以歌德的《浮士德》为例,其所写的普遍世界情况是欧洲文艺复兴时代的人生理想。其情境就是浮士德的个人遭遇境况。

黑格尔的情境论颇类王昌龄的情境论,但与意境仍有区别。

什么是中国古典诗学的意境?意境是指在文艺作品中所描绘的生活图景和表现的思想感情融合一致而形成的艺术境界。能使读者通过想象和联想,如身入其境,在思想感情上受到感染。优秀的诗歌能使情与景、意与境交融在一起,塑造出鲜明生动的艺术形象,产生

---

① [德]黑格尔著,朱光潜译:《美学》,第1卷,第254页,商务印书馆2008年版。

强烈的感染力。在我国,把"意"和"境"二字直接联系在一起而成"意境"一词的最早可能是王昌龄。传为王昌龄所作的《诗格》中写道:

> 诗有三境:一曰物境,欲为山水诗,则张泉石云峰之境,极丽绝秀者,神之于心,处身于境,视境于心,莹然掌中,然后用思,了然境象,故得形似。二曰情境,娱乐愁怨,皆张于意,而处于身,然后驰思,深得其情。三曰意境,亦张之于意,而思之于心,则得其真矣。①

这段话的意思是,要创作山水诗,写好物境,必须身入其境,对"极丽绝秀"的泉石、云峰等景物进行仔细观察,深入了解,才能生动逼真地描写出来。至于"情境",需要诗人设身处地体验人生的欢乐愁怨,然后驰骋想象,充分地把情感表现出来。至于"意境",诗人必须真正地发自肺腑,才能写出真情实感。"情境"和"意境",关系非常密切。其不同点在于,"情境"是"深得其情",重点在情感,"意境"是"则得其真矣",这个"真"字,即除了深得其真情外,还包括意志、志向等在内。

王昌龄还阐述了意境的生成、诗人创作的心志和构思方法,说:"诗有三格:一曰生思。久用精思,未契意象,力疲智竭,放安神思,心偶照境,率然而生。二曰感思。寻味前言,吟讽古制,感而生思。三曰取思。搜求于象,心入于境,神会于物,因心而得。"②

王昌龄对意境在诗歌中的作用很重视,认为"凡作诗之体,意是格,声是律,意高则格高,声辨则律清,格律全然后始有调。用意于古

---

① 陈良运主编:《中国历代诗学论著选》,第238页,百花洲文艺出版社1995年版。
② 陈良运主编:《中国历代诗学论著选》,第239页,百花洲文艺出版社1995年版。

人之上,则天地之境,洞焉可观。"①

可以说,王昌龄是我国诗学意境论的奠基人。此后,被称为"释门伟器"的唐代诗僧皎然提出了"取境说","夫诗人之思初发,取境偏高,则一首举体便高;取境偏逸,则一首举体便逸。""夫不入虎穴,焉得虎子?取境之时,须至难、至险,始见奇句。成篇之后,观其气貌,有似等闲,不思而得,此高手也。"

皎然还贡献了"造境说"。他在《奉应颜尚书真卿观玄真子置酒张乐舞破阵画洞庭三山歌》这篇优美的诗篇中写出了几句诗:"盼睞方知造境难,象忘神遇非笔端。昨日幽奇湖上见,今朝舒卷手中看。……颜公素高山水意,常恨三山不可至。赏君狂画忘远游,不出轩墀坐苍翠。"皎然的"取境说"、"造境说"丰富了意境的理论。

此外,诗人刘禹锡提出了"境生于象外"的论断,唐代卓越诗论家司空图提出了"象外之象"、"景外之景"、"味外之旨","韵外之致"等命题,使中国古典诗学的意境论达于成熟。

意境论在唐以后继续向前发展,到了清末民初,王国维广纳博采,对意境论作了深入研究,提出了境界说。他在《人间词话》中说道:"沧浪所谓兴趣,阮亭所谓神韵,犹不过道其面目,不若鄙人拈出境界二字为探其本也。"又说:"言气质,言神韵,不如言境界。有境界,本也;气质、神韵,末也。有境界而二者随之矣。"还说:"文学之事,其内则以摅己而外则以感人者,意与境二者而已,上焉者,意与境浑,其次或以境胜,或以意胜。苟缺其一,不足以言文学。""有有我之境,有无我之境。""有我之境,物皆著我之色彩。无我之境,不知何者为我,何者为物,这是主观诗与客观诗之所由分也。"他反复强调:"词以境界为最上。有境界则自成高格,自有名句。"

王国维的境界论内容很丰富,他往往把"境界"与"意境"作同一

---

① 陈良运主编,《中国历代诗学论著选》,第231页,百花洲文艺出版社1995年版。

含义的词使用。他指出:境界包括外在的景物人事与内在的思想情意两个方面。"境,非独谓景物也。喜、怒、哀、乐,亦人心中之一境界。故能写真景物、真感情者,谓之有境界,否则,谓之无境界。"

境界有"常人之境界"和"诗人之境界"之别。凡能将"须臾之物","镌诸不朽之文学",便是"大诗人之秘妙"所在,便是诗人之境界。

从创作方法上分:"有造境、有写境,此理想与写实二派之所由分。"

从题材内容上分:"境界有大小,不以是而分优劣。"

从诗人对景物的感受上分,境界"有有我之境,有无我之境"。有我之境,以我观物,故物皆著我之色彩;无我之境,以物观物,故不知何者为我,何者为物。无我之境,人惟于静中得之。有我之境,于由动之静时得之。

从艺术风格来分,境界有"'隔'与'不隔'之别"。"语语都在目前,便是不隔。"否则,就是隔。

为什么大诗人之作能达到境界高远?"大家之作,其言情也必沁人心脾,其写景也必豁人耳目,其辞脱口而出,无矫揉妆束之态,以其所见者真,所知者深也。诗词皆然。持此以衡古今之作者,可无大误矣。"

王国维还凝练了一段广为传诵的名言:"古今之成大事业、大学问者,必经过三种之境界:'昨夜西风凋碧树。独上高楼,望尽天涯路。'此第一境也。'衣带渐宽终不悔,为伊消得人憔悴。'此第二境也。'众里寻他千百度,回头蓦见,那人正在灯火阑珊处。'此第三境也。"①

---

① 陈良运主编:《中国历代词学论著选》,第739~742页,百花洲文艺出版社1998年版。

境界说,是王国维词学理论的核心,是对中国古典诗学理论的重要发展。滕咸惠评价说:"王国维是中国近代最后一位重要的美学和文学思想家。他第一个企图把中国古典美学和文学理论与西方美学和文学理论融合起来,构成新的美学和文学理论体系。从某种意义上说,他既集中国古典美学和文学理论之大成,又开中国现代美学和文学理论之先声。"①

在王国维之后,对意境论作出重大贡献的,有宗白华。他的《艺境》一书对意境问题进行了深入的探索。

早在1943年3月,宗白华在《中国艺术意境之诞生》一文中就这样写道:"现代的中国站在历史的转折点。新的局面必将展开。然而我们对旧文化的检讨,以同情的了解给予新的评价,也更重要。就中国艺术方面——这中国文化史上最中心最有世界贡献的一方面——研寻其意境的特构,以窥探中国心灵的幽情壮采,也是民族文化的自省工作。"②

意境的内涵是什么?宗白华的回答是:人与世界接触,因关系层次不同,有五种境界:(1)为满足生理的物质的需要,而有功利境界;(2)因人群共存互爱的关系,而有伦理境界;(3)因人群组合互制的关系,而有政治境界;(4)因穷研物理,追求智慧,而有学术境界;(5)因欲返本归真,冥合天人,而有宗教境界。功利境界主于利,伦理境界主于爱,政治境界主于权,学术境界主于真,宗教境界主于神。但介乎后二者的中间,以宇宙人生的具体为对象,赏玩它的色相、秩序、节奏、和谐,借以窥见自我的最深心灵的反映;化实境而为虚境,创形象以为象征,使人类最高的心灵具体化、肉身化,这就是"艺术境界"。艺术境界主于美。

---

① 滕咸惠校注:《人间词话新注》,第31页,齐鲁书社1994年版。
② 宗白华:《艺境》,第139页,北京大学出版社2004年版。

宗白华认为意境有三个层次:"中国艺术家何以不满于纯客观的机械式的模写?因为艺术意境不是一个单层的平面的自然的再现,而是一个境界层深的创构。从直观感相的模写,活跃生命的传达,到最高灵境的启示,可以有三层次。"他认为蔡小石在《拜石山房词》序里形容词里面的三境层极为精妙。

蔡小石的序说:"夫意以曲而善托,调以杳而弥深。始读之则万萼春深,百色妖露,积雪缟地,余霞绮天,一境也。(这是直观感相的渲染)再读之则烟涛澒洞,霜飙飞摇,骏马下坡,泳麟出水,又一境也。(这是活跃生命的传达)卒读之而皎皎明月,仙仙白云,鸿雁高翔,坠叶如雨,不知其何以冲然而澹,翛然而远也。(这是最高意境的启示)"①

括弧内的句子是宗白华的点睛语。他认为以情胜的一境是心灵对于印象的直接反映,以气胜的又一境是"生气远出"的生命,以格胜的终境是映射着人格的高尚格调。宗白华是学贯中西的美学家,他把中西艺术作了对比,认为西方艺术中的印象主义、写实主义,相当于中国意境的第一境层。西方浪漫主义倾向于生命音乐性的奔放表现,古典主义倾向于生命雕像式的清明启示,都相当于意境的第二境层。至于象征主义、表现主义、后期印象派,他们的旨趣在于意境的第三境层。

军事上有句名言:运用之妙,存乎一心。在诗歌意境的创造上,这句话也是完全适用的。

意境理论是中国诗学的独特贡献,造就了中华诗歌的繁荣、辉煌。这一理论是否适用于各国诗歌呢?纵观古今中外诗歌,可以说这是一个普遍适用的理论。虽然西方诗学中没有意境这一理论,但在其浩如烟海的诗歌中"意境"是实际存在的。我们试举一例作比:

---

① 宗白华:《艺境》,第144页,北京大学出版社2004年版。

静 夜 思
李 白

床前明月光，疑是地上霜。
举头望明月，低头思故乡。

　　这首短诗4句20字，写出了远离家乡、孤独远游的游子思乡之情，信口而成，清新朴素，平淡隽永，意境深远，韵味无穷。胡应麟称这首诗"妙绝古今"，在中国家喻户晓，深入人心。恰巧，德国著名诗人歌德也有一首非常著名的短诗，他的《游子夜歌》在德国影响深远。

游 子 夜 歌

群峰之巅
是静谧，
树梢之间
你难觅
一丝微风；
小鸟深宿林丛。
不消多等！
你也归来其中。

（欧凡　译）

　　与李白的《静夜思》在中国家喻户晓一样，歌德的这首小诗在德国也广为人知。歌德有两首《游子夜歌》，一首是1776年写的，一首是1780年写的。这里引用的是第二首。1780年9月，歌德来到伊尔梅瑙休假，一天黄昏后他来到基克尔汉山上散步，并在位于最高峰的狩猎木楼里过夜。当夜,他吟成《游子夜歌》,并用铅笔写在小楼的板壁上。

为什么写这首诗?这时的歌德已进入政界,当了4年多魏玛公国枢密顾问,政务异常繁忙,与他的诗人情趣矛盾突出。这次休假,他暂时摆脱了政务和俗务,得到了短暂的宁静安逸。他心灵驰骋,写成了这首诗。

这首诗语言简洁,意境深远,影响广泛,感染力强。引来许多作曲家为它谱曲。据20世纪20年代统计,作曲家为这首诗谱曲已有200多次。① 1982年,歌德逝世150周年时,西德文化界征求公众意见,认为这首《游子夜歌》是歌德诗歌中最著名的一首。冯至认为:该诗尽管只有短短8行,但它的声誉并不亚于12111行的《浮士德》。对这首诗,人们最深刻的印象就是静:山静,树静,栖鸟静,夜游者的心也静了下来。前6行三句写景,后2行诗人把自己也摆了进去,转向了自己的内心世界,表达了言外之意,表达了自己对理想的宁静诗意生活的向往,意境深邃,韵味无穷。

3. 典型

典型,是又一个重要审美范畴,是形象思维的又一个基本形态。典型理论在西方源远流长,是一个很重要的概念。中国古代诗学虽然没有提出典型理论,但经久不衰地实际运用着,因为在诗歌创作中实在是需要塑造艺术典型的。

法国著名作家奥诺·德·巴尔扎克(1799~1850)在其创作的《〈人间喜剧〉前言》中作了精湛的阐述,他认为一个作家在创作中需要"匠心独运",运用形象思维方法,"以构成当代的伟大形象为前提","来同社会上形形色色的人物媲美"。一个作家要想取得丰硕

---

① 吴笛:《世界名诗欣赏》,第115页,浙江大学出版社2008年版。

的成果,就必须研究社会,研究人性的千变万化,"编制恶习与美德的清单,搜集激情的主要表现,刻画性格,选取社会上的重要事件,就若干同质的性格特征博采约取,从中糅合出一些典型"。他认为不仅要善于塑造典型人物,而且要善于反映社会生活主要事件的典型表现,反映一些发展阶段中的典型情境。巴尔扎克有句名言:"要想画出多种多样的圣母像,就得有拉斐尔的本领。"①拉斐尔(1483~1520),意大利著名画家和雕刻家,他画的圣母像很著名。巴尔扎克这句话的意思是,要想塑造生动的艺术典型,就必须掌握塑造艺术典型的本领。

与巴尔扎克同时代但年寿更长的法国著名作家、诗人维克多·雨果(1802~1885),一生创作了十万多行诗句和大量小说、散文作品。1827年他写了《〈克伦威尔〉序》,这是西方文艺理论史上一篇重要文献,文中阐述了文艺创作中的典型问题:"近代的诗神"感到,"万物中的一切并非都是合乎人情的美,她会发觉,丑就在美的旁边,畸形靠近着优美,丑怪藏在崇高的背后,美与恶并存,光明与黑暗相共"。雨果说:"我们试图让大家认识到,正是从滑稽丑怪的典型和崇高优美的典型这两者圆满的结合中,才产生出近代的天才,这种天才丰富多彩,形式富有变化,而其创造更是无穷无尽。"他把典型分为两种:第一种典型,在脱尽了不纯的杂质之后,将拥有一切魅力、风韵和美丽;第二种典型,则将收揽一切可笑、畸形和丑陋。美只有一种典型,丑却千变万化。雨果认为,滑稽丑怪是一种丰富的典型,"滑稽丑怪作为崇高优美的配角和对照,要算是大自然给予艺术的最丰富的源泉"。②

---

① 杨义、高建平主编:《西方经典文论导读》,下卷,第449、456页,安徽教育出版社2009年版。
② 杨义、高建平主编:《西方经典文论导读》,下卷,第518、519、522页,安徽教育出版社2009年版。

雨果的《〈克伦威尔〉序》是19世纪法国浪漫主义文学运动的宣言书,他关于典型美的理论对法国文艺的发展产生了革命性的影响。

俄罗斯文学批评家别林斯基也对典型理论作出了贡献。他说:"创作本身的显著标志之一,就是这典型性……每一个人物都是典型,每一个典型对于读者都是似曾相识的不相识者。"又说:"普遍事物在艺术作品中的特殊化的条件还不仅仅限于民族性和独创性:如果没有典型性,就既没有民族性,也没有独创性。艺术中的典型(原型),正如同大自然中的类和属,历史中的英雄一样。在典型中,包含着两个极端——普遍事物和特殊事物——的有机融合的胜利。典型人物是整个一类人物的代表,是用专有名词加以表达的许多事物所共有的普遍名词"。[①]

别林斯基强调典型性是诗歌的特性,没有典型化,就没有艺术,就没有诗歌,是诗歌创作中极其重要的问题。

典型理论,在马克思主义文艺理论中也是一个非常重要的问题。

马克思1859年4月19日致斐·拉萨尔的信中,批评他的《弗兰茨·冯·济金根》诗体剧本时指出:"我感到遗憾的是,在人物个性的描写方面看不到什么特色。"[②]马克思在这里指出的是典型的特征性原则,这是文艺典型的基本特点。

恩格斯1888年4月致哈克奈斯的信中,对其中篇小说《城市姑娘》评论说:"如果我要提出什么批评的话,那就是,您的小说也许还不够现实主义。据我看来,现实主义的意思是,除细节的真实外,还要真实地再现典型环境中的典型人物。您的人物,就他们本身而言,是够典型的;但是环绕着这些人物并促使他们行动的环境,也许就不

[①] 章安祺编:《西方文艺理论史精读文献》,第362、369页,中国人民大学出版社2010年版。

[②] 《马克思恩格斯选集》,第4卷,第555页,人民出版社1995年版。

是那样典型了。"①

恩格斯这段关于典型问题的表述,是马克思主义关于典型问题的经典论述。

诗人须以敏锐的眼睛观察事物,发现并抓住实际生活中最富有特征性的东西,加以典型化,创造典型美,这就是艺术创造的过程。

马克思主义文艺典型理论传入中国是在五四运动以后,新中国成立后,这一理论得到了广泛的运用和发展。虽然典型理论在中国古典诗学中没有得到充分的阐述,然而在中国诗歌发展史上早已运用了典型化的创作方法。如杜牧的《过华清宫绝句三首》其一就是描写一个典型事件的:

长安回望绣成堆,山顶千门次第开。
一骑红尘妃子笑,无人知是荔枝来。

《新唐书·杨贵妃传》记载:"妃嗜荔枝,必须生致之,乃置骑传送,走数千里,味未变,已至京师。"这段记载,画出了唐玄宗从励精图治到贪图享受废弛国政过程中的一个生活图景,反映出唐朝由盛转衰的一个具体事件,是一个非常具有典型意义的场景。杜牧这首诗就是反映这一典型事件的。当唐明皇与杨贵妃正在豪华的华清宫内寻欢作乐的时候,宫外一名专使骑着驿马疾驰而来,身后尘土飞扬。听到这个消息,正在宫内享乐的杨贵妃嫣然一笑。杜牧在诗中形象地展示了这一典型事件,讽刺唐明皇享乐误国的过失。这首诗善择典型,形象鲜明,意境深邃,含蓄有致,被后人称为"荔枝体"。

----

① 《马克思恩格斯选集》,第4卷,第683页,人民出版社1995年版。

九　赋　比　兴

形象思维的具体艺术表现手法,在中国古典诗学中有赋、比、兴。毛泽东1965年7月21日致陈毅的信中云:"诗要用形象思维,不能如散文那样直说,所以比、兴两法是不能不用的。赋也可以用,如杜甫之《北征》,可谓'敷陈其事而直言之也',然其中亦有比、兴。'比者,以彼物比此物也','兴者,先言他物以引起所咏之词也'。"

(一) 诗学之正源,法度之准则

赋比兴是中国古典诗学最常用的诗艺表现手法。《周礼·春官·大师》说:"教以六诗:曰风、曰赋、曰比、曰兴、曰雅、曰颂。"《毛诗序》云:"故诗有六义焉,一曰风,二曰赋,三曰比,四曰兴,五曰雅,六曰颂。"梁代钟嵘《诗品》云:"故诗有三义焉:一曰兴,二曰比,三曰赋,文已尽而意有余,兴也;因物喻志,比也;直书其事,寓言写物,赋也。"唐代孔颖达《毛诗正义》云:"风、雅、颂者,诗篇之异体,赋、比、兴者,诗文之异辞耳……赋、比、兴是诗之所用,风、雅、颂是诗之成形,用彼三事成此三事。"他把赋比兴称做"用",也就是三种表现方法,即"诗法",这对中国古典诗学是一个重要发展,宋代朱熹在《诗集传》中写道:"赋者,敷陈其事而直言之也。""比者,以彼物比此物也。""兴者,先言他物以引起所咏之词也。"此说为多数学者所接受,对后世影响较大。

元代杨载在《诗法家数》中说:"夫诗之为法也,有其说焉。赋、比、兴者,皆诗制作之法也。""诗之六义,而实则三体。风、雅、颂者,诗之体;赋、比、兴者,诗之法。故赋、比、兴者,又所以制作乎风、雅、颂者也。凡诗中有赋起,有比起,有兴起,然风之中有赋、比、兴,雅颂之中亦有赋、比、兴,此诗学之正源,法度之准则。"①

中国古典诗学强调赋、比、兴,强调赋、比、兴灵活巧妙的综合运用。"宏斯三义,酌而用之,干之以风力,润之以丹采,使味之者无极,闻之者动心,是诗之至也。若专用比兴,患在意深,意深则词踬。若但用赋体,患在意浮,意浮则文散,嬉成流移,文无止泊,有芜漫之累矣。"②

中国古典诗学强调赋、比、兴,西方呢?

西方诗歌艺术强调模仿。虽然涌现了荷马、但丁、莎士比亚、歌德、普希金等众多杰出诗人,出现了亚里士多德、贺拉斯、布瓦洛、黑格尔、别林斯基等众多杰出诗歌文艺批评家,提出了不少诗艺表现方法,但却没有形成赋比兴这样完备的理论。宗白华对比研究了中西诗学理论,谈到赋比兴时说:"这个中国古代美学思想里深刻而优秀的成就,和同时间的欧洲的美学思想比较一下,是值得我们引以为光荣的。欧洲过去的美学思想一直纠缠在模仿自然和形式美的对立关系里,不是形式主义就是自然主义(机械式的模写)。而在中国,'赋'、'比'、'兴'的创作方法自始就是有机地结合着。又因为《诗经》里的诗本就是乐歌,能歌能舞,表现着音乐的节奏与和谐,艺术

---

① 何文焕辑:《历代诗论》(下),第726、727页,中华书局1997年版。
② 钟嵘著,徐达译注:《诗品全译》,第11页,贵州人民出版社1990年版。

的形式美和内容是不割裂的。形式与内容自始就是辩证地统一着。"①

西方自亚里士多德的《诗学》以后,模仿说一直成为主要的诗歌创作理论。在《诗学》中,第一章开头就指出:"史诗和悲剧、喜剧和酒神颂以及大部分双管箫乐和竖琴乐——这一切实际上都是摹仿,只有三点差别,即摹仿所用的媒介不同,所取的对象不同,所采用的方式不同。"②"而另一种艺术则只用语言摹仿。"这里的"另一种艺术",指的是史诗。亚里士多德把诗歌解释为对人类活动的摹仿,其原意是某种"再现",就是诗歌创作时首先通过捕捉人的某一活动再以语言的形式把它再现出来。亚里士多德的诗歌创作摹仿理论在西方影响深远,尽管中间有过争论起伏,但其影响至今仍然存在。

"形式"问题,是西方诗歌批评中争议最热闹的术语之一。它常被用来指文学的类型或体裁,如抒情诗体、史诗诗体等,或指诗歌格律、诗行及韵律的类型,或指诗歌作品组织和构成的原则等。在关于"形式"的争论中,因文艺批评家理论取向不同,特定的假设不同,因而得出的结论也各不相同。

纵观中西方诗歌创作,表现方法各具特色,各有千秋。西方诗学重摹仿,重再现,重意象的模式;中国诗学重内心情志的感发,重赋、比、兴的酌情综合运用,重内容与形式的完美结合。中西方诗学应该互取优长,补己之短,共同推进世界诗歌的繁荣。

---

① 宗白华:《中国美学史论集》,第94页,安徽教育出版社2006年版。
② [古希腊]亚里士多德著,罗念生译:《诗学》,第17页,上海人民出版社2006年版。

（二）赋

赋，在诗艺创作中占有极为重要的地位，可以说是一种最常用的创作方法。什么是赋？

汉代郑玄在《〈周礼〉注》里说："赋之言铺，直铺陈今的政教善恶。"

晋代挚虞《文章流别论》云："赋者，敷陈之称，古诗之流也。古之作诗者，发乎情，止乎礼义。情之发，因辞而形之；礼义之旨，须事以明之。故有赋然，所以假象尽辞，敷陈其志。"①

梁代钟嵘在《诗品序》中说："直书其事，寓言写物，赋也。"

梁代刘勰《文心雕龙·诠赋》云："赋者，铺也，铺采摛文，体物写志也。"

唐代孔颖达《〈诗〉疏》说："诗文直陈其事，不譬喻者，此赋辞也。"

宋代朱熹《诗集传》说："赋者，直陈其事而直言之也。"

同是宋代的胡寅说："大人尝言，学诗者必分其义，如赋、比、兴，古今论者多矣，惟河南李仲蒙之说最善。其言曰：叙物以言情，谓之赋，情尽物者也；索物以托情，谓之比，情附物者也；触物以起情，谓之兴，物动情者也。故物有刚柔缓急、荣悴得失之不齐，则诗人之情性亦各有所寓。非先辨乎物则不足以考情性，情性可考然后可以明礼义而观乎诗矣。"②

从上述诸家之说，可见赋的手法在于：叙述，"直书其事"，"直陈

---

① 陈良运主编：《中国历代诗学论著选》，第116页，百花洲文艺出版社1995年版。
② 王先霈：《中国古代诗学十五讲》，第176页，北京大学出版社2007年版。

其事";描写,"体物","写物图貌";"叙物以言情","敷陈其志","体物写志"直抒胸臆;以议论入诗;等等。

在中国古代,赋是一种使用最广泛的诗艺手法。

明代诗人谢榛瞎了一只眼,人称"眇君子"。然其诗学功底深厚,"独具只眼"。谢榛在其《四溟诗话》中记载:"洪兴祖曰:'《三百篇》比赋少而兴多,《离骚》兴少而比赋多。'予尝考之《三百篇》,赋七百二十,兴三百七十,比一百一十。洪氏之说误矣。"① 这个计算是否完全准确尚待验证,但赋法在《诗经》及历代诗歌中的运用是很普遍的。

朱自清说:"建安以来的作家,可以说没有一个用过《传》(《毛传》)《笺》(《郑笺》)式的'比兴'作诗的。用《楚辞》式的譬喻作诗的倒有的是,阮籍是创始的人。不过这一种,连后来的比体在内,也还是不多,赋体究竟是大宗。"②

中国古典诗歌中以赋法为主的名篇很多。《古诗为焦仲卿妻作》为我国著名的长篇叙事诗,全诗1785字,是我国《离骚》之后的第二篇长诗。除开头"孔雀东南飞,五里一徘徊"二句起兴外,其他用的全为赋法。杜甫的《北征》是又一名篇,以赋法为主,兼用比兴。白居易的《长恨歌》、《琵琶行》,既有叙事,又有描写、抒情,是以赋为主、兼用比兴的长篇名作。请看:

前出塞九首(其六)

杜 甫

挽弓当挽强,用箭当用长。
射人先射马,擒贼先擒王。
杀人亦有限,立国自有疆。
苟能制侵陵,岂在多杀伤。

---

① 丁福保辑:《历代诗话续编》(下),第1169页,中华书局1997年版。
② 朱自清:《诗言志辨》,第84页,广西师范大学出版社2004年版。

杜甫这首诗通篇议论，富含哲理，是唐代军旅哲理诗中的赋体名篇，对后来影响很大。据毛泽东的护士长吴旭君回忆，20世纪60年代末，当美国总统换届选举时，毛泽东预测尼克松可能当选，并说准备请他到北京来。吴旭君说，尼克松是反共老手，同他会谈会有舆论压力。毛泽东先让吴旭君背诵了杜甫的《前出塞九首》其六，然后说，在保卫边疆、防止入侵之敌时，要挽强弓、用长箭。这是指武器在战争中的重要作用，但不是决定性的因素，决定的因素是人。射人先射马，擒贼先擒王。这是民间流传的一句极普通的话。杜甫看出了它的作用，收集起来写在诗中。这两句话表达了一种辩证法的战术思想。我们要打开中美的僵局，不去找那些大头头，不找能解决问题的人去谈行吗？选择决策人中谁是对手这一点很重要。当然，天时、地利、人和都是不可排除的诸因素。原先中美大使级会谈，马拉松，谈了15年、136次，只是摆摆样子，现在是到了亮牌的时候啦。[①] 在这里，毛泽东用杜甫的诗句来表达自己的外交战略思想，对打开中美关系的僵局、营造中美关系的新格局发挥了重要作用。

再如：

贫　女

秦韬玉

蓬门未识绮罗香，拟托良媒益自伤。
谁爱风流高格调，共怜时世俭梳妆。
敢将十指夸针巧，不把双眉斗画长。
苦恨年年压针线，为他人作嫁衣裳！

[①]《缅怀毛泽东》(下)，第647页，中央文献出版社1993年版。

秦韬玉的这首诗亦是赋体名篇,全诗以赋体写成。诗中以一个未嫁贫女独白,倾诉她惆怅抑郁的心情,而"苦恨年年压针线,为他人作嫁衣裳"已成千古名句,直到现在仍然广泛流传。此诗寓意深远,语意双关,流露出诗人怀才不遇的惆怅心情。

诗艺表现手法中的赋法,在西方诗学中没有相应的概念,但诗歌创作中却大量采用了赋法。有诗为证:

祖　国
米哈伊尔·尤里耶维奇·莱蒙托夫
（1814~1841）

我爱祖国,是一种奇异的爱!
连我的理智也无法把它战胜。
无论是那用鲜血换来的光荣,
无论是那以愚信自豪的平静,
无论是那远古的珍贵传说,
都唤不起我心中欢快的憧憬。

但是我爱(自己也不知为什么):
她那冷漠不语的茫茫草原,
她那迎风摇曳的无边森林,
她那宛如大海的春潮漫江……
我爱驾马车沿乡村小道飞奔,
用迟疑不决的目光把夜幕刺穿,
见路旁凄凉村落中明灭的灯火,
不禁要为宿夜的地方频频嗟叹;
　　我爱那谷茬焚烧后的袅袅轻烟
　　我爱那草原上过夜的车队成串,

我爱那两棵泛着银光的白桦
在苍黄田野间的小丘上呈现。
我怀着许多人陌生的欢欣
望见那禾堆如山的打谷场,
望见盖着谷草的田家茅屋,
望见镶着雕花护板的小窗;
我愿在节日露重的夜晚,
伴着醉醺醺的农夫的闲谈,
把那跺脚又吹哨的欢舞,
尽情地饱看到更深夜半。

1841

(顾蕴璞 译)

这是俄国著名诗人莱蒙托夫的代表作之一。诗中深情地表达了对祖国的爱,对农民的爱。全诗铺排有致,用赋法写成,有很深的艺术感染力。

(三)比

比,是中国古典诗学的重要概念,是诗歌创作的重要表现手法。什么是比?

在《周礼·大师》中郑玄注云:"比,见今之失,不敢斥言,取比类以言之。"他又引郑众(司农)云:"比者,比方于物也。"刘勰《文心雕龙·比兴》云:"故比者,附也。""且何谓为比?盖写物以附意,扬言以切事者也。""夫比之为义,取类不常:或喻于声,或方于貌,或拟于心,或譬于事。""故比类虽繁,以切至为贵,若刻鹄类鹜,则无所取焉。"①朱熹说:"比者,以彼物比此物也。"

比,在中国诗歌创作中运用的频率很高,在西方诗学中则是研究的大宗。叶嘉莹在对中西诗学的批评术语进行详细研究以后说:"所有西方这些多彩多姿的批评术语,无论明喻、隐喻、转喻、象征、拟人、举隅、寓托、外应物象等……如果以之与中国诗说中的'赋、比、兴'相比,则所有这些技巧和模式的选用,可以说都仅是属于比的范畴,而未曾及于'赋'与'兴'的范畴。"②可见,比的方法在西方诗学中是分类很细致,运用非常发达的。

中国诗学中的比法,在本书前面"诗的修辞"中已有叙述,这里需要提到博喻。钱钟书在《宋诗选注》中谈到苏轼诗时说:"他在风格上的大特色是比喻的丰富、新鲜和贴切,而且在他的诗里还看得到宋代讲究散文的人所谓'博喻',或者西洋人所称道的莎士比亚式的比喻,一连串把五花八门的形象来表达一件事物的一个方面或一种状态。"③

韩愈的诗在运用博喻方面很有特色,如:

听颖师弹琴

昵昵儿女语,恩怨相尔汝。
划然变轩昂,勇士赴敌场。
浮云柳絮无根蒂,天地阔远随风扬。
喧啾百鸟群,忽见孤凤凰。
跻攀分寸不可上,失势一落千丈强。

---

① 韩泉欣:《文心雕龙直解》,第205~208页,浙江文艺出版社1997年版。
② 叶嘉莹:《迦陵论诗丛稿》,第32~33页,河北教育出版社1998年版。
③ 钱钟书:《宋诗选注》,第99页,生活、读书、新知三联书店2002年版。

嗟余有两耳,未省听丝篁。
自闻颖师弹,起坐在一旁。
推手遽止之,湿衣泪滂滂。
颖乎尔诚能,无以冰炭置我肠。

韩愈的这首诗,运用了"昵昵儿女语"、"勇士赴敌场"、"浮云"、"柳絮"、"百鸟群"、"弧凤凰"6个形象化的比喻来形容颖师弹琴刚柔相济、音韵悠扬、饱含深情的天籁之音,这种表现手法就是博喻。有唐一代,韩愈的这首诗与白居易的《琵琶行》、李贺的《李凭箜篌引》一道,被推许为"摹写声音至文"。这三首诗的共同点是:想象丰富,博喻多姿,意境宏远,音韵铿锵。

宋代的苏轼,诗词精粹,善用博喻。如:

百步洪二首(其一)

长洪斗落生跳波,轻舟南下如投梭。
水师绝叫凫雁起,乱石一线争磋磨。
有如兔走鹰隼落,骏马下注千丈坡。
断弦离柱箭脱手,飞电过隙珠翻荷。
四山眩转风掠耳,但见流沫生千涡。
险中得乐虽一快,何异水伯夸秋河。
我生乘化日夜逝,坐觉一念逾新罗。
纷纷争夺醉梦里,岂信荆棘埋铜驼。
觉来俯仰失千劫,回视此水殊委蛇。
君看岸边苍石上,古来篙眼如蜂窠。
但应此心无所住,造物虽驶如余何。
回船上马各归去,多言晓晓师所呵。

百步洪在江苏铜山,水在峭石间急流狂奔百余步。苏轼在这首诗中描写百步洪急流时连续运用了七个比喻:"兔走"、"鹰隼落"、"骏马下注千丈坡"、"断弦离柱"、"箭脱手"、"飞电过隙"、"珠翻荷",来形容水流湍急、奔腾疾泻的场面,形象生动。

再如:

花心动·闺情
谢逸(明人依托)

风里杨花,轻薄性,银烛高烧心热。香饵悬钩,鱼不轻吞,辜负钓儿虚设。桑蚕到老丝长绊,针刺眼、泪流成血。思量起,拈枝花朵,果儿难结。　　海样情深忍撇。似梦里相逢,不胜欢悦。出水双莲,摘取一枝,可惜并头分折。猛期月满会姮娥,虽知是、初生新月。折翼鸟,甚是于飞时节。

这首词是博喻的又一好例。正如钱钟书说的:"博喻"的佳例,"最突出的是嫁名谢逸的《花心动·闺情》用'风里杨花'等九物来比好事不成。"[1]

比的表现手法,无论古今中外在诗歌创作中都非常广泛地运用。在世界上流传极广的《圣经》是古希伯来文学的经典,是西方文学两个重要源头之一(另一源头是古希腊文学)。在《圣经》中有史诗,如《约瑟记》、《出埃及记》、《士师记》等,有抒情诗,如《诗篇》、《雅歌》、《哀歌集》等,在这些诗歌中比的艺术手法很丰富,其中就有"博喻"一法。如《圣经·诗篇》第十八篇大卫的一段诗:

耶和华我的力量啊,我爱你!
耶和华是我的岩石,我的山寨,

---

[1] 钱钟书:《宋诗选注》,第100页,生活·读书·新知三联书店2002年版。

> 我的救主，我的神，
> 　　我的磐石，我所投靠的。
> 他是我的盾牌，是拯救我的角，
> 　　是我的高台。
> 我要求告当赞美的耶和华，
> 　　这样我必从仇敌手中被救出来。①

这节诗中用了"岩石"、"山寨"、"救主"、"神"、"磐石"、"盾牌"、"角"、"高台"8个形象来比喻耶和华的作用，"博喻"丰富而贴切。

再如《圣经·雅歌》中的一段：

> 你的眼睛在面纱的后面，
> 闪耀着爱的光辉。
> 请你转过眼去别看我，
> 你的眼睛使我慌乱！
>
> 那顾盼如晨曦的是谁？
> 她明艳照人，
> 　像月亮一样清秀！
> 　像太阳一样光明！
> 　像林立的军旗一样耀眼！②

《圣经》收录了爱情诗篇实属难能可贵。上录诗篇对女性眼睛

---

① 中文和合本：《圣经》，第894页，2007年版。
② 朱维之：《圣经文学十二讲》，第368页，人民文学出版社2008年版。

的描写运用了博喻的手法,如"闪耀着爱的光辉","顾盼如晨曦","像月亮一样清秀","像太阳一样光明","像林立的军旗一样耀眼",连续运用五个比喻,形神毕具,隽永而极具魅力。

"莎士比亚式的比喻",在西方已成为博喻的代名词。请看他的一首名诗:

黄 金 咒

黄金,闪光的
美丽的、宝贵的金属?
不,神啊,不,我真心地祈祷……
黄金这东西,只要一点儿
就可以把一切黑的变成白的,
一切丑的变成美的,一切罪过
变成正义,一切卑贱变成高贵,
把胆小鬼变成豪迈的勇士,
把年迈的老人变成活泼的少年!
……
这东西从祭坛上赶走你的奴仆;
从病人的脑袋下抽去枕头。
是的,这全身闪光的奴才,
开始立下誓言,又把它撕毁;
祝福那受诅咒的家伙,
使人们跪拜在长期癞患者面前;
向万恶的强盗表示尊敬,
给他们地位,向他们叩头,
让他们高高地坐在元老院
座位上。把求婚者送给

满脸皱纹的老寡妇。在那使人
见了就呕吐的满是脓疮的人身上
洒下香水,插上鲜花,恢复美好的青春,
本来谁都要带着厌恶的神情
把他从医院四壁内远远送走!——
滚开,该死的大地
全世界共同的姘妇
人民的仇恨和战争的挑拨者。
……

啊,你可爱的刺杀国王的凶手;
你使亲生的父子互相反目的
圆滑的家伙;你淫污了纯洁婚床的
豪华的奸夫;你英勇豪迈的
战争之神;你永远年轻和漂亮。
一直是被人热恋和追逐的情郎,
你灿灿的光辉可以消融黛安娜(罗马神话中的女神、月神)
膝上圣洁的冰雪;你有形的神明,
使互不相容的东西亲密起来,
并且接吻,你会说各种不同的
语言,使每个人唯命是从;
你心灵的试金石——想一想,
你的奴隶们会突然造起反来,
你要赶快运用法力,让他们
互相砍杀,鲜血滚滚流入大海,
留下这个世界给野兽们来统治。

(曹葆华 译)

这是莎士比亚戏剧《雅典人泰门》第四幕第三场中的一首诗。雅典贵族富豪泰门，因好客而倾家荡产，他无奈向往日友好求援时，遭到拒绝，他悲而厌世，遁入海滨一个洞里，靠挖野草树根充饥。一次他挖树根时，突然挖出了前人埋藏的金子，他满怀激愤地诅咒黄金的罪恶和世人的势利。这里录引的是他用无韵的"素体诗"写成的"黄金咒"中的片断。这首诗运用博喻的手法，把黄金比做"闪光的奴才"，"全世界共同的姘妇"，"人民的仇恨和战争的挑拨者"，"圆滑的家伙"，"豪华的奸夫"，"战争之神"，"被人追逐的情郎"等等，形象而深刻地揭露了资本主义"金钱万能"的本质，思想内容深刻，艺术表现精妙，极具感染力。马克思对这首诗非常欣赏，在《1844年经济学——哲学手稿》中大段引用了它，认为莎士比亚把货币的本质描绘得极为出色。

比的艺术手法的另一内容是象征。象征是用具体的东西表现某种特殊意义。法国的沙尔·波德莱尔（1821～1867）、保尔·魏尔伦（1844～1896）、阿尔蒂尔·兰波（1854～1891），是法国象征派的先驱。我们来看兰波的一首散文诗：

洪水过后

洪水的观念刚刚失势。

一只野兔就在驴食草和摇钟花当中停住，隔着蛛网向虹霓祷告。

噢！那些宝石收藏了，——那些花儿已在张望。

肮脏的大街摆开了肉案，那些小船又由渔人驶向宛如在那些版画上展示的那片海面。

鲜血流了，在蓝胡子家里，——屠场上，——杂耍团里，上帝的印记叫那些场所的门窗变得苍白，血和奶一起流淌。

合伙人造起房子，一家家咖啡馆，高脚杯中加酒的咖啡在冒气。

那所还湿淋淋的玻璃窗的楼房里,愁煞的孩子们个个凝视起一幅幅奇妙的图画。

门扇砰然一声,——小村庄的空地上,这孩子突然旋转起双臂,懂得冰雹阵雨中四处的风标和风信鸽。

＊＊＊太太将一架钢琴安放在阿尔卑斯山,那弥撒和首批的领洗都在教堂千百座祭坛上庆祝了。

商旅出发了,而那家豪华旅馆就建在极地之夜和冰凌的混沌里。

从那时起,月亮闻见那些豺狼打百里香荒凉地嘎叽而来,——还有那些穿着木屐的牧歌者在葡萄园里低声怨语。然后,到那发紫的、吐出叶芽的乔木林,尤卡莉向我说:这是春天。

——水塘,涌现吧,——泛起的浪花,涌向桥头,越过林场吧,——黑绒的台毯和排排键管风琴,——闪电和响声,腾空旋滚吧;——大水和悲伤,上涨再泛洪水吧。

因为洪水清退以来,——哦,那些宝石颗粒钻进了地下,而那些开过的花儿!——这是一片烦恼!而这女王,这女巫,燃起她那煨在泥钵中的炭火,从不肯向我们讲她所通晓的,而我们也一无所知的事体。

我国法语翻译家叶汝琏对兰波的诗作有精深的研究,对这首诗作了精湛的解读,认为诗中的"洪水"和其他生物、事物、人物都富于神话或象征的色彩,"洪水"暗指法国的巴黎公社运动,"宝石"解为"真理","蓝胡子"象征镇压革命的元凶,"屠场"是指公社墙,男女社员英勇就义化为横流的血和奶而为圣地添彩。洪水过后,大自然呈现很多清新的景象,"春天"到了。之后,人类社会又恢复了罪恶肮脏的活动,诗人忧愁地又开始呼唤新的"洪水":"上涨再泛洪水吧。"全诗富于生命力,表现了诗人的叛逆精神,再现了诗人为创造新世界而奋斗的理想。

兰波的这首散文诗运用比法之一种的象征手法,新颖而富于魅力。

(四)兴

兴,是中国古典诗学创作论中又一个独特的诗学概念。

什么是兴?这个概念在孔子那里就已经提出了:"诗可以兴。""兴于诗,立于礼,成于乐。"

许慎《说文解字》:"兴,起也。"

郑众说:"兴者,托事于物。"

钟嵘在《诗品序》中说:"文已尽而意有余,兴也。"

刘勰在《文心雕龙·比兴》中说:"毛公述传,独标兴体,岂不以风通而赋同,比显而兴隐哉。""兴者,起也。……起情者,依微以拟议,起情故兴体以立。""兴则环譬以托讽。……观夫兴之托喻,婉而成章,称名也小,取类也大。"

托名王昌龄的《诗格》有"起首入兴"十四体、"落句"七体。"起首入兴"十四体为:一感兴,二引古,三犯势,四先衣带后叙事,五先叙事后衣带,六叙事,七直比,八直,九托兴,十把情,十一把声,十二景物,十三景物兼意,十四怨调。"落句"七体为:一言志,二劝勉,三引古,四含思,五叹美,六抱比,七怨调。①

孔颖达《毛诗正义》云:"兴者,起也,取譬引类,起发己心。诗文诸举草木鸟兽以见意者,皆兴辞也。"

---

① 林东海:《诗法举隅》,第155页,上海文艺出版社2004年版。

朱熹说:"兴者,先言他物以引起所咏之词也。"

朱自清云:"《毛传》'兴也'的'兴',有两个意义:一是发端,一是譬喻;这两个意义合在一块儿才是'兴'。"①

钱钟书在《管锥篇》中专门谈了兴的含义,他认为李仲蒙的"索物以托情,谓之'比';触物以起情,谓之'兴';叙物以言情,谓之'赋'","颇具胜义"。他认为"兴"的意蕴作用是"功同跳板"。② 这句"功同跳板",可谓深中肯綮。

宗白华对兴法有独到见解,认为兴是中国古代诗学里很复杂很难明的一个问题。"'兴'是指的发动诗人情感思想的形象,和诗人对于这形象的反应。""从诗的创作过程来看,'兴'是'兴起'、'发端'。由于生活里或自然里的一个形象触动我们的情感和思想,引导我们走进一个新的境界,艺术性的境界。"他特别强调:"'兴'是构成诗之所以为诗的根基和核心。""'赋''比''兴'结合,而以'兴'为主导才是诗,才是艺术,具备了艺术性。这个中国古代美学思想里深刻而优秀的成就,和同时间的欧洲的美学思想比较一下,是值得我们引以为光荣的。"③

生于燕京的加拿大皇家学会院士叶嘉莹,在对比中西诗学理论后说:"至于'兴'之一词,则在英文的批评术语中,根本就找不到一个相当的字可以翻译。这种情形,实在也就正显示了西方的诗歌批评,对这一类感发并不大重视,西方所重视的是对于意象之模式如何安排制作的技巧,因此他们才会为这种安排制作的模式,定立了这么多不同的名目。不过理论越细密和名目越繁多的结果,也往往会诱使人只注意到理论中不同模式之外表的区分,却反而忽略了诗歌中

---

① 朱自清:《诗言志辨》,第42页,广西师范大学出版社2004年版。
② 钱钟书:《管锥篇》(一),第110~111、113页,生活·读书·新知三联书店2007年版。
③ 宗白华:《中国美学史论集》,第96、94页,安徽教育出版社2006年版。

最宝贵的感发之本质。"①

上述引了这么多,概括起来,兴法的要点在于:

其一,兴者,起也,起情也。触物起情。

其二,托事于物,有譬喻义。

其三,兴,功同跳板。

其四,文已尽而意有余,兴也。

其五,兴者,先言他物以引起所咏之词也。用于发端。

其六,用于落句。

其七,兴是构成诗的根基和核心,赋、比、兴相结合而以兴为主导才能形成诗的高度艺术性。

其八,兴,是中国古代诗学一个独具特色的范畴。

兴的创作手法在中国非常久远,孔子即已提出。而兴法在中国古代诗歌中的运用更为久远。《诗经》中就已出现了运用兴法的佳作。如《诗经》第一篇:

关　雎

关关雎鸠,在河之洲;窈窕淑女,君子好逑。
参差荇菜,左右流之;窈窕淑女,寤寐求之。
求之不得,寤寐思服;悠哉悠哉,辗转反侧。
参差荇菜,左右采之;窈窕淑女,琴瑟友之。
参差荇菜,左右芼之,窈窕淑女,钟鼓乐之。

诗中的"关关"是鸟的和鸣声。"雎鸠"是一种水鸟,相传其雌雄有固定的搭配,古人视之为贞鸟。这两句是起兴,又兼有比义。借水鸟的和鸣以引喻男女之间的爱情。

---

① 叶嘉莹:《迦陵论诗丛稿》,第33页,河北教育出版社1998年版。

无名氏的《古诗为焦仲卿妻作》的起头就是著名的兴体：

孔雀东南飞，五里一徘徊。
十三能织素，十四学裁衣。
十五弹箜篌，十六诵诗书。
十七为君妇，心中常苦悲。
……

这首诗全诗1785字，是我国继屈原《离骚》之后的第二首长诗，这首诗的开头两句就是起兴、起情。对于这两句起兴诗的理解和解读，以谭丕模和宗白华的解释最为精当。宗白华说："发端二句'孔雀东南飞，五里一徘徊'，一开头就引人进入一个悲哀彷徨，踟蹰不前的情景里，谭丕模在《中国文学史纲》里说得好：'作者以孔雀的徘徊不前，流连顾盼的悲哀，来象征一对青年男女在封建家长逼迫之下不忍割舍的情景。展开在眼前者，是一片苍茫灰暗的原野，一只孤独的孔雀在灰色的天际飞翔着，不断地在徘徊，在顾盼，在哀鸣，它担心它心爱的伴侣在同命运的环境下作垂死的挣扎，真是焦急万分，又想不出解决的办法，只有不断地徘徊、顾盼，作莫可奈何的表示。这虽然只有短短十个字，可是很显明地画出一幅生离死别的悲惨形象。巧妙地作为故事的序幕，其作用就在给读者布置一个适宜于故事的心理环境，以便造成诗歌所要流露的特有气氛。'谭丕模这一段话是对诗中'兴'的很好说明，我们对于中国古代这一重要的诗说，现在可以较为明白了。"①

这是关于兴法的一段极好的说明。

唐代韩愈的下列一首诗也精妙地运用了兴法：

---

① 宗白华：《中国美学史论集》，第101~102页，安徽教育出版社2006年版。

九　赋比兴

八月十五日夜赠张功曹

纤云四卷天无河，清风吹空月舒波。
沙平水息声影绝，一杯相属君当歌。
君歌声酸辞且苦，不能听终泪如雨：
"洞庭连天九疑高，蛟龙出没猩鼯号。
十生九死到官所，幽居默默如藏逃。
下床畏蛇食畏药，海气湿蛰熏腥臊。
昨者州前捶大鼓，嗣皇继圣登夔皋。
赦书一日行万里，罪从大辟皆除死。
迁者追回流者还，涤瑕荡垢清朝班。
州家申名使家抑，坎坷只得移荆蛮。
判司卑官不堪说，未免捶楚尘埃间。
同时辈流多上道，天路幽险难追攀。"
君歌且休听我歌，我歌今与君殊科：
"一年明月今宵多，人生由命非由他，
有酒不饮奈明何！"

农历八月十五日是中秋，张功曹署即张署。贞元十九年十二月，韩愈被冤由监察御史贬阳山（今广东）县令，张署被冤贬临武（今湖南）县令。宪宗即位，大赦天下，二人在被赦之列，贞元二十一年五月，二人同行到湖南郴州待命。一直等到八月，二人不仅未能昭雪复官，反而仍被作为罪臣量移江陵（今湖北），韩愈改任法曹参军。张署改任功曹参军，时值中秋来临，他二人当晚相叙，韩愈写出了这篇慷慨悲愤的诗章。

诗的前三句写景起兴："纤云四卷天无河，清风吹空月舒波，沙平水息声影绝。"先是纤云四卷，银河暗淡，接着清风徐来，月明星稀,沙平水息,一片清明安静的景象,象征着当时政治上的阴霾已被清风吹去。但在这明月照彻夜空的时刻,二人的冤案尚未昭雪,韩愈见景起情,举杯请张署吟诗。接着诗人借张署之口倾诉了心中的愤懑和不平。然后诗人自己倾诉了:"一年明月今宵多,人生由命非由他,有酒不倾奈明何!"中秋之夜,诗人故作旷达语,劝张署多饮酒,强作劝慰亦强自安慰,表达了更深的悲愤。杜甫讲的"文章憎命达"这句辛酸名言,在韩愈身上也多了一个佐证。

总之,兴的艺术表现手法的灵活运用,使中国诗歌百花园精彩纷呈,繁花似锦。西方呢?西方诗学中虽然没有兴的概念,但在西方的诗歌创作中,也有运用兴法的好例。

我国的近邻印度早期雅利安人部落的诗歌集《梨俱吠陀》中,即有运用兴法的诗作。如:

梨俱吠陀·夜

夜女神来了,
她用许多眼睛观察各处,
她披戴上一切荣光。

不死的女神布满了
广阔区域,低处和高处,
她用光辉将黑暗驱除。

夜女神来了,
引出姊妹黎明;
黑暗也将离去。

你今天向我们来了;

你一来，我们就回到家里了，
如同鸟儿回树上进窠巢。

村庄人们回去安息，
有足的去安息，有翼的去安息，
连贪婪的鹰隼也安息了。

请赶走母狼和公狼，
请赶走盗贼，夜女神啊！
请让我们容易度过去。

装扮一切的黑暗，
明显的，黑色，来到我面前了。
黎明啊！请像除债务一样[除去它]吧。

我向你奉献，如献母牛，
白天的女儿啊！请选中收下，
这如同对胜利者的颂歌吧！夜啊！

（金克木　译）

  这首诗妙用兴法，以"夜女神来了"这一影象起兴，对夜的兴感独具特色。人们想要的是平安的夜、祥和的夜。把夜看做女神，而夜女神则是平安祥和的夜的守护者。她有个姊妹叫黎明，她会给人们赶走豺狼和盗贼，带来恬静安宁的夜，会给人们带来早晨，会给人们带来光明和幸福。金克木指出，这首诗"意境很可注意，在世界文学中也恐怕要算是罕见的"①。

波兰的亚当·密茨凯维奇(1798～1855),是波兰最杰出的人民诗人,他的诗清澈弘厉,充满希求民族解放的心声。试看他的一首诗:

在澄澈而渺茫的湖水上

在澄澈而渺茫的湖水上,
庄严地并列着矗峭的山岩;
透明的深深的湖水映出了
这些山岩的影子,在我眼前;

在澄澈而渺茫的湖水上,
飘浮着暗云,暴风雨的胎儿,
透明的深深的湖水映出了
这些暗云空洞的影子;

在澄澈而渺茫的湖水上,
闪耀着惊心动魄的电光,
透明的深深的湖水映出了
闪光!雷声也渐渐隐藏。

澄澈的湖,从这岸到那岸,
又很透明了,像以前一样。
这时我的灵魂恰像这湖水,
全世界的敬礼在水中映现——

---

① 林太:《〈梨俱吠陀〉精读》,第160页,复旦大学出版社2008年版。

崎岖的山岩的尊严的峰顶，
和立刻就沉默了的闪电。

山岩在阴暗的轻蔑中站着，
稠密的云朵挟带着骤雨，
闪电过去了，飞向沉默，
我平静的生活也这么流去。

（孙用　景行　译）

　　这首诗是诗人触景起情述怀之作。此诗写于1838年，当时诗人侨居瑞士洛桑，从事政治斗争。在游览勒芒湖时触景生情而作此篇，前三节为一部分，描写暴风雨来临前勒芒湖景物的变化，后两节为第二部分，诗人抒发情志。当雷声隐去，湖面复归平静时，诗人的思绪回到了祖国，1830年华沙的武装起义和蓬勃发展的爱国运动赢得了全世界的敬礼，"峰顶"、"闪电"，是诗人心中的祖国和革命力量的象征，蕴含着诗人对祖国波兰的深深的思念，对祖国民族解放斗争的深情礼赞和期待。

　　我们再来看一首俄罗斯诗人涅克拉索夫的一首诗：

昨天下午，五点多钟

昨天下午，五点多钟
我偶然走到干草广场，
只见一个女人在受鞭刑——
一个年轻的农村姑娘。

她没有吐出一声呻吟，
只有鞭打把空气撕碎……

我不禁向诗神缪斯喊道：
　　"看啊！你的亲姐妹！"

（飞　白　译）

　　尼古拉·阿历克赛耶维奇·涅克拉索夫(1821~1877),19世纪俄罗斯杰出诗人。他说："每个作家只能表现他深切感受的东西。因为我从小就有机会看到俄国农民在饥寒和各种暴行中遭到的苦难，所以我从他们中撷取了我的诗歌。"上面录引的这首诗就是触景起情而作的一首诗。1848年，诗人在彼得堡干草广场亲眼目睹了一个女农奴遭受鞭打的酷刑。这件事激起了诗人对沙皇农奴制的不满，对受苦受难农奴的深切同情。这首短诗，控诉揭露了农奴主的罪恶，描写了女农奴的不幸遭遇和坚韧不拔的形象，而一句向诗神缪斯的呼喊："看啊！你的亲姐妹！"蕴含着多少悲愤，抒发着多少言外之意！

　　这是一篇兴法与赋法综合运用的佳作。

　　纵观中外诗歌，兴的艺术表现手法不仅在汉诗中占有地位，而且也是外国诗歌中的重要手法。在中国诗苑里，赋比兴的方法是"宏斯三义，酌而用之"，在外国诗歌中也是适用的。可以说，汉诗西诗，色彩各异，文心诗理，中外咸同。

十　浪漫主义和现实主义

在诗歌创作中,浪漫主义和现实主义是两个重要的诗学范畴。这两个诗学范畴的名称来自西方,中国古代诗学中没有明确提出。但在中国浩瀚的诗词曲作品中,这两种艺术创作方法和风格早已存在。

(一)浪漫主义

苏联文豪高尔基说:"在文学上,主要的'潮流'或流派共有两个:这就是浪漫主义和现实主义。对于人和人的生活环境作真实的、不加粉饰的描写的,谓之现实主义。浪漫主义的定义则有好几个,但是能为所有的文学史家都同意的正确而又十分全面的定义目前却还没有,这样的定义还没有制定出来。在浪漫主义中还必须把两个极端不同的流派区别开来:消极的浪漫主义,——它或者粉饰现实,企图使人和现实妥协;或者使人逃避现实,徒然堕入自己内心世界的深渊,堕入'注定的人生之谜',爱与死等思想中去,——堕入不能用'思辨'、直观的方法来解决,而只能由科学来解决的谜里去。积极的浪漫主义则力图加强人的生活意志,在他的心中唤起他对现实和现实的一切压迫的反抗。"①

浪漫主义分两种:积极的浪漫主义和消极的浪漫主义。这两种浪漫主义既然都叫"浪漫主义",就会有其共同性;既然加以"积极的"和"消极的",就会有其不同点。

其共同点是:

浪漫主义的本质特征是它的主观性,把情志和想象提到了最重要的地位。

重情主义。法国文学批评家有时把浪漫主义叫做"抒情主义"。

"回到中世纪",这是浪漫派的一个口号。中世纪的民间文学打破了古典主义的清规戒律,具有想象丰富,情感深挚,语言通俗,形式自由等特点,而这也就是浪漫派的理想。德国诗人亨利希·海涅说:"德国浪漫派不是别的,就是中世纪诗情的复活。"②

"回到自然"是浪漫主义的另一口号。资产阶级产业革命导致农村破产,城市腐化,浪漫派对此不满,他们倡导回归大自然,在文艺作品中赞美大自然。

赵瑞蕻把两种浪漫主义的共同性概括为九点:主观性、抒情性、想象力、理想性、敏感性、象征性、神奇性、自然美、中古风。③

积极浪漫主义和消极浪漫主义也有不同点。这两种浪漫主义都具有主观幻想性,但积极浪漫主义幻想的是未来的理想世界,而消极浪漫主义则幻想过去的"黄金时代"。积极浪漫主义含有民族因素和民主因素在内,有助于唤起民族的觉醒和人民的民主要求。而消极浪漫主义则含有回到中世纪的封建制度和天主教会统治的反动要求。积极浪漫主义描绘大自然,给文艺作品带来瑰丽的色彩,具有泛

---

① 余一中编选:《高尔基集》,第252页,上海远东出版社2004年版。
② [德]亨利希·海涅著,薛华译:《浪漫派》,第11页,上海人民出版社2003年版。
③ 赵瑞蕻:《诗歌与浪漫主义》,第28页,南京大学出版社1993年版。

神论的特色。消极浪漫主义的"回到自然",成为逃避现实的同义语,并流入神秘主义,有的甚至走向反动。

积极浪漫主义在创作方面的主张是:

强调"人心是艺术的基础"(雨果),"理想是艺术的动力","诗总是建筑在社会之上"。

认为浪漫主义就是"文学上的自由主义"(雨果),反对摹仿,倡导独创,主张诗歌形式的创新。

认为"诗的天才以良知为躯体,幻想为服饰,行动为生命,想象为灵魂"(柯勒律治)。

按照诗人植根于现实的理想美化生活,憧憬未来,需要虚构、想象、对照、夸张。"诗的特质在于想象。"(雪莱)

认为"一切好诗都是强烈感情的自然流露"(渥兹华斯)。

"浪漫主义艺术只是表现……它依靠的是一整套传统的象征手法,或者更确切地说,依靠的是譬喻。"(海涅)

"诗人只应该有一个模范,那就是自然;只应该有一个领导,那就是真理。"(雨果)

浪漫主义关于诗歌创作方面的一些主张,是值得借鉴的。

浪漫主义运动和积极浪漫主义诗歌作品在欧洲文学史上曾产生过重大作用。鲁迅1907年写了一篇著名文章《摩罗诗力说》,是一篇介绍西方浪漫主义诗歌的杰作,是鲁迅战斗文艺生活的开始。此文可说是"近代中国革命浪漫主义的文学纲领"(赵瑞蕻语),是鲁迅"别求新声于异邦"的生动表现。他在文中说:

> 今则举一切诗人中,凡立意在反抗,指归在动作,而为世所不甚愉悦者悉入之,为传其言行思维,流别影响,始宗主裴伦,终以摩迦(匈牙利)文士。凡是群人,外状至异,各禀自国之特色,发为光华;而要其大归,则趣于一:大都不为顺世和乐之音,动吭

一呼，闻者兴起，争天拒俗，而精神复深感后世人心，绵延至于无己。①

在《摩罗诗力说》中，鲁迅重点介绍了拜伦、雪莱、普希金、莱蒙托夫、密茨凯维支、斯洛伐茨基、克拉辛斯基、裴多菲等欧洲8位积极浪漫主义诗人，同时还提到了但丁、歌德、弥尔顿、彭斯、济慈、果戈理等诗人和作家。他指出："上述诸人，其为品性言行思维，虽以种族有殊，外缘多别，因现种种状，而实统于一宗：无不刚健不挠，抱诚守真；不取媚于群，以随顺旧俗；发为雄声，以起其国人之新生，而大其国于天下。"②鲁迅号召中国人学习这些杰出人士之先进榜样，争取做"精神界之战士"，起来为自由，为图强，为祖国的解放而斗争。

关于浪漫主义，毛泽东也有精辟的论述。1938年4月28日，他在鲁迅艺术学院的讲话中说："艺术上的浪漫主义，并不是完全没有道理的。它有各种不同的情况，有积极的、革命的浪漫主义，也有消极的、复古的浪漫主义。有些人每每望文生义，鄙视浪漫主义，以为浪漫主义就是风花雪月、哥哥妹妹的东西。殊不知积极浪漫主义的主要精神是不满现状，用一种革命的热情憧憬将来，这种思潮在历史上曾发生过进步作用。一种艺术作品如果只是单纯地记述现状，而没有对将来的理想的追求，就不能鼓舞人们前进。在现状中看出缺点，同时看出将来的光明和希望，这才是革命的精神，马克思主义者必须有这样的精神。"③

毛泽东关于浪漫主义的这段论述言简意赅，科学而精当。

在我国的诗歌百花园中，浪漫主义的创作方法也是源远流长。

---

① 《鲁迅讲国学》，第39页，吉林人民出版社2009年版。
② 《鲁迅讲国学》，第59页，吉林人民出版社2009年版。
③ 《毛泽东文艺论集》，第16页，中央文献出版社2002年版。

《诗经》开创了中国现实主义创作方法的传统,而以屈原《离骚》为代表的骚体则成了中国浪漫主义的源头。两三千年来,浪漫主义与现实主义一道共同构成了我国诗歌创作的主线。江山代有才人出,各领风骚千百年。我国历代浪漫主义诗篇佳作如林,绵延不绝。唐代"诗仙"李白,以"蜀道难,难于上青天"等大量杰出诗章,把浪漫主义推向了新高峰,成为继屈原之后我国一个浪漫主义大诗人。少年英俊,年仅26岁便夭折的李贺,吟出了"黄尘清水三山下,更变千年如走马,遥望齐州九点烟,一泓海水杯中泻"等瑰奇诗句,成为我国诗歌上又一位浪漫主义杰出诗人。宋代多才多艺的苏东坡,诗词文赋画各体皆能。"明月几时有,把酒问青天",驰骋想象,是我国诗歌史上出类拔萃的浪漫主义天才。清代龚自珍以一曲"我劝天公重抖擞,不拘一格降人才"等卓越诗章而振聋发聩。现代郭沫若以一篇《女神》而为中国的新诗开路,是我国诗歌史上卓越的积极浪漫主义大诗人。总之,浪漫主义在我国诗歌史上写下了光辉灿烂的一页。

(二)现 实 主 义

在欧洲,19世纪30年代,是现实主义的奠基时期。

法国奥诺·德·巴尔扎克(1799~1850),法国现实主义作家,史诗般的巨著《人间喜剧》的作者,而他的《〈人间喜剧〉前言》,则是一篇极有价值的文学理论文章,阐述了现实主义文艺理论的一些基本问题。巴尔扎克认为文学艺术是社会生活的反映,"神奇和真实"是"史诗的两大要素"。他主张"照生活原样表现世界"[①]。

俄罗斯的维萨里昂·格里戈利也维奇·别林斯基(1811~

[①] 朱志荣:《西方文论史》,第220页,北京大学出版社2007年版。

1848），是俄罗斯现实主义文艺理论的先驱和奠基人。他确立了文学的真实性、典型性和完整性三大原则，主张反映现实生活，从人和人之间的关系来理解现实，要通过创造典型的方法，对现实生活进行真实的描写。他说：

"诗就是生活的表现，或则说得更好一点，诗就是生活本身。"

"诗就是现实本身。"

"哪里有生活，哪里也就有诗。"

"在诗的表现里，生活无论好坏，都是同样美，因为它是真实的；哪里有真实，哪里也就有诗。"①

又说：

"我们时代的口号是现实。"

"每个时代的诗的不朽都要靠那个时代的理想的重要性以及表现那个时代历史生活的思想的深度和广度。活得最长久的艺术作品都是能把那个时代中最真实，最实在，最足以显出特征的东西，用最完满最有力的方式表达出来的。"

"客观性是诗的条件，没有客观性就没有诗；没有客观性，一切作品无论怎样美，都会有死亡的萌芽。"②

别林斯基年寿不丰，仅走过37个春秋，而且他的文艺思想的发展经历了一个从不成熟到成熟的过程，其中还存在一些矛盾，但他对俄罗斯现实主义文艺理论的开拓和奠基的卓越功绩是毋庸置疑的。

尼古拉·加夫里洛维奇·车尔尼雪夫斯基（1828～1889），是俄罗斯杰出的革命民主主义者、现实主义文艺理论家。马克思称许他是"伟大的俄国学者和批评家"。列宁称他为"唯一真正伟大的俄国作家"。普列汉诺夫将他比做俄国文学中和俄国革命中的"普罗米

---

① 朱光潜：《西方美学史》，第540页，人民文学出版社2003年版。
② 朱光潜：《西方美学史》，第517～519页，人民文学出版社2003年版。

修斯"。车尔尼雪夫斯基在他61年的生涯中有21年的悠久岁月在牢狱、苦役、流放中度过,属于"文章憎命达"的作家之列。他的《艺术与现实的审美关系》,是一部关于唯物主义美学、现实主义文艺理论的光辉文献。他认定,艺术应该是"尊重现实生活,不信先验的假设"。他认为"艺术的第一个作用,一切艺术作品毫无例外的一个作用,就是再现自然和生活","就是"艺术再现现实","艺术除了再现生活以外还有另外的作用,——那就是说明生活"。关于诗,他说这是"一切艺术中最崇高、最完美的艺术","诗的问题包括着艺术的全部理论"。"我们只承认诗的价值在于它生动鲜明地表现现实。"他这样表述自己的现实主义艺术观:"艺术的主要作用是再现生活中引人兴趣的一切事物;说明生活,对生活现象下判断,这也常常被摆到首要地位,在诗歌作品中更是如此。"①

车尔尼雪夫斯基还强调文学的思想性,反对为艺术而艺术,指出艺术的唯一源泉在于生活,艺术需给人民群众以教益。

车尔尼雪夫斯基的论述是对现实主义文艺理论的重要贡献。

现实主义,或者批判现实主义在欧洲曾经取得了重大成就,它扩大了文艺题材的范围,揭露了资本主义的社会丑恶现象,反映了当时人民民主力量的兴起,抛弃了以往专写大人物大事件的习尚,有意识地把社会下层人物作为描写对象。现实主义是继浪漫主义之后欧洲文艺的又一主要思潮。高尔基把欧洲的这种现实主义称之为"批判现实主义",评价为欧洲19世纪一个主要的,而且是最壮阔、最有益的文学流派。

中国呢?现实主义的创作方法早已有之,只是没有用这个名字罢了。中国第一部诗歌总集《诗经》,内容丰富,艺术成就很高,是中

---

① [俄]车尔尼雪夫斯基:《艺术与现实的审美关系》,第98页,人民文学出版社2009年版。

国古典诗歌现实主义精神和创作方法的光辉发端。《诗经》中的民歌，大都体现了"饥者歌其食，劳者歌其事"的创作思想，真实地将自己劳动生活、家庭生活、爱情体验、被压迫、被剥削的苦难遭遇及反抗剥削压迫的斗争等，都反映到诗篇中来，表现了强烈的现实主义精神，对中华诗歌的繁荣发展产生了极其深远的影响。

在中国诗歌的发展中，现实主义的洪流奔腾不息，可以说贤俊辈出，佳作层出不穷。生活于东晋末年的陶渊明（365～927），又名潜，字元亮，谥号靖节，浔阳柴桑（今江西九江）人。在中国诗歌史上，他开创了田园诗派，堪称现实主义大诗人。他存世的诗篇数量（121首）并不多，但影响非常广泛。他从小受儒家思想熏陶，"少年罕人事，游好在《六经》"（《饮酒》其十六）。为养家糊口，曾经入仕，当过彭泽县令，"畴昔苦长饥，投耒去学仕"（《饮酒》其十九）。但他当彭泽县令时因不愿为五斗米折腰，仅当了八十多日彭泽县令便愤而辞归，"归去来兮"。"少无适俗韵，性本爱丘山"（《归田园居》其一）。回农村家中种地去了。他的田园诗独具特色：

> 少无适俗韵，性本爱丘山。
> 误落尘网中，一去三十年。
> 羁鸟恋旧林，池鱼思故渊。
> 开荒南野际，抱拙归园田。
> 方宅十余亩，草屋八九间。
> 榆柳荫后檐，桃李罗堂前。
> 暧暧远人村，依依墟里烟。
> 狗吠深巷中，鸡鸣桑树颠。
> 户庭无尘杂，虚室有余闲。
> 久在樊笼里，复得返自然。

（《归园田居》其一）

陶渊明的诗歌具有简洁明净、平淡自然的特色,为现实主义诗歌开辟了一个崭新境界。

中国的诗歌发展到唐代出现了繁荣强盛的崭新局面。在盛唐诗坛上双星并峙:李白,被称为"诗仙",是伟大的浪漫主义诗人;杜甫,被称为"诗圣",是伟大的现实主义诗人。杜甫(712~770),现存诗1400多首,亲历了唐王朝由盛转衰的巨大变化,他的诗真实全面地反映了当时的社会生活,反映了他亲历的时代巨变,反映了人民在动乱中的悲苦生活。以写实的手法真实生动地反映社会生活和人民群众的思想感情是其诗歌的主要特色,组诗"三吏"——《新安吏》、《石壕吏》、《潼关吏》,"三别"——《新婚别》、《垂老别》、《无家别》,是其现实主义的代表作。请看《新婚别》:

> 菟丝附蓬麻,引蔓故不长。
> 嫁女与征夫,不如弃路旁。
> 结发为君妻,席不暖君床。
> 暮婚晨告别,无乃太匆忙!
> 君行虽不远,守边赴河阳。
> 妾身未分明,何以拜姑嫜?
> 父母养我时,日夜令我藏。
> 生女有所归,鸡狗亦得将。
> 君今往死地,沉痛迫中肠。
> 誓欲随君去,形势反苍黄。
> 勿为新婚念,努力事戎行。
> 妇人在军中,兵气恐不扬。
> 自嗟贫家女,久致罗襦裳。
> 罗襦不复施,对君洗红妆。

仰视百鸟飞,大小必双翔。
人事多错迕,与君永相望。

杜甫的"三吏"、"三别"组诗,真实地反映出唐王朝由盛转衰期间社会动乱的现实,人民群众所遭受的深重苦难,人民在苦难面前展现出来的高度的爱国热情和自我牺牲精神,也流露出诗人自己忧国忧民的真情实感。

杜甫在现实主义诗歌创作方面的卓越成就,不仅在中国诗坛上,而且在国际诗坛上也是出类拔萃的。

杜甫之后,唐代的白居易是另一位现实主义大诗人。白居易(772~846),字乐天,晚年号香山居士。在文学上主张"文章合为时而著,歌诗合为事而作",是新乐府运动的倡导者,他的诗语言通俗易懂,当时即已广泛传播。试看他的《新乐府》组诗中的第三十二首:

卖 炭 翁

卖炭翁,伐薪烧炭南山中。
满面尘灰烟火色,两鬓苍苍十指黑。
卖炭得钱何所营?身上衣裳口中食。
可怜身上衣正单,心忧炭贱愿天寒。
夜来城外一尺雪,晓驾炭车辗冰辙。
牛困人饥日已高,市南门外泥中歇。
翩翩两骑来是谁?黄衣使者白衫儿。
手把文书口称敕,回车叱牛牵向北。
一车炭,千余斤,宫使驱将惜不得。
半匹红纱一丈绫,系向牛头充炭直。

这是白居易新乐府诗中的名篇,他自注道:"苦宫市也。"这里的"宫"指皇宫,"市"指买的意思。中唐时期,宦官专权,常在长安东西两市强购货物,甚至分文不给,名为"宫市",实际上是一种公开的掠夺。白居易这首诗,通过卖炭翁的遭遇,深刻地揭露了"宫市"的掠夺本质,批判的锋芒直指统治者掠夺人民的罪行,这首诗既有深刻的思想性,又具有深厚的艺术魅力,历来为人们所喜爱。

唐以后,现实主义精神和创作方法在宋词元曲和其他文艺形式中继续发展,它与浪漫主义一道共同创造了中华泱泱诗国的辉煌。

(三)革命浪漫主义和革命现实主义相结合

浪漫主义和现实主义作为两种各具特色的精神和创作方法,并不是互相绝对对立、水火不容的,而是可以互鉴互补、水乳交融的。

中国现代伟大诗人毛泽东对浪漫主义和现实主义理论有许多精彩的阐发。他是主张革命现实主义和革命浪漫主义相结合的。

1937年10月19日,毛泽东在延安陕北公学纪念鲁迅逝世周年大会上的讲话中说:"他(指鲁迅)一点也不畏惧敌人对于他的威胁、利诱与残害,他一点不避锋芒地把钢刀一样的笔刺向他所憎恨的一切。他往往是站在战士的血痕中,坚韧地反抗着、呼啸着前进。鲁迅是一个彻底的现实主义者,他丝毫不妥协,他具备坚决的心。……我们要学习鲁迅的这种精神,把它运用到全中国去。"①

1938年4月28日,毛泽东《在鲁迅艺术学院的讲话》中说:"艺术至上主义是一种艺术上的唯心论,这种主张是不对的。但现在为了共同抗日在艺术界也需要统一战线,正如鲁迅先生所说的那样,不

---

① 《毛泽东文艺论集》,第10、11页,中央文献出版社2002年版。

管他是写实主义派或是浪漫主义派,是共产主义派或是其他什么派,大家都应当团结抗日。"又说:"我们在艺术论上是马克思主义者,不是艺术至上主义者。我们主张艺术上的现实主义,但这并不是那种一味模仿自然的记流水账式的'写实'主义者,因为艺术不能只是自然的简单再现。至于艺术上的浪漫主义,并不是完全没有道理的。"(引文见前,此处略)

1939年5月,毛泽东《为鲁迅艺术学院周年纪念题词》:

抗日的现实主义,革命的浪漫主义。①

1942年5月,毛泽东《在延安文艺座谈会上的讲话》指出:"我们是主张社会主义的现实主义的。"②又说:"人类的社会生活虽是文学艺术的唯一源泉,虽是较之后者有不可比拟的生动丰富的内容,但是人民还是不满足于前者而要求后者。这是为什么呢?因为虽然两者都是美,但是文艺作品中反映出来的生活却可以而且应该比普通的实际生活更高,更强烈,更有集中性,更典型,更理想,因此就更带普遍性。革命的文艺,应当根据实际生活创造出各种各样的人物来,帮助群众推动历史的前进。"③

1958年,毛泽东说:"学点文学,光搞现实主义一面也不好,杜甫、白居易哭哭啼啼,我不愿看,李白、李贺、李商隐,搞点幻想。"④

1958年,毛泽东提出了革命的现实主义与革命的浪漫主义相结合的文艺创作方针。

1958年,毛泽东在探索中国诗的出路时,说:"我看中国诗的出路恐怕是两条:第一条是民歌,第二条是古典,这两方面都提倡学习,

---

① 《毛泽东文艺论集》,第24页,中央文献出版社2002年版。
② 《毛泽东文艺论集》,第71页,中央文献出版社2002年版。
③ 《毛泽东文艺论集》,第64页,中央文献出版社2002年4月版。
④ 刘汉民编著:《毛泽东诗话词话书话集观》,第128~129页,长江文艺出版社2002年版。

结果产生一个新诗。现在的新诗不成型,不引人注意,谁去读那个新诗,将来我看是古典同民歌这两个东西结婚,产生第三个东西。形式是民族的形式,内容应该是现实主义与浪漫主义的对立统一。"①

1958年,毛泽东说:"宋玉在《神女赋》中说:'夫何神女之姣丽兮,含阴阳之渥饰。被华藻之可好兮,若翡翠之奋翼。其象无双,其美无极。毛嫱鄣袂,不足程式;西施掩面,比之无色。'其实谁也没有见过神女,但宋玉的浪漫主义描绘,竟为后世骚人墨客无限的题材。"②

1959年8月16日,毛泽东在《关于枚乘〈七发〉》一文中写道:"骚体是有民主色彩的,属于浪漫主义流派,对腐败的统治者投以批判的匕首。屈原高据上游。宋玉、景差、贾谊、枚乘略逊一筹,然亦甚有可喜之处。你看,《七发》的气氛,不是有颇多的批判色彩吗?'楚太子有疾,而吴客往问之',一开头就痛骂上层统治阶级的腐化。'且夫出舆入辇,命曰蹶痿之机。洞房清宫,命曰寒热之媒。皓齿娥眉,命曰伐性之斧。甘脆肥脓,命曰腐肠之药。'这些话一万年还将是真理。"③

毛泽东说了这么多,归结起来,就是对现实主义与浪漫主义进行科学的界定,并且提倡革命的现实主义与积极的、革命的浪漫主义相结合的创作方法。

在高尔基那里,已经具有了现实主义与浪漫主义相结合的思想,不过,他没有毛泽东说得那样明确和肯定。他说:"在谈到像巴尔扎克、屠格涅夫、托尔斯泰、果戈理、列斯科夫、契诃夫这些古典作家时,

---

① 刘汉民编著:《毛泽东诗话词话书话集观》,第137~138页,长江文艺出版社2002年版。
② 刘汉民编著:《毛泽东诗话词话书话集观》,第143~144页,长江文艺出版社2002年版。
③ 《毛泽东文艺论集》,第201~202页,中央文献出版社2002年版。

我们就很难完全正确地说出,——他们到底是浪漫主义者还是现实主义者?在伟大的艺术家们身上,现实主义和浪漫主义好像永远是结合在一起的。巴尔扎克是个现实主义者,但是他也写过像远非现实主义的《驴皮记》这样一些长篇小说。屠格涅夫也写过有浪漫主义精神的作品,所有其他我国最伟大的作家,从果戈理到契诃夫和蒲宁,也是这样。这种浪漫主义和现实主义合流的情形是我国优秀的文学突出的特征,它使得我们的文学具有那种日益明显而深刻地影响着全世界文学的独创性和力量。"[1]

在色彩缤纷的诗歌海洋中,不论中外都涌现了现实主义和浪漫主义密切融合的佳作。被西方人士称为"一个诗人赢得了一个新中国"的毛泽东,是革命现实主义与革命浪漫主义相结合文艺理论的首创者,他自己的诗词创作就是这种结合的典范。请看他的一首词:

蝶 恋 花
答 李 淑 一
一九五七年五月十一日

  我失骄杨君失柳,杨柳轻飏直上重霄九。问讯吴刚何所有,吴刚捧出桂花酒。 寂寞嫦娥舒广袖,万里长空且为忠魂舞。忽报人间曾伏虎,泪飞顿作倾盆雨。

这首词是革命现实主义和革命浪漫主义相结合的杰作。这首词,题材是现实的,是悼念革命烈士杨开慧和柳直荀的。词中的"骄杨"指毛泽东夫人杨开慧,1930年10月被国民党反动派逮捕,11月牺牲在国民党的屠刀下。"柳"指柳直荀,曾任红军第二军团政治部主任、红三军政治部主任等职,于1932年9月在湖北洪湖革命根据

---

[1] 余一中编选:《高尔基集》,第252~253页,上海远东出版社2008年版。

地被害。他是杨开慧的好友李淑一的爱人。1957年2月,时在湖南长沙第十中学任语文教员的李淑一给毛泽东去信,把她写的怀念柳直荀的词《菩萨蛮》寄给他,并索要毛泽东写给杨开慧的词《虞美人·枕上》。毛泽东没有写《虞美人·枕上》,而是写了这首《蝶恋花》给她。词的首句"我失骄杨君失柳",是写实,我失去了爱妻杨开慧,你失去了亲爱的丈夫柳直荀。接着词人展开想象的双翅,运用古典神话,说"杨"、"柳"两位烈士的英魂飞到了"重霄九",到达了月宫。在月宫里,仙人吴刚对他俩热烈欢迎,捧出了月宫里特酿的桂花酒来热情款待。月宫里还有一个女仙人嫦娥,她原是后羿的妻子,因为偷吃了后羿从西王母那里求得的长生不死药而飞入月宫。在月宫里她的朋友很少,非常寂寞,正像李商隐说的"嫦娥应悔偷灵药,碧海青天夜夜心"。"杨"、"柳"英魂从故乡飞来月宫,嫦娥非常高兴,当即舒展长长的袖子翩翩起舞,表示热烈欢迎。正在兴高采烈的时刻,突然传来人间"伏虎"的喜讯,帝国主义、封建主义、官僚资本主义的反动统治被推翻了,中国人民革命胜利了,中国人民从此站起来了,"杨"和"柳"的英魂,吴刚和嫦娥,都高兴得热泪滚滚,"泪飞顿作倾盆雨"。

这首词思想内容深刻,艺术魅力深厚,郭沫若作过精彩评析:"这词的主题不是单纯的怀旧,而是在宣扬革命。从这里可以看出:①革命烈士的精神是永垂不朽的;②革命家抱有革命的乐观主义,对于革命的关心是生死以之的;③抱有正义感的群众(吴刚和嫦娥),对于革命和革命烈士是怀抱着无限的尊敬和同情的;④革命干部和群众的关系应该像同志一样亲密无间。这些思想仅仅用六十个字便把它形象化了。这里有革命烈士(杨开慧和柳直荀)的忠魂,有神话传说的人物,有月里的广寒宫和月桂,月桂还酿成了酒,欢乐的眼泪竟可以化作倾盆大雨,时而天上,时而人间,人间天上打成了一片。不用说这里丝毫也没有旧式词人的那种靡靡之音,而使苏东坡、辛弃疾的豪气也望尘却步。这里使着浪漫主义的极夸大的手法,把现实主义的主题衬托得非常自然生动、深刻动人,这真可以说古今的绝唱,我们如果要在文艺创作上追求怎样才能使革命的现实主义和革命的浪漫主义结合,毛泽东同志的诗词就是我们绝好的典范。"①

不仅这首词,毛泽东的许多诗词也都具有革命现实主义和革命浪漫主义相结合的特点。

高尔基,世界社会主义文艺诗歌史上的巨星,他的诗歌也具有革命现实主义和革命浪漫主义相结合的特点。如:

海 燕 之 歌

在苍茫的大海上,狂风卷集着乌云。在乌云和大海之间,海燕像黑色的闪电,在高傲地飞翔。

一会儿翅膀碰着波浪,一会儿箭一般地直冲向乌云,它叫喊着,——就在这鸟儿勇敢的叫喊声里,乌云听出了欢乐。

在这叫喊声里——充满着对暴风雨的渴望!在这叫喊声里,乌云听出了愤怒的力量、热情的火焰和胜利的信心。

海鸥在暴风雨来临之前呻吟着,——呻吟着,它们在大海上飞窜,想把自己对暴风雨的恐惧,掩藏到大海深处。

海鸭也在呻吟着,——它们这些海鸭呀,享受不了生活的战斗的欢乐,轰隆隆的雷声就把它们吓坏了。

蠢笨的企鹅,胆怯地把肥胖的身体躲藏在悬崖底下……只有那高傲的海燕,勇敢地、自由自在地,在泛起白沫的大海上飞翔!

乌云越来越暗,越来越低,向海面直压下来,而波浪一边歌唱,一边冲向高空,去迎接那雷声。

---

① 郭沫若:《浪漫主义和现实主义》,《红旗》1958 年第 3 期。

雷声轰隆。波浪在愤怒的飞沫中呼叫,跟狂风争吼。看吧,狂风紧紧抱起一层层巨浪,恶狠狠地将它们甩到悬崖上,把这些大块的翡翠摔成尘雾和碎末。

海燕在叫喊着,飞翔着,像黑色的闪电,箭一般地穿过乌云,翅膀掠起波浪的飞沫。

看吧,它飞舞着,像个精灵,——高傲的、黑色的暴风雨的精灵,——它在大笑,它又在号叫……它笑那些乌云,它因为欢乐而号叫!

从雷声的震怒里,——这个敏感的精灵,——它早就听出了困乏,它深信,乌云遮不住太阳,——是的,遮不住的!

狂风吼叫……雷声轰隆……

一堆堆乌云,像青色的火焰,在无底的大海上燃烧。大海抓住闪电的箭光,把它们熄灭在自己的深渊里。这里闪电的影子,活像一条条火蛇,在大海里蜿蜒游动,一晃就消失了。

"暴风雨!暴风雨就要来啦!"

这是勇敢的海燕,在怒吼的大海上,在闪电中间,高傲地飞翔,这是胜利的预言家在叫喊:

"让暴风雨来得更猛烈些吧!……"

(戈宝权 译)①

这首诗中的"海燕",在暴风雨来临之前,就在海面上飞翔,因此俄语中的"海燕",就有"暴风雨的报信者"或"暴风雨来临前的预言者"的含义。而诗中的海鸥、海鸭、企鹅是三种海鸟,这里分别象征着俄国当时的资产阶级自由派、机会主义者和立宪民主党的人物,他们在革命暴风雨来临之前,呻吟、恐惧、畏缩,被革命的暴风雨吓坏

---

① 余一中编选:《高尔基集》第155～156页,上海远东出版社2008年版。

了。这首诗是高尔基将现实主义与浪漫主义巧妙地结合在一起的佳作。诗的主旨是号召起来革命,把海燕作为革命的象征,而"胜利的预言家在叫喊:'让暴风雨来得更猛烈些吧!'"这首诗具有巨大的鼓舞人心的力量。列宁对这首诗非常欣赏。他在1906年8月21日写的《暴风雨之前》一文中写道:"无产阶级正在准备斗争,他们正在同心协力地、精神焕发地迎接暴风雨,一心想奔往战斗的最深处。胆怯的立宪民主党人,这些'蠢笨的企鹅'的领导权够使我们讨厌的了,他们'畏缩地在崖岸底下躲藏着肥胖的身体'。'让暴风雨来得厉害些吧!'"①这里列宁直接引用了高尔基极具魅力的诗句。

高尔基的这首诗至今仍然保持着鼓舞人们前进的力量。

英国的泼西·毕希·雪莱(1792~1822),是世界诗歌史上最杰出的抒情诗人之一,他的诗充满着浪漫主义精神,并以浪漫主义诗人著称,而他的不少诗中也洋溢着现实主义的旨趣,具有民主主义精神,他是英国诗歌史上第一个表现出空想社会主义理想的诗人。马克思说:"雪莱是一个彻头彻尾的革命者,而且会永远是社会主义先锋队里的一分子。"恩格斯则称雪莱为"天才的预言家"。② 我们来品赏他的抒情诗代表作之一:

西 风 颂

1

哦,犷野的西风,你秋之实体的气息!
由于你无形无影的出现,万木萧疏,
似鬼魅逃避驱魔巫师,蔫黄、魆黑,

---

① 《列宁全集》第11卷第121~122页,人民出版社1963年版。
② 吴笛:《世界名诗欣赏》,第139页,浙江大学出版社2008年版。

苍白,潮红,疫疠摧残的落叶无数,
四散飘舞;哦,你又把有翅的种子
凌空运送到他们阴暗的越冬床圃;

仿佛是一具具僵卧在坟墓里的尸体,
他们将分别蛰伏,冷落而又凄凉,
直到阳春你蔚蓝的姐妹向梦中的大地
(蔚蓝的姐妹,喻指春天清新温煦的东风)

吹响她嘹亮的号角(如同牧放群羊,
驱送香甜的花蕾到空气中觅食就饮)
给高山平原注满生命的色彩和芬芳。

不羁的精灵,你啊,你到处运行;
你破坏,你也保存,听,哦,听!

2

在你的川流上,在骚动的高空,
纷乱的乌云,那雨和电的天使,
正像大地凋零枯败的落叶无穷,

挣脱天空和海洋交错缠接的柯枝,
飘流奔泻;在你清虚的波涛表面
似梅娜德(梅娜德为希腊神话中酒神狄俄尼索斯的女伴)
头上扬起的蓬勃青丝,

从那茫茫一片地平线阴暗的边缘
直到苍穹的绝顶,到处都散布着

迫近的暴风雨飘摇翻腾的发卷。

你啊垂死残年的挽歌,四合的夜幕
在你聚集的全部水汽威力支撑下,
将构成他那庞大墓穴的拱形顶部。

从你那雄浑磅礴的氛围,将迸发
黑色的雨、火、冰雹;哦,听啊!

3

你,哦,是你把蓝色的地中海
从梦中唤醒,他在一整个夏天
都酣睡在贝伊湾一座浮石岛外,

被澄澈的流水喧哗声催送入眠,
梦见了古代的楼台、塔堡和宫闱,
在强烈汹涌的波光里不住地抖颤,

全都长满了蔚蓝色苔藓和花卉,
馨香馥郁,如醉的知觉难以描摹。
哦,为了给你让路,大西洋水

豁然开裂,而在浩淼波澜深处,
海底花藻和枝叶无汁的淤泥丛林,
哦,由于把你的呼啸声辨认出,

一时都惨然变色,胆怵心惊,
战栗着自行凋落;听,哦,听!

4

我若是一朵轻捷的浮云能随你同飞,
我若是一片落叶,你所能提携,
我若是一头波浪能喘息于你的神威,

分享你雄强的脉搏,自由不羁,
仅次于,哦,仅次于不可控制的你;
我若能像在少年时,作为伴侣,

随你同游天际,因为在那时节,
似乎超越你天界的神速也不为奇迹;
我也就不至于像现在这样急切,

向你苦苦祈求。哦,快把我飏起,
就像你飏起波浪、浮云、落叶!
我倾覆于人生的荆棘!我在流血!

岁月的重负压制着的这一个太像你,
像你一样,骄傲,不驯,而且敏捷。

5

像你以森林演奏,请也以我为琴,
哪怕我的叶片也像森林的一样凋谢!
你那非凡和谐的慷慨激越之情,

定能从森林和我同奏出深沉的秋乐,
悲怆却又甘冽。但愿你勇猛的精灵
竟是我的魂魄,我能成为剽悍的你!

请把我枯萎的思绪播送宇宙,
就像你驱遣落叶催促新的生命,
请凭借我这韵文写就的符咒,

就像从未灭的余烬飏出炉灰和火星,
把我的话语传遍天地间万户千家,
通过我的嘴唇,向沉睡未醒的人境,

让预言的号角奏鸣!哦,风啊,
冬天如果来了,春天还会远吗?

(江　枫　译)[①]

雪莱这首诗,历来受到高度评价。江枫指出:"《西风颂》是雪莱抒情诗的登峰造极之作,世界文学宝库中一颗永放光辉的明珠,称得上永远洋溢着智慧和美感的不竭源泉。"[②]

关于这首诗,雪莱自注道:"这首诗构思在佛罗伦萨附近阿诺河畔的一片树林里,主要部分也在那里写成,那一天,孕育着一场暴风雨的暖和而又令人振奋的大风集合着常常倾泻下滂沱秋雨的云霭。不出所料,雨从日落下起,狂风暴雨里夹带着冰雹,并且伴有阿尔卑斯山南地区所特有的气势宏伟的电闪雷鸣。"可以说,这首诗从西风起兴,运用了中国诗学的兴法。这首诗的开头部分是写实,包括对海底水里植物季节变化的写实。

[①] 许自强、孙坤荣编著:《世界名诗鉴赏大全》,第145~148页,商务印书馆国际有限公司2009年版。

[②] 许自强,孙坤荣编著:《世界名诗鉴赏大全》,第148页,商务印书馆国际有限公司2009年版。

这首诗是有感而发的。

雪莱1792年8月4日生于英格兰苏塞克斯郡霍香附近一个乡绅家庭。他从小就有叛逆性格。1810年他进入牛津大学,次年3月,因撰写并印发《论无神论的必然》而被学校开除。他具有民主主义思想,愿为人类的自由幸福而战斗。他在生活中也经历了曲折。1811年,出于同情,他与一个不堪家庭虐待的姑娘赫丽艾特·韦斯特布鲁克出奔苏格兰,在爱丁堡结婚。为此,其父认为有辱门庭,不许他再进家门。婚后因志趣不合,分歧加深,1814年妻子离家出走,两年后投河自杀。由此,对雪莱的责难和迫害接踵而来。雪莱遂与第二任妻子于1818年2月离开祖国,漂泊到意大利,寓居地中海滨,亚平宁山麓。

1819年8月16日,英国曼彻斯特约有8万人举行大会,争取普遍平等的选举权,英国政府进行武力镇压,有15人被打死,400人受伤,众多游行示威者被捕。这个消息传到了意大利,传到了雪莱的耳中,他极为悲愤,《西风颂》就饱含了这种悲愤。雪莱是一个具有民主主义思想的诗人,他在《为诗辩护》这篇杰出论文中,指出诗人的使命就是唤起人民去改造社会,指出诗人"是法律的制定者,文明社会的创立者,人生百艺的发明者",诗人不仅应该描绘现代生活,而且也应该是促进社会革命的预言者,是"立法者或先知","更是导师"。① 他的这种认识和情感就是《西风颂》的基调。诗中把自然、政治和个人生活巧妙地融为一体。而最后一句"冬天如果来了,春天还会远吗",预示了新的社会、新的生活必然来临,远见卓识、富含哲理,广为流传,成为鼓舞人们奋发前进的名句。

---

① 杨义、高建平主编:《西方经典文论导读》,下卷,第393页,安徽教育出版社2009年版。

十一　诗人和诗才

无论古今中外,诗人辈出,佳作琳琅,目不暇接。这些好诗是怎样写出来的？诗人需要具备什么才能才可写出好诗？

诗人是诗歌创作的主体,诗人的诗才是决定诗歌水平的关键。因此,诗人和诗才历来为中外诗家所重视。

（一）中国诗学论诗人与诗才

中国历代诗人都很重视诗人的人品才略问题。刘勰的《文心雕龙》专门列了《才略》一章,论述才略的重要性。"识",要"识高"、"博识";"思",要"思洽"、"思锐"、"思捷"、"覃思"、"缀思","思能入巧";"辞",要"修辞"、"辞翰"、"构采"。在《辨骚》篇中说："不有屈原,岂见《离骚》,惊才风逸,壮志烟高。"认为自《诗经》以后,"奇文郁起,其《离骚》哉！"能够继承《诗经》,并出类拔萃高出众多辞赋家的原因,除了相距孔子不远,"而楚人之多才乎"！

刘勰著《文心雕龙》是赋予深意的,集中体现了他的文才观、诗才观。他说："盖《文心》之作也,本乎道,师乎圣,体乎经,酌乎纬,变乎《骚》,文之枢纽,亦云极矣。"(《文心雕龙·序志第五十》)他认为抓住了这五项,就抓住了文才诗才的要领。

十一 诗人和诗才

清代叶燮(1627～1703)的《原诗》,对诗人和诗才问题作了较详细的论说。云:"太凡人无才,则心思不出;无胆,则笔墨畏缩;无识,则不能取舍;无力,则不能自成一家。"他认为诗人须具有四种才能:才、胆、识、力。而这四者,需要胸襟以为基本:"我谓作诗者,亦必先有诗之基焉。诗之基,其人之胸襟是也。""故有基之后,则以善取材为急急也。"又说:"曰理、曰事、曰情,此三言者足以穷尽万有之变态。凡形形色色,音声状貌,举不能越乎此。此举在物者而为言,而无一物之或能去此者也。曰才、曰胆、曰识、曰力,此四言者所以穷尽此心之神明。凡形形色色,音声状貌,无不待于此而为之发宣昭著。此举在我者而为言,而无一不如此心以出之者也。以在我之四,衡在物之三,合而为作者之文章。大之经纬天地,细而一动一植,咏叹讴吟,俱不能离是而为言者矣。"这里的"我"是讲人的主观,"物"是讲的客观实在,论述主观、客观的关系。

对于才、胆、识、力的作用和关系,叶燮也作了阐述。他认为:"惟有识,则是非明;是非明,则取舍定。"关于胆,他说:"昔贤有言:'成事在胆'、'文章千古事',苟无胆,何以能千古乎?吾故曰:无胆则笔墨畏缩。……惟胆能生才,但知才受于天,而抑知必待扩充于胆邪?"什么是才?"夫才者,诸法之蕴隆发现处也。……夫于人之所不能知,而惟我有才能知之,于人之所不能言,而惟我有才能言之,纵其心思之氤氲磅礴,上下纵横,凡六合之内外,皆不得而囿之,以是措而为文辞,而至理存焉,万事准焉,深情托焉,是之谓有才。"关于力,他指出:"吾尝观古之才人,合诗与文而论之,如左丘明、司马迁、贾谊、李白、杜甫、韩愈、苏轼之徒,天地万物皆递开辟于其笔端,无有不可举,无有不能胜,前不必有所承,后不必有所继,而各有其愉快。如是之才,必有其力以载之,惟力大而才能坚,故至坚而不可摧也。历千百代而不朽者以此。"他还认为:"大约才、识、胆、力,四者交相为济。苟一有所歉,则不可登作者之坛。四者无缓急,而要在先之以识;使无识,则三者俱无所托,无识而有胆,则为妄,为卤莽,为无知,其言背理、叛道,蔑如也。无识而有才,虽议论纵横,思致挥霍,而是非淆乱,黑白颠倒,才反为累矣。无识而有力,则坚僻、妄诞之辞,足以误人而惑世,为害甚烈。若在骚坛,均为风雅之罪人。"他又认为,才、识、胆、力是用来扩充"志"的:"志高则其言洁,志大则其辞宏,志远则其旨永。如是者,其诗必传。"①

叶燮这段关于诗人和诗才的论述是颇有是见地的,是具有朴素辩证法思想的。

宗白华关于诗人和诗才也有精彩的论述,他说:"'诗'有形质的两面,'诗人'有人艺的两方。新诗的创造,是用自然的形式,自然的音节,表写天真的诗意与天真的诗境。新诗人的养成,是由'新诗人人格'的创造,新诗艺的练习;写出健全的、活泼的、代表人性、人民性的新诗。"②

关于新诗人人格的养成,他认为诗多与哲理接近,主张多读书,需要读书穷理。除此以外,还有两种活动是养成诗人人格所不可少的。

一方面,在自然中活动。在自然中的活动是养成诗人人格的前提。因为直接观察自然现象的过程,感觉自然的呼吸,窥测自然的神秘,听自然的音调,观自然的图画,风声、水声、松声、潮声,都是诗歌的乐谱。花草的精神,水月的颜色,都是诗意,诗境的范本。而"诗的意境"就是诗人的心灵,与自然的神秘互相接触映射时造成的直觉灵感,是一切高等艺术产生的源泉,是创作真诗、好诗的条件。

另一方面,在社会中活动。诗人最大的职责就是表写人性与自然。人性的真相只能在行动中表示,所以诗人要想描写人类人性的

---

① 叶燮著、霍松林校注:《原诗》,第5、16、17、23页,人民文学出版社2006年版。
② 宗白华:《艺境》,第20页,北京大学出版社2004年版。

真相,最好是自己加入社会活动,以窥看人性纯真的表现。

宗白华指出:"以上三种……哲理研究、自然中活动、社会中活动……我觉得是养成健全诗人人格必由的途径。"①

关于训练诗艺的途径,宗白华指出,诗的内容可分为两部分,就是"形"与"质"。诗的"形"就是诗中的音节和词句的构造;诗的"质"就是诗人的感想情绪。所以,要想写出好诗、真诗就不能不在这两方面注意,一方面要做诗人人格的涵养,养成优美的情绪、高尚的思想、精深的学识;一方面要做诗的艺术的训练,写出自然优美的音节、协和适当的词句。要想在诗的"形"方面有高等技艺,就不能不学点音乐与图画,以及造型艺术如雕刻、建筑等,使诗中的词句能适合天然优美的音节,使诗中的文字能表现天然画图的境界,表现时间中变动的情绪、思想,以使诗的"形"能得到图画形式的美,使诗的"质"(情绪、思想)能成音乐式的情调。②

毛泽东对诗人和诗才问题有自己的真知灼见。

1949年12月,毛泽东在去苏联访问的漫长旅途中,常将苏联翻译费德林邀请到自己的车厢中交谈。费德林是一个汉学家,对中国诗歌有精深的研究。交谈中,费德林常就中国诗歌的一些问题向毛泽东请教,毛泽东也就费德林所提及的问题侃侃而谈。费德林认为获益匪浅,将毛泽东谈及诗歌的问题详细记录了下来。后来,费德林在其所著的《我所接触的中苏领导人》(我国有周爱琦的译本,新华出版社1995年出版)收录了这些谈话。这些谈话,堪称精彩的诗话。其中一些涉及了诗人和诗才。在谈到屈原时,毛泽东说:"屈原的名字对我们更为神圣。他不仅是古代的天才歌手,而且是一名伟大的爱国者;无私无畏,勇敢高尚。他的形象保留在每个中国人的脑海

---

① 宗白华:《艺境》,第20页,北京大学出版社2004年版。
② 宗白华:《艺境》,第19~20页,北京大学出版社2004年版。

里。无论在国内国外,屈原都是一个不朽的形象。我们就是他生命长存的见证人。"①

在谈到李白、杜甫、白居易时,他说:

"李白,唐代杰出诗人。他像天才诗人普希金对俄国人民的贡献那样,为中国人民写了许多珍贵的艺术诗篇。李白的诗是登峰造极的,他是空前绝后的不朽艺术家。中国至今没有人能超过李白、杜甫的诗才。"

"杜甫……他是中国古代最伟大的人民诗人。他的作品是中国后代人艺术欣赏的不朽文献。杜甫的诗,代表了中国人民天才的独特风格,也是给全人类留下的优秀的文学遗产。"

"白居易,唐代大诗人。他用通俗易懂的口语写出精彩的文艺作品。尽管他在宫廷身居高位,但是仍然接近群众,并在作品中表达普通老百姓的情绪和愿望。"②

1954年,在谈到曹操父子的诗篇时,毛泽东说:

"曹操的诗,气魄雄伟,慷慨悲凉,是真男子,大手笔。"

"曹植是曹操的儿子,很有才华,作品有他自己的风格。曹丕也是他的儿子,也有些才华,但远不如曹操。曹丕在政治上也平庸,可他后来做了皇帝,是魏文帝。历史上所称的建安文学,实际就是集中于他们父子的周围。一家两代人都有才华,有名气,在历史上也不多见呐!"③

苏东坡是宋代多才多艺的名家,文列唐宋八大家之一,书法为宋

---

① 刘汉民编著:《毛泽东诗话词话书话集观》,第76~77页,长江文艺出版社2002年版。
② 刘汉民编著:《毛泽东诗话词话书话集观》,第79~80页,长江文艺出版社2002年版。
③ 刘汉民编著:《毛泽东诗话词话书话集观》,第96~97页,长江文艺出版社2002年版。

四大家之首,是杰出的诗人、豪放派词宗。毛泽东多次谈及苏东坡的诗词。1954年他在谈东坡的《饮湖上,初晴后雨》时说:

"苏东坡抓住了西湖的几点特色:'水光潋滟晴方好,山色空蒙雨亦奇。欲把西湖比西子,淡妆浓抹总相宜。'晴天的水,雨天的山,一浓抹,一淡妆,确是西湖之美啊。……今日阳光下群芳争艳的苏堤,就是'水光潋滟晴方好'的浓抹之时啊。

苏水坡这首《饮湖上,初晴后雨》实在绝了,我不敢造次。"①

1956年,他说:

"苏东坡是宋代的大文豪,长于词赋,有许多创造,'一洗绮罗香泽之态,摆脱婉转绸缪之度'。如《念奴娇·赤壁怀古》,是千古绝唱。然而此人政治上坎坷不平,宦海升降沉浮,风云莫测。因此,他常寄诗清风明月,扁舟壶酒以消情。"②

此外,毛泽东对韩愈、杜牧、李煜、范仲淹、李清照、辛弃疾、陆游等诗人诗作都有精彩的评论。

在近现代诗人中,毛泽东对鲁迅的评论最多,评价最高。1937年10月19日,毛泽东在延安陕北公学纪念鲁迅逝世周年大会上作了《论鲁迅》的讲话,对鲁迅精神作了论述。他说:"我们纪念他,不仅因为他的文章写得好,是一个伟大的文学家,而且因为他是一个民族解放的急先锋,给革命以很大的助力。""他用他那一支又泼辣,又幽默,又有力的笔,画出了黑暗势力的鬼脸,画出了丑恶的帝国主义的鬼脸,他简直是一个高等的画家。"他指出,鲁迅的第一个特点,是他的政治的远见。"鲁迅在中国的价值,据我看要算是中国的第一等圣人。孔夫子是封建社会的圣人,鲁迅则是现代中国的圣人。"

---

① 刘汉民编著:《毛泽东诗话词话书话集观》,第93页,长江文艺出版社2002年版。
② 刘汉民编著:《毛泽东诗话词话书话集观》,第101页,长江文艺出版社2002年版。

"鲁迅的第二个特点,就是他的斗争精神。""他在黑暗与暴力的进袭中,是一株独立支持的大树,不是向两旁偏倒的小草。""鲁迅的第三个特点是他的牺牲精神。他一点也不畏惧敌人对于他的威胁,利诱和残害,他一点不避锋芒地把钢刀一样的笔刺向他所憎恨的一切。"这几个特点,"形成了一种伟大的'鲁迅精神'。鲁迅的一生就贯穿了这种精神。所以,他在文艺上成了一个了不起的作家,在革命队伍中是一个很优秀的很老练的先锋分子"[①]。

1938年4月28日,毛泽东在鲁迅艺术学院的讲话中,指出当时社会上的艺术观点有两种,一种是艺术至上主义者,"另一方面是鲁迅先生所代表的马克思主义艺术论者"。指出:"鲁迅艺术学院要造就有远大的理想、丰富的生活经验、良好的艺术技巧的一派艺术工作者。"应当有为新中国奋斗的远大理想。不但要抗日,还要在抗战过程中为建立新的民主共和国而努力,不但要为民主共和国,还要有实现社会主义以至共产主义的理想。没有这种伟大的理想,是不能成为伟大的艺术家的。但只有理想还不行,还要有丰富的生活经验与良好的艺术技巧。中国近年来所以没有产生伟大的作品,自然有其客观的社会原因,但从作家方面说,也是因为能完全具备这三个条件的太少了。我们的许多作家有远大的理想,却没有丰富的生活经验,不少人还缺少良好的艺术技巧。这三个条件,缺少任何一个便不能成为伟大的艺术家。

毛泽东从一个具体的例子说明有丰富社会经验的重要性。指出,鲁迅先生在翻译苏联法捷耶夫长篇小说《毁灭》的后记中说道,《毁灭》的作者法捷耶夫是身经游击战争的,他描写调马之术很内行。像上马鞍子这类细微的动作,《毁灭》的作者都注意到了,鲁迅先生也注意到了。这告诉我们,大作家不是坐在屋子里凭想象写作

---

① 《毛泽东文集》,第2卷,第42~44页,人民出版社1993年版。

的,那样写出来的东西是不行的。他还以《红楼梦》为例,说《红楼梦》是一部很好的小说,它有极丰富的社会史料。比如它描写柳湘莲痛打薛蟠以后便"牵马认镫去了",没有实际经验是写不出"认镫"二字的。

从这个例子我们可以看出,具有非常丰富的实际生活经验,这也是毛泽东成为伟大的政治家、军事家、伟大诗人的非常重要的条件之一。

毛泽东强调,要创造伟大的作品,首先要从实际斗争中去丰富自己的经验。强调每个艺术工作者都要学习艺术技巧,而且要"下一番苦工夫"。要研究大众语言,提高掌握语言的能力。①

毛泽东提出的这三个条件,是至理名言,应是每个作家、诗人的行动指南。

1940年1月,毛泽东在《新民主主义论》中指出:"五四"以后,中国产生了完全崭新的文化新军,这就是中国共产党人所领导的共产主义文化思想,即共产主义的宇宙观和社会革命论。"而鲁迅,就是这个文化新军的最伟大和最英勇的旗手。鲁迅是中国文化革命的主将,他不但是伟大的文学家,而且是伟大的思想家和伟大的革命家。鲁迅的骨头是最硬的,他没有丝毫的奴颜和媚骨,这是殖民地半殖民地人民最可宝贵的性格。鲁迅是在文化战线上,代表全民族的大多数,向着敌人冲锋陷阵的最正确、最勇敢、最坚决、最忠实、最热忱的空前的民族英雄。鲁迅的方向,就是中华民族新文化的方向。"②

1942年5月,《在延安文艺座谈会上的讲话》中,毛泽东特别强调:"鲁迅的两句诗,'横眉冷对千夫指,俯首甘为孺子牛',应该成为我们的座右铭。'千夫'在这里就是说敌人,对于无论什么凶恶的敌

---

① 《毛泽东文艺论集》,第15~20页,中央文献出版社2002年版。
② 《毛泽东文艺论集》,第31页,中央文献出版社2002年版。

人我们决不屈服。'孺子'在这里就是说无产阶级和人民大众。一切共产党员,一切革命家,一切革命的文艺工作者,都应该学鲁迅的榜样,做无产阶级和人民大众的'牛',鞠躬尽瘁,死而后已。"①

鲁迅的精神和诗才,是中华民族的宝贵精神财富,是我们永远学习的典范。

(二)西方诗学论诗人与诗才

西方诗学家也很重视诗人的诗才。

西方文艺界有一个老问题:天才。德国著名诗人歌德对天才问题(包括诗才)在《歌德谈话录》中有详尽的解说。他认为天才是天生的,是一种非人力所能控制的神力,显然带有唯心主义先验论的色彩,然而也提出了一些新论点。"天才和创造力很接近","没有发生长久影响的创造力就不是天才","天才这种创造力是产生结果的,长久起作用的……其中蕴藏着一种生育力,一代接着一代地发挥作用,取之不尽,用之不竭"。他认为天才必须有善良的意志、高尚的性格和健康刚强的身体,因为"身体对创造力至少有极大的影响"。歌德很重视高龄天才,因为"他们这种人是些不平凡的天才,他们在经历一种第二届青春期,至于旁人则只有一届青春"。他也很重视年轻天才,认为历史上有成百上千的人在青年时期就已表现出巨大才能。"'替才能开路!'这是拿破仑的名言。"②也是歌德的主张。

威廉·渥兹华斯(1770~1850),英国著名诗人,他在其《〈抒情

---

① 《毛泽东文艺论集》,第82页,中央文献出版社2002年版。
② 杨义、高建平主编:《西方经典文论导读》,下卷,第70~73页,安徽教育出版社2009年版。

歌谣集〉序言》中论及诗人时说:"诗人是以一个人的身份向人们讲话。他是一个人,比一般人具有更敏锐的感受性,具有更多的热忱和温情,他更了解人的本性,而且有着更开阔的灵魂;他喜欢自己的热情和意志,内在的活力使他比别人快乐得多;他高兴观察宇宙现象中的相似的热情和意志,并且习惯于在没有找到它们的地方自己去创造。除了这些特点外,他还有一种气质,比别人更容易被不在眼前的事物所感动,仿佛它们都在他的面前似的;他有一种能力,能从自己心中唤起热情,这种热情与现实事件所激起的很不一样,但是(特别是在令人高兴和愉快的一般同情心范围内),比起别人只由于心灵活动而感到的热情,则更像现实事件所激起的热情。他由于经常这样实践,就获得一种能力,能更敏捷地表达自己的思想和感情,特别是那样的一些思想和感情,它们的发生并非由于直接的外在刺激,而是出于他的选择,或者是他的心灵的构造。"①

这里,渥兹华斯认为诗人特异的敏感的开阔的心灵是诗歌创作的源泉,强调"诗是强烈感情的自然流露",强调诗人及其感情对诗歌创作的决定性作用。

渥兹华斯指出,诗人需要具备五种能力。第一,观察和描绘的能力。这种能力是按照事物本来的面目准确地观察,而且忠实地描绘未被诗人心中的任何热情和情感所改变的事物的状态,不管所描绘的事物呈现在感官面前,或者是仅存在于记忆之中。第二是感受性。这种能力愈敏锐,诗人的知觉范围就愈广阔,他也就愈被激动去观察对象,不是观察它们原来的样子,就是观察它们在他的心中的反应。第三是沉思。这种能力可以使诗人熟习动作、意象、思想和感情的价值,并且可以帮助感受性去掌握这四者之间的相互关系。第四是想

---

① 杨义、高建平主编:《西方经典文论导读》,下卷,第296页,安徽教育出版社2009年版。

象和幻想,也就是改变、创造和联想的能力。第五是虚构。凭借这种能力可以从观察所提供的材料来塑造人物,这种材料不论是诗人心灵中的也好,或者是外在生活和大自然的也好。这样产生的事件和情节最能激发想象力,并且最适合于使诗人所描述的人物、情感和热情得到充分的发挥。最后是判断,这种能力就是决定应该以什么方式、在什么地方、并且在什么程度上把上述几种能力中间的每一种能力都加以运用。

渥兹华斯结合自己诗歌创作实践提出的诗人创作诗歌的五种能力,对西方诗才理论的推进发挥了积极的作用。

雪莱,既是英国著名的诗人,也是著名的诗论家,他的《为诗辩护》是西方一篇重要的诗学论文,其中论及了诗人的诗才问题。他说:"诗人们,抑即想象并且表现这万劫不毁的规则的人们,不仅创造了语言,音乐,舞蹈,建筑,雕塑和绘画;他们也是法律的制定者,文明社会的创立者,人生百艺的发明者,他们更是导师,使得所谓宗教,这种对灵界神物只有一知半解的东西,多少接近于美与真。""在较古的时代,诗人都称为立法者或先知;一位诗人本质上就包含并且结合这两种特性。因为他不仅明察客观的现在,发现现在的事物应当依从的规律,他还能从现在看到未来,他的思想就是结成最近时代的花和果的萌芽。"

雪莱认为,审美力最充沛的人,便是从最广义来说的诗人;诗人在表现社会或自然对自己心灵的影响时,其表现方法所产生的快感,能感染别人,并且从别人心中引起一种复现的快感。他认为诗人应具有卓越的审美力。

雪莱还认为,"每一位大诗人必定免不了要革新他前辈的范式,而有他特创的诗法的精密结构"。"最伟大的诗人一向是品德最无疵点而明达则无所不及的人。""在一个伟大民族觉醒起来为实现思想上或制度上的有益改革而奋斗当中,诗人就是一个最可靠的先驱、伙伴和追随者。"①

雪莱的诗是出色的,雪莱关于诗人和诗才的论述也是富于远见的。

法国的维克多—玛丽·雨果(1802～1885),是法国最重要的浪漫主义作家、诗人,他的《〈克伦威尔〉序言》是法国浪漫主义的宣言,是很重要的文学理论文献,在他的多种诗集与剧本序言中也阐述了许多卓越诗学见解。他说:

"诗人只应该有一个模范,那就是自然;只应该有一个领导,那就是真理。"

"一个普通人只能做出规规矩矩的东西,只有非凡的天才才能驾驭创作。"

"匀称是平庸者的趣味,秩序是天才的趣味。"

"趣味,就是天才所具有的理智。"

"只有一个砝码可以左右艺术的天平,那就是天才。"

"不论一个诗人对艺术的整个思想怎样,他的目的应该首先是像高乃依那样努力追求伟大,像莫里哀那样努力追求真实;或者,还要更超出他们,天才所能攀登的最高峰就是同时达到伟大和真实,像莎士比亚一样,真实之中有伟大,伟大之中有真实。"

"应该从最根本的源泉里吸取滋养。森林中的树木,其形态、果实、叶子各个不同,却是吸取了同一种流遍了大地的汁液而生长起来的,世界上各种各样的天才是由同一种自然哺育而丰富起来的。"

"诗人的两只眼睛,其一注视人类,其一注视大自然。他的前一只眼叫做观察,后一只眼称为想象。从这始终注视着这双重对象的双重目光中,诗人的脑海深处产生了单一而复杂、简单而复合的灵

---

① 杨义、高建平主编:《西方经典文论导读》,下卷,第393、395、421、424页,安徽教育出版社2009年版。

感,人们称之为天才。"①

雨果强调诗才的重要性,诗要追求伟大和真实,要从自然和社会中吸取营养,要向优秀的诗人、艺术家学习的观点,是切中肯綮的。

马克西姆·高尔基(1868~1936),是20世纪苏联的伟大作家、诗人。高尔基出身贫寒,童年开始尝遍生活的艰辛。少年时代尝够了世态炎凉。他非常频繁地变换职业,熟悉社会人间多种多样的状况,生活经验非常丰富。他从童年开始从外公那里学习认字,后来养成了终身不懈的良好习惯:嗜好读书,他对诗人、作家的创作才能问题有深刻的论述。

他劝诗人、作家要认真读书。他讲了自己的经历。他说:"直到14岁左右,我才会自觉地读书。"从读书中他得到了极大的好处,说:"应该感谢人类精神的圣典,应该感谢那些记载着人类精神所遭受的巨大痛苦和考验的书籍,应该感谢作为理性之诗的科学和作为感情之诗的艺术。"又说:"书籍使我的智慧和心灵受到鼓舞。""我要告诉一切人:热爱书籍吧,书籍能帮助你们生活,能像朋友一样帮助你们在那使人眼花缭乱的思想、感情和事件中理出一个头绪来,它能教会你们去尊重别人,也尊重自己,它将以热爱世界、热爱人的感情来鼓舞你们的智慧和心灵。""热爱书籍吧,书籍是知识的源泉。"②

高尔基认为,每个作家、诗人必须具备本国文学史知识,也必须知道外国文学史,"因为文学创作,从它的本质来说,在所有的国家、所有的民族中都是一样的"。

他指出:"在科学和文学之间有着很多的共同点:无论是科学还是文学,其中起主要作用的是观察、比较、研究;艺术家也同科学家一

---

① 杨义、高建平主编:《西方经典文论导读》,下卷,第482、497、544、503页,安徽教育出版社2009年版。
② 余一中编选:《高尔基集》,第198页,上海远东出版社2008年版。

样，必须具有想象和推测——'洞察力'。""文学创作的艺术，创作人物与'典型'的艺术，需要想象、推测和'虚构'。"

他说："我既直接从生活中得到印象，也从书本中得到印象。……我从外国文学，尤其是从法国文学中得到了很多益处。"

高尔基特别强调艺术家的时代责任感："艺术家是自己的国家、自己阶级的感官，是它的耳朵、眼睛和心脏；他是自己时代的喉舌。"

他指出，作家、诗人应该创作典型人物的鲜明形象，而只有具备"高度发达的观察力，善于发现类似之处，只有在学习、学习、再学习的条件下才有可能"。

他说："人类在科学、艺术和技术各方面所获得的一切真正有价值的、永远有益和永远美好的东西，都是那些在难以形容的艰苦条件下，在'社会'极度无知、教会敌视阻挠、资本家自私自利的情况下……进行工作的少数人所创造出来的。……在文化的创造者当中，有许多是普通劳动者，如有名的物理学家法拉第、爱迪生……世界最伟大的剧作家莎士比亚是一个普通演员，伟大的莫里哀也是这样，——这种'锻炼'自己的才能获得成功的人的例子，还可以举出好几百。"

高尔基极其重视劳动对于艺术的重要性。他说："我们世界上最美好的东西，都是由劳动、由人的聪明的手创造出来的，我们所有的思想、所有的观念都是在劳动过程中产生的，艺术、科学和技术的发展史使我们对这一点深信不疑。"①

高尔基这些关于诗人诗才的论述是他运用辩证唯物主义的原理，对人类文艺史的一个方面的科学总结，也是对自己创作经验的简要概括。毛泽东对高尔基作了这样的评价："在艺术上，托尔斯泰、

---

① 余一中编选：《高尔基集》，第 265~266,284~285 页，上海远东出版社 2008 年版。

高尔基、鲁迅"是"最精湛的"。"高尔基很高,但他和下面有着广泛的联系,他和农村有通讯联系。"又说:"到群众中去,不但可以丰富自己的生活经验,而且可以提高自己的艺术技巧。……我们都知道高尔基,他的生活经验丰富极了,他熟悉俄国下层群众的生活和语言,也熟悉俄国其他阶层的实际情形,所以才能写出那样多的伟大作品。"①

他山之石,可以攻玉。中西诗论,同为宝库。

(三)中国几个大诗人的诗才

古今中外,诗人辈出,佳作如林。他们为什么诗才出众,诗篇魅力无穷?我们试分析中外若干个案,试图从中得到启迪。先看中国的。

屈原(约公元前340~前278),名平,出身于楚国的同姓贵族。在楚怀王时曾担任过左徒,其职务仅次于宰相。司马迁在《史记·屈原贾生列传》中对屈原的评价是:"博闻强志,明于治乱,娴于辞令。入则与王图议国事,以出号令;出则接遇宾客,应对诸侯,王甚任之。"他对内主张"举贤授能"、"修明法度",对外主张联齐抗秦,在当时是属于比较进步的政策。后因遭谗被逐。秦攻下楚郢都后,屈原因国家败亡非常悲愤,遂在长沙东面的汨罗江"一跃冲向万里涛",自沉而死。司马迁说:"屈平疾王听之不聪也,谗谄之蔽明也,邪曲之害公也,方正之不容也,故忧愁幽思而作《离骚》。离骚者,犹离忧也。""屈平之作《离骚》盖自怨生也。"就是说《离骚》的创作是有感而发的。屈原的创作很丰富,流传至今的有25篇:《离骚》、《天问》、

---

① 《毛泽东文艺论集》,第94、20页,中央文献出版社2002年版。

《九歌》(11篇)、《九章》(9篇)、《远游》、《卜居》、《渔父》。这25篇中,有的认为《卜居》、《渔父》非屈原作。《离骚》是屈原最重要的代表作,最能反映屈原作品的思想特点和艺术特色。

《离骚》全文2490字(有人认为其中有13字为后人增加),是中国诗歌史上最宏伟的抒情诗,诗中充分表达了诗人热爱祖国、热爱人民的崇高理想,也表达了自己遭受谗诋、诽谤、排挤的悲愤感情。这首长诗不仅思想崇高,而且艺术独具特色。它从神话和楚地民歌中吸取养料,运用比兴等形象思维手法,将叙事与抒情融为一体,词采华丽,富于音乐感,形成独特的骚体,后人以《诗》、《骚》并称。对于《离骚》,鲁迅概括评论极为精当。他说:"逸响伟辞,卓绝一世……较之于《诗》,则其言甚长,其思甚幻,其文甚丽,其旨甚明。凭心而论,不遵矩度。"①就是说,篇幅宏伟("长"),想象奇特("幻"),文采绚丽("丽"),主题鲜明("明"),并且极富创造性("不遵矩度")。

屈原在诗歌创作上为什么能取得这么大的成绩? 在于屈原幼年就得到了良好的家庭教养,从小就开始"修能",养成了"求索"的习惯,培养了良好的文学底蕴。再加上他后来遭谗受贬,经历坎坷,出现了司马迁所讲的情况:"文王拘而演周易,仲尼厄而作《春秋》,屈原放逐乃赋《离骚》。"也正如毛泽东说的那样:"屈原如果继续做官,他的文章就没有了,正是因为开除'官籍','下放劳动',才有可能接近社会生活,才有可能产生像《离骚》这样好的文学作品。"②

深入社会生活,熟悉社会生活,这是培育、提高诗才,创作伟大诗歌作品的极为重要的条件。

李白(701—762)是继屈原之后又一个伟大的浪漫主义诗人。

---

① 《鲁迅讲国学》,第254页,吉林人民出版社2009年版。
② 刘汉民编著:《毛泽东诗话词话书话集观》,第177~178页,长江文艺出版社2002年版。

他的籍贯有几种说法:一说祖籍陇西成纪(今甘肃秦安),一说四川绵州彰明县青莲乡(今四川江油),一说中亚碎叶城(唐时属安西大都督府,今在吉尔吉斯境内),一说生于长安。以主张生于碎叶者居多。李白约5岁时随父亲李客到了四川。家庭较富裕且有文化。他"五岁诵六甲,十岁观百家",广泛阅读,勤于写作,喜剑术,学任侠。自小喜与道士交往,求仙学道,曾当过正式道士。他又学过佛,学过儒学经典。青年时期遍游蜀中名山,出蜀后继续游览名山。李白在蜀中生活了20来年,留下的诗作不多,仅有10来首格律诗。公元726年,李白辞亲远游,离开蜀中,开始在祖国更广阔的地域漫游,观赏了三峡、江陵、洞庭湖、江夏(湖北)、庐山(江西)、金陵(江苏)、扬州、吴郡、会稽(今苏州、绍兴)一带、湖北云梦(今湖北安陆),以及河南、山西、山东、安徽、江苏、浙江等广阔地区,大大开阔了眼界和胸怀。他曾三次进入长安。第一次,是开元十八年(730),从湖北安陆经南阳至长安,寓居终南山。第二次,开元二十年(732),在长安穷途失路,作《行路难》、《蜀道难》等诗,5月离长安,经黄河东下梁园。天宝元年至天宝三年(742~744)入长安求仕。公元742年秋,奉诏入京,为第三次入长安,任唐玄宗供奉翰林,但好景不长,仅一年多时间便于天宝三年三月赐金放还,离开长安。此后李白继续漫游,与诗人杜甫、高适相会,广泛接触下层社会生活,加入永王璘的幕府,熟悉了军旅生活。永王败后,在浔阳(今江西九江)坐过牢,并被判流放夜郎(今贵州桐梓),公元759年行至巫山,遇赦放逐。公元762年,李白在其族叔当涂县令李阳冰家病逝。

综观李白一生的思想轨迹,他的思想相当庞杂,是儒释道纵横家等思想的糅合,而以儒道思想为主导。李白一生追求政治上有所作为,但屡受挫折,可以说"文章憎命达"。他在政治上不得意,但在诗歌领域却取得了伟大成就,对五、七言古诗和乐府尤其擅长。

李白诗现存一千首左右。按李阳冰在《草堂集序》中的说法,李白有"草稿万卷","当时著述,十丧其九"。可见李白的诗文存稿已遗失很多,今存诗稿远不是他的全部。李白诗歌内容非常丰富,他是盛唐的时代歌手,其诗歌反映了盛唐的时代精神,揭露了唐代由盛转衰时的矛盾和痛苦,表达了对社会危机的忧虑和黑暗现实的愤慨。李白漫游时与下层劳动人民有较多的接触,这些劳动者的生活和思想在李白诗中得到了生动的反映。对唐玄宗的穷兵黩武,李白进行了激烈的批评,对边疆人民所受的战争苦难进行了深刻的揭露。在李白诗中对祖国山河的赞美占了相当比重,漫游和寻仙访道的生活也占有一定内容。此外,还有歌颂友情、关心妇女生活的诗篇。可以说李白诗歌内容丰富,视野广阔。其中一些诗篇堪称诗史。如《登高丘而望远海》就是一篇形象鲜明的诗史。正像王夫之评论的那样:"后人称杜陵为诗史,乃不知此九十一字中有一部开元、天宝本纪在内。"①这里的"九十一字"就是指《登高丘而望远海》,这首诗共91字。

李白诗歌在艺术上也独具特色,主要是积极浪漫主义精神,雄迈豪放的风格,运用夸张、白描、神话、比兴的手法,奇特丰富的想象。他的诗作各体俱备,而五、七言古诗,五、七言绝句,乐府诗更为出色。他创立的十四行诗很可能早传异域,成为西方十四行诗的远祖(待考)。他还创立了词的形式,他的《菩萨蛮》("平林漠漠烟如织")、《忆秦娥》("箫声咽")被称为"百代词曲之祖"。王国维在《人间词话》评云:"'西风残照,汉家陵阙'寥寥八字,遂关天下登临之口。"历代对李白及其诗都有崇高评价。韩愈说:"李杜文章在,光焰万丈长。"杜甫云:"白也诗无敌,飘然思不群。"这是说,李白诗形象思维出类拔萃。贺知章读了李白的《蜀道难》后,称李白为"谪仙人"。清人沈德潜云:"太白七言古,想落天外,局自变生。大江无风,波浪自

---

① 周先慎:《中国文学十五讲》,第100页,北京大学出版社2004年版。

涌。白云从空，随风变灭。此殆天授，非人可及。"清刘熙载在探索李白诗歌的渊源时说："太白诗以庄骚为大源，而于嗣宗之渊放，景纯之俊上，明远之驱迈，玄晖之奇秀，亦各有所取，无遗美焉。"①这里是说李白善于博采众长，庄子、屈原、阮籍、郭璞、鲍照、谢朓诸家的长处，他都吸取过来，集众美于一身，集浪漫主义的大成。对于李白的诗篇和诗才，毛泽东的总体评价是很恰当的："李白的诗好。李白是诗人之冠。"②

李白的诗才是从哪里来的？郁贤皓有段精彩的解说："《潜确类书》卷六十：'李白少读书，未成，弃去。道逢老妪磨杵，白问其故。曰：'欲作针。'白感其言，遂卒业。'又见《方舆胜览》。说明李白的天才是由勤奋学习得来的。谚语'若要功夫深，铁杵磨成针。'本此。"③

李白是中华诗国巨星，诗才盖世。问渠那得才如许？实由博学神思来。

李白和杜甫是唐代诗坛两大巨星。李白是积极浪漫主义的杰出代表，而杜甫则是现实主义的卓越代表。杜甫字子美，祖籍湖北襄阳，生于河南巩县的南瑶湾村。西晋军事家杜预是他的远祖。祖父杜审言是武则天时的著名诗人。父亲杜闲曾任兖州司马和奉天县令。杜甫生在这样的家庭中，深受儒家思想的影响，并得到了诗艺的熏陶。

杜甫生活于唐开元盛世及由盛转衰的时期，亲历安史之乱，对人民的生活苦难较熟悉。他酷嗜读书，"读书破万卷，下笔如有神"，是他的实际体会。他游历甚广，到过古吴越、齐鲁、河北等地，浏览了名山大川、名胜古迹，开阔了眼界和胸襟。他曾任右卫率府兵曹参军，

---

① 周先慎：《中国文学十五讲》，第114、117页，北京大学出版社2004年版。
② 刘汉民编著：《毛泽东诗话词话书话集观》，第294页，长江文艺出版社2002年版。
③ 郁贤皓主编：《李白大辞典》，第7~8页，广西教育出版社1997年版。

是个管理武器仓库的小官。安史之乱中他陷入敌手9个月,后逃离长安,奔赴凤翔(今陕西凤翔一带),任唐肃宗的左拾遗。后被贬为华州司功参军。不久,杜甫弃官入蜀,建成都草堂,任检校工部员外郎。离开成都东下后,在夔州寓居近两年。出三峡后,漂流在荆湘之间。大历五年(770)暮秋,杜甫于乘船从潭州往岳阳途中病逝。杜甫一生为官时间不长,经历了安史之乱,最后十多年时间是在颠沛漂泊中度过的。

杜甫诗作非常丰富,现存诗1400多首,各体兼备,尤以律诗成就最高,被称为"诗圣"、"诗史",是唐代现实主义诗人的卓越代表。

杜甫毕生追求的政治理想是"致君尧舜上,再使风俗淳","穷年忧黎元,叹息肠内热","安得广厦千万间,大庇天下寒士俱欢颜"。杜甫在诗歌中真实地反映了当时的社会风貌和时代剧变,有对开元盛世的赞颂,有对统治阶级生活享乐腐化和穷兵黩武政策的揭露批判,他的"三吏"(《新安吏》、《石壕吏》、《潼关吏》)、"三别"(《新婚别》、《垂老别》、《无家别》)、《自京赴奉先县咏怀五百字》等篇,是当时社会生活的真实写照。"朱门酒肉臭,路有冻死骨",更是当时真实的社会图景,是对安史之乱根源的深刻揭露。杜甫诗中充满着对祖国的爱,对人民的爱,不愧是时代的歌手,伟大的人民诗人。

杜甫诗歌取得了很高的艺术成就。他运用写实的手法真实地反映出时代风貌和人民的思想感情,既有高度概括,又有具体的情节描写。杜诗的风格丰富多彩,多种多样,而以沉郁顿挫为主要特色,凝练浑厚,低回抑扬而遒劲。杜甫的七律格律精严,情景交融,凝重瑰丽,在唐代诗人中出类拔萃。

对于杜甫及其诗历代评价很高。

宋代王安石说:"至于甫,则悲欢穷泰,发敛抑扬,疾徐纵横,无施不可。故其诗有平淡简易者;有绵丽精确者;有严重威武,若三军之帅者……有淡泊闲静，若山谷隐士者；有风流蕴藉，若贵介公子者。"①

宋代抗金名将李纲说："子美之诗凡千四百三十余篇其忠义气节，羁旅艰难，悲愤无聊，一见于诗，句法理致，老而益精。平时读之，未见其工；迨亲更兵火丧乱之后，诵其诗如出乎其时，犁然有当于人心，然后知其语之妙也。"②

清代叶燮云："杜甫之诗，独冠今古。"③

杜甫的诗才从哪里来？他自己作过总结：

"读书破万卷，下笔如有神。"就是多读书、反复读书。

"转益多师是汝师"，"不薄今人爱古人"。他古人今人的诗都学，博采众长。

"为人性僻耽佳句，语不惊人死不休。"他非常重视精练语言文采，重视修辞。

"忆与高（适）李（白）辈，论交入酒垆。两公壮藻思，得我色敷腴。"与诗友切磋语言文采（"藻"）与形象思维（"思"），这是提高诗艺的重要途径。

《解闷十二首》其七："陶冶性灵存底物？新诗改罢自长吟。孰知二谢（谢灵运、谢朓）将能事，颇学阴（铿）何（逊）苦用心。"好诗从反复修改中来。

《敬赠郑谏议十韵》："思飘云物动，律中鬼神惊。"杜甫这两句诗是赞扬郑谏议的诗艺的，实际也是他自己创作诗歌的座右铭，就是在创作中要巧用形象思维，要严格遵守诗歌格律，杜甫在这两方面的能力是很高超的。"老去诗篇浑漫与"，"晚节渐于诗律细"。"漫与"，

---

① 乔象锺、陈铁民主编：《唐代文学史》（上），第479～480页，人民文学出版社2006年版。
② 乔象锺、陈铁民主编：《唐代文学史》（上），第493页，人民文学出版社2006年版。
③ 叶燮：《原诗》，第51页，人民文学出版社2006年版。

言纯熟,思维巧妙,出手纯熟;"律细",言用心精密,格律严密自然。

杜甫关于自己如何创作的经验之谈,是弥足珍贵的。

下面我们来研究一下中国最杰出的女词人李清照。

李清照(1084~1155?),自号易安居士,济南章丘明水(今山东)人。是中国诗歌史上最杰出的女词人,在世界诗歌发展史上也占有光荣的地位。她出身于书香门第,父李格非,进士出身,善文章。母王氏,相家女,亦能文。李清照受父母熏陶,才思敏捷,博闻强记,从少年起就有诗名,兼擅书法、绘画。18岁与太学生赵明诚结婚,婚后居汴京(今河南开封)。后移居山东青州。李清照的生活分两段。前期生活安定幸福,夫妻志趣相投,共同收集整理金石书画,诗词唱和,家庭美满。宋钦宗靖康元年(1126)战乱以后,李清照的生活发生了彻底改变,民族的悲剧使她陷入了苦难漩涡。从此她漂泊江南。赵明诚于1129年在金陵病逝以后,她家破夫亡,过上了孤苦伶仃的悲苦生活。晚年寓居临安(杭州),度过了寂寞悲辛的晚年。然而,不幸的遭遇,却淬砺了李清照的杰出诗才。

李清照的作品,宋时刊行有《李易安集》12卷,《漱玉词》5卷,都已失传。现存诗词文已不多,且多是后人收集编存的版本。她的词作成就最高,是宋词婉约派的杰出代表。她留存的诗篇很少,但具有巾帼英雄气概,充满着现实主义精神,字里行间洋溢着爱国主义情怀。

先看她的诗:

夏 日 绝 句

生当作人杰,死亦为鬼雄。
至今思项羽,不肯过江东。

这是李清照的一首名作,是一首借古讽今的怀古诗。北宋靖康二年(1127)徽、钦二帝当了金兵的俘虏,高宗赵构带着臣僚只顾逃跑,后在临安定都,不图恢复中原。李对朝廷只顾逃跑不思恢复失地非常不满,有感而写了这首诗。诗中借颂扬项羽的英雄气概,抒发悲愤之情。

再如:

浯溪中兴颂诗和张文潜二首(其一)

五十年功如电扫,华清花柳咸阳草。
五坊供奉斗鸡儿,酒肉堆中不知老。
胡兵忽自天上来,逆胡亦是奸雄才。
勤政楼前走胡马,珠翠踏尽香尘埃。
何为出战辄披靡,传置荔枝多马死。
尧功舜德本如天,安用区区纪文字。
著碑铭德真陋哉,乃令神鬼磨山崖。
子仪光弼不自猜,天心悔祸人心开。
夏商有鉴当深戒,简策汗青今具在。
君不见当时张说最多机,虽生已被姚崇卖。

诗中的张文潜,为苏轼门下士。李清照这首诗总结了安史之乱的教训,批判的锋芒直指唐明皇的淫逸昏庸,"酒肉堆中不知老",一反某些人把杨贵妃当做罪魁祸首的偏见。这首诗在当时有强烈的现实意义,借古讽今,是对苟且偷生思想的鞭挞,也是对后人的警示,具有震撼人心的力量,是咏史诗中的杰作。

李清照最长于词。在封建时代女性的主要活动在闺房,李清照也不例外。爱情是她题咏的主要题材。

凤凰台上忆吹箫

香冷金猊,被翻红浪,起来慵自梳头。任宝奁尘满,日上帘钩。生怕离怀别苦,多少事、欲说还休。新来瘦,非干病酒,不是悲秋。

休休。这回去也,千万遍阳关,也则难留。念武陵人远,烟锁秦楼。惟有楼前流水,应念我、终日凝眸。凝眸处,从今又添,一段新愁。

这首词道出了她与丈夫赵明诚即将分别时的离愁。婉转曲折,愁浓韵厚。再看她的一首名作:

声 声 慢

寻寻觅觅,冷冷清清,凄凄惨惨戚戚。乍暖还寒时候,最难将息。三杯两盏淡酒,怎敌他、晚来风急。雁过也,正伤心,却是旧时相识。　满地黄花堆积。憔悴损,如今有谁堪摘?守着窗儿,独自怎生得黑。梧桐更兼细雨,到黄昏,点点滴滴。这次第,怎一个愁字了得!

这首词是一个国破夫亡、孤苦伶仃、体衰多病、年老无靠的女词人心情的写照,是一个具有爱国爱民情怀的女词人的婉约名作。全用口语写成,首句连用七对叠字组成,是一种特独创造。全词字字有力,字字传神,字字情浓,情景交融,艺术感染力很强。

李清照被视为婉约词宗。作为封建时代被禁锢的一个女性为何有如此词才?首先是家庭的熏陶,与丈夫赵明诚的切磋。其次是她刻苦学习,她有独特的坚强个性,喜清俭朴素的生活方式,不重华丽的装饰和肥美之食,而是极其重视精神的享受愉悦。她说:"余性不耐,始谋食去重肉,衣去重采,首无明珠、翠羽之饰,室去涂金、刺绣之具。"

她有段话记载与丈夫赵明诚探讨金石诗文的情况具体而生动：

赵（明诚）李（清照）族寒，素贫俭，每朔望谒告，出，质衣，取半千钱，步入相国寺（在今开封），市碑文果实。归，相对展玩咀嚼。……后屏居乡里十年，仰取俯拾，衣食有余。……每获一书，即共同勘校，整集签题。得书、画、彝、鼎，亦摩玩舒卷，指摘疵病，夜尽一烛为率。故能纸札精致，字画完整，冠诸收书家。余性偶强记，每饭罢，坐归来堂，烹茶，指堆积书史，言某事在某书、某卷、第几页、第几行，以中否角胜负，为饮茶先后。中即举杯大笑，至茶倾覆怀中，反不得饮而起，甘心老是乡矣。故虽处忧患困穷，而志不屈。

在谈及自己的志趣时，李清照说："我性喜博，凡所谓博者皆耽之，昼夜每忘寝食。""博者无他，争先术耳。"她也喜欢专，"慧即通，通则无所不达；专即精，精即无所不妙"。①

李清照对历史有精深的研究，对诗、词、书法、绘画、音乐都有良好的修养。她写了一篇《词论》，是我国妇女所写的第一篇词学专文，在我国词学批评史上占有重要地位。她认为词与诗有不同特点，"别是一家"，词的特点是须"协音律"，"有妙语"，善"铺叙"，重"典重"，"主情致"，须有鲜明的音乐节奏感。她对宋代的词学名家柳永、晏元献、欧阳永叔、苏子瞻、王介甫、曾子固等都有严格的批评。李清照对诗词都有精深的研究，高超的见解，否则是写不出这样有远见卓识的论文的。

李清照的杰出词才还与她的人生际遇密切相关。后期的离乱漂泊，对她的诗词创作有重大影响。她的词，写爱情情真意切，写时事

---

① 孙望、常国武主编：《宋代文学史》（上），第436、437页，人民文学出版社2006年版。

爱国情殷,咏史诗借古讽今,确是大家手笔。

古希腊的萨福,被柏拉图称为"第十位缪斯(诗神)",在西方称之为有史以来最伟大的女诗人。

李清照和萨福是世界诗空的两颗巨星,东西辉映,光照千秋。

中华诗词群星璀璨,绵延不绝。新文化运动取得了伟大的成就。它反对旧文学,提倡新文学。胡适(1891~1962),在文学方面提出了"八不主义"(引文见前),无疑胡适的主张有正确的积极的一面,也有片面性和绝对化的一面,"诗须废律"就有绝对化之嫌。胡适还亲自写白话新诗,对我国新诗的发展是起了重大作用的。但却对我国传统诗词给了沉重打击,使传统诗词陷入了低潮。正是在这个时期,毛泽东坚持传统诗词的写作,他推陈出新,古为今用,对传统诗词在内容上进行了根本变革,创作了《七律·长征》、《沁园春·雪》等精品,使传统诗词焕发出了强大的生命力。新中国成立后,中华传统诗词进入了逐步复兴的新阶段。这个复兴,是与毛泽东的名字联系在一起的。毛泽东诗词的逐次发表,每一次都在中国人民中引发了对传统诗词的兴趣,产生了一波又一波的传统诗词热。

毛泽东具有伟大的诗才。他的诗词开辟了中国诗歌发展史上的社会主义新时代,他的诗词理论为中国诗词的发展指明了前进的方向。

毛泽东的诗才从哪里来?

毛泽东深受我国数千年优秀传统诗词的熏陶。他熟读中国"四书五经"等儒家经典,老子庄子等道家经典,还涉猎了一些佛学经典。他通读了二十四史这部世界上最长的历史,写下了"一篇读罢头飞雪"的著名词章,通读了《资治通鉴》等中国正史和野史、演义。他酷爱中国古典诗词,《诗经》、《楚辞》、乐府、唐诗、宋词、元曲都广泛阅读,不少能全篇背诵。鲁迅、于右任、柳亚子、郭沫若、陈毅、叶剑英、董必武等的诗作他也诵读。张贻玖对毛泽东故居的中国古典诗词集一本本、一页页地统计，汇集成一份毛泽东圈画批注过的诗词目录："其中包括1180首诗、378首词、12首曲、20首赋。诗词曲赋总计1590首，诗人429位。至于他读过而散失在各地的诗词和读过而未留下印记的诗词，都无法包括在内。这部分诗词究竟有多少，一时很难完整统计，只能留下深深的遗憾。"①

毛泽东不仅读诗词曲，而且博鉴各种诗话，如《历代诗话》、《西江诗话》、《随园诗话》等，许多篇章反复阅读，取其精华，为我所用。毛泽东毕生在诗词海洋中游泳，博采众长，融会贯通，滋养了深厚的诗词素质，这是毛泽东诗才冠世的一个基本原因。

毛泽东精通马克思主义，并把马克思主义文艺理论中国化。他读《共产党宣言》不下百遍。在长征极其艰苦的条件下，在担架上还在精读《反杜林论》、《资本论》。列宁的《帝国主义论》、《国家与革命》、《共产主义运动中的"左派"幼稚病》、《社会民主党在民主革命中的两种策略》、《唯物主义和经验批判主义》，斯大林的《论列宁主义基础》、《联共（布）党史简明教程》等著作，毛泽东都进行精读。这是毛泽东诗才的又一个基本来源。

毛泽东有极其丰富的实践经验。他参与创立了中国共产党，并且长期是中国共产党的主要领导者。他亲自领导了湘赣边秋收起义，创立了中国第一块农村革命根据地——井冈山革命根据地，参与创建了中国人民解放军并且长期是中国人民军队的主要领导者。他参加了中国工农红军的万里长征，并且从遵义会议开始成为长征胜利的主要领导者。以他为首的中共中央取得了抗日战争、解放战争的胜利，建立了新中国。新中国成立后，他继续领导党、政府、军队的建设，取得了社会主义建设的伟大胜利，取得国防建设的伟大胜利。他善于集中群众智慧和集体智慧，创立了毛泽东思想，极大地丰富了

---

① 张贻玖：《毛泽东和诗》，第3页，中央文献出版社1998年版。

中华民族的民族精神,弘扬了中华民族的先进文化,有力地增强了中华民族的文化软实力。毛泽东有丰富的实践经验,其中成功的经验,是主要的,也有失误的教训,是次要的。而且在毛泽东和共产党人那里,善于总结吸取失败的教训,每次总结教训之后,前进的步伐变得更快了。

丰富的实践经验,包括成功的经验和失败的教训,在毛泽东那里成了丰富的诗词矿藏。毛泽东有许多诗词是在马背上哼成的,如《西江月·井冈山》、《七律·长征》、《清平乐·六盘山》、《沁园春·雪》、《七律·人民解放军占领南京》等,是中国人民革命战争的伟大史诗,是波澜壮阔的革命战争实践的艺术反映。而《水调歌头·游泳》、《七律二首·送瘟神》、《七绝·为女民兵题照》、《八连颂》等则是社会主义建设的史诗,是新中国经济、卫生、国防等各方面建设成就的艺术反映。事实证明,丰富的实践经验,是毛泽东诗词取得辉煌成就的极重要条件。

毛泽东还有一种不可忽视的才能:虚心求教,反复修改,精益求精。不仅自己反复改,而且请别人提意见修改。仅举一例,《沁园春·雪》中有句"原驰蜡象",其中的"驰"原作"驱",后改为"驰"。其中的"蜡",郭沫若在重庆见的原稿作"蜡",后改为"腊",再后接受臧克家的意见改定为"蜡",因而臧克家被称为"一字师"。

(四)外国几个大诗人的诗才

中国历代杰出诗人的创作经验,可以给今人以有益的启示。外国历代卓越诗人的创作道路,我们可以从中吸取有益的养分。

但丁·阿里盖利(1265～1321),意大利杰出的抒情诗人,意大利文艺复兴的伟大先驱,是欧洲中世纪最伟大的作家。恩格斯指出:"意大利曾经是第一个资本主义民族。封建的中世纪的终结和现代资本主义纪元的开端,是以一位大人物为标志的。这位人物就是意大利人但丁,他是中世纪的最后一位诗人,同时又是新时代的最初一位诗人。"①

但丁,生于意大利佛罗伦萨一个城市小贵族家庭。早年学习拉丁文、诗学、修辞学、古典文学,还学习绘画、音乐、哲学等,学识非常渊博。他对罗马大诗人维吉尔的研究很精深,极崇拜,称之为导师。当时意大利最高的封建统治者为教皇和皇帝,有两个对立的政党——基白林党和贵尔夫党。但丁父亲属贵尔夫党,长期经商。但丁青年时代就参加了贵尔夫党,投入了反对封建贵族、维护共和政权的斗争。贵尔夫党打败基白林党后,他曾被推举为佛罗伦萨的行政官。后贵尔夫党分裂为黑白两党,但丁属于白党。黑党得势掌握政权后,但丁的全部家产被没收,并被判处终身流放,他从此开始了长达20多年的流亡生活。从事政治活动和被流放对他的人生历程产生了重大影响,他走出了个人生活的狭隘圈子,接触到社会现实生活中的广泛问题,开阔了他的视野,尝遍了众多酸甜苦辣的滋味。他看到了祖国的壮丽山河,也看到了祖国四分五裂、互相斗争带来的严重危害,增加了他企盼祖国统一的渴望。这种广泛的社会实践对他的创作产生了极大的影响,这是但丁创作有重大意义的长诗《神曲》的重要动力。

对但丁有重要意义的另一件事,是他对一个名叫比阿特丽斯的女子的真挚的始终不渝的爱。传说但丁9岁时,在一个阳光和煦的日子,偶遇漂亮端庄的小姑娘比阿特丽斯,他油然萌发了一种爱慕之情。他在后来出版的《新生》诗集的一首诗中描述了这种感

---

① 《马克思恩格斯选集》,第1卷,第269页,人民出版社1995年版。

情:"这个时候,藏在生命最深处的生命之精灵,开始激烈地颤动起来,就是很微弱的脉搏里也感觉了震动。"应该说这种爱不是一种世俗的爱,因为一个9岁的小男孩还没有成熟到那种程度,而是一种精神的爱。8年以后,但丁在家乡佛罗伦萨街头又一次见到了比阿特丽斯,感情再次受到了猛烈的冲击。不久之后,比阿特丽斯与人结了婚,不幸年轻时就谢世了。但丁内心非常悲哀,他把怀念和哀悼比阿特丽斯的诗汇成诗集《新生》出版。为了向他钟爱的比阿特丽斯献诗,他开始写作《神曲》,并在《神曲》中给她安排了一个光荣的位置。

《神曲》是但丁的主要著作。是他在放逐期间,历时14年(1307~1321)之久写成的一部长诗。全诗分为三部:《地狱》、《炼狱》、《天堂》。作品写的是一个梦游三界的故事,但内容取自意大利的现实生活,具有强烈的现实意义。直到现在,诗中描写的典型人物和事件在社会现实中仍然屡见不鲜。

在《神曲》中,基督教的神学观念、中世纪的思想偏见仍然存在,但又萌发了人文主义思想,表现在对教权至上的批判,对教会的批判,对以神为本的批判,对蒙昧主义的批判,对禁欲主义的批判上,甚至把在世的教皇八世也打进地狱接受酷刑,这是要有很大勇气的。他又对知识、美德进行歌颂,"人生来不能像走兽一样生活着,而是应当追求美德和知识"。这是《神曲》中的名言,这些都是人文主义思想的表现。

在《神曲》中,但丁游历地狱和炼狱由古罗马大诗人维吉尔当向导,但丁尊奉他为导师。而维吉尔是受比阿特丽斯的派遣来引导他的。当游完炼狱后到了天堂,则是由比阿特丽斯亲自引导他游九重天。《神曲》的这种安排,可以看出古希腊罗马文化特别是维吉尔对但丁的深刻影响,也可以看出比阿特丽斯在但丁思想感情中留下了多么深的烙印。

《神曲》的艺术成就很高。全诗分为三部,每部33篇,加上序诗共100篇。这是一部用诗体写成的巨著。全诗都用三韵句写成,即每三行是一个诗节,每三行隔行押韵,连环押韵,一押到底。全诗共14233行,全部用三韵作连续押韵,从第1行一直押到14233行。每一行都是11个音节。

《神曲》不仅结构巧妙而严整,富于创造性,而且是用意大利语写成。当时,意大利正统文学作品全用拉丁语写作,但丁首创用意大利语写作,对促进意大利民族语言的统一和民族文学的发展,发挥了重要的作用。不仅如此,而且对促进当时分崩离析的意大利全国的统一也发挥了至关重要的作用。

但丁,是一个世界级的大诗人。莎士比亚,是但丁之后又一个世界级的大诗人。威廉·莎士比亚(1564~1616),生于英国斯特拉特福一个羊毛商人家庭。文艺复兴时期英国最伟大的诗人和剧作家,进过初级学校学习,接触一些古代的语言文学,因家庭经济困难而辍学。他酷爱自学,知识面渐广。约1587年到伦敦谋生,曾在多个剧团工作,当过杂役、马夫、舞台提词的助手及雇佣演员,跑过龙套。1590年前后开始参加编剧工作,当过导演,后来成为剧团的股东。晚年为家庭争取到了世袭绅士的身份。约1610年退休,并于1611年返回故乡。

在剧团工作的20年中,他熟谙了各种演出剧本,积累了丰富的舞台实践经验,经常随剧团到民间巡回演出,接触各阶层人物,广泛了解了社会情况,积累了丰富的生活素材,为他的创作提供了极为有利的条件。在他的一生中,写过两部长篇叙事诗《维纳斯与阿多尼斯》和《鲁克丽丝受辱记》,154首十四行诗,写了37个剧本,包括历史剧、喜剧、悲剧和传奇剧,其中的《哈姆雷特》、《奥瑟罗》、《李尔王》、《麦克白斯》四大悲剧,《威尼斯商人》、《仲夏夜之梦》等喜剧最为著名。

莎士比亚由于没有上过高等学府,遭到当时的一些剧作家的妒忌和攻讦。莎士比亚生前名望并不高,其故乡的人也不知道他的生平事迹。后来人们对他的认识越来越深,英国人民才对他越来越尊敬,把他比做王冠上的无价明珠。

在莎士比亚的诗和诗剧中充满着人文主义思想,提倡人道,反对中古神道,要求个性解放,反对封建压迫,认为人是"宇宙的精华,万物的灵长"。他也批判资产阶级社会黄金支配一切的罪恶作用,但思想有局限性,他宣扬的是资产阶级的人文主义、资产阶级的个人主义和资产阶级的人性论。

莎士比亚的作品极富艺术特色。马克思、恩格斯从其作品中提出了"莎士比亚化"的创作原则,就是要求作家不要从抽象观念出发而要从现实出发,通过生动丰富的情节,塑造出典型环境中的典型人物,用形象化的方法艺术地描写和再现社会生活。

莎士比亚是语言大师。语言生动精练,丰富生动,达到了高度形象化和个性化。有时自造新词,灵活有力。有专家统计,莎翁自造新词2000多个,使英语词汇更加丰富。他的诗剧主要用无韵体写成,但具有音韵节奏之美。据拉法格回忆,马克思在1848年以后,为了使自己的英语知识达到完美的境地,曾经把莎士比亚特殊风格的词句都搜寻出来,加以分类,进行学习。

无疑,莎士比亚的诗才是非常出色的。他没进过高等学府深造,他的诗才是怎样培养出来的呢?

时势造英雄。莎士比亚诗才的造就与文艺复兴这个时代密切相关。恩格斯在评论欧洲文艺复兴时说,文艺复兴"是人类以往从来没有经历过的一次最伟大的、进步的变革,是一个需要巨人而且产生了巨人——在思维能力、热情和性格方面,在多才多艺和学识渊博方面的巨人的时代"①。文艺复兴是 14～16 世纪发生在欧洲的文化思想上的革命运动,英国的文艺复兴比意大利等国要晚,到莎翁时代才达到高潮。当时英国从宫廷贵族到老百姓都爱诗歌,诗剧的创作已相当繁荣。莎翁学习并总结了前人的经验,在已有基础上加以提高弘扬,终于在世界诗剧史上创造了最辉煌的成绩。

莎翁的卓越诗才还与他的勤奋学习、刻苦写作分不开。在伦敦,莎翁的工作是很忙的。他是剧团股东,既要当导演,又要当演员,还要做编剧。据有关统计,他们剧团每年要上演 15 个新戏,每个戏的排演和准备时间约为 3 个星期。当时演剧都在白天,从下午二三时开演,一般演整整一个下午。莎翁每天上午到剧团料理剧团事务和排演,下午要演戏,到了晚上才能回到家里从事写作。当时写作条件比较艰苦,是用蜡烛照明进行创作的。莎翁如无勤奋刻苦的精神,是很难取得如许出色的成绩的。从莎翁的身上也印证了恩格斯的下列名言是非常正确的:

"天才就是勤奋。"

莎翁在剧团的工作需要接触各种人物。这使他结识了一些青年新贵族、大学生及其他人物,扩大了他的生活面,熟悉了社会上层、中层和下层的各种情况。他在编剧工作中进一步接触到古代文化、意大利文艺复兴时期的文化和欧洲正在兴起的人文主义思想,这些都为他的诗剧创作提供了充分的条件。

高尔基在《谈谈我怎样学习写作》一文中写道:"世界最伟大的剧作家莎士比亚是一个普通演员。"这说明,社会实践是文艺的源泉,劳动者、工人、农民,完全可以通过刻苦勤奋的学习,提高自己的诗才文才,攀登高雅的艺术殿堂。

下面来谈歌德。约翰·沃尔夫冈·封·歌德(1749～1832)是

---

① 《马克思恩格斯选集》,第 4 卷,第 261～262 页,人民出版社 1995 年版。

德国最伟大的诗人、作家,也是世界最伟大的诗人之一。出生于德国法兰克福市一个富裕市民家庭。1765年入莱比锡大学攻读法律,并学习文学、绘画和自然科学,开始学习写诗和剧本。1768年因病辍学。1770年入斯特拉斯堡大学,开始钻研荷马和莎士比亚诗作,并写出了一批优美的抒情诗。1771年获法学博士学位,旋回故乡当了一名律师。在校期间及工作以后,他还学习了历史和希腊神话,写出了一批抒情诗、历史剧和诗剧,而以书信体小说《少年维特之烦恼》的出版获全国性声誉。1775年11月,歌德接受卡尔·奥古斯都公爵的邀请,来到魏玛,先后任魏玛公国朝廷的枢密顾问、机密大臣、内阁大臣,主持政务,成了一个封建朝廷的官吏和宫廷文人,很少进行文学创作,但从事自然科学研究。繁杂的政务使他产生了厌烦的心绪。1786年9月,他改名换姓,不辞而别,独自一人乘驿车逃离魏玛,径往他向往已久的意大利。

歌德在意大利生活了两年,游历了各地及西西里岛,研究了古代艺术和意大利美术。1788年4月返回魏玛,不再参与政务,而是恢复了创作热情,创作了一些历史剧和诗剧。1794年歌德与席勒订交,他们合作了10年,共同把德国的文学推进到了一个新的发展阶段。这期间歌德开始了《浮士德》第一部的写作,并于1808年出版,这是他最重要最杰出的作品。

进入19世纪以后,歌德研究了傅立叶、圣西门等人的空想社会主义,并以极大兴趣研究阿拉伯、波斯、印度和中国的文学与哲学,写了大量诗歌,1819年出版了《西东合集》。他在看到中国的《风月好逑传》、《玉娇梨》、《花笺记》等中国小说和诗歌的译本后,大为欣赏,说:"中国人在思想、行为和情感方面几乎和我们一样,使我们很快就感到他们是我们的同类人,只是在他们那里一切都比我们这里更明朗,更纯洁,也更合乎道德。"又说:"中国人有成千上万这类作品,而且在我们的远祖还生活在野森林的时代就有这类作品了。"①歌德还模仿中国诗的风格写了 14 首抒情诗,题名"中德四季晨昏吟咏"。

歌德的晚年在隐居中埋头从事写作,写出了长篇自传《诗与真》,并完成了他"毕生的主要事业"——诗剧《浮士德》。1832 年 3 月 22 日,歌德病逝。

歌德著作极丰,全集有 143 卷之多。他的主要著作《浮士德》是一部杰作,是与荷马史诗、但丁《神曲》、莎士比亚《哈姆雷特》齐名的史诗性巨著。朱光潜评价云:"歌德在近代美学思想家中几乎是唯一的具有深广的文艺修养和科学修养,丰富的创作经验,在诗艺上达到高峰的大诗人。"②

恩格斯对歌德作了科学的评价,指出了他思想中存在的矛盾:"(在他)心中经常进行着天才诗人和法兰克福市议员的谨慎的儿子、可敬的魏玛的枢密顾问之间的斗争,前者厌恶周围环境的鄙俗气,而后者却不得不对这种鄙俗气妥协、迁就。"③因此,歌德有时非常伟大,有时极为渺小,有时是叛逆的、受嘲笑的、鄙视世界的天才,有时则是谨小慎微、事事知足、胸襟狭隘的庸人。

歌德在诗歌上能取得辉煌成就不是偶然的。他小时受过良好的家庭教育。其父约翰·卡斯巴尔·歌德受过高等教育,获博士学位,用意大利文写自己的意大利游记。他政治上不得意,就把精力用在教育子女身上,歌德童年时的语言才能就是从父亲那里学到的。他阅读父亲的意大利文游记,从那里学会了意大利文,并从父亲丰富的藏书里读了不少小说和诗歌。歌德 4 岁时他祖母叫人在圣诞节给孩子们演木偶戏,他从此萌发了对戏剧的爱好。他母亲卡特琳娜·伊

---

① [德]爱克曼集录,朱光潜译:《歌德谈话录》,第 110、111 页,人民文学出版社 2006 年版。
② 朱光潜:《西方美学史》,第 401 页,人民文学出版社 2003 年版。
③ 朱光潜:《西方美学史》,第 403 页,人民文学出版社 2003 年版。

丽莎白·泰斯托尔,极善于给孩子们讲童话和《圣经》故事,歌德的想象力从中得到了启发,可以说歌德在诗歌上的启蒙教育是从母亲那里得到的。歌德父母为教育孩子专门请了家庭教师。良好的家庭教育,使歌德在童年和少年时期就学会了拉丁文、法文、意大利文、英文、希腊文和希伯来文。

他求知欲强,广学博采。歌德向青年作家进言:"我们的大师是那样的人,我们在他的指引下在某一门艺术中不断地进行练习,在我们慢慢地达到熟巧的过程中,他逐步地向我们传授基本原则,按照这些原则去做,我们就能最有把握地达到预期的目标。"①这是歌德自身学习经验的总结。他对古希腊罗马的文化艺术进行过认真的研究,对荷马史诗、柏拉图、亚里士多德的著作有精深的研索,对《圣经》作了深入的探究,对但丁、莎士比亚的创作经验有精辟的总结。关于但丁,他说:"他运用他那想像力的眼睛就能把各种事物看得那样清晰,从而能勾画出它们的鲜明的轮廓,因此即使是最隐晦和最离奇的东西,我们看到也仿佛是按照自然描绘出来似的。还有他采用的三韵句,很少或根本没有束缚他的手足,相反以这样或那样的方式帮助他达到了目的,勾勒出人物。"②关于莎士比亚,他说:"莎士比亚是最伟大的作家之一。……并不是轻而易举地就能找到一个人,他能像莎士比亚那样洞察世界,也并不是轻而易举地就能找到一个人,他能像莎士比亚那样说出自己内心深处的见解,并且让读者跟他一起在更高的程度上领悟世界。""假如他不是跟他生活的时代融为一

---

① [德]歌德著,范大灿、安书祉、黄燎宇等译:《论文学艺术》,第374页,上海人民出版社2005年版。
② [德]歌德著,范大灿、安书祉、黄燎宇等译:《论文学艺术》,第347页,上海人民出版社2005年版。

体的话,他就不会对我们发生那么大的影响。"①

歌德正是站在文学巨人的肩膀上前进的。不仅如此,歌德还很重视向民歌学习,并把眼睛投向东方,向东方古老的优秀文学学习。

毕生勤奋、精益求精是歌德的基本品性。据一些研究歌德的专家研究,歌德从8岁写诗给外祖父祝贺新年起,到83岁他逝世前的1829年2月给后人写的"遗嘱"为止,他一生中没有一年,许多年没有一个月,许多月没有一天,这位奇人不曾用诗来阐明他的心迹。他掌握了多种多样的诗体,有颂体诗,有哀歌体,有从东方传来的格言体和绝句体,有民谣体,还有自由体。他重视诗的格律。他的诗作有长有短,长的如《浮士德》,近万行,短的只有两行。写作时间有快有慢,短的诗一挥而就,长的如《浮士德》,写了60多年。

下面我们来探索一位苏联的杰出诗人。

符拉基米尔·符拉基米罗维奇·马雅可夫斯基(1893~1930),是苏联优秀诗人。生于格鲁吉亚库塔伊斯省巴格达吉村,父亲是个林务官。父亲逝世后,1906年全家移居莫斯科。马雅可夫斯基早年参加俄国社会民主工党,因参加地下活动曾三次被捕。他说,狱中的生活是"一段对我来说至关重要的时刻",他阅读了大量文艺书籍,并开始写诗。出狱后,他下决心要"创造社会主义的艺术"。1911年他进入绘画雕刻建筑学校学习,曾一度写了一种带有资产阶级倾向的"未来主义"诗歌。第一次世界大战期间,他写了不少批判帝国主义战争的诗篇。

马雅可夫斯基的进步与高尔基的帮助是分不开的,1915年前后,马雅可夫斯基认识了高尔基。是高尔基帮助他摆脱了"未来主义"的影响,走上了现实主义的创作道路,在苏联社会主义文学的发

---

① [德]歌德著,范大灿、安书祉、黄燎宇等译:《论文学艺术》,第217、220页,上海人民出版社2005年版。

展史上，高尔基是第一个走向新的社会主义文学艺术的人，而马雅可夫斯基则是追随高尔基，开辟社会主义诗歌新局面的旗手。是高尔基第一个发现马雅可夫斯基的卓越诗歌才华并帮助他发展这种才华。1916 年，高尔基帮助马雅可夫斯基出版了第一本诗集。此后，马雅可夫斯基与高尔基等共同创造了苏联社会主义诗歌的辉煌。

1917 年苏联十月革命后，马雅可夫斯基创作热情高涨，相继写出了《革命颂》(1918)、《向左进行曲》(1918)，号召人们为保卫苏维埃政权而斗争。在苏联国内战争时期，他在短短两三年内写出了配诗的宣传画数千幅。十月革命后，诗人的艺术才华进一步迅速发展，创作出了题材广泛、数量众多的诗作。1925 年发表了长诗《列宁》，诗人以强烈的感情，生动的笔触，歌颂列宁战斗的一生，高尚的人格，光辉的思想和不朽的事业，成功地塑造了无产阶级领袖的艺术形象，具有强烈的艺术感染力。

1927 年，马雅可夫斯基又写了一部气势磅礴的长诗《好》，诗的主题思想是：集中表现苏联社会主义革命和建设的战斗历程，歌颂社会主义祖国。

马雅可夫斯基创作很勤奋，全集达 14 卷，他的诗作题材广泛，内容丰富，语言生动活泼，形式变化多样，创造了独具特色的形式和音律。

列宁对他评价很高，认为他的诗歌给予苏联人民的影响，可以比之于普希金。

马雅可夫斯基的诗才是卓绝的。他有卓越的语言才能。语言，对于儿童来说是通向诗歌的乳汁。马雅可夫斯基的诗歌语言感是从小就培养起来的。他的父亲既操格鲁吉亚语，又能讲亚美尼亚语和鞑靼语，是他的第一位语言老师。他的家中有许多常客，有讲俄语的，有讲乌克兰语的。孩子是他的游戏伙伴，他们操着不同的语言。这个良好的语言环境，从小就熏陶了马雅可夫斯基的诗歌语言感，为他以后从事诗歌创作准备了优越的条件。

俄国的革命焕发了马雅可夫斯基的诗情。父亲的过早逝世使他在童年时就品尝了生活的艰辛。如火如荼的革命使他的性格迅速走向成熟。少年时期他就喜爱上了哲学、政治经济学和自然科学,钻研马克思主义文献。他热爱俄国古典文学,酷爱普希金和涅克拉索夫的诗歌,他以普希金为榜样,用诗歌来歌颂自由,把诗歌与革命密切结合了起来。许多年以后他在自传中回忆说:"这就是革命,这就是诗。诗和革命不知怎么的在脑子里交融在一起了。"①

马雅可夫斯基的国外之行对他开阔视野、扩大题材范围有重要作用。在20世纪20年代,诗人曾出国旅行,到过欧洲、美洲的许多国家,在德国、法国、波兰、捷克斯洛伐克、美国和墨西哥、古巴等国留下他的足印。所到之国,他都以"诗的全权代表"身份,朗诵自己的诗,讲述苏维埃人民的生活,介绍社会主义的文学艺术,进行文化交流。他也与各国诗人会面,交流诗艺。所到之国他都写有诗篇,讴歌各国工人团结一致的兄弟情谊,高度评价他们的革命传统,赞美各地的美好风光,他也尖锐揭露少数人骄奢淫逸、多数人备受欺凌的现实。这些作品后来汇编成《法国组诗》、《美国组诗》等。

马雅可夫斯基的创作是社会主义诗歌的里程碑,不仅对苏联,而且对其他国家如拉丁美洲大诗人聂鲁达、德国大诗人贝希尔、土耳其卓越诗人希克梅特等都发生过重大影响。

泰戈尔是印度的一位大诗人,也是东方的一位大诗人、世界的一位大诗人。罗宾德拉纳特·泰戈尔(1861~1941),生于印度加尔各答市一个地主资产阶级家庭,他父亲是一位诗人、哲学家和宗教改革家,兄姊等也热心于文学事业。他的家是知识分子活动的一个中心,经常是高朋满座,讨论文学创作和国家大事,吟诗演剧,充满诗意。

---

① [苏]B.科瓦廖夫主编:《苏联文学史》,第168页,天津人民出版社1982年版。

正是在这种家庭环境的熏染下,泰戈尔从小就开始养成了吟诗作文的兴趣,七八岁便开始写诗,14岁便写作了《献给印度教庙会》的爱国诗篇。1878年,他到英国学法律,并学习英国文学和音乐。1880年回国,第二年就出版了他的第一部诗集《黄昏之歌》。

1884~1901年,他住在他父亲的庄园里。在这里,他进一步了解了社会,熟悉了农民的艰苦处境,妇女的悲惨生活和婚姻的不幸,殖民统治的罪恶和社会的黑暗。他还细心地搜集民歌、民谣,对他的诗歌创作产生了重要影响,使他产生了强烈的创作愿望和情趣。

20世纪初,泰戈尔参加了印度反对英国殖民主义的斗争。但他又有改良主义和神秘主义倾向,幻想通过宗教、教育和道德等温和手段来改造社会,实现民族自治。1919年他曾写信给英国总督,强烈抗议英国殖民主义者镇压爱国群众的野蛮暴行,并庄严声明放弃1915年英国国王授予他的男爵爵位和特权,有力地鼓舞了群众的斗争热情。为了寻找印度民族自强自立的道路,他曾先后到过英、法、加、美、荷、日、中国和苏联进行访问。1924年,泰戈尔来到中国访问,回国后发表了《在中国的谈话》,对中国人民的苦难处境和反帝反封建斗争表示了深切的同情。

1941年8月7日,泰戈尔在加尔各答逝世。他一生共创作了50多部诗集,如《故事诗集》、《吉檀迦利》、《园丁集》、《新月集》、《飞鸟集》等,另有30多种散文著作、30多个剧本、12部中长篇小说、近百篇短篇小说。

1913年,泰戈尔以《颂歌集》获得诺贝尔文学奖,是获得这个荣誉的第一个东方诗人。他的诗歌内容丰富多彩。他尽情抒发了对现实生活的热爱,生动地表达了对灾难深重的祖国和人民的关怀,一往情深地歌颂民族精神、爱情、童真等。泰戈尔的诗歌独具艺术特色,获得了众多诗人的称赞。他塑造的意象富有象征意义,以新月、曙光、晨曦、星星、花儿等自然事物,来象征儿童可爱的生命和生机勃勃的希望。他的诗歌语言幽默讽刺,尖锐诙谐,简洁含蓄,笔墨精练。他的诗句字里行间充满了爱,运用空灵而奇特的想象,诗意与哲理相互交融。1923年诺贝尔文学奖得主、爱尔兰诗人威廉·叶芝在谈到泰戈尔的诗歌时说:"他的诗歌那么丰富多彩,那么浑然天成,那么激情澎湃,那么令人惊异……多少世代之后,旅人还会在路途上吟咏它们,船夫也会在河上吟咏它们。"①

闻一多说得对:"无论怎样成功的艺术家,有他的长处,必有他的短处。泰果(戈)尔也逃不出这条公例,所以我们研究他的时候,应该知所取舍。我们要的是明察的鉴赏,不是盲目的崇拜。"②前面我们所涉及的中外诗人的诗作和诗才亦当作如是观。

综观古今中外大诗人的创作历程,我们可以看出,要想成为一个杰出诗人,创作出优秀诗篇,必须具备三个条件:

第一,应当有远大理想、高尚品德。

第二,应当有丰富的生活经验。

第三,应当有良好的艺术技巧。

优秀诗人还必须具备五种能力:

第一,洞察发现力。诗人需要有特殊的眼力,能够发现人们没有发现的东西。

第二,形象思维力。能够思接千载,视通万里。

第三,虚构创新力。"李杜诗篇万口传,至今已觉不新鲜。江山代有才人出,各领风骚数百年。""诗文随世运,无日不趋新。"(赵翼)诗歌创作,必须善于创新。

第四,描绘表现力。做到状难写之景如在目前,含不尽之意见于

---

① 《泰戈尔诗选》,第2~3页,人民文学出版社2006年版。
② 《闻一多作品新编》,第200页,人民文学出版社2009年版。

言外。

第五,语言修辞力。学会语言的炼金术。

还须做到"新诗改罢自长吟",反复修改,精益求精。

结　束　语

通过上面的叙述,对诗的艺术得出以下看法:

(1)诗是一切艺术中最崇高、最完美的艺术,是艺术中的明珠,是人类最美丽的精神花朵,是人类的共同财富。

(2)什么是诗?诗是用一种美的声音,或者"是用一种美的文字、音律的绘画的文字,表现人的情绪中的意境"(宗白华语)的艺术。它饱和着诗人丰富的思想感情,高度集中地反映自然和社会生活,它运用形象思维,意象鲜活,语言凝练,节奏感强,音韵悠扬,千姿百态,异彩纷呈。

(3)一切好诗均具"三美",正像鲁迅说的:意美、形美、音美。意美以感心,一也;形美以感目,二也;音美以感耳,三也。唐代白居易说:"人之文,六经(诗、书、易、礼、乐、春秋)首之。就六经言,诗又首之。何者?圣人感人心而天下和平。感人心者,莫先乎情,莫始乎言,莫切乎声,莫深乎义。诗者,根情,苗言,华声,实义。"[①]这是把诗归结为"四美":情志美,语言美,声音美,义理美。这与鲁迅的观点是一致的。

意美。就是有远大的理想,高尚的思想,优美的情绪,崇高的人格,精深的学识。别林斯基说:"每个时代的诗的不朽都要靠那个时

---

① 陈良运主编:《中国历代诗学论著选》,第291页,百花洲文艺出版社1995年版。

代的理想的重要性以及表现那个时代历史生活的思想的深度和广度。活得最长久的艺术作品都是能把那个时代中最真实、最实在、最足以显出特征的东西,用最完满最有力的方式表达出来的。"①

形美。就是诗中的音节和词句的构造,诗的语言文采美,诗的形象图画美。苏东坡说:"少陵翰墨无形画,韩干丹青不语诗。"古希腊抒情诗人西蒙尼德说:"诗为有声之画,画为无声之诗。"中国传统诗词还有个特殊的优点,就是可与独具风韵的中国书法珠联璧合。如怀素以优美的狂草书写杜甫的杰出诗篇《秋兴》,就达到了落霞与孤鹜齐飞、秋水共长天一色的美好境界。毛泽东自书诗词,更是达到意美与形美的完美结合,影响深远。

音美。诗与音乐关系异常密切,恰似一对孪生姊妹。音乐性是诗的固有特性。诗,既要用语言文字的含义去影响读者的感情,又要用语言的声音去打动读者的心灵。诗的音乐性包括节奏、押韵、音调等元素,恰当地运用这些元素,可以增强音乐性,增强诗的艺术魅力,增强抒情效果。

(4)诗艺贵在创新。赵翼诗云:"满眼生机转化钧,天工人巧日争新。预支五百年新意,到了千年又觉陈。"

(5)好诗凝练着民族精神,蕴寓着深厚的文化软实力。它具有教化作用、净化作用、美育作用。在发展中国特色社会主义先进文化中,需要大力发展中华诗词,创造中华诗词新的繁荣。

印度诗哲泰戈尔说:"世界上还有什么事情比中国文化的美丽精神更值得宝贵的? 中国文化使人民喜爱现实世界,爱护备至,却又不致陷于现实得不近情理! 他们已本能地找到了事物的旋律的秘密。不是科学权力的秘密,而是表现方法的秘密。这是极其伟大的一种天赋。因为只有上帝知道这种秘密。我实妒忌他们有此天赋,

---

① 朱光潜:《西方美学史》,第517页,人民文学出版社2003年版。

并愿我们的同胞亦能共享此秘密。"①

中华民族自古以来就倡导"和为贵",现在正倡导创建和谐世界。诗歌是人类的心声,时代的号角。我们应为创造百花齐放、多元共美的和谐世界诗歌百花园而努力。

---

① 宗白华:《艺境》,第158页,北京大学出版社2004年版。

后 记

退休后,我与河南人民出版社结下了不解之缘。我的第一本著作《中国红军长征记》,在享受了12家出版社的闭门羹之后,是第13家出版社——河南人民出版社,予以出版的。此书的出版广受欢迎,荣获了中国图书奖荣誉奖等多项大奖。长征中担任李德翻译并参加了遵义会议的伍修权评价说,这是"一部到目前为止最为系统、全面和完整的长征史实记述,""由我国自己写作出版的关于长征的优秀作品,经过'千呼万唤',终于出来了"。时任中国出版工作者协会主席的王子野评介说:"这是我国自己的作家写成的第一部完整的全面的长征史","这部书的特点是记事详实,可以称为一部长征实录"。

此后,我的《长征事典》、《南方三年游击战争记》、《毛泽东诗话》(合著)、《毛泽东诗艺》,也是由河南人民出版社出版的,出版后均受到了欢迎和好评。其中《长征事典》、《南方三年游击战争》均获得了郑州市"五个一工程"奖。

胡锦涛同志在庆祝中国共产党成立90周年大会上的讲话指出:"在前进道路上,我们要继续大力推动社会主义文化大发展大繁荣,坚定不移发展社会主义先进文化。""要坚持发展面向现代化、面向世界、面向未来的,民族的科学的大众的社会主义文化。""要着眼于推动中华文化走向世界,形成与我国国际地位相对称的文化软实力,提高中华文化国际影响力。中华民族创造了源远流长、博大精深的中华文化,中华民族也一定能够在弘扬中华优秀传统文化的基础上创造出中华文化新的辉煌。"

中华诗词琳琅满目,博大精深,是中华优秀传统文化的精彩部分,在世界诗坛上独树一帜。优秀的中华诗词,是中华文化软实力的重要组成部分,在发展中国特色社会主义先进文化中,中华诗词应该适应形势的发展,参与增强中华文化的软实力,创造中华文化的新辉煌。一方面,我们应该吸收域外优秀诗学的营养,以发展和繁荣中华诗词。另一方面,我们也须着眼把优秀的中华诗学推向世界,以推动世界诗歌向和谐的大同的先进文化方向发展。

我写作《世界诗艺》的初衷,就是为了这个目的。一方面,像鲁迅说的"拿来",把外国优秀的诗歌文化吸收过来,以繁荣我国的社会主义诗歌。另一方面像季羡林说的"送去",把优秀的中华诗歌文化推向世界,以促进世界对中华诗歌文化的了解,促进中外文化交流。

世界诗艺,是一个极有意义的题目,也是一个大题目。我读书不多,诗学素养浅薄,书中肯定会有种种缺欠、不足,热切盼望得到读者们的批评指教。

郑广瑾
2011 年 8 月